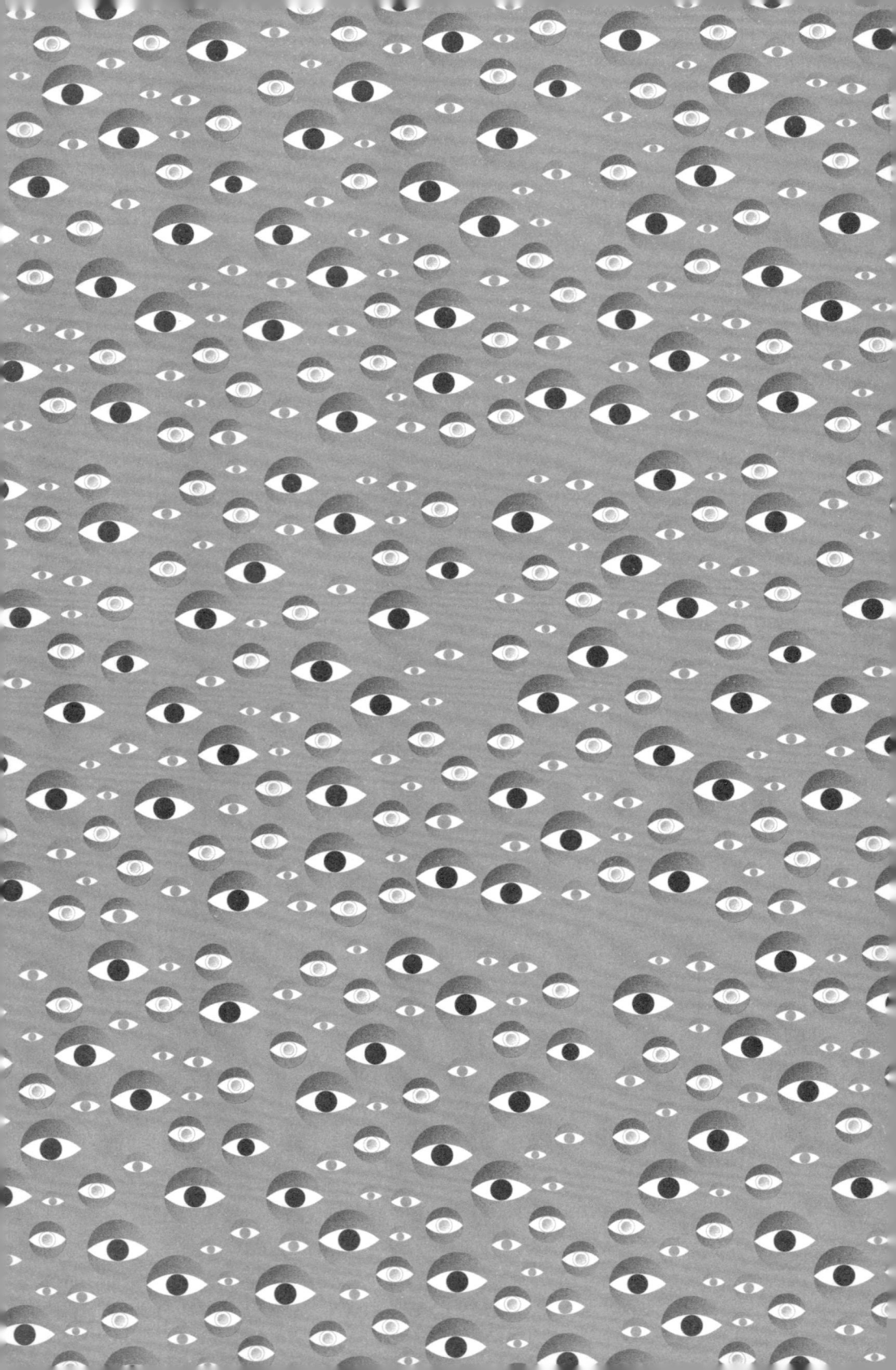

Título original: *Nineteen Eighty Four*
copyright da tradução © Editora Lafonte Ltda. 2025
Todos os direitos reservados.
Nenhuma parte deste livro pode ser reproduzida por quaisquer meios existentes sem autorização por escrito dos editores.

Direção Editorial *Ethel Santaella*

REALIZAÇÃO

GrandeUrsa Comunicação

Direção *Denise Gianoglio*
Tradução *Adriana Buzzetti*
Revisão *Paulo Kaiser*
Capa, Projeto Gráfico e Diagramação *Idée Arte e Comunicação*

Dados Internacionais de Catalogação na Publicação (CIP)
(eDOC BRASIL, Belo Horizonte/MG)

O79m Orwell, George, 1903-1950.
  1984 / George Orwell; tradução Adriana Buzzetti. – São Paulo, SP: Lafonte, 2025.
  304 p. : 15,5 x 23 cm

  Título original: Nineteen Eighty Four
  ISBN 978-65-5870-043-2 (Capa brochura)
  ISBN 978-65-5870-619-9 (Capa dura)

  1. Ficção inglesa. I. Buzzetti, Adriana. II. Título.
  CDD 823

Elaborado por Maurício Amormino Júnior – CRB6/2422

Editora Lafonte
Av. Profª Ida Kolb, 551, Casa Verde, CEP 02518-000, São Paulo-SP, Brasil – Tel.: (+55) 11 3855-2100
Atendimento ao leitor (+55) 11 3855-2216 / 11 3855-2213 – atendimento@editoralafonte.com.br
Venda de livros avulsos (+55) 11 3855-2216 – vendas@editoralafonte.com.br
Venda de livros no atacado (+55) 11 3855-2275 – atacado@escala.com.br

Tradução
Adriana Buzzetti

Brasil, 2025

Lafonte

SUMÁRIO

PARTE 1 7

PARTE 2 103

PARTE 3 219

APÊNDICE 289

Parte 1

Capítulo 1

Era um dia claro e frio de abril, e os relógios marcavam trezes horas. Winston Smith, com o queixo encostado no peito em um esforço para escapar do vento cortante, passou rapidamente pelas portas de vidro da Mansão Victory, embora não rápido o bastante para impedir que um redemoinho de poeira entrasse com ele.

O saguão cheirava a repolho cozido e trapos velhos. No fundo, um pôster colorido, grande demais para um ambiente interno, havia sido colado na parede. Ele retratava um rosto enorme, mais de um metro de largura: o rosto de um homem de cerca de 45 anos, com um grosso e negro bigode e traços acidentalmente bonitos. Winston dirigiu-se às escadas. Não havia sentido tentar o elevador. Mesmo nos melhores momentos raramente funcionava, e naqueles dias a energia era cortada durante o dia. Era parte do direcionamento econômico em preparação para a Semana do Ódio. O apartamento ficava sete lances acima, e Winston, aos 39 anos e com uma úlcera varicosa acima de seu tornozelo direito, caminhava devagar, parando diversas vezes para descansar no caminho. Em cada andar, do lado oposto do poço do elevador, o pôster com o enorme rosto o encarava. Era uma daquelas imagens tão intrincadas que os olhos pareciam o seguir enquanto se mexia. O GRANDE IRMÃO ESTÁ OBSERVANDO VOCÊ, dizia a legenda abaixo.

Dentro do apartamento uma voz agradável lia em voz alta uma lista de números que tinham algo a ver com a produção de ferro-gusa. A voz vinha de uma placa de metal oblonga, parecida com um espelho opaco, que fazia parte da superfície da parede do lado direito. Winston apertou um interruptor e a voz diminuiu de alguma forma, embora ainda fosse possível distinguir as palavras. O instrumento (a teletela, como era chamado) podia ser escurecido, mas não havia maneira de desligá-lo completamente. Ele afastou-se até a janela: uma figura reduzida, frágil, cuja magreza do seu corpo era meramente enfatizada pelo macacão azul, o uniforme do Partido. Seu cabelo era bem claro, sua face naturalmente rosada, sua pele áspera pelo uso de sabão grosseiro e lâminas de barbear cegas e pelo frio do inverno, que chegara ao fim.

Do lado de fora, mesmo pela janela fechada, o mundo parecia frio. Na rua lá embaixo, pequenos redemoinhos de vento transformavam poeira e papel picado em espirais e, embora o sol brilhasse e o céu fosse de um azul cortante, não parecia haver cor em nada, exceto nos pôsteres que estavam por toda parte. O rosto de bigode negro encarava em cada esquina imponente. Havia um na parte da frente da casa do lado oposto. O GRANDE IRMÃO ESTÁ OBSERVANDO VOCÊ, dizia a legenda, enquanto os olhos negros olhavam fundo nos de Winston. Abaixo no nível da rua, outro pôster, rasgado em um canto, ondulava irregularmente conforme o vento, cobrindo e descobrindo a palavra: SOCING. À distância, um helicóptero vasculhava os telhados, pairava por um instante como uma mosca-varejeira e arremessava novamente fazendo uma curva. Era a patrulha policial, bisbilhotando as pessoas através de suas janelas. No entanto, a patrulha não importa. Apenas a Polícia das Ideias importava.

Atrás das costas de Winston a voz da teletela continuava sua conversa fiada sobre o ferro-gusa e a superação do Nono Plano Trienal. A teletela recebia e transmita simultaneamente. Qualquer som que Winston produzisse, acima do nível de um simples sussurro, seria por ela captado. Além disso, enquanto ele permanecesse dentro do campo de visão que a placa de metal comandava, podia tanto ser visto quanto ouvido. Obviamente não havia nenhuma maneira de saber se você estava sendo observado em algum momento específico. Saber com que frequência, ou em qual sistema, a Polícia das Ideias estava conectada em qualquer linha individual era pura conjectura. Inclusive era bem plausível que estivessem vigiando todo mundo o tempo todo. Mas, de qualquer maneira, eles poderiam se conectar em sua linha quando bem quisessem. Você tinha de viver — e vivia, pois o hábito se tornou instinto — partindo do pressuposto que cada som que emitisse seria ouvido e, exceto no escuro, cada movimento, escrutinado.

Winston se mantinha de costas para a teletela. Era mais seguro, embora ele bem soubesse que mesmos as costas podem ser reveladoras. A um quilômetro de distância, o Ministério da Verdade, seu local de trabalho, destacava-se vultoso e cristalino acima da encardida paisagem. Essa, pensou ele com um vago desgosto, essa era Londres, cidade principal da Faixa Aérea Um, ela própria a terceira mais populosa das províncias da Oceânia. Ele tentou extrair alguma lembrança da infância que pudesse lhe dizer se Londres sempre fora assim. Houve sempre esses panoramas de casas decadentes do século XIX, suas laterais escoradas por toras de madeira, suas janelas remendadas com papelão e seus telhados com ferro corrugado, os desconjuntados muros de seus jardins caindo por todos os lados? E as áreas bombardeadas onde o pó do gesso rodopiava no ar e a erva-salgueira aparecia sobre pilhas de entulhos? E os locais onde as bombas haviam aberto espaços maiores e haviam surgidos sórdidas colônias de moradias de madeira iguais a galinheiros? Mas isso não servia de nada, ele não conseguia se lembrar: não sobrou nada de sua infância, exceto uma série de painéis iluminados que não tinham pano de fundo e eram em sua maioria ininteligíveis.

O Ministério da Verdade — Miniver, em novalíngua — era surpreendentemente diferente de qualquer outra coisa à vista. Tratava-se de uma estrutura piramidal enorme de concreto branco brilhante, elevando-se, andar por andar, trezentos metros no ar. De onde Winston estava, dava para ler claramente em sua superfície branca, em uma elegante inscrição, os três slogans do Partido:

GUERRA É PAZ
LIBERDADE É ESCRAVIDÃO
IGNORÂNCIA É FORÇA

Dizia-se que o Ministério da Verdade continha três mil salas acima do térreo e ramificações correspondentes abaixo. Havia apenas três outros prédios de aparência e tamanho similares espalhados por Londres. Eles ofuscavam tão completamente a arquitetura ao redor que, do teto da Mansão Victory, era possível ver os quatro simultaneamente. Eles eram as sedes dos quatro ministérios que compunham a estrutura governamental toda. O Ministério da Verdade, que se preocupava com notícias, entretenimento, educação e belas-artes. O Ministério da Paz, que lidava com a guerra. O Ministério do Amor, que preservava a lei e a ordem. E o Ministério da Fartura, que era responsável por questões econômicas. Seus nomes em novalíngua: Miniver, Minipaz, Miniamor e Minifar.

O Ministério do Amor era realmente assustador. Não possuía janela alguma. Winston nunca havia estado dentro do Ministério do Amor, nem mesmo a meio quilômetro de distância dele. Era um lugar impossível de adentrar, exceto durante atividades oficiais, e mesmo assim teria de penetrar um labirinto de obstáculos em arame farpado, portas de aço e ninhos escondidos de metralhadoras. Mesmo as ruas que levavam a seus bloqueios exteriores eram povoadas por guardas com cara de gorila em uniformes pretos, armados com cassetetes articulados.

Winston virou-se abruptamente. Ele havia colocado no rosto aquela expressão de pacato otimismo que era recomendável quando se encarava a teletela. Ele atravessou o recinto em direção à minúscula cozinha. Ao deixar o Ministério a essa hora do dia, ele havia sacrificado seu almoço na cantina e estava ciente de que não havia comida na cozinha, exceto um pedaço de pão escurecido, que tinha de ser guardado para o café da manhã do dia seguinte. Pegou da prateleira uma garrafa de um líquido sem cor com um rótulo branco simplesmente escrito "Gim Victory". Exalava um cheiro nauseante, gorduroso, como de destilado de arroz chinês. Winston serviu-se de quase uma xícara de chá, fez uma careta e engoliu o líquido como se fosse uma dose de remédio.

Instantaneamente seu rosto ficou vermelho e água verteu de seus olhos. O troço era igual a ácido nítrico e, além do mais, ao ser engolido dava a sensação de ter sido atingido na nuca com um taco de borracha. No entanto, no momento seguinte, a queimação no estômago diminuiu e o mundo começou a parecer mais divertido. Ele pegou um cigarro de um maço amassado onde estava escrito "Cigarros Victory" e sem prestar muita atenção o segurou na vertical, o que fez com que o tabaco caísse no chão. Com o seguinte teve mais sucesso. Voltou à sala e sentou-se próximo a uma pequena mesa ao lado esquerdo da teletela. Da gaveta da mesa tirou um porta-caneta, um vidro de tinta e uma caderneta grossa e pequena, sem nada escrito, com a capa marmorizada e a contracapa vermelha.

Por alguma razão, a teletela na sala estava em uma posição não convencional. Em vez de ter sido colocada, como de costume, no final da sala, de onde comandaria todo recinto, ela estava na parede mais comprida, oposta à janela. De um lado havia um nicho raso onde Winston estava sentado agora e que, quando os apartamentos foram construídos, provavelmente foram inseridos com o intuito de abrigarem estantes. Ao sentar-se no nicho e ficando bem para trás, Winston conseguia se manter fora do campo de visão da teletela. Podia ser ouvido, é óbvio, mas, contanto que se mantivesse nessa posição, não poderia ser visto. Em parte foi essa topografia inusitada da sala que sugerira a ele o que estava prestes a fazer.

Mas também foi sugestionado pela caderneta que acabara de pegar da gaveta. Era um livro particularmente bonito. Seu papel, de textura suave, um pouco amarelado pelo tempo, era do tipo que havia sido produzido havia no mínimo quarenta anos. Ele podia supor, no entanto, que a caderneta era bem mais velha que isso. Ele a tinha visto na vitrine de uma lojinha apinhada de quinquilharias em um bairro degradado da cidade (de qual bairro exatamente ele não se lembrava agora) e fora imediatamente acometido por um desejo arrebatador de possuí-la. Membros do Partido não tinham permissão de entrar em lojas comuns ("negociar no mercado livre", como era chamado), mas a regra não era cumprida rigorosamente, porque havia várias coisas, como cadarços de sapato e lâminas de barbear, que eram impossíveis de achar de outra forma. Ele dera uma olhadela para cima e para baixo da rua e então correra para dentro da loja e comprou a caderneta por dois dólares e cinquenta. Na época ele não tinha consciência de querê-la para alguma razão específica. Carregara a caderneta para casa dentro de sua valise com culpa. Mesmo sem nada escrito, sua posse era comprometedora.

Aquilo que ele estava prestes a fazer era começar um diário. Não era ilegal (nada era ilegal, já que não havia mais nenhuma lei), mas se detectado era razoavelmente certo que seria punido com a morte, ou pelo menos com vinte e cinco anos em um campo de trabalhos forçados. Winston encaixou a ponta

George Orwell

de uma caneta-tinteiro no porta-caneta e chupou o tubo para remover a tinta velha. A caneta-tinteiro era um tipo de instrumento arcaico, raramente usado mesmo para assinaturas, e ele havia conseguido uma, furtivamente e com alguma dificuldade, simplesmente graças ao sentimento de que aquele papel macio merecia ser escrito com uma ponta de verdade, em vez de ser rabiscado com um lápis-tinta. Na verdade, ele não estava acostumado a escrever a mão. Além de umas anotações curtas, era mais comum ditar tudo à fala-escreve, o que era claramente impossível para o propósito do momento. Ele molhou a pena na tinta e vacilou por um segundo. Sentiu um frio na barriga. Marcar o papel era um ato determinante. Em pequenas letras desajeitadas escreveu:

4 de abril de 1984.

Recostou-se. Uma sensação de completa impotência apossou-se dele. Para começar, ele nem sabia ao certo se era 1984. Devia ser por volta daquela data, já que estava bem certo de que tinha 39 anos, e acreditava ter nascido em 1944 ou 1945; mas era bem difícil nesses tempos estabelecer uma data certa em um intervalo de um ou dois anos.

De repente lhe ocorreu, para quem estava escrevendo esse diário? Para o futuro, para os que ainda não nasceram. Sua mente titubeou um pouco diante da data duvidosa na página e se restabeleceu ao deparar-se com a palavra em novalíngua "duplopensar". Pela primeira vez, ele percebeu a magnitude do que havia empreendido. Como poderia se comunicar com o futuro? Era impossível por natureza. Ou o futuro se assemelharia ao presente e, sendo assim, não o ouviria; ou seria diferente, e sua situação não faria sentido.

Por algum tempo, ficou encarando o papel estupidamente. A teletela havia mudado para uma estridente música militar. Era curioso como ele parecia meramente não apenas ter perdido o poder de se expressar, mas também ter esquecido o que ele originalmente tencionava dizer. Por semanas, vinha se preparando para esse momento, e nunca passou por sua cabeça que nada mais seria necessário além de coragem. Escrever em si seria fácil. Tudo que ele tinha a fazer era transferir para o papel o monólogo interminável e inquieto que vinha acontecendo dentro de sua cabeça, literalmente há anos. Nesse momento, contudo, até o monólogo estancou. Além do mais, sua úlcera varicosa havia começado a pinicar insuportavelmente. Ele decidiu

1984

não coçar, porque se o fizesse, sempre inflamaria. Os segundos iam passando, e a única coisa da qual tinha consciência era do vazio do papel à sua frente, a coceira na pele acima de seu tornozelo, a música estridente e a leve embriaguez causada pelo gim.

De repente, ele começou a escrever tomado de pânico, não totalmente cônscio do que colocava no papel. Sua letra, pequena, mas infantil, preenchia a página de cima a baixo, abandonando, em um primeiro momento, as letras maiúsculas, depois, até mesmo os pontos finais:

> *4 de abril de 1984. Última noite para as sessões de cinema. Todos filmes de guerra. Um muito bom um de um navio cheio de refugiados sendo bombardeado em algum lugar no Mediterrâneo. Público muito entretido pelas cenas de um homem grande e gordo tentando nadar com um helicóptero o perseguindo, primeiro ele estava chafurdando na água feito um golfinho, depois ele apareceu na mira do helicóptero, depois ele estava cheio de buracos e o mar em volta dele ficou rosa e ele afundou assim que os buracos deixaram a água penetrar, público gritando e rindo quando ele afundou. na sequência, apareceu um bote salva-vidas cheio de crianças com um helicóptero o sobrevoando. havia uma mulher de meia-idade que devia ser judia sentada na proa com um menininho de cerca de 3 anos nos braços. menininho gritando de medo e escondendo sua cabeça nos seios dela como se tivesse tentando se enterrar nela e a mulher com seus braços em volta dele o confortando embora ela mesma estivesse morrendo de medo, o tempo todo cobrindo-o o máximo que pudesse como se pensasse que seus braços eram capazes de protegê-lo das balas. então o helicóptero soltou uma bomba de vinte quilos bem no meio deles um terrível clarão e o barco se fez em pedaços. daí teve uma linda cena do braço de uma criança subindo, subindo, subindo no ar, um helicóptero com uma câmera em seu nariz deve tê-lo acompanhado e houve muito aplauso nas poltronas do partido mas uma mulher na área proletária de repente começou uma confusão e uma gritaria que ele não deveria ter mostrado não na frente das crianças não é certo não na frente das crianças até que a polícia colocou ela colocou ela*

> *pra fora acho que não aconteceu nada com ela ninguém liga para o que o proletariado diz reação típica do proletariado eles nunca...*

Winston parou de escrever, em parte porque estava tendo câimbras. Não sabia o que o tinha feito despejar esse tanto de besteira. Mas o curioso é que, enquanto ele o fazia, uma lembrança totalmente diferente lhe veio à mente de forma tão nítida que ele quase a escreveu. Agora ele entendia que foi por causa desse outro incidente que ele quase havia decidido vir para casa e iniciar o diário.

Tinha acontecido naquela manhã no Ministério, se é que se pode dizer que algo tão nebuloso aconteceu.

Já eram quase onze horas, e no Departamento de Documentação, onde Winston trabalhava, estavam arrastando as cadeiras para fora das cabines e as agrupando no centro do saguão em frente à grande teletela, se preparando para os Dois Minutos de Ódio. Winston estava tomando lugar em uma das fileiras do meio quando duas pessoas que ele conhecia de vista, mas com quem nunca havia conversado, entraram na sala inesperadamente. Uma delas era uma garota com quem ele sempre cruzava nos corredores. Ele não sabia seu nome, mas sabia que ela trabalhava no Departamento de Ficção. Supostamente, já que ele a tinha visto algumas vezes com as mãos sujas de graxa e carregando uma chave inglesa, ela fazia algum trabalho mecânico nas máquinas de escrever romances. Era uma garota de aparência séria, cerca de 27 anos, cabelos volumosos, sardas no rosto e movimentos ágeis e atléticos. Uma faixa estreita escarlate, emblema da Liga Juvenil Antissexo, havia sido enrolada várias vezes em torno da cintura de seu macacão. Apertado o suficiente para realçar a forma de seus quadris. Winston não havia gostado dela desde o primeiro momento que a vira. Ele sabia por quê. Era pela atmosfera de campos de hóquei, banhos frios, caminhadas comunitárias e mente imaculada que ela exalava. Ele praticamente não gostava de nenhuma mulher, principalmente das mais jovens, que eram as seguidoras mais fanáticas do Partido, as que mais facilmente engoliam os slogans, as espiãs amadoras e as farejadoras de inortodoxia. Mas essa garota em particular lhe deu a impressão de ser mais perigosa que a maioria. Uma vez, quando elas passavam no corredor, ela deu uma rápida olhada de lado para ele que pareceu perfurá-lo e, por um momento, o encheu de terror. Chegou a passar por sua cabeça que ela poderia ser uma agente da Polícia das

Ideias. Isso, na verdade, era bem improvável. Mas ainda assim ele sentia um incômodo peculiar, envolvendo medo misturado a hostilidade sempre que ela estivesse por perto.

A outra pessoa era um homem chamado O'Brien, membro do Núcleo do Partido e detentor de um posto tão importante e remoto que Winston tinha apenas uma vaga ideia do que se tratava. Um silêncio momentâneo atingiu o grupo de pessoas em volta das cadeiras enquanto eles viam os macacões pretos de um membro do Núcleo do Partido se aproximando. O'Brien era um homem grande, corpulento, com pescoço grosso e um rosto rústico, espirituoso e brutal. Apesar da aparência impressionante, havia certo charme em suas maneiras. Ele tinha um jeito de arrumar os óculos sobre o nariz que era curiosamente apaziguador, de alguma forma indefinível, curiosamente civilizado. Era um gesto que, se alguém ainda pensasse nesses termos, poderia ter lembrado um nobre do século XVIII oferecendo sua caixa de rapé. Winston havia visto O'Brien talvez uma dúzia de vezes na mesma quantidade de anos. Ele se sentia profundamente atraído por ele, e não somente porque estava intrigado pelo contraste entre as maneiras urbanas de O'Brien e seu físico de lutador. Tinha muito mais a ver com uma crença secretamente guardada — ou talvez não meramente uma crença, mas uma esperança — de que a ortodoxia política de O'Brien não era perfeita. Havia algo em sua face que mostrava isso de maneira irresistível. Mas também talvez não fosse somente inortodoxia que estivesse escrito em sua face, mas simplesmente inteligência. Porém, de qualquer maneira, ele tinha a aparência de alguém com quem você poderia conversar caso conseguisse enganar a teletela e estar sozinho com ele. Winston nunca havia feito o menor esforço para testar essa suposição: de fato, não havia meios de fazê-lo. Nessa hora, O'Brien deu uma olhada rápida em seu relógio de pulso, viu que eram quase onze horas e decidiu permanecer no Departamento de Documentação até que os Dois Minutos de Ódio tivessem acabado. Escolheu uma cadeira na mesma fileira que Winston, a dois lugares de distância. Uma mulher pequena, de cabelos claros que trabalhava na cabine ao lado de Winston estava entre eles. A garota de cabelos escuros estava sentada bem atrás.

Em seguida, uma fala hedionda, excruciante, como uma máquina funcionando sem lubrificante, explodiu da grande teletela no final do recinto. Era um ruído que fazia os dentes ranger e arrepiava os cabelos da nuca. O Ódio havia começado.

Como de costume, o rosto de Emmanuel Goldstein, o Inimigo do Povo, havia piscado na tela. Houve vaias por toda parte entre o público. A mulherzinha do cabelo claro guinchou com um misto de medo e repulsa. Goldstein era o renegado e o apóstata, que uma vez, tempos atrás (quanto tempo exatamente ninguém, de fato, se lembrava), havia sido um dos líderes do Partido, quase do mesmo nível do Grande Irmão, mas acabara se envolvendo com atividades contrarrevolucionárias, fora condenado à morte, mas misteriosamente escapara e desaparecera. A programação dos Dois Minutos de Ódio variava a cada dia, mas não havia um único em que Goldstein não fosse o personagem principal. Ele foi o traidor original, o primeiro violador da pureza do Partido. Todos os crimes subsequentes contra o Partido, todas as traições, atos de sabotagem, heresias, desvios, nasceram de seus ensinamentos. Em algum lugar ele ainda estava vivo e incubando suas conspirações: talvez algum lugar além-mar, sob a proteção de seus financiadores estrangeiros, talvez até — ocasionalmente havia rumores sobre isso — em algum esconderijo na própria Oceânia.

O diafragma de Winston estava contraído. Ele nunca conseguia olhar para a cara de Goldstein sem uma mistura dolorosa de emoções. Tinha um rosto magro de judeu, uma grande auréola bagunçada de cabelo grisalho e um pequeno cavanhaque — um rosto inteligente, ainda que inevitavelmente desprezível, com certa tolice senil no nariz longo e fino, que trazia na ponta um par de óculos. Lembrava a cara de uma ovelha, assim como a voz também trazia essa semelhança. Goldstein despejava seu ataque venenoso contumaz contra as doutrinas do Partido — um ataque tão exagerado e perverso que uma criança seria capaz de perceber, mas ao mesmo tempo era plausível o bastante para incutir em alguém uma sensação inquietante de que outras pessoas, menos sensatas, se deixaram levar por ele. Ele estava insultando o Grande Irmão, estava denunciando a ditadura do Partido, estava exigindo o imediato estabelecimento da paz com a Eurásia, estava reivindicando liberdade de expressão, liberdade de imprensa, liberdade de congregação, liberdade de pensamento, estava clamando histericamente que a revolução havia sido traída, e tudo isso em uma fala polissilábica rápida que era um tipo de paródia do estilo habitual dos oradores do Partido, e até continha palavras em novalíngua, mais palavras em novalíngua até do que qualquer membro do Partido usaria na vida real. E, durante todo esse tempo, para que ninguém tivesse dúvida quanto à realidade de que se tratava a conversa fiada ilusória de Goldstein, atrás de sua cabeça na teletela marchavam colunas infindáveis do exército eurasiano, fileira atrás de fileira de uma massa de homens com rostos asiáticos sem expressão, que emergiam da superfície da tela e desapareciam, sendo substituídos por outros de aparência similar. O ritmo maçante vindo das pisadas dos soldados formava o pano de fundo para a voz lamuriosa de Goldstein.

Antes que o Ódio tivesse prosseguido por trinta segundos, incontroláveis exclamações de fúria explodiam de metade das pessoas na sala. O convencido rosto de ovelha na tela e o estarrecedor poder do exército eurasiano atrás dele eram demais para suportar. Além disso, a visão ou mesmo o pensamento em Goldstein automaticamente produzia medo e cólera. Ele era objeto de ódio mais constante do que mesmo a Eurásia e a Lestásia, já que, quando a Oceânia estava em guerra com um desses poderes, estava em paz com o outro. Mas o que era estranho era que, embora Goldstein fosse odiado e desprezado por todos, embora todos os dias e mil vezes por dia, nas plataformas, nas teletelas, em jornais, em livros, suas teorias fossem refutadas, esmagadas, ridicularizadas, expostas ao olhar geral para que fosse constatado o lixo lamentável que elas constituíam, apesar de tudo isso, sua influência nunca pareceu diminuir. Havia sempre novos idiotas esperando para serem seduzidos por ele. Nunca passava um dia sem que a Polícia das Ideias desmascarasse espiões e sabotadores agindo sob suas ordens. Ele era o comandante de um vasto e obscuro exército, uma rede subterrânea de conspiradores dedicada a derrubar o Estado — a Fraternidade, como supunham ser seu nome. Havia também rumores de um livro terrível, um compêndio de todas as heresias, do qual Goldstein era o autor e que circulava clandestinamente por toda parte. Era um livro sem título. As pessoas se referiam a ele, quando se referiam, simplesmente como "O Livro". Mas se sabia dessas coisas apenas por meio de boatos vagos. Nem a Fraternidade nem "O Livro" eram assuntos que nenhum membro do partido mencionaria se pudesse evitar.

No segundo minuto o Ódio se converteu em um frenesi. Pessoas pulavam e gritavam o mais alto que podiam em um esforço para abafar a voz lamuriosa que vinha da tela. A mulherzinha de cabelos claros tinha ficado bem rosada e sua boca abria e fechava tal como um peixe recém-saído da água. Mesmo a cara fechada de O'Brien estava agora ruborizada. Ele estava sentado bem ereto em sua cadeira. Seu peito poderoso se enchia e estremecia como se ele estivesse enfrentando o ataque de uma onda. A garota de cabelos escuros atrás de Winston tinha começado a gritar "Porco! Porco! Porco!" e de repente ela pegou um dicionário pesado de novalíngua e arremessou na direção da tela. Atingiu bem o nariz de Goldstein e rebateu. Inexoravelmente, a voz continuou. Em um momento de lucidez, Winston percebeu que ele estava gritando com os outros e chutando o degrau de sua cadeira violentamente com o calcanhar. O que era horrível sobre os Dois Minutos de Ódio não era o fato de que todos eram obrigados a agir da forma que se esperava deles, mas, ao contrário, o fato de que era impossível não se juntar a eles. Em trinta segundos qualquer fingimento era sempre desnecessário. Um terrível êxtase de medo e revanchismo, um desejo de matar, de torturar, de esmagar rostos com uma marreta, parecia percorrer o grupo todo como se fosse uma corrente elétrica, fazendo com que as pessoas, mesmo contra sua vontade, parecessem lunáticos fazendo caretas e gritando. E a ira que sentiam era uma emoção abstrata, não direcionada, que poderia passar de um objeto a outro como a chama de uma lamparina de solda. Assim, em um momento, o ódio de Winston não estava absolutamente voltado a Goldstein, mas, ao contrário, contra o Grande Irmão, o Partido e a Polícia das Ideias. E nesses momentos seu coração se voltava para aquele herege solitário e ridicularizado na tela, único guardião da verdade e da sanidade em um mundo de mentiras. Mas, então, no instante seguinte, ele estava unido às pessoas em volta e tudo que era dito de Goldstein soava como verdade para ele. Naqueles momentos, sua aversão secreta ao Grande Irmão se transformava em adoração, e o Grande Irmão parecia se engrandecer, tornando-se um protetor invencível e destemido, firme como uma rocha diante das hordas da Ásia, e Goldstein, apesar de seu isolamento, da sua impotência e da dúvida que pairava a respeito de sua existência, parecia algum mágico sinistro, capaz de aniquilar a estrutura de uma civilização apenas com o poder de sua voz.

Em alguns momentos, chegava a ser possível mudar o ódio de alguém dessa forma ou por um ato voluntário. De repente, com o mesmo esforço violento que se levanta a cabeça do travesseiro durante um pesadelo, Winston conseguiu transferir seu ódio do rosto na tela para a garota de cabelo escuro atrás dele. Belas e vívidas Alucinações passaram pela sua mente. Ele a açoitaria até a morte com um porrete de borracha, a amarraria em um poste sem roupas e lhe atiraria flechas, como fizeram com São Sebastião, a arrebataria e cortaria sua garganta na hora do clímax. Melhor ainda agora que ele percebeu por que era que a odiava. Ele a odiava porque queria ir para a cama com ela, mas nunca conseguiria, porque em volta de sua doce e maleável cintura, que parecia pedir que você a envolvesse com seus braços, havia apenas a odiosa faixa escarlate, símbolo agressivo de castidade.

O Ódio evoluiu para seu clímax. A voz de Goldstein tinha se transformado na lamúria de uma ovelha de fato e, por um momento, seu rosto se transformou no de uma ovelha. Então, o rosto de ovelha virou a imagem de um soldado Eurasiano que aparentava estar avançando, enorme e terrível, sua submetralhadora braminndo, como se fosse sair da tela, tanto que algumas pessoas na primeira fileira se encolheram em seus assentos. Mas, na mesma hora, extraindo um suspiro profundo de todos, a figura hostil se transformou no rosto do Grande Irmão, cabelos e bigodes negros, cheio de poder e uma calma misteriosa, e tão ampliado que quase preencheu a tela toda. Ninguém ouviu o que o Grande Irmão estava dizendo. Foram somente algumas palavras de encorajamento, pronunciadas no alvoroço da batalha, não individualmente distinguíveis, mas capazes de restaurar a confiança apenas por terem sido ditas. Em seguida, o rosto do Grande Irmão desapareceu de novo e em seu lugar surgiram três slogans do Partido:

GUERRA É PAZ
LIBERDADE É ESCRAVIDÃO
IGNORÂNCIA É FORÇA

Mas houve a impressão de que o rosto do Grande Irmão permaneceu alguns segundos na tela, como se o impacto que tivesse causado nos olhos de todos fosse tão vívido que não pudesse se apagar imediatamente. A mulherzinha de cabelos claros havia se lançado contra o espaldar da cadeira à sua frente. Com um murmúrio trêmulo que soava como "Meu Salvador!", ela estendeu seus braços em direção à tela. E então enterrou o rosto nas mãos. Era visível que ela estava fazendo uma oração.

Nesse momento, todas as pessoas se uniram em um canto profundo, vagaroso e ritmado de "G-I!...G-I!" — repetidamente, bem devagar, com uma longa pausa entre o G e o I —, um som de fundo pesado, murmurante, de certa forma curiosamente selvagem, fazia pensar que se ouviam os passos de pés descalços e a vibração de tambores. Permaneceu por cerca de trinta segundos. Era um refrão que sempre se ouvia em momentos de arrebatamento. Por um lado, era um tipo de hino à sabedoria e à majestade do Grande Irmão, mas era ainda mais um ato de auto-hipnose, um abafamento deliberado da consciência por meio de um ruído ritmado. Winston sentiu as entranhas gelarem. Durante os Dois Minutos de Ódio ele não consegui evitar partilhar daquele delírio coletivo, mas esse canto sub-humano de "G-I!...G-I!" sempre o encheu de horror. Claro, ele cantava com o resto, era impossível não o fazer. Dissimular seus sentimentos, controlar os músculos da face, fazer o que todo mundo estava fazendo, era uma reação instintiva. Houve um intervalo de dois segundos, no entanto, em que a expressão em seus olhos pode muito bem o ter traído. E foi exatamente nesse momento que algo significante aconteceu, se é que, de fato, aconteceu.

Momentaneamente seu olhar cruzou com o de O'Brien, que havia se levantado. Tinha tirado os óculos e estava em vias de ajeitá-los sobre o nariz com seu gesto característico. Mas houve uma fração de segundo em que seus olhos se encontraram e, pelo tempo que durou, Winston soube — sim, ele soube! — que O'Brien estava pensando a mesma coisa que ele. Uma mensagem inequívoca fora passada. Foi como se suas mentes tivessem se aberto e seus pensamentos estivessem fluindo entre eles através dos olhos. "Estou com você", O'Brien parecia estar dizendo. "Sei exatamente o que está sentindo. Sei tudo sobre o seu menosprezo, seu ódio, sua repulsa. Mas não se preocupe. Estou do seu lado!". E então o lampejo de inteligência se foi, e o rosto de O'Brien se tornou inescrutável como o de todo mundo.

Isso foi tudo, e ele já não tinha certeza se isso havia mesmo acontecido. Tais incidentes nunca tinham sequência. Tudo o que eles deixavam era uma crença, ou esperança, de que outros, além dele mesmo, eram os inimigos do Partido. Talvez os rumores de amplas conspirações clandestinas fossem verdadeiros de fato — talvez a Fraternidade realmente existisse! Era impossível, apesar das infinitas prisões, confissões e execuções, ter certeza de que a Fraternidade não passava de um mito. Em alguns dias ele acreditava nisso, em outros, não. Não havia prova, apenas olhares efêmeros que poderiam significar alguma coisa ou nada; fragmentos de conversas entreouvidas; rabiscos desbotados nas paredes dos banheiros. Uma vez, quando dois estranhos se encontraram, um pequeno movimento da mão havia parecido que podia significar alguma coisa. Era tudo adivinhação: muito provável que ele tivesse imaginado tudo. Ele tinha voltado para sua cabine sem olhar para O'Brien novamente. A ideia de dar continuidade ao seu contato momentâneo mal passou pela sua cabeça. Teria sido inaceitavelmente perigoso mesmo se ele soubesse como fazer isso. Por um segundo, dois segundos, eles haviam trocado um olhar ambíguo, e a história acaba aí. Mesmo assim, foi um acontecimento memorável, na solidão reclusa em que ele tinha de viver.

Winston voltou a si e endireitou o corpo. Soltou um arroto. O gim estava se movimentando em seu estômago.

Seus olhos se focaram novamente na página. Ele descobriu que, enquanto se sentava indefeso e meditativo, estivera também escrevendo, como se por uma ação automática. Não era mais a mesma letra apertada e desajeitada de antes. Sua caneta havia deslizado voluptuosamente sobre o suave papel, marcando em impecáveis letras maiúsculas — ABAIXO O GRANDE IRMÃO ABAIXO O GRANDE IRMÃO ABAIXO O GRANDE IRMÃO ABAIXO O GRANDE IRMÃO ABAIXO O GRANDE IRMÃO — continuamente, preenchendo toda a página.

Não pode evitar sentir uma pontada de pânico. Era absurdo, porque escrever aquelas palavras em particular era mais perigoso do que o ato de iniciar o diário, mas por um momento ele ficou tentado a arrancar as páginas escritas e abandonar o projeto de uma vez.

Contudo, não o fez, porque sabia que era inútil. Escrever ABAIXO O GRANDE IRMÃO ou abster-se de escrever não fazia diferença. Seguir ou não com o diário não fazia diferença. A Polícia das Ideias o pegaria do mesmo jeito. Ele havia cometido — ainda iria cometer, mesmo que não tivesse encostado a caneta no papel — o crime essencial que continha em si todos os outros. O Crime de Pensamento, como era chamado. Crime de Pensamento não era uma coisa que poderia ser escondida para sempre. Você poderia escapar com sucesso por um tempo, até por anos, mas mais cedo ou mais tarde eles estariam destinados a pegar você.

Eram sempre à noite. As prisões aconteciam invariavelmente à noite. A sacudida inesperada durante o sono, a mão brusca balançando seu ombro, as luzes nos seus olhos, o círculo de rostos cruéis em volta da cama. Na grande maioria dos casos não havia nenhum julgamento, nenhum registro da prisão. Pessoas simplesmente desapareciam, sempre durante a noite. Seu nome era retirado dos arquivos, qualquer registro de tudo que você tivesse feito era apagado, sua única existência era negada e depois esquecida. Você foi suprimido, aniquilado. "Evaporado" era a palavra comumente usada.

Por um momento ele foi tomado por um tipo de euforia. Começou a escrever em um rabisco apressado e desorganizado:

> *Vao[1] atirar não ligo vao atirar na minha nuca não ligo abaixo o grande irmao eles sempre atiram na nuca não ligo abaixo o grande irmao ---*

Ele recostou na cadeira, com uma leve vergonha de si mesmo, e pousou a caneta. Em seguida, ele recomeçou com vigor. Houve uma batida na porta.

Já! Ele se sentou quieto como um rato, na fútil esperança de que quem quer que fosse iria embora após uma única tentativa. Mas não, a batida se repetiu. A pior coisa seria postergar. Seu coração batia feito um tambor, mas seu rosto, devido ao hábito, provavelmente não tinha expressão. Levantou-se e dirigiu-se arrastando os pés até a porta.

---

1 O autor cometeu erros ortográficos propositadamente nas anotações do personagem, caracterizando dessa forma a escrita livre de Winston Smith (N. da T.)

Capítulo 2

Enquanto colocava a mão na maçaneta da porta, Winston viu que deixara o diário aberto sobre a mesa. ABAIXO O GRANDE IRMÃO estava escrito na página toda, com letras tão grandes que quase se podia ler de longe. Foi algo completamente estúpido de se fazer. Mas, ele compreendeu, mesmo em seu pânico ele não quisera borrar o papel macio fechando o diário enquanto a tinta ainda estava úmida.

Ele respirou fundo e abriu a porta. Instantaneamente uma onda morna de alívio tomou conta dele. Uma mulher com a aparência amassada, sem cor, com cabelo fino e uma cara cheia de rugas estava de pé à porta.

— Ah, camarada — ela começou de um jeito triste, uma voz meio chorosa. — Achei que tinha ouvido você entrar. Você poderia dar uma olhada na pia da nossa cozinha? Está entupida e...

Era a sra. Parsons, a esposa de um vizinho no mesmo andar. ("Sra." era uma palavra desencorajada pelo Partido, você devia chamar todo mundo de "camarada", mas com algumas mulheres "sra." era usada instintivamente.) Era uma mulher de uns 30 anos, mas parecia bem mais velha. Dava a impressão de que havia poeira nas rugas de sua face. Winston a acompanhou pelo corredor. Esses trabalhos amadores de conserto eram uma irritação diária. A Mansão Victory era composta de apartamentos antigos, construídos nos anos 1930 ou próximo disso, que estavam caindo aos pedaços. O gesso constantemente se soltava do teto e das paredes, o encanamento estourava a cada geada pesada, o teto pingava sempre que nevava, o sistema de aquecimento funcionava a meia potência quando não era desligado completamente por motivos de economia. Consertos, exceto quando você mesmo podia fazer, tinham de ser sancionados por comitês remotos, que eram responsáveis por adiar o remendo de uma janela por até dois anos.

— Claro que só estou pedindo porque Tom não está em casa — disse a sra. Parsons tentando se justificar.

O apartamento dos Parsons era maior que o de Winston, e sujo de uma maneira diferente. Tudo tinha a aparência de gasto e pisoteado, como se o lugar tivesse sido visitado por algum animal grande e violento. Itens esportivos — tacos de hóquei, luvas de boxe, uma bola de futebol estourada, shorts usados virados do avesso — estavam espalhados pelo chão, e sobre a mesa havia uma pilha de pratos sujos e um livro de exercícios cheio de orelhas. Sobre as paredes estavam faixas escarlates da Liga Juvenil e os Espiões e um pôster tamanho grande do Grande Irmão. Dava para sentir o costumeiro cheiro de repolho cozido, comum a todo o prédio, mas ele estava impregnado de um fedor mais forte de suor, que — sabia-se na primeira inalada, mesmo sem saber como — era o suor de alguma pessoa que não estava presente no momento. Em outro cômodo, alguém com um pente e um pedaço de papel higiênico tentava acompanhar a melodia da música militar que ainda saía da teletela.

— São as crianças — disse a sra. Parsons, dirigindo um olhar meio apreensivo para a porta. — Elas não saíram hoje. E claro...

Ela tinha o hábito de interromper suas frases no meio. A pia da cozinha estava quase transbordando com uma água esverdeada nojenta fedendo mais que repolho. Winston ajoelhou-se e examinou o cano. Ele detestava usar as mãos e mais ainda se abaixar, pois lhe causava um acesso de tosse. A sra. Parsons assistia passivamente.

— É óbvio que se Tom estivesse em casa ele consertaria a pia em um piscar de olhos — ela disse. — Ele adora esse tipo de coisa. É sempre muito bom com as mãos. O Tom é, sim.

Tom era parceiro de Winston no Ministério da Verdade. Ele era um homem gorducho, mas ativo, de uma estupidez paralisante, cheio de entusiasmos imbecis, um daqueles burros de carga incondicionais de quem a estabilidade do Partido dependia, muito mais do que da Polícia das Ideias. Aos 35 anos, ele acabara de ser sair da Liga Juvenil, e antes de se formar lá, havia conseguido permanecer nos Espiões por um ano além da idade obrigatória. No Ministério ele foi empregado em algum posto subordinado para o qual a inteligência não é pré-requisito, mas, por outro lado, ele era um líder no Comitê de Esportes e todos os outros comitês se engajaram em organizar caminhadas comunitárias, manifestações espontâneas, campanhas de preservação e atividades voluntárias em geral. Ele diria com um orgulho contido, entre baforadas no seu cachimbo, que tinha comparecido no Centro Comunitário todas as noites pelos últimos quatro anos. Um cheiro avassalador de suor, um tipo de testemunho inconsciente da dureza de sua vida, o acompanhava onde quer que ele fosse, e até permanecia no lugar após ele ter se retirado.

— A senhora tem uma chave inglesa? — disse Winston, mexendo na rosca do cano.

— Uma chave inglesa — disse a sra. Parsons, tornando-se na mesma hora invertebrada. — Não sei, não tenho certeza. Talvez as crianças...

Houve sons de pisadas de botas e outra rajada no pente quando as crianças invadiram a sala. A sra. Parsons trouxe a chave inglesa. Winston tirou a água acumulada e com nojo tirou o tufo de cabelo humano que havia bloqueado o cano. Limpou seus dedos o melhor que pode na água fria da torneira e voltou para o outro cômodo.

— Mãos ao alto! — gritou uma voz selvagem.

Um menino de 9 anos bonito e robusto surgiu de repente de debaixo da mesa e o ameaçava com uma pistola automática de brinquedo, enquanto sua irmã cerca de dois anos mais nova imitava o gesto com um pedaço de madeira. Ambos vestiam shorts azuis, camisetas cinza e lenços vermelhos que eram parte do uniforme dos Espiões. Winston ergueu as mãos acima da cabeça, mas com certa apreensão, pois a atitude do garoto era tão cruel que não parecia que era só uma brincadeira.

— Você é um traidor! — gritou o garoto. — Você cometeu o crime de pensamento. Você é um espião eurasiano! Vou atirar e evaporar você. Mandarei você para as minas de sal!

De repente os dois estavam pulando em volta de Winston, gritando "Traidor!" e "Criminoso de Pensamento!" com a garotinha imitando o irmão em cada movimento. De certa forma, foi um pouco assustador, como uma brincadeira com filhotes de tigres que irão crescer e se transformar em devoradores de gente. Havia certa ferocidade calculada nos olhos do menino, um desejo bem evidente de bater ou chutar Winston e a consciência de ser grande o bastante para conseguir fazê-lo. Ainda bem que não era uma pistola de verdade que ele segurava, pensou Winston.

Os olhos da sra. Parsons iam de Winston para as crianças e delas para ele de novo de um jeito nervoso. Com mais luz na sala de estar, ele conseguiu notar que havia, sim, poeira nas rugas do rosto dela.

— Eles fazem uma bagunça danada — ela disse. — Estão chateados porque não vão ver o enforcamento, essa é a verdade. Estou muito ocupada para sair com eles e Tom não voltará do trabalho a tempo.

— Por que não podemos ir ver o enforcamento? — berrou o garoto com seu vozeirão.

— Queremos ver o enforcamento! Queremos ver o enforcamento! — cantava a menina, ainda pulando em volta.

Winston recordou que alguns prisioneiros eurasianos, culpados de crimes de guerra, seriam enforcados no parque naquela noite. Acontecia uma vez por mês e era um espetáculo popular. As crianças sempre imploravam para ir ver. Ele se despediu da sra. Parsons e se dirigiu à porta. Mas ele não tinha dado seis passos quando algo o atingiu na nuca causando uma dor lancinante. Foi como se um fio incandescente tivesse sido espetado nele. Ele se virou a tempo de ver a sra. Parsons arrastando seu filho para dentro enquanto o menino enfiava no bolso um estilingue.

— Goldstein! — vociferou o garoto enquanto a porta se fechava. Mas o que mais impressionou Winston foi a aparência de pavor indefeso no rosto cinzento da mulher.

De volta ao seu apartamento, ele passou rápido pela teletela e se sentou à mesa novamente, ainda esfregando a nuca. A música da teletela havia parado. Em seu lugar, uma voz militar recortada lia alto, com um deleite brutal, uma descrição dos armamentos da nova Fortaleza Flutuante que havia ancorado entre a Islândia e as Ilhas Faroe.

Com crianças como aquelas, ele pensou, aquela pobre mulher deve levar uma vida de terror. Depois de um ou dois anos eles a vigiariam noite e dia para captar sintomas de inortodoxia. Quase todas as crianças hoje em dia eram horríveis. O pior de tudo era que, por meio de organizações como os Espiões, elas eram sistematicamente transformadas em pequenos selvagens ingovernáveis, mas mesmo isso não produzia nelas nenhuma tendência de se rebelar contra a disciplina do Partido. Ao contrário, elas adoravam o Partido e tudo ligado a ele. As músicas, os desfiles, as faixas, as caminhadas, o treinamento com fuzis de mentira, o grito dos slogans, a adoração ao Grande Irmão — tudo fazia parte de uma brincadeira gloriosa para elas. E sua ferocidade se virava para fora, contra os inimigos do Estado, contra estrangeiros, traidores, sabotadores, criminosos de pensamentos. Era até normal pessoas acima dos 30 terem medo de seus próprios filhos. E com bons motivos, pois não passava uma semana sem que o *The Times* tivesse um parágrafo descrevendo como algum pequeno delator bisbilhoteiro — "herói-mirim" era o termo geralmente usado — havia ouvido por acaso algum comentário comprometedor e denunciado seus pais para a Polícia das Ideias.

A dor do ataque do estilingue tinha passado. Ele pegou sua caneta sem convicção, imaginando se podia encontrar algo mais para escrever em seu diário. De repente, começou a pensar em O'Brien de novo.

Anos atrás — quanto tempo? Talvez uns sete anos — ele sonhara que andava em um quarto totalmente escuro, e alguém sentado de um dos lados disse quando ele passou: "Devemos nos encontrar no lugar onde não há escuridão". Isso foi dito bem tranquilamente, quase casualmente — uma afirmação, não uma ordem. Ele tinha caminhado sem pausar. O curioso foi que na época, no sonho, essas palavras não causaram grande impressão nele. Foi só depois e gradativamente que elas haviam parecido adquirir significado. Agora ele não conseguia se lembrar se havia sido antes ou depois do sonho que ele vira O'Brien pela primeira vez, nem conseguia se lembrar quando foi a primeira vez que ele havia identificado a voz como sendo de O'Brien. Mas, de qualquer maneira, houve essa identificação. Foi O'Brien que havia falado com ele no quarto escuro.

Winston nunca pôde ter certeza — mesmo depois da troca de olhares nessa manhã era impossível assegurar se O'Brien era amigo ou inimigo. Também não parecia ter grande importância. Havia um elo de compreensão entre eles, mais importante que afeto ou parceria. "Devemos nos encontrar no lugar onde não há escuridão", ele havia dito. Winston não sabia o que significava, apenas que de uma forma ou de outra isso iria se realizar.

A voz da teletela pausou. Um toque de trompete, claro e belo, flutuou pelo ar estagnado. A voz continuou, áspera:

> "Atenção! Sua atenção, por favor! Uma notícia de última hora acaba de chegar do front em Malabar. Nossas forças no sul da Índia alcançaram uma gloriosa vitória. Tenho autorização para dizer que o que está sendo reportado pode tornar mensurável o fim da guerra. Aqui está a notícia..."

Aí vem notícia ruim, pensou Winston. E, com certeza, após uma descrição sangrenta da aniquilação de um exército eurasiano, com números estupendos de mortos e prisioneiros, veio o anúncio de que, a partir da semana seguinte, o suprimento de chocolate seria reduzido de trinta para vinte gramas.

Winston arrotou de novo. O efeito do gim estava passando, deixando um sentimento de desânimo. A teletela — talvez para celebrar a vitória, talvez para apagar a lembrança da diminuição no chocolate — bradava "Oceânia, glória a ti". Era esperado que você ficasse no campo de visão. No entanto, naquela posição, ele estava invisível.

"Oceânia, glória a ti" abriu caminho para uma música mais leve. Winston caminhou até a janela, mantendo-se de costas para a teletela. O dia ainda estava frio e claro. Em algum lugar longe dali um foguete-bomba explodiu com um estrondo monótono reverberante. Cerca de vinte ou trinta deles caíam sobre Londres a cada semana no momento.

Lá embaixo, na rua, o vento balançava o pôster rasgado para a frente e para trás, e a palavra "Socing" ficava aparecendo e se escondendo. Socing. As doutrinas sagradas do Socing. Novalíngua, duplopensar, a mutabilidade do passado.

Ele sentia como se estivesse vagando nas florestas do fundo do mar, perdido em um mundo monstruoso em que ele mesmo era o monstro. Ele estava sozinho. O passado estava morto, o futuro era inimaginável. Que certeza ele tinha de que qualquer ser humano vivo estava do seu lado? E de que forma saber que o domínio do Partido não duraria para sempre? Tal qual uma resposta, os três slogans na face branca do Ministério da Verdade voltaram para ele:

GUERRA É PAZ
LIBERDADE É ESCRAVIDÃO
IGNORÂNCIA É FORÇA

Ele pegou uma moeda de vinte e cinco centavos do seu bolso. Ali, também, em uma escrita minúscula e límpida, os mesmos slogans estavam inscritos, e no outro lado da moeda a cabeça do Grande Irmão. Até na moeda os olhos perseguiam você. Nas moedas, nos selos, na capa dos livros, nas faixas, nos pôsteres e na embalagem dos maços de cigarros — em toda parte. Sempre os olhos observando você e a voz o envolvendo. Dormindo ou acordado, trabalhando ou comendo, dentro ou fora de casa, no banho ou na cama — não havia escapatória. Nada lhe pertencia exceto os poucos centímetros cúbicos dentro do seu crânio.

O Sol havia mudado de posição, e a miríade de janelas do Ministério da Verdade, com a luz não mais brilhando sobre elas, parecia sinistra como as seteiras de uma fortaleza. O coração de Winston fraquejou diante da enorme forma piramidal. Ela era muito sólida, não poderia ser atacada. Mil foguetes-bomba não seriam capazes de deitá-la abaixo. Ele pensou de novo em para quem estava escrevendo o diário. Para o futuro, para o passado — para uma era que talvez fosse imaginária. E a sua frente não era a morte que se posicionava, mas a aniquilação. O diário se reduziria a pó e ele, a vapor. Apenas a Polícia das Ideias leria seus escritos, antes de extirparem-nos da existência e da memória. Que apelo você poderia fazer ao futuro se nem um traço seu, nem mesmo uma palavra anônima inscrita em um pedaço de papel poderia fisicamente sobreviver?

A teletela marcou quatorze horas. Ele deve sair em dez minutos. Tinha de estar de volta ao trabalho às quatorze e trinta.

Curiosamente, o soar da hora pareceu dar novo ânimo a ele. Ele era um fantasma solitário dizendo uma verdade que ninguém ouviria. Mas, contanto que a dissesse, de alguma maneira obscura a continuidade não seria interrompida. Não era por se fazer ouvir, mas por se manter são que você levava adiante o legado humano. Ele voltou à mesa, molhou a caneta e escreveu:

> *Para o futuro ou para o passado, para um tempo quando o pensamento for livre, quando os homens forem diferentes uns dos outros e não viverem sozinhos — para um tempo quando a verdade existir e o que estiver feito não puder ser desfeito: da era da uniformidade, da era da solidão, da era do Grande Irmão, da era do duplopensar, saudações!*

Ele já estava morto, refletiu. Parecia que somente agora, quando ele estivera apto a formular suas ideias, que ele havia dado o passo decisivo. As consequências de cada ato estão incluídas no ato em si. Escreveu:

> *Crime de pensamento não envolve a morte: crime de pensamento É a morte.*

Agora que ele havia se reconhecido como um homem morto, tornou-se importante permanecer vivo tanto quanto possível. Dois dedos de sua mão direita estavam manchados de tinta. É exatamente esse tipo de detalhe que pode trair você. Algum fanático intrometido no Ministério (uma mulher, provavelmente, alguém como a mulherzinha de cabelos claros ou a garota de cabelos escuros do Departamento de Ficção) pode começar a se perguntar por que ele andou escrevendo durante o horário do almoço, por que havia usado uma caneta de modelo antigo, o que ele andou escrevendo — e então lançar o palpite no departamento apropriado. Ele foi até o banheiro e esfregou cuidadosamente a tinta com o sabonete arenoso marrom-escuro, que irritava sua pele como se fosse uma lixa e era, portanto, bem indicado para esse fim.

Ele guardou o diário na gaveta. Praticamente era inútil tentar escondê-lo, mas ele podia pelo menos ter certeza se sua existência havia sido descoberta. Um fio de cabelo atravessado no final das páginas era óbvio demais. Com a ponta do dedo ele pegou um grão de poeira esbranquiçado identificável e o depositou no canto da capa, de onde era provável que cairia se alguém mexesse no livro.

Capítulo 3

Winston estava sonhando com sua mãe.

Devia ter 10 ou 11 anos, ele pensou, quando sua mãe desapareceu. Ela era alta, tinha o corpo escultural, uma mulher bastante silenciosa de movimentos lentos e magníficos cabelos louros. De seu pai ele lembrava mais vagamente como sendo moreno e magro, sempre vestido em roupas pretas limpas (Winston se lembrava exatamente das finas solas dos sapatos de seu pai) e usando óculos. Os dois evidentemente devem ter sido sorvidos em um dos primeiros grandes expurgos dos anos 1950.

Nesse momento, sua mãe estava sentada em algum lugar abaixo dele, com sua irmã mais nova nos braços. De sua irmã ele não guardava nenhuma lembrança, exceto como uma bebê muito pequena e frágil, sempre em silêncio, com olhos grandes e observadores. Ambas estavam olhando para ele de algum lugar subterrâneo — o fundo de um poço, por exemplo, ou uma cova muito funda —, mas era um lugar que, mesmo já muito abaixo dele, estava descendo mais ainda. Elas estavam no salão de um navio afundando, observando-o através da água que escurecia. Ainda havia ar no salão, mas o tempo todo elas estavam afundando, para dentro das verdes águas, que em breve as esconderiam para sempre. Ele estava lá fora na luz e no ar enquanto elas eram sugadas para a morte. Elas estavam lá embaixo porque ele estava aqui em cima. Ele sabia disso e elas também, e ele podia ver isso em suas faces. Não havia reprovação nem em seus rostos nem em seus corações, apenas o conhecimento de que elas deveriam morrer para que ele pudesse permanecer vivo, e que isso era parte da ordem inevitável das coisas.

Ele não conseguia se lembrar do que havia acontecido, mas sabia em seu sonho que de alguma forma as vidas de sua mãe e sua irmã haviam sido sacrificadas em favor da sua. Era o tipo de sonho que, ao mesmo tempo em que conservava a atmosfera onírica, era a continuação do pensamento e no qual nos tornamos consciente dos fatos e ideias que ainda parecem novos e valiosos mesmo depois de acordados. O que agora impressionava Winston era que a morte de sua mãe, quase trinta anos atrás, havia sido trágica e dolorosa de um jeito que não seria mais possível acontecer. A tragédia, ele percebeu, pertencia a um tempo antigo, um tempo em que ainda havia privacidade, amor e amizade, e quando as pessoas de uma família apoiavam umas às outras sem precisar saber a razão. A lembrança de sua mãe dilacerava seu coração porque ela havia morrido amando-o, quando ele era jovem e egoísta demais para amá-la de volta, e porque, de alguma forma, ele não se lembra como, ela havia se sacrificado a favor de uma concepção de lealdade que era privada e inabalável. Tais coisas, ele via, não poderiam acontecer hoje. Hoje havia medo, ódio e dor, mas nenhuma dignidade de emoção, nenhum pesar que fosse profundo ou complexo. Tudo isso parece que ele via nos grandes olhos de sua mãe e sua irmã, olhando-o lá de baixo, pelas águas verdes, centenas de metros abaixo e ainda afundando.

De repente, viu-se de pé em um gramado viçoso, em uma tarde de verão, quando os raios de sol oblíquos tingiam a relva de dourado. A paisagem para a qual ele estava olhando era tão recorrente em seus sonhos que ele nunca estava completamente certo se ele a tinha visto ou não na vida real. Quando pensava sobre ela acordado, chamava-a de Campo Dourado. Era uma pastagem antiga, comida por coelhos, com trilhas por todos os lados e um montículo aqui e ali. Nas sebes irregulares no lado oposto do campo, os galhos do olmo balançavam delicadamente com a brisa, suas folhas se mexendo com densos chumaços como o cabelo de uma mulher. Em algum lugar fácil de alcançar, embora fora do campo de visão, havia um riacho cristalino que fluía lentamente, onde robalinhos nadavam nas pequenas piscinas que se formavam embaixo do salgueiro.

A garota de cabelos escuros cruzava o campo em sua direção. Com o que pareceu ser um único movimento, ela arrancou suas roupas e as jogou de lado com desprezo. Seu corpo era branco e macio, mas não suscitou nenhum desejo nele, na verdade ele mal olhava para ela. O que o impressionou naquele instante foi a admiração pelo gesto com o qual ela jogou suas roupas de lado. Com sua graça e despreocupação, pareceu aniquilar toda uma cultura, todo um sistema de pensamento, como se o Grande Irmão, o Partido e a Polícia de Pensamento pudessem ser varridos para dentro do nada com um simples e esplêndido movimento do braço. Aquele também era um gesto que pertencia a um tempo antigo. Winston acordou com a palavra "Shakespeare" nos lábios.

A teletela produzia um silvo ensurdecedor que permaneceu na mesma nota por trinta segundos. Eram sete e quinze, hora em que os trabalhadores dos escritórios costumavam se levantar. Winston deslizou para fora da cama — nu, pois um camarada do Partido Exterior recebia apenas três mil em cupons de roupas por ano e um conjunto de pijamas custava seiscentos — e agarrou uma camiseta usada e um short que estavam sobre uma cadeira. Os Exercícios Físicos começariam em três minutos. No momento seguinte, ele foi acometido por um violento acesso de tosse, que quase sempre vinha bem depois de acordar. Esvaziava seus pulmões de tal forma que ele só conseguia voltar a respirar novamente depois de deitar-se de costas e fazer uma série de respirações profundas. Suas veias tinham inchado com o esforço para tossir, e a úlcera varicosa tinha começado a coçar.

— Grupo dos 30 aos 40! — dizia uma voz feminina esganiçada e cortante. — Grupo dos 30 aos 40! Tomem seus lugares, por favor, 30 a 40!

Winston se posicionou em frente à teletela, onde a imagem de uma mulher jovem, magricela mas musculosa, vestida com uma túnica e tênis esportivos, já tinha aparecido.

— Dobrar e alongar os braços! — ela comandava. — Contem o tempo comigo. Um, dois, três, quatro! Um, dois, três, quatro! Vamos, camaradas, coloquem um pouco de vida nisso! Um, dois, três, quatro! Um, dois, três, quatro!

A dor do ataque de tosse não tinha sido suficiente para tirar da cabeça de

Winston a impressão causada pelo sonho, e os movimentos ritmados dos exercícios, de certa forma, o restauraram. Enquanto ele jogava seus braços para a frente e para trás mecanicamente, colocando na cara aquela aparência de sombrio deleite que era considerada apropriada durante os Exercícios Físicos, ele estava se esforçando para se lembrar do período sombrio da sua primeira infância. Era extraordinariamente difícil. Depois do final dos anos 1950, tudo desvaneceu. Quando não havia nenhum registro externo ao qual você podia se referir, até o contorno de sua própria vida perdia definição. Você se lembrava de grandes eventos que provavelmente não haviam acontecido, você se lembrava dos detalhes de incidentes sem conseguir recapturar sua atmosfera, e havia longos períodos em branco aos quais você não conseguia atrelar nada. Tudo havia sido diferente então. Até os nomes de países e seus formatos no mapa tinham sido diferentes. Força Aérea Um, por exemplo, não era chamada assim naqueles dias: era chamada de Inglaterra ou Grã-Bretanha, embora Londres, disso ele tinha bastante certeza, sempre fora chamada de Londres.

Winston definitivamente não conseguia se lembrar de uma época em que seu país não estivesse em guerra, mas era evidente que havia existido um intervalo bastante longo de paz durante sua infância, porque uma de suas lembranças mais antigas era de um ataque aéreo que pareceu ter pegado todo mundo de surpresa. Pode ter sido a época em que a bomba atômica caiu sobre Colchester. Ele não se lembrava do ataque em si, mas se lembrava, sim, da mão de seu pai apertando a sua enquanto eles corriam para baixo, cada vez mais baixo, para algum lugar fundo na terra, dando voltas em uma escada em espiral que rangia sob seus pés e que, por fim, cansou tanto suas pernas que ele começou a se queixar e eles tiveram de parar e descansar. Sua mãe, do seu jeito devagar e sonhadora, vinha muito atrás deles. Ela carregava sua irmã ainda bebê — ou talvez fosse apenas um amontoado de cobertores que ela estivesse carregando... Ele não tinha certeza se sua irmã já era nascida naquela ocasião. Finalmente, eles saíram em um lugar barulhento e lotado que ele percebera se tratar de uma estação do metrô.

Havia pessoas sentadas por todo o piso de lajotas irregulares, e outras pessoas estavam sentadas umas coladas nas outras, sobre beliches que ficavam um acima do outro. Winston e seu pai e sua mãe encontraram um lugar no chão, e próximo deles um casal de idosos estava sentado lado a lado em um beliche. O velho usava um terno escuro apresentável e uma touca preta puxada para trás, deixando bastante cabelo branco à mostra: seu rosto era vermelho e seus olhos eram azuis e lacrimejantes. Ele fedia a gim. Parecia que exalava por seus poros no lugar do suor, e podia-se imaginar que as lágrimas saindo de seus olhos eram puro gim. Mas, apesar de ligeiramente bêbado, ele sofria por trás de alguma dor que era genuína e insuportável. De seu jeito infantil Winston entendeu que algo terrível, algo que estava além do perdão e de ser remediado, acabara de acontecer. Ele teve a impressão de saber o que era. Alguém que o velho amava — uma netinha, talvez, havia sido morta. Ele ficava repetindo:

"*A gente não devia ter confiado neles. Eu disse, mãe, não disse? É nisso que dá confiar neles. Eu sempre falei. A gente não devia ter confiado naqueles calhordas*".

Mas em quais calhordas eles não deviam ter confiado Winston não se lembrava agora.

Desde mais ou menos aquela época, a guerra literalmente não havia parado, embora, sendo mais específico, nem sempre fora a mesma guerra. Por alguns meses durante sua infância houvera confusas brigas de ruas em Londres, algumas das quais ele se lembrava vividamente. Mas traçar a história do período todo, dizer quem lutava contra quem em qualquer momento específico, teria sido completamente impossível, já que nenhum registro escrito, nenhuma palavra falada, havia mencionado nenhuma outra orientação além da existente. Nesse momento, por exemplo, em 1984 (se é que era 1984), Oceânia estava em guerra com a Eurásia e em aliança com a Lestásia. Em nenhum pronunciamento público ou privado havia nunca sido admitido que os três poderes haviam em algum momento se alinhado de forma diferente. Na verdade, como Winston bem sabia, fazia apenas quatro anos que a Oceânia estivera em guerra com a Lestásia e em aliança com a Eurásia. Mas isso era meramente um fragmento de conhecimento extraoficial que por acaso ele possuía pelo fato de sua memória não estar satisfatoriamente sob controle. A troca de parceiros oficialmente nunca acontecera. Oceânia estava em guerra com a Eurásia, portanto Oceânia sempre estivera em guerra com a Eurásia. O inimigo do momento sempre representava o mal absoluto e, consequentemente, qualquer acordo passado ou futuro com ele era impossível.

O que era assustador, ele refletiu pela décima milésima vez, enquanto forçava seus ombros de forma dolorida para trás (com as mãos no quadril, eles giravam o tronco acima da cintura, um exercício que devia ser bom para os músculos das costas) — o que era assustador era que podia ser tudo verdade. Se o Partido pudesse manipular o passado e dizer que esse ou aquele evento nunca acontecera, com certeza, isso seria mais estarrecedor que simples tortura e morte?

O Partido disse que Oceânia nunca fizera aliança com a Eurásia. Ele, Winston Smith, sabia que a Oceânia havia feito aliança com a Eurásia não mais que quatro anos antes. Mas onde esse conhecimento existia? Apenas em sua própria consciência, que, de qualquer forma, em breve deveria ser destruída. E se todos os outros aceitassem a mentira imposta pelo Partido — se todos os registros contavam a mesma história —, então a mentira entraria para a história e se tornaria verdade. "Quem controla o passado", diz o slogan do Partido, "controla o futuro: quem controla o presente controla o passado." E o passado, apesar de sua natureza alterável, nunca fora alterado. O que quer que fosse verdade era verdade agora permanentemente. Era bem simples. Tudo de que se precisava era uma série de vitórias sem fim sobre sua própria memória. "Controle da realidade", eles chamavam. Em novalíngua, "duplopensar".

— À vontade! — vociferou a instrutora, um pouco mais cordialmente.

Winston relaxou os braços na lateral do corpo e vagarosamente encheu seus pulmões de ar novamente. Sua mente passeava pelo mundo labiríntico do duplopensar. Saber e não saber, estar consciente da completa veracidade enquanto profere mentiras cuidadosamente construídas, sustentar simultaneamente duas opiniões que se anulavam, sabendo que elas são contraditórias e acreditando em ambas, usar lógica contra lógica, repudiar a moralidade e reivindicá-la, acreditar que a democracia era impossível e que o Partido era seu guardião, esquecer o que precisasse ser esquecido, e então trazer de volta à memória quando quer que fosse necessário, e imediatamente esquecer de novo e, acima de tudo, aplicar o mesmo processo ao processo em si. Esta era a máxima sutileza: conscientemente induzir a inconsciência e, mais uma vez, tornar-se inconsciente do ato de hipnose que acabara de realizar. Até para entender a palavra "duplopensar", exigia-se o uso de duplopensar.

A instrutora pediu atenção novamente.

— E agora vamos ver quem consegue tocar os dedos do pé! — disse, com entusiasmo. — Partindo do quadril, por favor, camaradas. Um-dois! Um-dois!...

Winston detestava esse exercício, pois irradiava dores agudas desde os calcanhares até as nádegas e com frequência terminava trazendo outra crise de tosse. O pouco de prazer que ele tirava vinha de suas meditações. O passado, ele refletia, não tinha simplesmente sido alterado, na verdade, tinha sido destruído. Pois como você poderia definir mesmo o fato mais óbvio quando não existia nenhum registro além da sua memória? Ele tentou recordar em qual ano ele havia ouvido a menção ao Grande Irmão pela primeira vez. Acho que devia ter sido em algum momento dos anos 1960, mas era impossível ter certeza. Nas histórias do Partido, é óbvio, o Grande Irmão figurava como o líder e guardião da Revolução desde seus dias iniciais. Suas façanhas haviam retrocedido no tempo gradualmente até chegar ao fabuloso mundo dos anos 1940 e 1930, quando os capitalistas em seus chapéus cilíndricos estranhos ainda passeavam pelas ruas de Londres em grandes automóveis lustrosos ou em carruagens com as laterais de vidro. Não havia conhecimento do quanto dessa lenda era verdade e quanto era inventada. Winston não conseguia se lembrar nem mesmo em que data o Partido passou a existir. Ele não acreditava ter ouvido a palavra Socing antes de 1960, mas era possível que na sua forma na velhalíngua — "Socialismo Inglês", como era — ela estivesse em uso antes disso. Tudo ficou envolvido em uma névoa. Às vezes, de fato, era possível detectar uma mentira inequívoca. Não era verdade, por exemplo, como declarado nos livros de história do Partido, que o Partido havia inventado aviões. Ele se lembrava de ver aviões desde sua mais tenra infância. Mas não dava para provar nada. Nunca houve uma evidência. Apenas uma vez na vida ele havia tido em suas mãos prova documental incontestável de falsificação de um fato histórico. E naquela ocasião...

— Smith! — gritou a voz da teletela. — 6079 Smith W.! Sim, você! Curve-se mais, por favor! Você consegue fazer melhor. Não está tentando. Mais baixo, por favor! Assim está melhor, camarada. Agora, fiquem à vontade, o pelotão todo, e me observem.

Um suor quente e repentino brotou de todo o corpo de Winston. Seu rosto permaneceu completamente inescrutável. Nunca mostre desalento! Nunca mostre rancor! Um simples piscar de olhos poderia entregar você. Ele permaneceu olhando enquanto a instrutora erguia seus braços acima da cabeça e — não dava para dizer se era com graça, mas com pureza e eficiência notáveis — curvava-se e enfiava a primeira falange do dedo da mão embaixo dos dedos dos pés.

— Isso, camaradas! Assim é que eu quero ver vocês fazendo. Prestem atenção de novo. Tenho 39 anos e já tive quatro filhos. Agora olhem. — Ela curvou-se novamente. — Vocês podem ver que não dobrei os joelhos. Todos vocês conseguem fazer se quiserem — acrescentou enquanto se endireitava. — Qualquer um com menos de 45 anos é perfeitamente capaz de tocar os dedos dos pés. Nem todos temos o privilégio de lutar na linha de frente, mas pelo menos podemos manter a forma. Lembrem-se de nossos garotos no front Malabar! E os marinheiros da Fortaleza Flutuante! Apenas pensem no que eles tiveram de suportar. Agora tentem novamente. Está melhor, camarada, está muito melhor — ela acrescentou encorajando Winston, que, com uma investida violenta, foi bem-sucedido em tocar os dedos dos pés sem dobrar os joelhos, pela primeira vez em muitos anos.

Capítulo 4

Com um suspiro profundo e inconsciente que nem mesmo a proximidade da teletela o poderia impedir de emitir quando seu dia de trabalho começou, Winston puxou a fala-escreve para perto dele, soprou a poeira de seu bocal e colocou seus óculos. Depois, desenrolou e prendeu junto quatro pequenos rolos de papel que já haviam saído do tubo pneumático do lado direito de sua mesa.

Nas paredes da cabine havia três orifícios. À direita da fala-escreve, um pequeno tubo pneumático para mensagens escritas; à esquerda, um maior para jornais; e na parede ao lado, bem ao seu alcance, uma abertura elíptica protegida por uma grade de arame, por onde se descartava papel usado. Aberturas similares existiam aos milhares ou dezenas de milhares por todo o edifício, não apenas em cada cômodo, mas também nos corredores com distâncias curtas entre elas. Por alguma razão elas ganharam o apelido de buracos da memória. Se alguém soubesse que algum documento estava destinado a ser destruído, ou mesmo quando via um rascunho de papel usado espalhado, era automático levantar a tampa do buraco da memória mais próximo e jogá-lo lá, de onde seria carregado por uma corrente de ar quente para as enormes fornalhas escondidas nos recessos do prédio.

Winston examinou as quatro tiras de papel que ele havia desenrolado. Cada uma continha uma mensagem de apenas uma ou duas linhas, no jargão abreviado — não em novalíngua exatamente, mas consistindo basicamente em palavras em novalíngua — que era usado no Ministério para propósitos internos. Assim diziam:

> times 17.3.84 discurso gi deturpado africa retificar
>
> times 19.12.83 edição hoje checar previsões 3 ac quarto trimestre 83 erros impressão
>
> times 14.2.84 minifar malcitado chocolate retificar
>
> times 3.12.83 reportar ordem dia gi duplimaisimbom ref impessoa reescrever totalmente submet antearquiv

Com um leve sentimento de satisfação Winston deixou a quarta mensagem de lado. Ela era um trabalho mais intrincado, que exigia mais responsabilidade, e seria melhor ser deixado para o final. As outras três eram mensagens rotineiras, embora a segunda significasse certo trabalho entediante ao se percorrer tabelas.

Winston discou "números anteriores" na teletela e pediu por edições específicas do *The Times*, que saíram pelo tubo pneumático depois de alguns minutos. As mensagens que ele havia recebido referiam-se a artigos ou notícias que por um motivo ou outro seria necessário alterar, ou, como na linguagem oficial, retificar. Por exemplo, a edição de 17 de março do *The Times* dizia que o Grande Irmão, em seu discurso do dia anterior, havia previsto que o front da Índia do Sul permaneceria imperturbável, mas que uma ofensiva eurasiana em breve seria lançada na África do Norte. Conforme aconteceu, o Alto Comando Eurasiano havia lançado sua ofensiva na Índia do Sul deixando a África do Norte em paz. Era, então, necessário reescrever um parágrafo do discurso do Grande Irmão, de tal forma que o fizesse prever o que de fato havia acontecido. Ou ainda, o *The Times* de 19 de dezembro havia publicado as previsões oficiais para a produção de vários tipos de bens de consumo no quarto trimestre de 1983, o que correspondia também ao sexto trimestre do Nono Plano Trienal. A edição daquele dia continha um balanço da produção real, de onde era possível ver que as previsões estavam grosseiramente erradas. O trabalho de Winston era o de retificar os números originais para que estivessem de acordo com os mais recentes. Quanto à terceira mensagem, referia-se a um erro muito simples que poderia ser corrigido em dois minutos.

Recentemente, em fevereiro, o Ministério da Fartura havia prometido (um "compromisso categórico" foram as palavras oficiais) que não haveria redução no suprimento de chocolate durante 1984. Na verdade, como Winston sabia, o suprimento de chocolate seria reduzido de trinta para vinte gramas ao final daquela semana. Bastava substituir a promessa original por um aviso de que provavelmente seria necessário reduzir a porção em algum momento em abril.

Tão logo havia lidado com cada uma das mensagens, Winston anexou suas correções à cópia específica do *The Times* e colocou-as no tubo pneumático. Depois, com um movimento que pode ter sido inconsciente, ele amassou a mensagem original e qualquer anotação que ele mesmo pudesse ter feito e jogou-as pelo buraco da memória para serem devoradas pelas chamas.

O que acontecia no labirinto invisível ao qual o tubo pneumático levava ele não sabia em detalhes, só em termos gerais. Assim que todas as correções que precisassem ser feitas em qualquer número específico do *The Times* tivessem sido elaboradas e conferidas, aquele número seria impresso novamente, a cópia original destruída e a cópia corrigida posicionada no seu lugar nos arquivos. Esse processo de alteração contínua era aplicado não apenas a jornais, mas a livros, periódicos, panfletos, pôsteres, folhetos, filmes, trilhas sonoras, desenhos animados, fotografias — a todo tipo de literatura ou documentação que pudesse conter qualquer importância política ou ideológica. Dia a dia ou quase minuto a minuto o passado era atualizado. Dessa forma, cada estimativa feita pelo Partido poderia ser provada correta por meio de documento. Também não era permitido que fosse mantido o registro de nenhuma notícia ou opinião expressa que conflitassem com as necessidades do momento. Toda a história era um palimpsesto, apagado e reescrito quantas vezes fossem necessárias. Com o trabalho feito, de forma alguma teria sido possível provar que qualquer falsificação tivesse ocorrido. A maior seção no Departamento de Documentação, muito maior do que aquela em que Winston trabalhava, consistia simplesmente em pessoas cuja obrigação era rastrear e coletar todas as cópias de livros, jornais e outros documentos que houvessem sido anulados e necessitassem de destruição. Um número do *The Times* que, por causa de mudanças em alinhamento político ou profecias errôneas proferidas pelo Grande Irmão, deveria ter sido reescrito uma dúzia de vezes ainda constava nos arquivos contendo sua data original e nenhuma outra cópia existia para contradizê-lo. Livros também eram recolhidos e reescritos repetidas vezes, e invariavelmente eram reimpressos sem que se admitisse que qualquer alteração havia sido feita. Mesmo as instruções por escrito que Winston recebia, das quais ele sistematicamente se livrava assim que tivesse lidado com elas, nunca declaravam ou insinuavam que um ato de falsificação deveria ser cometido: a referência era sempre a deslizes, falhas, erros gráficos, erros de citação, que deveriam ser corrigidos em nome da veracidade.

Mas, na verdade, ele pensou enquanto reajustava os números no Ministério da Fartura, não era nem falsificação. Era a simples substituição de um absurdo por outro. A maioria do material com que se lidava não tinha nenhuma ligação com o mundo real, nem mesmo o tipo de ligação contido numa clara mentira. As estatísticas eram uma grande fantasia tanto em sua versão original quanto em sua versão retificada. Na maioria das vezes era esperado que você as tirasse da sua cabeça. Por exemplo, o Ministério da Fartura estimou a produção de botas para o trimestre em 145 milhões de pares. A produção real foi de 62 milhões. Winston, no entanto, ao reescrever as estimativas, baixou o número para 57 milhões, para permitir a alegação usual de que a cota havia sido superada. De qualquer forma, 62 milhões não era mais perto da verdade do que 57 milhões, ou mesmo do que 145 milhões. É muito provável que nenhuma bota tenha sido produzida. Ainda mais provável, ninguém nem sabia e menos ainda ligava para quantas haviam sido produzidas. Tudo que se sabia era que a cada trimestre números astronômicos de botas eram produzidos no papel, enquanto talvez metade da população de Oceânia andava descalça. E assim era com qualquer tipo de registro, pequeno ou grande. Tudo desaparecia em um mundo de sombras em que, no final, até o dia do ano havia se transformado em uma incógnita.

Winston deu uma olhada pelo corredor. Na cabine imediatamente oposta, um homem pequeno, de aparência escrupulosa, com um cavanhaque preto, chamado Tillotson, trabalhava concentrado, com um jornal dobrado sobre o joelho e a boca muito próxima do bocal da fala-escreve. Parecia querer manter o que estava dizendo em segredo entre ele e a teletela. Ele olhou para cima e seus óculos lançaram raios hostis na direção de Winston.

Winston mal conhecia Tillotson e não fazia ideia de que função ele realizava.

As pessoas no Departamento de Documentação não falavam de seus trabalhos muito abertamente. No corredor comprido e sem janelas, com sua dupla fileira de cabines e seu infindável farfalhar de papel e zunido de vozes murmurando cada um em sua fala-escreve, havia bem uma dúzia de pessoas que Winston não conhecia nem de nome, embora as visse diariamente se apressando de um lado para o outro nos corredores ou gesticulando nos Dois Minutos de Ódio. Ele sabia que na cabine ao lado da dele a mulherzinha de cabelos claros labutava dia após dia simplesmente rastreando e apagando da imprensa os nomes das pessoas que tivessem sido evaporadas e foram, assim, consideradas nunca terem existido. Havia certa conveniência nisso, já que seu próprio marido havia sido evaporado dois anos antes. A poucas cabines de distância, uma criatura tranquila, inoperante e sonhadora chamada Ampleforth, com orelhas muito peludas e um surpreendente talento para brincar com rimas e métrica, estava concentrado em produzir versões adulteradas — textos definitivos, como eram chamados — de poemas que haviam se tornado ideologicamente ofensivos, mas que por um motivo ou outro deveriam ser mantidos nas antologias. E esse corredor, com seus cerca de cinquenta trabalhadores, era apenas uma subseção, uma única célula, como era definida, na enorme complexidade do Departamento de Documentação. Adiante, acima, abaixo havia outros enxames de trabalhadores envolvidos em uma variedade inimaginável de empregos. Havia as imensas lojas de impressão com seus subeditores, seus especialistas em tipografia e seus estúdios meticulosamente equipados para falsificar fotografias. Havia a seção dos teleprogramas com seus engenheiros, seus produtores e seus times de atores escolhidos especialmente pelo talento em imitar vozes. Havia um exército de balconistas de referência cujo trabalho era simplesmente elaborar listas de livros e periódicos que estavam previstos para serem recolhidos. Havia os vastos repositórios em que os documentos corrigidos eram armazenados e os fornos escondidos onde os originais eram destruídos. Em um ou outro lugar, quase anônimos, havia os cérebros condutores que coordenavam o esforço todo e impunham as diretrizes sob as quais este fragmento do passado deveria ser preservado, aquele falsificado e o outro apagado da existência.

No final das contas, o Departamento de Documentação era, ele mesmo, um único braço do Ministério da Verdade, cuja função primordial não era reconstruir o passado, mas suprir os cidadãos de Oceânia de jornais, filmes, livros, programas nas teletelas, peças, romances — com todo tipo de informação, instrução ou entretenimento possível, desde uma estátua até um slogan, de um poema a um tratado biológico, e de um livro de alfabetização infantil a um dicionário de novalíngua. E o Ministério tinha que não apenas suprir as múltiplas necessidades do Partido, mas também repetir toda a operação em um nível mais baixo para o benefício do proletariado. Havia toda uma cadeia de departamentos separados lidando com literatura, música, teatro, entretenimento em geral para o proletariado. Aqui eram produzidos jornais descartáveis contendo quase nada além de esportes, crime e astrologia, novelas sensacionalistas baratas, filmes cheios de cenas de sexo e canções sentimentais compostas usando apenas meios mecânicos em um tipo especial de caleidoscópio conhecido como versificador. Havia ainda toda uma subseção — Secporn, como era chamada em novalíngua — encarregada da produção do nível mais baixo de pornografia, que era enviada em pacotes lacrados e que nenhum membro do Partido, a não ser aqueles que trabalharam nela, tinha permissão de olhar.

Três mensagens passaram pelo tubo pneumático enquanto Winston estava trabalhando, mas elas eram questões simples e ele já as tinha descartado antes dos Dois Minutos de Ódio o interromperem. Quando o Ódio terminou, ele voltou para sua cabine, pegou o dicionário de novalíngua da prateleira, empurrou a fala-escreve de lado, limpou seus óculos e dedicou-se à sua principal tarefa da manhã.

O maior prazer de Winston na vida era seu trabalho. Na maior parte do tempo, não passava de uma rotina enfadonha, mas também estavam incluídos trabalhos tão difíceis e intrincados que você podia se deixar absorver neles como nas profundezas de um problema matemático — delicados pedaços de falsificação nos quais você não tinha nada para te guiar exceto seu conhecimento dos princípios do Socing e sua noção do que o Partido queria que você dissesse. Winston era bom nisso. Na ocasião, lhe havia sido confiada a retificação de artigos importante do *The Times* que foram escritos totalmente em novalíngua. Ele desenrolou a mensagem que tinha deixado de lado antes. Dizia:

> *times 3.12.83 reportar ordem dia gi duplimaisimbom ref impessoa reescrever totalmente submet antearquiv*

Em velhalíngua (ou inglês-padrão) deve ser assim:

O relatório da Ordem do Dia do Grande Irmão no The Times de 3 de dezembro de 1983 é extremamente insatisfatório e faz referências a pessoas não existentes. **Reescreva completamente e submeta seu rascunho a uma autoridade antes de arquivá-lo.**

Winston leu todo o artigo infrator novamente. A Ordem do Dia do Grande Irmão parecia ter sido basicamente destinada a enaltecer o trabalho de uma organização conhecida como FFCC, que fornecia cigarros e outras conveniências aos marinheiros nas Fortalezas Flutuantes. Um certo camarada Withers, um membro proeminente do Partido Interior, havia sido destacado para uma menção especial e uma condecoração, a Ordem do Notório Mérito, Segunda Turma.

Três meses mais tarde a FFCC de uma hora para outra fora extinta sem nenhuma explicação. Poderia se supor que Withers e seus sócios estavam agora em desgraça, mas não houvera nenhuma notícia sobre o assunto na imprensa nem na teletela. Era esperado, já que não era comum para infratores políticos serem levados a julgamento ou mesmo denunciados publicamente. Os grandes expurgos envolvendo milhares de pessoas, com julgamentos públicos de traidores e criminosos do pensamento que fizeram confissões deploráveis de seus crimes e foram na sequência executados, eram espetáculos especiais que não ocorriam mais do que uma vez a cada dois anos. Mais frequentemente, pessoas que tinham virado desafetos do Partido simplesmente desapareciam ou nunca mais se ouvia falar delas. Ninguém nunca tinha a menor pista do que havia acontecido com elas. Em alguns casos pode ser até que estivessem mortas. Talvez trinta pessoas que Winston conhecia pessoalmente, sem contar seus pais, haviam desaparecido em alguma dessas ocasiões.

Winston tocou seu nariz delicadamente com um clipe. Na cabine do outro lado o Camarada Tillotson ainda se debruçava sigilosamente sobre sua fala-escreve. Ele ergueu a cabeça por um momento: de novo o olhar hostil. Winston ficou imaginando se o Camarada Tillotson estava envolvido no mesmo tipo de trabalho que ele. Era perfeitamente possível. Uma parte tão ardilosa do trabalho não seria delegada a uma única pessoa. Por outro lado, entregá-la a um comitê seria admitir abertamente que um ato de fabricação de informação estava ocorrendo. Era muito provável que bem uma dúzia de pessoas estaria trabalhando em versões antagônicas ao que o Grande Irmão havia de fato dito. E, na sequência, algum cérebro de destaque no Partido Interior selecionaria essa ou aquela versão, a reeditaria e faria funcionar o processo complexo e necessário de cruzar as referências. Depois, a mentira escolhida entraria para os registros e se tornaria verdade.

Winston não sabia por que Withers havia caído em desgraça. Talvez por corrupção ou incompetência. Talvez o Grande Irmão estivesse se livrando de um subordinado popular demais. Talvez Withers ou alguém muito próximo a ele tivesse sido suspeito de tendências heréticas. Ou talvez — o que era o mais provável — tudo tivesse acontecido simplesmente porque expurgos e evaporações eram uma parte necessária do mecanismo do governo. A única pista real recaía nas palavras "ref impessoa", que indicava que Withers já estava morto. Nem sempre se supunha que era isso que acontecia. Às vezes, as pessoas eram soltas e tinham permissão para permanecer em liberdade por até um ou dois anos antes de serem executadas. Muito raramente alguém que você acreditava estar morto havia tempo faria uma aparição fantasmagórica em algum julgamento público, onde implicaria centenas de outros com seu testemunho antes de desaparecer, dessa vez para sempre. Withers, no entanto, já era uma impessoa. Ele não existia: ele nunca tinha existido. Winston decidiu que não seria suficiente apenas reverter o viés do discurso do Grande Irmão. Seria melhor transformá-lo em algo totalmente sem ligação com o assunto original.

Ele poderia alterar o discurso para uma denúncia comum de traidores de criminosos do pensamento. Mas isso era um pouco óbvio demais, enquanto inventar uma vitória no front ou algum triunfo de superprodução no Nono Plano Trienal poderia complicar demais os registros. Seria necessário algo puramente fantasioso. De repente brotou em sua mente, pronta para ser usada, a imagem de certo camarada Ogilvy, que tinha morrido em batalha recentemente, em circunstâncias heroicas. Havia ocasiões em que o Grande Irmão dedicava sua Ordem do Dia para celebrar algum membro humilde da base do Partido, cuja vida e morte poderia ser uma bandeira de exemplo a ser seguido. Hoje ele deveria celebrar o camarada Ogilvy. Era verdade que o tal camarada Ogilvy nem existia, mas algumas linhas impressas e umas duas fotografias forjadas facilmente o tornariam alguém.

Winston pensou um pouco, puxou a fala-escreve para perto de si e começou a ditar no estilo familiar do Grande Irmão: um estilo militar, pedante e, devido ao artifício de fazer perguntas e prontamente as responder ("Que lições tiramos disso, camaradas? A lição, que é também um dos princípios fundamentais do Socing, que", fácil de imitar.

Aos 3 anos de idade, o camarada Ogilvy não gostava de nenhum brinquedo, com exceção de um tambor, uma submetralhadora e um helicóptero. Aos 6 — um ano mais cedo, devido a um relaxamento das regras — ele entrou para os Espiões e, aos 9, já tinha se tornado um líder de tropa. Aos 11, havia denunciado seu tio para a Polícia das Ideias depois de ouvir uma conversa que lhe pareceu conter tendências criminosas. Aos 17, havia sido um organizador distrital da Liga Juvenil Antissexo. Aos 19, havia criado uma granada que fora adotada pelo Ministério da Paz e que, em seu primeiro teste, havia matado trinta e um prisioneiros eurasianos em uma explosão. Aos 23, morrera em uma batalha. Perseguido por jatos inimigos enquanto sobrevoavam o Oceano Índico com importantes carregamentos, ele havia pegado a metralhadora e saltado do helicóptero para a água com a carga e tudo — um final, disse o Grande Irmão, que era impossível de contemplar sem inveja. O Grande Irmão acrescentou algumas observações sobre a vida de pureza e determinação do camarada Ogilvy. Ele era totalmente abstêmio e avesso ao fumo, não tinha nenhum lazer, exceto uma hora diária na academia, e tinha feito voto de castidade, pois acreditava que o casamento e o cuidado com a família eram incompatíveis com uma devoção vinte e quatro horas ao trabalho. Não possuía nenhum assunto sobre o qual conversar a não ser os princípios do Socing e nenhum objetivo de vida além de derrotar o inimigo eurasiano e caçar espiões, sabotadores, criminosos do pensamento e traidores em geral.

Winston se questionou se deveria conceder ao camarada Ogilvy a Ordem do Notório Mérito. No final, decidiu não o fazer devido à referência cruzada desnecessária que isso acarretaria.

Novamente, ele olhou para seu rival na cabine oposta. Ele tinha quase certeza de que Tillotson estava ocupado com a mesma tarefa que ele. Não havia formas de saber qual versão seria efetivamente adotada, mas sentiu uma profunda convicção de que seria a sua. O camarada Ogilvy, que nunca havia existido no presente, agora existia no passado, e uma vez que o ato de falsificação fosse esquecido, ele existiria tal como existiram, e baseada na mesma evidência, Carlos Magno e Júlio César.

Capítulo 5

Na cantina de teto baixo, no subterrâneo, a fila para o almoço se arrastava. O lugar já estava bem cheio e o barulho era ensurdecedor. Da grelha no balcão vinha um cheiro metálico e azedo do cozido que não chegava a superar os vapores do gim Victory. No lado mais distante da sala havia um bar, um simples buraco na parede, onde o gim podia ser vendido a dez centavos a dose grande.

— Exatamente o homem que eu estava procurando — disse uma voz atrás de Winston.

Ele virou-se. Era seu amigo Syme, que trabalhava no Departamento de Pesquisa. Talvez "amigo" não fosse bem a palavra. Não se tinham amigos naqueles tempos; tinham-se camaradas. Mas a companhia de alguns camaradas era mais agradável do que a de outros. Syme era filólogo, um especialista em novalíngua. Na verdade, ele estava em um daqueles enormes times de especialistas comprometidos com a compilação da 11ª Edição do Dicionário de Novalíngua. Ele era uma criatura minúscula, menor que Winston, com cabelos negros e olhos grandes, protuberantes, ao mesmo tempo pesarosos e sarcásticos, que pareciam examinar cuidadosamente seu rosto quando falava com você.

— Queria perguntar se você teria giletes — disse.

— Nem uma! — disse Winston com uma espécie de pressa com culpa. — Procurei por tudo. Elas não existem mais.

Todo mundo ficava perguntando sobre giletes. Na verdade, ele tinha duas sem usar que estava guardando. Houvera uma grande escassez delas no passado. A qualquer momento haveria algum artigo necessário que as lojas do Partido não poderiam fornecer. Às vezes eram botões, às vezes linha de costura, às vezes cadarços. No momento eram giletes. Você só conseguiria botar as mãos em uma, se conseguisse, surrupiando alguma disfarçadamente no mercado "livre".

— Estou usando a mesma há seis semanas — acrescentou, mentindo.

A fila andou mais um pouco. Quando eles pararam, ele virou-se e encarou Syme de novo. Cada um pegou uma bandeja de metal engordurada de uma pilha no final do balcão.

— Você foi ver os prisioneiros sendo enforcados ontem? — Syme falou.

— Estava trabalhando — respondeu Winston com indiferença. — Suponho que vamos ver nas sessões de cinema.

— Uma troca bem inadequada — disse Syme.

Seus olhos zombeteiros varreram o rosto de Winston. "Eu te conheço", os olhos pareciam dizer. "Você não me engana. Sei muito bem por que não foi ver o enforcamento dos prisioneiros." Intelectualmente, Syme era maliciosamente ortodoxo. Ele falava com uma alegria desagradável de perseguições de helicópteros em vilas inimigas e julgamentos e confissões de criminosos do pensamento, das execuções nos porões do Ministério do Amor. Ao conversar com ele era recomendável tentar se desviar desses assuntos e envolvê-lo, se possível, nas tecnicalidades da novalíngua, nas quais ele era uma autoridade e tinha grande interesse. Winston virou seu rosto um pouco para o lado para evitar o escrutínio daqueles grandes olhos negros.

— Foi um enforcamento legal — disse Syme, lembrando-se do que viu. — Eu acho que estraga um pouco quando amarram os pés deles juntos. Eu gosto de vê-los chutando. E melhor de tudo, no final, a língua para fora, azul, um azul bem forte. Esse é o detalhe de que mais gosto.

— Próximo, por favor! — gritou a proleta de avental branco com a concha.

Winston e Syme empurraram suas bandejas abaixo da grelha. Para cada um foi colocada a refeição regular — uma panelinha de metal com um cozido de cor cinza-rosada, um pedaço de pão, um naco de queijo, uma caneca de café Victory sem leite e um tablete de sacarina.

— Tem uma mesa para lá, embaixo da teletela — disse Syme. — Vamos pegar um gim no caminho.

O gim foi servido a eles em canecas de porcelana sem alças. Eles cruzaram o salão lotado e desfizeram suas bandejas em uma mesa com cobertura de metal, que tinha um pouco de molho do cozido deixado por alguém, um líquido nojento que parecia vômito. Winston pegou sua caneca de gim, parou para tomar coragem e engoliu a bebida com gosto de óleo. Quando ele piscou com os olhos lacrimejando, percebeu que estava com fome. Ele começou a engolir colheradas do cozido, que, no meio de todo o desleixo com que era feito, continha cubos de algo rosado e esponjoso, que provavelmente era um preparado de carne. Nenhum dos dois falou novamente até que tivessem esvaziado suas panelinhas. Da mesa do lado esquerdo de Winston, um pouco para trás, alguém falava rapidamente e sem parar, um tagarelar áspero quase como o grasnar de um pato, perfurando o barulho geral do salão.

— Como está indo o dicionário? — disse Winston, erguendo a voz para se fazer ouvir no barulho.

— Devagar — disse Syme. — Estou nos adjetivos. É fascinante.

Ele tinha se iluminado imediatamente ao ser mencionada a novalíngua. Colocou sua panelinha de lado, pegou um pedaço do pão com uma mão delicada e queijo com a outra e se debruçou sobre a mesa para poder falar sem gritar.

— A 11ª Edição é a edição definitiva — disse. — Estamos dando a forma final à língua — a forma que ela terá quando ninguém falar nenhuma outra. Quando tivermos terminado, pessoas como você terão de aprendê-la tudo de novo. Você acha, eu ousaria dizer, que nosso trabalho principal é inventar palavras. Mas não é nada disso! Estamos destruindo palavras — muitas delas, centenas delas, todo dia. Estamos enxugando a língua o máximo possível. A 11ª Edição não conterá uma única palavra que se tornará obsoleta antes do ano 2050.

Ele mordeu seu pão com avidez, engoliu e repetiu, depois continuou a falar, com uma espécie de paixão pedante. O rosto magro e escuro se animou, os olhos abandonaram a expressão sarcástica e pareciam mais sonhadores.

— É uma coisa linda a destruição das palavras. Claro, o maior corte é nos verbos e adjetivos, mas há centenas de substantivos que podem igualmente ser eliminados. Não só os sinônimos; há os antônimos também. No mais, que justificativa há em uma palavra que é apenas o oposto de alguma outra? Uma palavra contém seu oposto nela mesma. Pegue "bom", por exemplo. Se você tem uma palavra como "bom", qual a necessidade de uma palavra como "mau". "Nãobom" serviria muito bem — seria até melhor, porque é exatamente o oposto, que "mau" não é. Ou ainda, se você quer uma versão mais forte de "bom", qual o sentido em ter uma série de palavras inúteis e vagas como "excelente" e "esplêndido" e todo o resto? "Maisbom" transmite o sentido, ou "duplomaisbom", se você quer algo ainda mais forte. Claro que já usamos essas formas, mas na versão final da novalíngua não haverá outras. No final, toda a noção de bondade ou maldade será coberta por apenas seis palavras — na realidade, uma única palavra. Você não enxerga a beleza disso? Originalmente foi ideia do G. I., claro — acrescentou, como um adendo.

Um tipo de ímpeto insípido passou pelo rosto de Winston à menção do Grande Irmão. Entretanto, Syme imediatamente notou certa falta de entusiasmo.

— Você ainda não experimentou a novalíngua para valer, Winston — disse, quase triste. — Mesmo quando você a escreve, ainda está pensando na velhalíngua. Eu li algumas daquelas coisas que você escreve no *The Times* ocasionalmente. Elas são boas, mas são traduções. No seu coração, você preferiria ater-se à velhalíngua, com toda a sua imprecisão e suas gradações de significado. Você não consegue captar a beleza da destruição de palavras. Você sabia que a novalíngua é a única língua no mundo cujo vocabulário está diminuindo ano a ano?

Winston não sabia, claro. Ele sorriu, receptivamente, assim esperou, não se sentindo confortável para falar. Syme mordeu de novo um pedaço do pão escuro, mastigou brevemente e continuou:

— Você não percebe que o objetivo todo da novalíngua é limitar a extensão do pensamento? No final, tornaremos o crime de pensamento literalmente impossível, pois não haverá palavras para expressá-lo. Cada conceito que for necessário será expresso por exatamente uma palavra, com seu significado rigidamente definido e todos os seus significados auxiliares apagados ou esquecidos. Na 11ª Edição já estamos bem perto disso. Mas o processo continuará muito depois que você e eu estivermos mortos. A cada ano, cada vez menos palavras e a abrangência da consciência sempre um pouco menor. Mesmo agora, claro, não há razão para cometer crime de pensamento. É meramente uma questão de autodisciplina, controle de realidade. Mas no final, nem isso será necessário. A revolução estará completa quando a língua for perfeita. Novalíngua é Socing e Socing é novalíngua — ele acrescentou com uma satisfação meio mística. — Já lhe ocorreu, Winston, que por volta do ano 2050, no máximo, nenhum ser humano que estiver vivo poderá entender uma conversa como a que estamos tendo agora?

— Exceto... — começou Winston, mas parou.

Estava na ponta da sua língua para dizer "exceto os proletas", mas ele se conteve, pois não tinha total certeza se esse comentário não seria considerado inortodoxo de alguma forma. Syme, no entanto, adivinhou o que ele ia dizer.

— Mas os proletas não são seres humanos — disse, despreocupadamente. — Até 2050, ou antes, provavelmente, todo o conhecimento real da velhalíngua terá desaparecido. Toda a literatura do passado terá sido destruída. Chaucer, Shakespeare, Milton, Byron, eles só existirão em versões na novalíngua, não simplesmente transformados em algo diferente, mas mudados, de fato, para algo contrário ao que costumavam ser. Até a literatura do partido mudará. Até os slogans mudarão. Como se poderia ter um slogan que diz "liberdade é escravidão" se o próprio conceito de liberdade terá sido abolido? Todo o contexto do pensamento será diferente. Na verdade, não haverá pensamento, não como o entendemos agora. Ordodoxia significa não pensar, não precisar pensar. Ortodoxia é inconsciência.

Qualquer dia, pensou Winston com uma convicção repentina e profunda, Syme será evaporado. Ele é inteligente demais. Ele enxerga as coisas muito claramente e fala muito abertamente. O Partido não gosta de pessoas assim. Um dia ele desaparecerá. Está escrito na cara dele.

Winston havia terminado o pão e o queijo. Virou de lado um pouco para tomar sua caneca de café. Na mesa à sua esquerda, o homem com a voz estridente ainda conversava impiedosamente. Uma jovem que talvez fosse sua secretária, e que estava sentada de costas para Winston, escutava-o e parecia concordar avidamente com tudo que ele dizia. De vez em quando, Winston ouvia algum comentário, como "Acho que você está supercerto. Concordo com você", pronunciado em uma voz feminina jovial e meio boba. Mas a outra voz não parava um minuto, mesmo quando a garota estava falando. Winston conhecia o homem de vista, embora seu conhecimento se limitasse a saber que ele possuía um cargo importante no Departamento de Ficção. Era um homem de cerca de 30 anos, com um pescoço grosso e uma boca grande e versátil. Sua cabeça estava jogada um pouco para trás e, devido ao ângulo em que ele estava, seus óculos captavam a luz e mostravam para Winston dois discos brancos, em vez de olhos. Algo um pouco medonho era que do fluxo de som que jorrava da sua boca era impossível distinguir uma única palavra. Apenas um momento Winston captou uma frase — "eliminação completa e definitiva do goldsteinismo" — expelida muito rapidamente e, como pareceu, de uma vez só, como um bloco sólido. O resto era só ruído, um zum-zum-zum. E ainda, mesmo sem entender de fato o que o homem dizia, não havia dúvida sobre sua natureza em geral. Ele podia estar denunciando Goldstein e exigindo medidas mais duras contra criminosos do pensamento e sabotadores, ele podia estar fulminando as atrocidades do exército eurasiano, ele podia estar enaltecendo o Grande Irmão e os heróis no front Malabar — não fazia diferença. O que quer que fosse, pode ter certeza de que cada palavra era ortodoxia pura, puro Socing. Enquanto observava o rosto sem olhos com as mandíbulas rapidamente abrindo e fechando, Winston sentiu de forma curiosa que não se tratava de um ser humano, mas algum tipo de fantoche. Não era o cérebro do homem que falava, era sua laringe. O que saía dele consistia em palavras, mas não era uma fala em seu verdadeiro sentido: era ruído proferido em estado de inconsciência, como o grasnar de um pato.

Syme havia ficado em silêncio por um momento, e com o cabo de sua colher traçava desenhos na poça de molho. A voz da outra mesa seguia grasnando rapidamente, bem audível apesar de todo o barulho em volta.

— Tem uma palavra em novalíngua — disse Syme —, não sei se você conhece: patofala, que é "grasnar como um pato". É uma daquelas palavras interessantes que têm dois significados contraditórios. Aplicada a um oponente, é uma ofensa; aplicada a alguém com quem você concorda, é um elogio.

Sem dúvida Syme será evaporado, Winston pensou de novo. Ele pensou com certa tristeza, mesmo sabendo que Syme o desprezava e até não gostava muito dele e fosse totalmente capaz de denunciá-lo como criminoso do pensamento se visse algum motivo para tal. Havia algo sutilmente errado com Syme. Algo que lhe faltava: discrição, afastamento, um tipo de ignorância salutar. Não dava para dizer que ele era inortodoxo. Ele acreditava nos princípios do Socing, venerava o Grande Irmão, regozijava com as vitórias, odiava os hereges, não simplesmente com sinceridade, mas com um tipo de entusiasmo agitado, uma atualização de informação, que um membro comum do Partido não adotava. Ainda que um sutil ar de improbidade sempre o acompanhasse. Ele dizia coisas que era melhor não dizer, ele havia lido livros demais, frequentado o Café Chestnut Tree, reduto de pintores e músicos. Não havia nenhuma lei, nem daquelas não escritas, contra frequentar o Café Chestnut Tree, embora o local fosse de alguma forma de mau presságio. Os antigos líderes do Partido, desprestigiados, costumavam se reunir lá antes de serem finalmente expurgados. Goldstein mesmo, diziam, já fora visto lá anos, décadas atrás. O destino de Syme não era difícil de prever. Era bem possível que se ele percebesse, mesmo que por três segundos, a natureza das opiniões secretas de Winston, ele na mesma hora o denunciaria para a Polícia das Ideias. Qualquer um faria, nesse sentido, mas Syme mais que os outros. Precaução não era suficiente. A ortodoxia era inconsciência.

Syme olhou para cima.

— Lá vem Parsons — disse.

Algo em seu tom de voz pareceu adicionar "aquele maldito idiota". Parsons, vizinho de apartamento de Winston na Mansão Victory, estava de fato passeando pelo salão — um homem rechonchudo, de porte médio, com cabelo claro e cara de sapo. Aos 35 anos, ele já tinha acumulado camadas de gordura no pescoço e na cintura, mas seus movimentos eram ágeis e joviais. Toda a sua aparência lembrava um garoto crescido, tanto que, embora ele estivesse usando o macacão obrigatório, era impossível não o imaginar com o short azul, a camiseta cinza e o lenço vermelho dos Espiões. Ao visualizá-lo, podia-se ver os joelhos encovados e as mangas arregaçadas, mostrando os braços roliços. Parsons invariavelmente usaria short em uma caminhada comunitária ou qualquer outra atividade física que pudesse ser uma desculpa para tal. Ele cumprimentou ambos com um animado "Alô, alô!" e sentou-se à mesa, exalando um intenso cheiro de suor. Gotas de suor estavam por toda a sua face rosada. Seu poder de transpiração era extraordinário. No Centro Comunitário sempre dava para dizer quando ele tinha jogado tênis de mesa pela umidade no cabo da raquete. Syme havia criado uma tira de papel com uma comprida coluna de palavras e a estudava com uma caneta em meio aos dedos.

— Olha só para ele, continua trabalhando na hora do almoço — disse Parsons, cutucando Winston. — Que disposição, hein? O que é que tem aí, meu velho? Algo inteligente demais para mim, suponho. Smith, meu velho, sabe por que eu estava procurando você? É sobre aquela cota que você se esqueceu de me dar.

— Qual cota? — disse Winston, automaticamente entendendo que se tratava de dinheiro. Cerca de um quarto do salário de cada um era destinado a mensalidades voluntárias, que eram tão numerosas que ficava difícil de rastrear.

— Para a Semana do Ódio. Você sabe, o fundo domiciliar. Sou o tesoureiro para o nosso quarteirão. Estamos fazendo um esforço completo. Vai ser uma tremenda apresentação. Ouça o que eu digo, não será culpa minha se a velha Mansão Victory não tiver o maior conjunto de bandeiras da rua toda. Dois dólares foi o que você me prometeu.

Winston achou e entregou duas notas dobradas e sujas a Parsons, que anotou em um caderninho, na letra esmerada de um analfabeto.

— Aliás, meu velho — ele disse —, soube que aquele meu pirralho atacou você com um estilingue ontem. Passei-lhe um sabão. Na verdade, eu disse que tomaria o estilingue dele se fizesse de novo.

— Acho que ele estava um pouco chateado por não ver a execução — disse Winston.

— Ah, bem, é o que eu digo, ele mostra bem o espírito para a coisa, né? Pirralhos safados os dois, mas nem me fale em disposição! Eles só pensam nos Espiões e na guerra, claro. Sabe o que aquela minha garotinha fez sábado passado quando a turma dela estava em uma caminhada lá para os lados de

Berkhamsted? Chamou duas outras garotas para irem com ela, se separaram da turma e passaram a tarde toda seguindo um estranho. Elas seguiram seus passos por duas horas pelos bosques e, então, quando se aproximavam de Amersham, elas entregaram o suspeito para as patrulhas.

— E por que elas fizeram isso? — perguntou Winston, de certa forma surpreso.

Parsons explicou, triunfante:

— Minha filha se assegurou de que ele era algum agente inimigo. Talvez tivesse saltado de paraquedas aqui. Mas aí é que está, meu velho. O que você acha que fez minha filha seguir o homem para começo de conversa? Ela identificou que ele estava usando um tipo de sapato engraçado, que ela nunca tinha visto ninguém usando antes. Então, havia chances de que ele fosse estrangeiro. Bem esperta para uma criança de 7 anos, né?

— O que aconteceu com o homem? — disse Winston.

— Ah, isso eu não sei dizer! Mas eu não ficaria surpreso se... — Parsons imitou um rifle apontando e estalou a língua para simular a explosão.

— Bom — disse Syme distraidamente, sem tirar os olhos de sua tira de papel.

— Com certeza, não podemos nos arriscar — concordou Winston cuidadosamente.

— O que eu quero dizer é que há uma guerra acontecendo — disse Parsons.

Como se fosse uma comprovação disso, um toque de trompete saiu da teletela bem acima de suas cabeças. Entretanto, não era a proclamação de alguma vitória militar dessa vez, mas um simples anúncio do Ministério da Fartura.

— Camaradas! — bradou uma voz jovial com firmeza. — Atenção, camaradas! Temos gloriosas notícias para vocês. Relatórios completos da produção de todos os tipos de bens de consumo mostram que o padrão de vida cresceu nada menos que 20% no último ano. Em toda a Oceânia hoje de manhã houve irrepreensíveis e espontâneas manifestações com os trabalhadores marchando para fora das fábricas e dos escritórios e desfilando pelas ruas com faixas expressando sua gratidão ao Grande Irmão pela vida nova e feliz com a qual ele nos presenteou com sua sábia liderança. Aqui estão alguns números mais completos. Alimentos...

A frase "nossa vida nova e feliz" era recorrente. Era uma das favoritas do Ministério da Fartura ultimamente. Com a atenção tomada pelo toque do trompete, Parsons ouvia sentado com uma espécie de perplexa solenidade, um tipo de fastio edificado. Ele não conseguia acompanhar os números, mas estava ciente de que eram motivo de satisfação. Ele tinha trazido um cachimbo grande e sujo que já estava até a metade de tabaco queimado. Com o suprimento de tabaco em cem gramas por semana quase não dava para encher um cachimbo por completo. Winston estava fumando um cigarro Victory, que ele segurava cuidadosamente na horizontal. A nova quantidade só começaria amanhã e ele tinha apenas quatro cigarros. Por enquanto, tinha fechado seus ouvidos para os barulhos mais remotos e estava ouvindo o que era transmitido pela teletela. Parecia que houvera até manifestações para agradecer o Grande Irmão por aumentar o suprimento de chocolate para vinte gramas por semana. E foi ontem, ele pensou, que tinha sido anunciado que o suprimento de chocolate seria reduzido para vinte gramas por semana. Era possível que as pessoas engolissem aquilo, apenas vinte e quatro horas depois? Sim, elas engoliram. Parsons engoliu essa história facilmente com a ingenuidade de um animal. A criatura sem olhos na outra mesa engoliu-a de maneira fanática, apaixonada, com um desejo furioso de rastrear, denunciar e evaporar qualquer um que sugerisse que semana passada o suprimento era de trinta gramas. Syme também, de uma maneira mais complexa, envolvendo duplopensar, engoliu a história. Seria ele o único a possuir memória?

As fabulosas estatísticas continuaram a jorrar da teletela. Comparando com o último ano, havia mais comida, mais roupas, mais casas, mais móveis, mais utensílios de cozinha, mais combustível, mais navios, mais helicópteros, mais livros, mais bebês — mais tudo, exceto doença, crime e loucura. Ano a ano e minuto a minuto, tudo estava aumentando rapidamente. Como Syme tinha feito antes, Winston pegou sua colher e começou a brincar com o molho pálido que tinha escorrido pela mesa, desenhando um longo traçado com ele. Ressentido, ele meditava sobre a consistência física da vida. Fora sempre desse jeito? Ele olhou em volta pela cantina. Um salão lotado, com pé-direito baixo, suas paredes encardidas pelo contato de numerosos corpos; mesas e cadeiras de metal danificadas, colocadas tão juntas que você se sentava com os cotovelos tocando o do vizinho; colheres entortadas, bandejas deformadas, canecas rústicas; superfícies engorduradas, sujeira em cada brecha; e um cheiro azedo, uma mistura de gim e café ruins, um cozido metálico e roupas sujas. No seu estômago e na sua pele sempre havia uma espécie de protesto, uma sensação de ter sido trapaceado em algo a que você teria direito. Era verdade que ele não tinha lembranças de nada muito diferente. Em qualquer época da qual ele tivesse alguma memória, não se teve muito para comer, não havia meias ou roupas de baixo que não fossem cheias de buracos, móveis sempre foram gastos e capengas, os quartos subaquecidos, trens do metrô lotados, casas caindo aos pedaços, pães embolorados, chás uma raridade, café com gosto nojento, cigarros insuficientes — nada barato e farto, exceto o gim sintético. E embora, óbvio, ficasse pior conforme o corpo envelhecia, não era um sinal de que não se tratava da ordem natural das coisas se o coração de alguém adoecesse pelo desconforto, sujeira, penúria, invernos intermináveis, as meias grudentas, os elevadores que nunca funcionavam, a água gelada, o sabão grosseiro, os cigarros que se despedaçavam, a comida com seu gosto horroroso! Por que se deveria achar intolerável a não ser que se tivesse um tipo de memória ancestral de que as coisas um dia haviam sido diferentes?

Ele olhou em volta pela cantina de novo. Quase todo mundo era feio, e ainda seriam feios mesmo que vestidos com outras roupas que não os macacões azuis do uniforme. Do lado mais distante do salão, sentava-se a uma mesa, sozinho, um homem pequeno, parecendo um besouro. Bebia uma xícara de café, seus olhos pequenos lançando olhares suspeitos de um lado para outro. Quão fácil seria, Winston pensou, se você não olhasse a sua volta, acreditar que o tipo físico estabelecido pelo Partido como o ideal — jovens altos e musculosos e moças de seios fartos, louros, cheios de vida, bronzeados, despreocupados — existia e era predominante. Na realidade, pelo que ele podia julgar, a maioria das pessoas na Força Aérea Um era pequena, escura e desfavorecida. Era curioso como o tipo parecido com um besouro proliferava nos ministérios: homenzinhos atarracados, ficando corpulentos bem jovens, com pernas curtas, movimentos rápidos e fugidios e rostos gordos inescrutáveis com olhos miúdos. Era o tipo que parecia florescer sob o domínio do Partido.

O anúncio do Ministério da Fartura terminou com outro toque de trompete que deu lugar a uma música de som metálico. Parsons, levado a um vago entusiasmo devido ao bombardeio de números, tirou o cachimbo da boca.

— O Ministério da Fartura certamente fez um bom trabalho este ano — disse, com um conhecido meneio da cabeça. — A propósito, meu velho Smith, será que você teria alguma gilete que eu pudesse usar?

— Nem uma — disse Winston. — Estou usando a mesma há seis semanas.

— Ah, bem, não custava perguntar, meu velho.

— Desculpe — lamentou Winston.

A voz de pato da mesa ao lado, silenciada temporariamente durante o pronunciamento do Ministério, tinha começado de novo, mais alto do que nunca. Por alguma razão Winston se pegou pensando na sra. Parsons, com seu cabelo fino e poeira nas rugas da face. Dentro de dois anos aquelas crianças a denunciariam para a Polícia das Ideias. A sra. Parsons seria evaporada. O'Brien seria evaporado. Parsons, por outro lado, nunca seria evaporado. A criatura sem olhos com voz de pato nunca seria evaporada. Os homenzinhos com jeito de besouro, que andam apressados tão ligeiramente pelos corredores labirínticos dos ministérios, eles também seriam evaporados. E a garota de cabelos escuros, aquela do Departamento de Ficção, ela também nunca seria evaporada. Parecia que ele sabia instintivamente quem sobreviveria e quem pereceria. No entanto, o que era necessário fazer para sobreviver, isso não era fácil dizer.

Nessa hora ele foi tirado de seu devaneio com uma violenta sacudida. A garota da mesa ao lado estava parcialmente virada e olhava para ele. Era a garota de cabelos escuros. Ela olhava para ele de soslaio, mas com uma curiosa intensidade. No instante em que os olhos dos dois se encontraram, ela desviou o olhar de novo.

O suor voltou às costas de Winston. Uma horrível pontada de terror perpassava seu corpo todo. Parou quase de uma vez, mas deixou um desconforto insistente atrás. Por que ela o estava observando? Por que ela continuava seguindo-o? Infelizmente, ele não se lembrava se ela já estava na mesa quando ele chegou ou se tinha vindo depois. Mas ontem, de qualquer forma, durante os Dois Minutos de Ódio, ela se sentou bem atrás dele quando não havia nenhuma necessidade aparente para isso. Muito provável que seu verdadeiro objetivo era ouvi-lo e ter certeza de que ele gritava alto o bastante.

Um pensamento que teve mais cedo voltou: provavelmente ela não era um membro de fato da Polícia das Ideias, mas poderia ser precisamente aquela espiã amadora que era o maior perigo entre todos. Ele não sabia por quanto tempo ela ficou olhando para ele, mas talvez tivesse chegado a cinco minutos, e é possível que suas feições não estivessem perfeitamente sob controle. Era terrivelmente perigoso deixar seus pensamentos vagarem quando você estava em um local público ou dentro do raio de atuação da teletela. O menor detalhe poderia te entregar. Um tique nervoso, um olhar de ansiedade inconsciente, o hábito de falar sozinho, qualquer coisa que sugerisse anormalidade ou que havia algo a esconder. De qualquer maneira, ter uma expressão imprópria no rosto (parecer incrédulo quando uma vitória era anunciada, por exemplo) era uma ofensa passível de punição. Havia até uma expressão para isso em novalíngua: crime da face, era como se chamava.

A garota havia dado as costas a ele de novo. Talvez, na verdade, ela não o estivesse seguindo, talvez fosse coincidência que ela tivesse sentado próxima dele dois dias seguidos. O cigarro de Winston havia apagado e ele o colocou cuidadosamente na beirada da mesa. Continuaria fumando aquele se conseguisse manter o tabaco nele. Bem provável que a pessoa na mesa ao lado fosse um espião da Polícia das Ideias, e bem provável que ele estivesse nos porões no Ministério do Amor em três dias, mas uma bituca de cigarro não podia ser desperdiçada. Syme havia dobrado sua tira de papel e a guardara no bolso. Parsons voltara a falar.

— Alguma vez já contei, meu velho — disse, brincando com a piteira do seu cachimbo —, sobre uma vez em que meus filhos colocaram fogo na saia da senhora da feira porque viram ela embrulhar salsichas em um pôster do Grande Irmão. Eles se esconderam atrás dela e botaram fogo com uma caixa de fósforos. Queimou bastante, eu acho. Pequenos patifes, hein? Mas muito empolgados! Esse é o treinamento de primeira classe que eles dão aos espiões hoje em dia, melhor até que na minha época. O que você acha que foi a última coisa que deram para eles? Cornetas acústicas para eles escutarem pelas fechaduras! Minha menorzinha trouxe uma para casa uma noite dessas, experimentou na porta da nossa sala e constatou que conseguia ouvir duas vezes mais do que com o ouvido colado no buraco. Claro, é só um brinquedo, imagine. Mas, ainda assim, dá uma ideia de como funciona uma de verdade, não é mesmo?

Nesse momento, a teletela emitiu um assobio penetrante. Era o sinal da volta ao trabalho. Os três se puseram em pé para se juntar à luta pelos elevadores, e o tabaco que restava caiu do cigarro de Winston.

Capítulo 6

Winston estava escrevendo em seu diário:

> *Foi três anos atrás. Era uma noite escura, em uma rua estreita perto de uma das grandes estações de trem. Ela estava em pé próxima a um umbral debaixo de um poste que mal iluminava. Tinha um rosto jovem, com maquiagem pesada. Era a maquiagem que mais me atraía, a brancura nela, como uma máscara, e os lábios vermelho vivo. As mulheres do partido nunca se maquiavam. Não havia mais ninguém na rua e nenhuma teletela. Ela disse "dois dólares". Eu...*

No momento, estava muito difícil continuar. Ele fechou os olhos e os apertou com os dedos, tentando espremer a visão que era recorrente. Ele quase cedeu à irresistível tentação de gritar uma série de palavrões o mais alto possível. Ou bater a cabeça contra a parede, chutar a mesa e arremessar o vidro de tinta pela janela, fazer qualquer coisa violenta, barulhenta ou dolorosa que pudesse apagar a lembrança de algo que o estava atormentando.

Seu pior inimigo, ele filosofou, era seu próprio sistema nervoso. A qualquer momento a tensão interna era capaz de se traduzir em algum sintoma visível. Ele pensou em um homem pelo qual passou na rua algumas semanas atrás, um de aparência bem comum, um membro do Partido, entre 35 e 40 anos, carregando uma pasta. Eles estavam a alguns metros de distância quando o lado esquerdo do rosto do homem de repente se contorceu em um tipo de espasmo. Aconteceu de novo quando eles se cruzaram. Foi só uma contração, um tremor, rápido como o clique do obturador de uma câmera, mas obviamente habitual. Ele se lembra de ter pensado na hora: "pobre coitado está acabado". E o assustador era que bem provavelmente era um ato inconsciente. O perigo mais mortal de todos era falar durante o sono. Não tinha como se prevenir contra aquilo, até onde ele sabia.

Ele respirou fundo e continuou escrevendo:

> *Passei pelo umbral com ela e cruzamos um quintal até chegar em uma cozinha em um porão. Havia uma cama encostada na parede e uma luminária sobre a mesa, com a luz bem fraca. Ela...*

Ele estava irritado. Sentiu vontade de cuspir. Enquanto estava com a mulher no porão, ele pensou em sua esposa, Katharine. Winston era casado — tinha sido casado, de algum modo. Provavelmente ainda era casado, pois até onde ele sabia sua esposa não estava morta. Ele pareceu respirar de novo o odor abafado e morno da cozinha no porão, um cheiro de insetos e roupas sujas e perfume barato, mesmo assim sedutor, porque nenhuma mulher no Partido usava perfume, ou podia ser imaginada usando. Só os proletas usavam. Na sua cabeça esse cheiro estava inextricavelmente associado com fornicação.

Quando ele foi com aquela mulher havia sido seu primeiro deslize em cerca de dois anos. Andar com prostitutas era proibido, claro, mas era uma daquelas regras que você poderia ocasionalmente se arriscar a quebrar. Era perigoso, mas não era questão de vida ou morte. Ser pego com uma prostituta podia significar cinco anos em um campo de trabalhos forçados, não mais, se você não tivesse cometido nenhum outro crime. Era fácil, desde que você pudesse evitar ser pego em flagrante. Os bairros mais pobres ferviam de mulheres que estavam dispostas a se vender. Algumas podiam ser compradas com uma garrafa de gim, que não era permitido aos proletas. Tacitamente, o Partido estava até inclinado a encorajar a prostituição, como um escape para instintos que não poderiam ser suprimidos completamente. A simples depravação não importava muito, contanto que fosse furtiva e sem alegria e envolvesse as mulheres da classe submergida e desprezada. Crime imperdoável era a promiscuidade entre membros do Partido. Mas, embora esse fosse um dos crimes que os acusados na maioria dos expurgos invariavelmente confessavam, era difícil imaginar tal ato de fato ocorrendo.

O objetivo principal do Partido não era simplesmente impedir homens e mulheres de estabelecer laços de lealdade que fossem difíceis de controlar. Seu propósito real, não declarado, era remover todo o prazer do ato sexual. Nem tanto o amor, mas o erotismo era o maior inimigo, tanto dentro quanto fora do casamento. Todos os casamentos entre membros do Partido tinham de ser aprovados por um comitê designado para tal e, embora o princípio não fosse claro, a permissão era sempre negada se os dois dessem a impressão de estarem fisicamente atraídos um pelo outro. O único propósito reconhecido pelo Partido era gerar crianças para estarem a seu serviço. A relação sexual devia ser encarada como uma operação menor levemente repugnante, como realizar uma lavagem intestinal. Isso não era, como dito, colocado às claras, mas de forma indireta estava incutido em cada membro do Partido desde a infância. Havia até organizações, como a Liga Juvenil Antissexo, que defendiam o celibato total para rapazes e moças. Todas as crianças seriam geradas por inseminação artificial (insemart, como era chamada em novalíngua) e criadas em instituições públicas. Isso, Winston sabia, não era levado completamente a sério, mas se encaixava bem com a ideologia geral do Partido. O Partido estava tentando matar o instinto sexual ou, se não conseguisse matar, pelo menos distorcer ou maculá-lo. Ele não sabia por quê, mas parecia natural que fosse assim. E no que tangia as mulheres, os esforços do Partido eram muito bem-sucedidos.

Ele pensou de novo em Katherine. Devia fazer nove, dez, quase onze anos desde que eles se separaram. Era curioso quão pouco ele pensava nela. Às vezes por dias seguidos ele era capaz de esquecer que tinha sido casado. Eles tinham ficado juntos por apenas cerca de quinze meses. O Partido não permitia o divórcio, mas estimulava a separação em casos em que não havia filhos.

Katherine era uma garota alta, de cabelos claros, muito longilínea, com movimentos esplêndidos. Ela tinha um rosto atrevido, aquilino, um rosto que poderiam chamar de nobre até que se descobrisse que não havia quase nada por trás dele. Muito cedo em sua vida de casado ele tinha chegado à conclusão, embora talvez fosse apenas porque ele a conhecia mais intimamente do que conhecia a maioria das pessoas, de que ela tinha sem dúvida a mente mais estúpida, banal e vazia que ele já havia encontrado. Ela não tinha um pensamento na cabeça que não fosse um slogan, e não havia nenhuma imbecilidade, absolutamente nenhuma, que ela não fosse capaz de engolir se o Partido a apresentasse. "A trilha sonora humana" foi como ele a apelidou em sua cabeça. Ainda assim, ele poderia ter suportado viver com ela se não fosse por apenas uma coisa: sexo.

Assim que ele a tocava, ela parecia estremecer e enrijecer-se. Abraçá-la era como abraçar uma boneca de madeira articulada. E o que era estranho é que, mesmo quando ela o estava apertando contra seu corpo, parecia que estava ao mesmo tempo empurrando-o com toda sua força. A rigidez de seus músculos levava a essa impressão. Ela ficava lá deitada de olhos fechados, sem resistir, mas também sem cooperar, apenas se submetendo. Era extraordinariamente embaraçoso e, depois de um tempo, horrível. Mas, ainda assim, ele teria suportado viver com ela se tivesse sido acordado que eles manteriam o celibato. Porém, tão curioso quanto possa parecer, foi Katherine que recusou isso. Era obrigação deles, ela disse, produzir um filho, se pudessem. Então a performance continuou a acontecer, uma vez por semana com bastante regularidade, sempre que não fosse impossível. Ela tinha até o costume de relembrá-lo do compromisso pela manhã, como algo que teria de ser feito à noite e não deveria ser esquecido. Ela tinha dois nomes para isso. Um era "fazer bebê" e o outro era "nosso dever para com o Partido" (sim, ela usou de fato essa frase). Não demorou para ele desenvolver um sentimento de temor positivo quando o dia designado chegava. Mas, felizmente, não veio nenhuma criança e ela acabou concordando em desistir de tentar, e logo depois eles se separaram.

Winston suspirou alto. Pegou a caneta de novo e escreveu:

> *Ela se jogou na cama e, de uma vez, sem qualquer tipo de preliminar, do jeito mais grosseiro e horrível que você pode imaginar, ergueu a saia. Eu...*

Ele se viu lá em pé naquela luz fraca com cheiro de insetos e perfume barato entrando em suas narinas e em seu coração um sentimento de derrota e ressentimento que, mesmo naquele momento, se misturava ao pensamento no corpo alvo de Katherine, congelado para sempre pelo poder hipnótico do Partido. Por que sempre tinha de ser assim? Por que ele não podia ter uma mulher de verdade, em vez desses confrontos imundos no intervalo de anos? Mas um caso de amor de verdade era algo praticamente impensável. As mulheres do Partido eram todas parecidas. A castidade era algo tão profundamente arraigado nelas quanto a lealdade ao Partido. Por meio de condicionamentos cuidadosos desde cedo, pelos jogos e pela água fria, pelo lixo que era incutido nelas na escola, nos Espiões e na Liga Juvenil, por palestras, desfiles, canções, slogans e música marcial, o sentimento natural havia sido arrancado delas. A razão lhe disse que devia haver exceções, mas seu coração não acreditava nisso. Elas eram todas inexpugnáveis, como o Partido pretendia que elas fossem. E o que ele queria, mais do que ser amado, era botar abaixo aquele muro de virtude, mesmo que fosse apenas uma vez em sua vida toda. O ato sexual, realizado de forma bem-sucedida, era uma rebelião. Desejo era crime de pensamento. Mesmo excitar Katherine, se ele tivesse conseguido, teria sido um ato de sedução, embora ela fosse sua esposa. Mas o resto da história teria de ser escrito. Ele continuou:

Acendi a lamparina. Quando a vi na luz...

Depois da escuridão, a luz tênue da lamparina pareceu bem forte. Pela primeira vez ele pode ver a mulher com clareza. Ele tinha dado um passo em sua direção e parado, cheio de desejo e terror. Estava doloridamente consciente do risco que corria por estar ali. Era perfeitamente possível ser pego pelas patrulhas na saída, que poderiam estar esperando por ele do lado de fora naquele exato momento. E se ele fosse embora sem sequer fazer o que viera fazer!

Tinha de ser escrito, tinha de ser confessado. O que ele subitamente tinha visto à luz da lamparina era que a mulher era velha. A maquiagem estava tão grossa no seu rosto que parecia que ia rachar como uma máscara de papelão. Havia fios brancos em seus cabelos, mas o detalhe verdadeiramente mais temido era que sua boca havia ficado um pouco aberta, revelando nada mais que uma cavernosa escuridão. Ela não tinha nenhum dente.

Ele escreveu apressadamente, em letra desleixada:

> *Quando a vi à luz percebi que era uma mulher um tanto velha, 50 anos no mínimo. Mas fui em frente e fiz o que tinha de fazer do mesmo jeito.*

Apertou os olhos com os dedos de novo. Havia escrito, finalmente, mas não fazia nenhuma diferença. A terapia não havia funcionado. O impulso de gritar palavrões no mais alto volume era mais forte do que nunca.

Capítulo 7

"Se houver esperança", escreveu Winston, "está nos proletas."

Se havia esperança, ela deve estar nos proletas, porque apenas lá, naqueles enxames de massas desprezadas, 85% da população de Oceânia, poderia ser gerada a força para destruir o Partido. Ele não poderia ser derrubado de dentro. Seus inimigos, se os tivesse, não teriam como se juntar nem como se identificar uns aos outros. Mesmo se a lendária Fraternidade existisse, como era bem possível, era inconcebível que seus membros pudessem se reunir em grupos maiores que dois ou três. Rebelião significava um olhar nos olhos, uma inflexão na voz, no máximo uma palavra ocasional sussurrada. Mas os proletas, se ao menos pudessem de alguma forma ter consciência de sua própria força, não precisariam conspirar. Precisariam apenas se levantar e se sacudir como um cavalo espantando as moscas. Se eles assim escolhessem, poderiam reduzir o Partido a migalhas amanhã de manhã. Com certeza, mais cedo ou mais tarde lhes ocorreria fazer isso, não é verdade? No entanto...

Ele se lembrou de como uma vez ele estava andando por uma rua lotada e um tremendo grito de centenas de vozes femininas explodiu de um lado da rua um pouco à frente. Foi um grande e magnífico grito de raiva, desespero, "Ah-a-a-a-ah!" alto e profundo, que ficou ecoando como a reverberação de um sino. Seu coração tinha dado um salto. Começou, ele pensou. Um motim! Os proletas estão quebrando as regras, finalmente! Quando ele chegara ao ponto, deu para ver a multidão de duzentas ou trezentas mulheres se aglomerando em volta das bancas da feira, com rostos tão dramáticos como se elas fossem as passageiras condenadas em um navio afundando. Mas, nesse momento, o desespero geral se desmembrou em múltiplas contendas individuais. Parece que uma das bancas vendia caçarolas de alumínio. Eram itens em mau estado, frágeis, mas panelas de qualquer tipo eram difíceis de encontrar. Agora o fornecimento tinha acabado de uma hora para outra. As mulheres bem-sucedidas, empurradas e acuadas pelo resto, estavam tentando fugir com suas caçarolas enquanto dúzias das outras clamavam ao redor das bancas, acusando as donas das bancas de favoritismo e de ter mais panelas guardadas em algum lugar. Houve um novo surto de gritaria. Duas das mulheres insufladas, uma delas com seus cabelos caindo, tinham pegado a mesma caçarola e estavam tentando arrancá-la das mãos da outra. Durante um tempo ficaram ambas puxando até que o cabo caiu. Winston as observava indignado. E ainda, apenas por um momento, que poder quase assustador tinha soado do grito daquelas poucas centenas de gargantas! Por que não conseguiam nunca gritar daquele jeito por algo que de fato importava?

Ele escreveu:

> *Até se tornarem conscientes, eles nunca se rebelarão e, mesmo depois de se rebelarem, não poderão se tornar conscientes.*

Aquilo, ele pensou, devia quase ser uma transcrição de um dos livros do Partido. O Partido alegava, claro, ter liberado os proletas da servidão. Antes da Revolução eles haviam sido medonhamente oprimidos pelos capitalistas, eles tinham passado fome e sido açoitados, mulheres tinham sido forçadas a trabalhar nas minas de carvão (na realidade, elas ainda trabalhavam nas minas de carvão), crianças tinham sido vendidas nas fábricas aos 6 anos. Mas, simultaneamente, de acordo com os princípios do duplopensar, o Partido ensinou que os proletas eram seres naturalmente inferiores que deveriam ser subjugados, como animais, pela aplicação de algumas regras simples. Na verdade, muito pouco se sabia sobre eles. Mas não era necessário saber muito. Contanto que eles continuassem a trabalhar e procriar, suas outras atividades não tinham importância. Sozinhos, como gado solto nas planícies da Argentina, eles recorreram a um estilo de vida que parecia natural para eles, um tipo de padrão ancestral. Eles nasciam, cresciam na miséria, começavam a trabalhar aos 12, passavam por um período de esplendor de beleza e desejo sexual, casavam-se aos 20, aos 30 já eram de meia-idade, morriam, a maioria, aos 60. Trabalho pesado, cuidado com a casa e os filhos, discussões triviais com os vizinhos, filmes, futebol, cerveja e, acima de tudo, jogatina preenchiam o horizonte de suas mentes. Mantê-los sob controle não era difícil. Alguns poucos agentes da Polícia das Ideias se infiltravam entre eles, espalhando falsos rumores, identificando e eliminando os poucos indivíduos que eles julgavam como perigosos em potencial, mas não havia nenhuma tentativa de doutriná-los com a ideologia do Partido. Não era desejável que os proletas tivessem sentimentos políticos fortes. Tudo que se requeria deles era que tivessem um patriotismo primitivo, ao qual poderiam recorrer quando fosse necessário para fazê-los aceitar jornadas de trabalho mais longas ou suprimentos menores. E mesmo quando ficavam insatisfeitos, o que às vezes ocorria, sua insatisfação não levava a nada, porque, sem ter ideias no geral, eles só conseguiam se focar em queixas específicas e triviais. Os males maiores invariavelmente passavam despercebidos. A grande maioria nem tinha teletelas em suas casas. Até a polícia civil tinha que lidar bem pouco com eles. Havia uma vasta quantidade de criminalidade em Londres, todo um mundo dentro do mundo dos criminosos, bandidos, prostitutas, vendedores de drogas ambulantes, chantagistas de todo tipo, mas, já que tudo acontecia no meio dos proletas, não tinha importância. Em todas as questões morais eles tinham permissão de seguir seu código ancestral. O puritanismo sexual do Partido não era imposto a eles. A promiscuidade seguia impune, o divórcio era permitido. Nesse caso, mesmo a devoção religiosa teria sido permitida se eles tivessem mostrado precisar ou querer. Eles estavam abaixo de suspeita. Como dizia o slogan do Partido: "Proletas e animais são livres".

    Winston se abaixou e com precaução esfregou sua úlcera varicosa. Tinha começado a coçar de novo. Invariavelmente, o pensamento voltava-se para a impossibilidade de saber como havia sido a vida antes da Revolução. Ele tirou da gaveta uma cópia de um livro de histórias infantis que tinha pegado emprestado da sra. Parsons e começou a copiar uma passagem em seu diário:

> *Nos tempos antigos (diziam), antes da gloriosa Revolução, Londres não era a cidade bonita que conhecemos hoje. Era um lugar sombrio, sujo e miserável onde quase ninguém tinha o suficiente para comer e onde centenas e milhares de pessoas pobres não tinham sapatos em seus pés nem um teto sob o qual dormir. Crianças mais novas que você tinham de trabalhar doze horas por dia para senhores cruéis que os açoitavam com chicotes se trabalhassem muito devagar e os alimentavam com nada além de migalhas de pão velho e água. Mas em meio a toda essa pobreza terrível havia algumas poucas casas grandes e bonitas em que os homens ricos moravam e onde tinham até trintas criados para cuidar deles. Esses homens ricos eram chamados capitalistas. Eles eram gordos, feios e tinham cara de mau, como o da foto na página oposta. Você pode ver que ele está vestido com um longo casaco preto, chamado de sobrecasaca, e um chapéu estranho e reluzente no formato de chaminé, que era chamado de cartola. Esse era o uniforme dos capitalistas e ninguém mais tinha permissão de usá-lo. Os capitalistas possuíam tudo no mundo e todos os outros eram seus escravos. Eles possuíam todas as terras, todas as casas, todas as fábricas e todo o dinheiro. Se alguém os desobedecesse, eles poderiam colocar essa pessoa na prisão e poderiam tirar seu trabalho e ela morreria de fome. Quando qualquer pessoa comum falava com um capitalista, ela deveria se curvar e fazer reverência a ele, tirar seu chapéu e tratá-lo de "senhor". O chefe de todos os capitalistas era chamado de Rei e...*

Mas ele conhecia o resto da ladainha. Haveria menção aos bispos em suas batinas, os juízes em suas togas, o pelourinho, os moinhos, a chibata, o banquete do prefeito e a prática de beijar os pés do Papa. Havia também algo chamado *Jus Primae Noctis*, que provavelmente não seria mencionado em um livro infantil. Era a lei pela qual todo capitalista tinha o direito de dormir com qualquer mulher que trabalhasse em uma de suas fábricas.

Como você podia dizer o quanto disso era mentira? Devia ser verdade que o ser humano médio estava melhor agora do que antes da Revolução. A única evidência do contrário era o protesto mudo em nossos próprios ossos, o sentimento instintivo de que as condições em que você vivia eram intoleráveis e que em algum outro momento deviam ter sido diferentes. Winston ficou chocado com o fato de que o que caracterizava verdadeiramente a vida moderna não era sua crueldade e insegurança, mas simplesmente seu vazio, sua sujeira e sua apatia. A vida, se você olhasse em volta, não carregava nenhuma semelhança com as mentiras que saíam da teletela, nem com os ideais que o Partido estava tentando atingir. Grandes áreas dela, mesmo para um membro do Partido, eram neutras ou não políticas, uma questão de labutar em empregos monótonos, lutar por um lugar no metrô, cerzir meias gastas, mendigar um tablete de sacarina, guardar uma bituca de cigarro. O ideal estabelecido pelo Partido era algo grande, terrível e reluzente, um mundo de aço e concreto, de máquinas monstruosas e armas horripilantes, uma nação de guerreiros e fanáticos marchando em direção a uma unidade perfeita, todos tendo os mesmos pensamentos e gritando os mesmos slogans, perpetuamente trabalhando, lutando, triunfando, perseguindo — 300 milhões de pessoas todas com a mesma cara. A realidade era decadente, cidades sujas onde pessoas subalimentadas perambulavam por todos os lados com sapatos furados, em casas carcomidas do século XIX, que sempre cheiravam a repolho e banheiro sujo. Parecia que ele estava tendo uma visão de Londres, vasta e catastrófica, cidade de milhões de lixeiras, e misturada com isso havia uma imagem da sra. Parsons, uma mulher com a cara enrugada e cabelos finos, brincando indefesa com um tubo de descarga entupido.

Ele se abaixou e coçou seu tornozelo novamente. Dia e noite as teletelas atacavam seus ouvidos com estatísticas provando que as pessoas hoje tinham mais comida, mais roupas, melhores casas, melhor diversão, que elas viviam mais, trabalhavam menos horas, eram mais altas, mais saudáveis, mais fortes, mais felizes, mais inteligentes, mais bem-educadas do que as pessoas de cinquenta anos atrás. Nem uma palavra disso podia sequer ser provada ou desmascarada. O Partido alegava, por exemplo, que hoje quarenta por cento dos adultos proletas eram alfabetizados; antes da Revolução, dizia-se que eram apenas quinze por cento. O Partido declarava que a taxa de mortalidade infantil era hoje de apenas cento e sessenta a cada mil, enquanto antes da Revolução tinha sido de trezentos, e assim por diante. Era como uma única equação com duas incógnitas. Pode muito bem ser que literalmente cada palavra nos livros de história, mesmo aquelas que podiam ser discutidas, era pura fantasia. Tudo que ele sabia é que nunca mais deveria haver uma lei como a *Jus Primae Noctis*, uma criatura como um capitalista ou um adereço como uma cartola.

Tudo virou névoa. O passado foi apagado, o apagamento foi esquecido, a mentira virou verdade. Apenas uma vez em sua vida ele tivera nas mãos — depois do evento, era o que contava — a evidência concreta e inequívoca de um ato de falsificação. Ele a retera em seus dedos por longos trinta segundos. Em 1973, deve ter sido. De qualquer forma, foi por volta daquela época que ele e Katherine haviam se separado. Mas a data relevante de fato foi sete ou oito anos antes.

A história começou mesmo no meio dos anos 1960, o período dos grandes expurgos, nos quais os líderes originais da revolução foram exterminados de uma vez por todas. Por volta de 1970, não havia sobrado nenhum, exceto o Grande Irmão. Todos os outros, naquela época, já tinham sido expostos como traidores e contrarrevolucionários. Goldstein havia fugido e estava se escondendo ninguém sabia onde. Quanto aos outros, uns poucos tinham simplesmente desaparecido, enquanto a maioria tinha sido executada após julgamentos públicos espetaculares nos quais eles confessaram seus crimes. Entre os últimos sobreviventes havia três homens: Jones, Aaronson e Rutherford. Deve ter sido em 1965 que os três foram presos. Como sempre acontecia, eles sumiam por um ano ou mais, para que não se soubesse se estavam vivos ou mortos. Depois, eram trazidos de volta para serem incriminados do modo usual. Eles tinham confessado relações de inteligência com o inimigo (naquela época também, o inimigo era a Eurásia), desvio de dinheiro público, assassinato de vários membros de confiança do Partido, intrigas contra a liderança do Grande Irmão, que tinham começado bem antes de a revolução acontecer, e atos de sabotagem causando a morte de centenas de milhares de pessoas. Após essas confissões, eles haviam sido perdoados e reintegrados ao Partido e ganharam cargos que eram na verdade sinecuras, mas soavam importantes. Os três haviam escrito artigos longos e sórdidos no *The Times*, analisando as razões para suas deserções e prometendo fazer correções.

Algum tempo depois de serem soltos, Winston viu os três no Café Chestnut Tree. Ele se lembrou da espécie de fascinação aterrorizada que sentia ao observá-los de canto de olho. Eram homens bem mais velhos que ele, relíquias de um mundo antigo, quase as últimas grandes figuras que restaram dos dias heroicos do Partido. O glamour da luta clandestina e da guerra civil ainda estava sutilmente colado a eles. Ele tinha a sensação, embora na época fatos e datas fossem nebulosos, de que ele sabia seus nomes bem antes de conhecer o nome do Grande Irmão. Mas eles eram fora da lei, inimigos, intocáveis, condenados à extinção com certeza dentro de um ou dois anos. Ninguém que tinha alguma vez caído nas mãos da Polícia das Ideias escaparia no final. Eles eram cadáveres esperando para serem mandados de volta aos túmulos.

Não havia ninguém nas mesas em volta deles. Não convinha nem ser visto nas proximidades de tais pessoas. Eles estavam sentados em silêncio diante de copos de gim saborizado com cravo, que era a especialidade do estabelecimento. Dos três, Rutherford era quem tinha mais impressionado Winston na aparência. Ele havia sido um caricaturista famoso, cujos cruéis desenhos tinham ajudado a inflamar a opinião popular antes e durante a revolução. Mesmo agora, em longos intervalos, suas tiras apareciam no *The Times*. Eram uma simples imitação de seu estilo antigo, curiosamente sem vida e pouco convincentes. Eram sempre uma releitura dos temas antigos — os cortiços nos guetos, crianças passando fome, batalhas nas ruas, capitalistas em cartolas —, mesmo nas barricadas os capitalistas ainda pareciam se apegar a suas cartolas em um esforço infinito e desesperado para voltar ao passado. Ele era um homem monstruoso, com uma juba de cabelo oleoso, seu rosto empapado e enrugado, com grossos lábios negroides. Em algum momento ele deve ter sido demasiado forte; agora seu corpão estava flácido, curvado, saliente, caindo por todos os lados. Ele parecia estar cedendo, como uma montanha desmoronando.

Era a hora solitária das três da tarde. Winston não lembrava como ele conseguira estar no café àquela hora. O local estava quase vazio. Uma música metálica vinha das teletelas. Os três homens permaneciam sentados em seu canto quase imóveis, sem trocar uma palavra. Sem que tivessem pedido, o garçom trouxe novas doses de gim. Havia um tabuleiro de xadrez na mesa ao lado deles, com as peças colocadas, mas sem o jogo ter sido começado. Então, por talvez meio minuto no máximo, algo aconteceu às teletelas. A melodia que tocava mudou, assim como o tom da música. Então ali estavam, mas era algo difícil de descrever. Era uma mensagem peculiar, quebrada, que urrava e zombava, em sua mente, Winston chamou-a de mensagem amarela. Então uma voz da teletela começou a cantar:

> *Sob a vasta castanheira*[2]
> *Eu te vendi e você me vendeu*
> *Lá mentiram eles, e aqui minto eu*
> *Sob a vasta castanheira*

Os três homens não se moveram. Mas, quando Winston olhou novamente para o rosto acabado de Rutherford, viu que seus olhos tinham se enchido de lágrimas. E pela primeira vez notou, com certo estremecimento interno, mesmo não sabendo por que estremecia, que tanto Aaronson e Rutherford tinham os narizes quebrados.

Um pouco depois os três foram presos novamente. Parece que tinham se envolvido em novas conspirações desde o momento de sua libertação anterior. Em seu julgamento, confessaram todos os velhos crimes novamente, com uma lista completa de outros. Foram executados e o destino que tiveram ficou gravado nas histórias do Partido, um aviso à posteridade. Cerca de cinco anos depois, em 1973, Winston estava desenrolando um maço de documentos que tinha acabado de pular do tubo pneumático sobre sua mesa quando topou com um fragmento de papel que claramente tinha se enfiado no meio dos outros e ficou esquecido. Na hora em que o esticou, percebeu sua importância. Era uma meia página rasgada do *The Times* de cerca de dez anos antes — a metade de cima, pois incluída a data — e continha uma fotografia das autoridades do Partido em alguma missão em Nova York. Em destaque no meio do grupo estavam Jones, Aaronson e Rutherford. Não havia dúvida, mas de qualquer forma seus nomes estavam escritos na legenda logo abaixo.

O ponto era que em ambos os julgamentos os três homens confessaram

---

2 O nome do café, Chestnut Tree, em inglês, significa "castanheira".

que naquela data eles estiveram em solo eurasiano. Eles tinham voado de um campo secreto no Canadá para um encontro em algum lugar da Sibéria, e tinham se reunido com membros do Grupo Geral Eurasiano, a quem entregaram importantes segredos militares. A data ficara gravada na memória de Winston porque calhava de ser o dia que marcava o meio do verão, mas a história pode estar registrada em inúmeros outros lugares também. Só havia uma conclusão possível: as confissões eram mentiras.

É óbvio que isso não era por si só uma descoberta. Mesmo naquela época, Winston não tinha imaginado que as pessoas que foram exterminadas nos expurgos tivessem de fato cometido os crimes dos quais eram acusadas. Mas isso era uma prova concreta, um fragmento do passado suprimido, como um fóssil ósseo que aparece na estratificação errada e destrói toda uma teoria geológica. Era o suficiente para acabar com o Partido se de alguma forma pudesse ser publicado para o mundo e sua importância fosse divulgada.

Ele voltara prontamente ao trabalho. Assim que percebeu do que tratava a fotografia e o que ela significava, cobriu-a com uma folha de papel. Felizmente, quando ele a desenrolou, ela estava virada para baixo e não podia ser captada pela teletela.

Pôs seu bloco de notas nos joelhos e empurrou sua cadeira para trás para ficar o mais longe possível da teletela. Manter o rosto sem expressões não era difícil, e até sua respiração podia ser controlada com um esforço, mas você não podia controlar as batidas do coração e a teletela era sensível o suficiente para captá-las. Julgou ter deixado passar dez minutos, atormentado o tempo todo pelo medo de que algum acidente — uma repentina corrente de ar varrendo sua mesa, por exemplo — o entregasse. Então, sem cobri-la novamente, jogou a fotografia no buraco da memória, junto com outros rascunhos. Dentro de um minuto, talvez, estaria reduzida a cinzas.

Isso foi dez, onze anos atrás. Hoje, provavelmente, ele guardaria a fotografia. Era curioso que o fato de tê-la tido em suas mãos ainda hoje parecia fazer uma diferença, quando a fotografia em si, assim como o evento por ela registrado, era apenas uma lembrança. Será que o cuidado do Partido com o passado seria menos rígido, ele pensou, porque um pedaço de evidência que já não existia mais tinha uma vez existido?

Mas, hoje, supondo que ela pudesse de alguma forma ressurgir das cinzas, a fotografia podia nem mesmo constituir uma prova. Na época em que ele fez essa descoberta, a Oceânia já não estava mais em guerra com a Eurásia e devia ter sido com agentes da Lestásia que os três homens mortos tinham traído seu país. Desde então, houvera outras mudanças — duas, três, ele não se lembrava quantas. Muito provavelmente, as confissões haviam sido reescritas e reescritas até que os fatos e datas originais não tivessem a menor importância. Não só o passado mudava, como mudava continuamente. O que mais afligia Winston, como um pesadelo, era que ele nunca de fato tinha entendido por que a grande farsa foi levada a cabo. As vantagens imediatas de falsificar o passado eram óbvias, mas o motivo definitivo era um mistério. Ele pegou a caneta novamente e escreveu:

Eu entendo COMO, mas não entendo POR QUÊ.

Ele pensava, como tinha pensado muitas vezes antes, se ele mesmo não era um lunático. Talvez um lunático fosse simplesmente uma minoria composta de um. Uma época pareceu ser um sinal de loucura acreditar que a Terra girava em torno do Sol; hoje, é acreditar que o passado é inalterável. Ele deve estar sozinho nessa crença e, se assim for, então é um lunático. A ideia de ser um lunático não o perturbou muito; o horror era que ele também devia estar errado.

Pegou o livro de história infantil e olhou para o retrato do Grande Irmão que estava no frontispício. Os olhos hipnóticos fitavam os seus. Era como se uma enorme força estivesse pressionando você — algo que penetrava em seu crânio, batendo contra seu cérebro, questionando suas crenças, quase persuadindo você a negar as evidências de seus sentidos. No final, o partido anunciaria que dois mais dois são cinco, e você teria de acreditar. Era inevitável que eles fossem declarar isso mais cedo ou mais tarde — a lógica de sua posição exigia isso. Não simplesmente a validade da experiência, mas a própria existência de uma realidade externa era tacitamente negada pela filosofia deles. A heresia das heresias era bom senso. Mas o que era estarrecedor não era que eles o matariam por pensar diferente, mas o fato de que eles deviam estar certos. Pois, afinal, como sabemos que dois mais dois são quatro? Ou que existe a força da gravidade? Ou que o passado é imutável? Se tanto o passado quanto o mundo exterior existem apenas na mente e a mente em si é controlável, o que dizer então?

Mas não! Sua coragem pareceu de repente se fortalecer de sua própria anuência. O rosto de O'Brien, não convocado por nenhuma associação óbvia, invadia sua mente. Ele sabia, mais do que antes, que O'Brien estava do seu lado. Ele estava escrevendo o diário por O'Brien, para O'Brien. Era como uma carta interminável que ninguém nunca leria, que era dirigida a uma pessoa em particular e seu tom vinha daí.

O Partido disse para você rejeitar a evidência que vinha pelos olhos e ouvidos. Era seu comando final e crucial. Seu coração encolheu quando ele pensou no enorme poder arranjado contra ele, a naturalidade com a qual qualquer intelectual do Partido o derrotaria em um debate, os argumentos sutis que ele não seria capaz de entender, muito menos responder. E mesmo assim, ele estava certo! Eles estavam errados, e ele estava certo. O óbvio, o fútil e o verdadeiro tinham de ser defendidos. Truísmos são verdadeiros, agarre-se a isso! O mundo sólido existe, suas leis não mudam. Pedras são duras, a água é molhada, objetos soltos caem em direção ao centro da Terra. Com a sensação de que ele falava com O'Brien, também de que ele apresentava um importante axioma, ele escreveu:

Liberdade é a liberdade de dizer que dois mais dois são quatro. Se isso for garantido, o resto também será.

Capítulo 8

De algum lugar do fundo do trajeto o cheiro de café torrado — café de verdade, não Café Victory — vinha se espalhando pela rua. Winston parou involuntariamente. Talvez por dois segundos ele estava de volta ao mundo meio esquecido de sua infância. Então uma porta balançou, parecendo interromper o cheiro tão abruptamente como se fosse um som.

Tinha caminhado vários quilômetros sobre calçadas, e sua úlcera varicosa estava latejando. Essa era a segunda vez em três semanas que tinha perdido uma noite no Centro Comunitário — um ato ousado, desde que você pudesse ter certeza de que o número de presenças no Centro fora cuidadosamente checado. Em princípio, um membro do Partido não tinha tempo livre e nunca estava sozinho, exceto na cama. Supunha-se que, quando não estivesse trabalhando, comendo ou dormindo, estaria participando de alguma recreação comunitária. Fazer algo que pudesse sugerir gosto pela solidão, até mesmo uma caminhada sozinho, era um tanto perigoso. Havia uma palavra para isso em novalíngua: suavida, significando individualismo e excentricidade. Mas nessa tarde, ao sair do Ministério, o frescor do ar de abril tentara Winston. O céu era do azul mais aconchegante que ele tinha visto este ano e, de repente, a noite longa e barulhenta que esperava por ele no Centro, os jogos entediantes e exaustivos, as palestras, a falsa camaradagem regada a gim pareceram insuportáveis.

Em um impulso, ele virou-se para o lado oposto do ponto de ônibus e rumou para os labirintos de Londres, primeiro na zona Sul, depois Leste, então Norte, perdendo-se em ruas desconhecidas, sem se preocupar em qual direção estava indo.

"Se há esperança", ele tinha escrito no diário, "ela está nos proletas." As palavras ficavam voltando, a declaração de uma verdade mística e um absurdo palpável. Ele andava pelos guetos obscuros e amarronzados próximos do que um dia havia sido a estação Saint Pancras. Estava caminhando por uma rua pavimentada, as casas eram sobradinhos com portas danificadas que davam direto na calçada e de alguma forma curiosamente lembravam buracos de ratos. Havia poças de água suja por toda parte. As pessoas se aglomeravam em números surpreendentes dentro e fora das portas e nas vielas que brotavam de cada lado — garotas na flor da idade com batom mal passado na boca, jovens que caçavam as garotas, mulheres rechonchudas rebolando revelando como as garotas seriam em dez anos, criaturas velhas e encurvadas com os pés deformados se misturando, crianças descalças maltrapilhas que brincavam nas poças e arrancavam gritos bravos de suas mães. Talvez um quarto das janelas na rua estivesse quebrado ou tapado com tábuas. A maioria das pessoas não prestou atenção em Winston; uns poucos o olharam com certa curiosidade reservada. Duas mulheres enormes com braços vermelhos como tijolos cruzados sobre seus aventais conversavam do lado de fora de uma porta. Winston captou pedaços da conversa enquanto se aproximava.

— Sim, eu falo *pr'ela, tá* tudo muito bem... eu digo, mas se *cê* tivesse no meu lugar, *cê fazia* que nem eu. É fácil criticar, né, mas seus *pobrema* não são os *mesmo* que os meus.

— Ah — disse o outra, é isso *memo*, sem *tirá* nem *pô*.

As vozes estridentes pararam abruptamente. As mulheres o analisavam em um silêncio hostil. Mas não era hostilidade, exatamente; era mais como um tipo de desconfiança, uma rispidez momentânea, como se estivesse passando um animal desconhecido. Não era comum ver os macacões azuis do Partido em uma rua como aquela. Na verdade, era imprudente ser visto em tais lugares, ao menos que você tivesse negócios definidos para tratar lá. As patrulhas poderiam abordá-lo se calhasse de você topar com uma. "Posso ver seus documentos, camarada? O que está fazendo aqui? Que horas saiu do trabalho? Esse é seu caminho de casa?" e assim por diante. Não que tivesse alguma regra contra caminhar para casa em uma rota incomum, mas era suficiente para atrair atenção para si se a Polícia das Ideias tomasse conhecimento disso.

De repente, a rua toda estava em comoção. Havia gritos de aviso por todos os lados. As pessoas estavam correndo para as portas das casas como coelhos para tocas. Uma mulher jovem pulou de uma porta um pouco à frente de Winston, agarrou uma criança pequena brincando em uma poça, enrolou-a com o avental e pulou de volta, em um só movimento. No mesmo instante, um homem em um terno preto amassado feito uma sanfona, que tinha saído de uma viela ao lado, correu na direção de Winston, apontando nervosamente para o céu.

— Vaporizador! — ele gritou. Cuidado, patrão! A cabeça! Abaixa rápido!

"Vaporizador" era o apelido que, por alguma razão, os proletas deram aos mísseis. Winston imediatamente se jogou ao chão de rosto para baixo. Os proletas quase sempre estavam certos quando davam um aviso desse tipo. Pareciam possuir algum tipo de instinto que os dizia com alguns segundos de antecedência quando um míssil estava vindo, embora supostamente eles viajassem mais rápido que o som. Winston cobriu a cabeça com os braços. Um estrondo pareceu fazer o chão tremer e uma chuva de pequenos objetos caiu sobre suas costas. Quando se levantou, percebeu que estava coberto de fragmentos do vidro da janela mais próxima.

Seguiu andando. A bomba havia demolido um conjunto de casas duzentos metros acima na rua. Uma coluna de fumaça preta pendia do céu e abaixo dela havia uma nuvem de poeira pairando com uma multidão de pessoas em torno de suas ruínas. Uma pequena pilha de reboco tinha ficado sobre a calçada logo à frente e, em meio ao gesso, Winston pôde ver um brilho vermelho. Quando chegou mais perto, viu que era uma mão que fora decepada do punho. Além do toco ensanguentado, a mão estava tão pálida que parecia um molde de gesso.

Ele chutou a coisa para a sarjeta e, para evitar a multidão, entrou para uma ruela à direita. Em três ou quatro minutos estava fora da área que o míssil havia atingido, e as ruas imundas infestadas de gente continuavam como se nada tivesse acontecido. Já eram quase oito da noite e os bares que os proletas frequentavam ("pubs", eles chamavam) estavam atolados de clientes. De suas portas bangue-bangue encardidas, abrindo e fechando infinitamente, saía um cheiro de urina, serragem e cerveja azeda. Em um ângulo formado pela frente saliente de uma casa três homens estavam em pé bem perto um do outro e um deles segurava um jornal dobrado, que os outros dois analisavam. Mesmo antes de chegar perto o suficiente para decifrar a expressão em suas faces, Winston pode perceber por cada parte de seus corpos o quanto estavam absorvidos. Era óbvio que estavam lendo alguma notícia. Ele estava a poucos passos de distância quando de repente o grupo se desfez e dois dos homens entraram em violenta discussão. Por um momento parecia que eles estavam em vias de trocar socos.

— Será que você *tá* surdo, diabo? *Tô te* falando que faz mais de um ano que não sai nenhum número terminado em sete!

— Saiu, sim!

— Não saiu, não! Em casa eu anoto todos os números, não deixo passar nenhum e posso garantir: nenhum número terminado em sete...

— Ah, saiu sete, sim! Posso até dizer o raio do número. Quatro zero sete, tá aí. Foi em fevereiro, segunda semana de fevereiro.

— Fevereiro que nada! Anotei tudinho. Repito: nenhum número...

— Ah, já chega! — disse o terceiro homem.

Eles falavam da loteria. Winston olhou para trás após andar uns trinta metros. Eles ainda estavam lá, em uma discussão intensa e passional. A loteria, com seus pagamentos semanais de grandes prêmios, era um evento público que atraía muito os proletas. Era provável que houvesse milhões de proletas para os quais a loteria era a principal, para não dizer a única, razão para permanecerem vivos. Era sua alegria, sua loucura, seu analgésico, seu estimulante intelectual. No que dizia respeito à loteria, mesmo pessoas que mal sabiam ler e escrever eram capazes de cálculos intrincados e proezas espantosas da memória. Havia toda uma legião de homens que viviam de vender estratégias, previsões e amuletos da sorte. Winston não tinha nada a ver com a operação da loteria, que era organizada pelo Ministério da Fartura, mas ele tinha ciência (na verdade todos no partido tinham) de que os prêmios eram largamente imaginários. Apenas quantias pequenas eram de fato pagas, sendo os ganhadores dos prêmios maiores pessoas não existentes. Na falta de real intercomunicação entre um lado de Oceânia e o outro, isso não era difícil de providenciar.

Mas, se havia esperança, ela estava nos proletas. Você tinha de se apegar a isso. Quando se colocava em palavras, soava razoável, mas era quando você olhava para os seres humanos com quem cruzava na calçada que isso se tornava uma questão de fé. A rua que Winston pegou virou uma descida. Ele teve a sensação de já ter estado nesse bairro antes e que havia uma rua principal não longe dali. De algum lugar um pouco para a frente ouvia-se um alvoroço, vozes gritando. A rua dobrou e então terminou em alguns degraus que levavam para uma viela abaixo, onde ambulantes vendiam legumes murchos. Nesse momento, Winston reconheceu onde estava. A viela levava para a rua principal e, na próxima esquina, menos de cinco minutos dali, ficava a loja de quinquilharias onde ele comprou a caderneta em branco que agora era seu diário. Em uma pequena papelaria não muito longe dali, ele tinha comprado a caneta-tinteiro e o vidro de tinta.

Ele parou por um momento no alto dos degraus. No lado oposto da viela ficava um pub sujo cujas janelas pareciam ter congelado, mas na verdade só estavam cobertas de poeira. Um homem bem velho, vergado, mas ativo, com bigodes brancos compridos como os de um camarão, empurrou a porta bangue-bangue e entrou. Enquanto ficava parado observando, ocorreu a Winston que o velho, que devia ter no mínimo 80 anos, já era de meia-idade quando a revolução ocorreu. Ele e uns outros poucos eram os últimos elos que ainda existiam com o mundo desaparecido do capitalismo. No próprio Partido, não havia muitas pessoas cujas ideias haviam sido formadas antes da revolução. A geração mais velha tinha sido em sua maioria extirpada nos grandes expurgos dos anos 1950 e 1960, e os poucos que sobraram fazia tempo tinham sido completamente acuados em uma renúncia intelectual. Se houvesse alguém ainda vivo para dar relato confiável das condições nos anos iniciais do século, só podia ser um proleta. De repente, a passagem do livro de história que ele tinha copiado em seu diário voltou à sua mente, e um impulso doido tomou conta dele. Sentiu vontade de entrar no pub, fazer amizade com o velho e interpelá-lo. Diria: "Conte-me de sua vida quando garoto. Como era naqueles dias? As coisas eram melhores ou piores do que hoje?"

Com pressa, para não dar tempo de ter medo, ele desceu os degraus e atravessou a rua estreita. Era loucura, claro. Como sempre, não havia uma regra definida que proibisse falar com os proletas e frequentar seus pubs, mas uma ação como essa não passaria despercebida. Se as patrulhas aparecessem, ele poderia alegar um desmaio, mas era improvável que acreditassem nele. Abriu a porta e um cheiro horrível, rançoso de cerveja azeda, o atingiu na cara. Quando entrou, o burburinho de vozes se reduziu pela metade. Pelas costas ele sentia todos olhando seu macacão azul. Um jogo de dardos do outro lado do salão foi interrompido por cerca de trinta segundos. O velho que ele tinha seguido estava em pé no balcão, tendo alguma discussão com o barman, um jovem grande, forte, de nariz adunco e enormes braços. Um grupo em volta, de copos nas mãos, observava a cena.

— Pedi com educação, não foi? — disse o velho, endireitando seus ombros belicosamente. — E você tá me dizendo que não tem um *pint* de cerveja na droga da chopeira?

— Que diabos é um *pint*? — disse o barman, se apoiando para a frente com as pontas dos dedos sobre o balcão.

— Olha só! Você se diz barman e não sabe o que é um *pint*! Um *pint* é pouco mais de meio litro. Vou ter que ensinar o abecedário, agora!

— Nunca ouvi falar — disse o barman secamente. — Copos de um litro e meio litro é tudo o que servimos. Estão na prateleira na sua frente.

— Prefiro o *pint* — insistiu o homem. — Tirar um *pint* é bem fácil. Não tinha essa de litro quando eu era jovem.

— Quando você era jovem, a gente vivia em cima das árvores — disse o barman, com um olhar para os outros clientes.

Todos riram e o mal-estar causado pela presença de Winston parecia ter desaparecido. O rosto coberto de barba branca do velho ficou rosado. Ele virou-se, resmungando consigo mesmo, e trombou com Winston, que segurou seu braço delicadamente.

— Posso lhe oferecer uma bebida? — disse.

— Que cavalheiro — disse o outro, endireitando seus ombros de novo. Parecia que não tinha notado o macacão azul de Winston. — Um *pint*! — pediu agressivamente ao barman. — Um *pint* da melhor da casa!

O barman serviu dois copos grossos que tinham sido enxaguados em um balde embaixo do balcão de meio litro de uma cerveja marrom-escura. Cerveja era a única bebida que havia nos pubs dos proletas. Eles não podiam beber gim, mas na prática podiam facilmente conseguir. O jogo de dardos voltou a todo vapor e o grupo de homens no balcão tinha começado a falar sobre jogos de loteria. A presença de Winston havia sido esquecida por um tempo. Havia uma mesa de jogo embaixo da janela onde ele e o velho podiam conversar ser serem ouvidos. Era terrivelmente perigoso, mas, de qualquer forma, não havia nenhuma teletela no local, algo de que ele se certificou assim que entrou.

— Ele podia ter tirado um *pint* pra mim — resmungou o velho enquanto se acomodava atrás de um copo. — Meio litro é pouco. Não satisfaz. E um litro cheio é muito. Enche a bexiga. Sem contar o preço.

— O senhor deve ter visto enormes mudanças desde quando era jovem — disse Winston, em uma tentativa.

Os olhos azuis e pálidos do homem foram do jogo de dardos para o balcão, e do balcão para a porta do banheiro masculino, como se as mudanças tivessem ocorrido no salão.

— A cerveja era melhor — disse, finalmente. — E mais barata! Quando eu era jovem, a cerveja leve — a boa, como a gente costumava dizer — era quatro centavos o *pint*. Isso foi antes da guerra, claro.

— Qual guerra foi essa? — perguntou Winston.

— É tudo guerra — disse o velho vagamente. Ele pegou seu copo e endireitou os ombros de novo. — Essa é pela sua saúde!

Em sua garganta magra o pomo de adão pontudo fez um surpreendente movimento para cima e para baixo e a cerveja se foi. Winston foi até o balcão e voltou com mais dois copos de meio litro. O velho pareceu ter esquecido seu preconceito quanto a beber um litro inteiro.

— O senhor é bem mais velho que eu — disse Winston. — Devia já ser homem feito quando eu nasci. Deve conseguir se lembrar de como era antigamente, antes da revolução. Pessoas da minha idade não sabem nada daquela época. Só sabemos o que lemos nos livros e o que está lá pode não ser verdade. Gostaria de saber sua opinião sobre isso. Os livros de história dizem que a vida antes da revolução era completamente diferente do que é agora. Havia a mais terrível opressão, injustiça, pobreza, pior do que qualquer coisa que podemos imaginar. Aqui em Londres, a grande maioria das pessoas nunca tinha o suficiente para comer desde que nasciam até morrerem. Metade deles não tinha nem o que calçar nos pés. Eles trabalhavam doze horas por dia, abandonavam a escola com nove anos, dormiam dez pessoas em um quarto. Ao mesmo tempo, havia bem poucas pessoas, apenas uns poucos milhares, os capitalistas, como eram chamados, que eram ricos e poderosos. Tudo que existia pertencia a eles. Eles viviam em lindas casas enormes com trinta criados, dirigiam carros e carruagens de quatro cavalos, bebiam champanhe, usavam cartolas...

O velho se iluminou de repente.

— Cartolas! É engraçado você dizer isso. A mesma coisa veio à minha mente ontem mesmo, não sei por quê. Eu *tava* pensando, não vejo uma cartola faz anos. Não existem mais, acho. A última vez que usei uma foi no funeral da minha cunhada. E isso foi... bom, não saberia dizer a data, mas já deve fazer bem uns cinquenta anos. Claro que foi alugada só para a ocasião.

— Não importam muito as cartolas, na verdade — disse Winston, com paciência. — O ponto é que esses capitalistas, eles e alguns advogados e padres e outros tantos que viviam à custa deles, eram os donos do mundo. Tudo existia para satisfazê-los. Vocês, as pessoas comuns, os trabalhadores, eram escravos deles. Eles podiam fazer com vocês o que bem quisessem. Podiam te despachar de navio para o Canadá como gado. Podiam dormir com suas filhas, se desejassem. Podiam ordenar que você fosse castigado com a chibata. Você tinha de tirar o boné quando eles passavam. Cada capitalista andava com uma trupe de lacaios que...

O homem se iluminou de novo.

— Lacaios! — continuou. — Tá aí uma palavra que não ouço há muito tempo. Lacaios! Aquele freguês ali me faz lembrar um, isso mesmo. Eu lembro, ah, muitos e muitos anos atrás. Eu costumava ir ao Hyde Park às vezes nos domingos à tarde pra ver a rapaziada fazer uns discursos. Exército de Salvação, católicos, judeus, indianos, todo tipo tinha ali. E tinha um cara, bem, eu não saberia dizer o nome dele, mas era um tremendo orador. E falava na cara! "Lacaios", dizia, "lacaios da burguesia! Bajuladores da classe dominante!" Parasitas era um outro nome. E hienas, certamente os chamavam de hienas. Claro, você sabe, eram os membros do Partido Trabalhista.

Winston tinha a impressão de que eles falavam de coisas diferentes.

— O que eu queria mesmo saber era isso — ele interrompeu. — O senhor acha que tem mais liberdade agora do que tinha naquela época? O senhor se sente tratado mais como um ser humano? Naqueles tempos, os ricos, as pessoas usando cart...

— A Câmara dos Lordes — interferiu o velho, saudoso.

— A Câmara dos Lordes, se preferir. O que estou perguntando é, essas pessoas podiam tratá-lo como inferior só porque eram ricos e o senhor pobre? É verdade, por exemplo, que vocês tinham de chamá-los de "senhor" e tirar seu boné quando passavam por eles?

O velho pareceu fazer um esforço para pensar. Bebeu um quarto de sua cerveja antes de responder.

— Sim — disse. — Eles gostavam que você tirasse o boné pra eles. Mostrava respeito, acho. Eu mesmo não concordava, mas fiz muitas vezes. Tinha de fazer, você sabe.

— E era comum... veja, só estou perguntando o que li nos livros de história. Era comum para essas pessoas e seus criados empurrarem vocês para a sarjeta?

— Teve um que me empurrou uma vez — disse o velho. — Lembro como se fosse ontem. Era a noite da Corrida de Barcos... o povo ficava muito arruaceiro na noite de Corrida de Barcos... e eu trombei em um cara na Avenida Shaftesbury. Todo arrumadinho ele tava, traje a rigor, cartola, sobrecasaca preta. Ele vinha meio andando em ziguezague pela calçada e eu trombei nele por acidente. Ele disse: "Por que não olha por onde anda?", e eu disse: "Você pensa que a droga da calçada é sua, é?" e ele disse: "Vou torcer sua cabeça se der uma de engraçadinho pra cima de mim". Eu disse: "Você tá bêbado. Eu chamo a polícia". E, acredite, ele me agarrou pelo pescoço, me deu um empurrão e me jogou debaixo das rodas de um ônibus. Bom, eu era jovem naquela época. Eu lhe daria uma, apenas...

Uma sensação de impotência tomou conta de Winston. A memória do velho não passava de uma montanha de lixo de detalhes. Podia-se passar o dia fazendo perguntas a ele e não conseguir nenhuma informação concreta. As histórias do Partido ainda podiam ser verdadeiras, de certa forma, podiam ser completamente verdadeiras. Ele fez uma última tentativa:

— Acho que não fui claro. O que estou tentando dizer é isto: o senhor já viveu muitos anos, viveu metade da sua vida antes da Revolução. Em 1925, por exemplo, o senhor já era adulto. Do que consegue lembrar, o senhor diria que a vida em 1925 era melhor do que é agora ou pior? Se o senhor pudesse escolher, preferiria viver naquela época ou agora?

O velho olhou pensativamente para o tabuleiro de dardos. Terminou sua cerveja, mais devagar do que antes. Quando falou foi com um ar filosófico e tolerante, como se a cerveja o tivesse amaciado.

— Eu sei o que espera que eu diga — falou. — Você espera que eu diga que preferiria ser jovem de novo. A maioria das pessoas diria que gostaria de ser jovem de novo, se perguntar pra elas. Você tem saúde e força quando é jovem. Quando chega à minha idade nunca está bem. Tenho problemas nos pés e minha bexiga é uma lástima. Seis ou sete vezes por noite ela me tira da cama. Por outro lado, tem grandes vantagens em ser velho. Você não tem as mesmas preocupações. Você não quer conversa com mulher, e isso já é grande coisa. Já não tenho mulher há quase trinta anos, acredita? E eu nem queria.

Winston se encostou no batente da janela. Era inútil continuar. Ele estava prestes a comprar mais cerveja quando o velho de repente se levantou e se misturou rapidamente com outros no mictório ao lado do salão. O meio litro que tomou a mais já estava fazendo efeito. Winston sentou-se por um ou dois minutos com olhar fixo em seus copos vazios e mal notou que seus pés o carregavam para a rua novamente. Dentro de vinte anos no máximo, ele pensou, a pergunta grande e simples "A vida era melhor antes da revolução do que é agora?" não seria mais passível de ser respondida definitivamente. Mas, com efeito, ela não era respondível mesmo agora, já que os escassos sobreviventes do mundo antigo eram incapazes de comparar os dois períodos. Eles se lembravam de milhões de coisas inúteis, uma discussão com um colega de trabalho, a caçada a um pneu de bicicleta que se perdeu, a expressão no rosto da irmã morta há tempos, os rodopios de poeira em uma manhã de ventania setenta anos atrás, mas todos os fatos relevantes estavam fora de seu campo de visão. Eles eram como a formiga, que consegue ver pequenos objetos, mas não os grandes. E quando a memória falhava e registros escritos eram falsificados, quando isso acontecia, a alegação do Partido de ter melhorado as condições de vida tinha de ser aceita, porque nunca existira e jamais existiria qualquer outro padrão com o qual o atual pudesse ser comparado.

Nesse momento, seu fluxo de pensamento estancou. Ele parou e olhou para cima. Estava em uma rua estreita, com umas poucas pequenas lojas intercaladas com moradias. Exatamente acima de sua cabeça, três bolas de metal descoloridas estavam penduradas; pareciam ter sido douradas um dia. Teve impressão de conhecer o local. Claro! Estava diante da loja de quinquilharias onde tinha comprado a caderneta.

Uma pontada de medo o atravessou. Para começar, comprar a caderneta já tinha sido um ato suficientemente imprudente, e ele havia jurado nunca chegar perto do lugar de novo. Mas, enquanto ele permitia que seus pensamentos vagassem, seus pés o trouxeram de volta para ali por sua própria vontade. Era precisamente contra impulsos suicidas desse tipo que ele tinha tentado evitar começar o diário. Ao mesmo tempo, notou que, embora fossem quase nove horas da noite, a loja ainda estava aberta. Pensando ser menos suspeito do lado de dentro do que plantado na calçada, ele passou pela porta. Se questionado, ele poderia dizer, plausivelmente, que estava tentando comprar giletes.

O proprietário acabara de acender uma lamparina que soltava um cheiro impuro, porém acolhedor. Era um homem de talvez 60 anos, frágil e encurvado, com um nariz simpático e olhos suaves distorcidos por grossos óculos. Seu cabelo era quase branco, mas as sobrancelhas eram grossas e ainda negras. Seus óculos, seus movimentos delicados e ágeis, e o fato de que estava usando uma jaqueta desgastada de veludo negro lhe conferiam um leve ar de intelectual, como se tivesse sido algum literato ou músico. Sua voz era suave, como se fosse esmaecendo, e seu sotaque, menos degradado do que o da maioria dos proletas.

— Eu reconheci o senhor na calçada — disse imediatamente. — É o cavalheiro que comprou o álbum de recordações da moça. Era um lindo trabalho de papel aquele. Cor creme, como diziam. Não se faz mais papel como aquele, eu diria, há uns cinquenta anos. — Ele analisou Winston por sobre os óculos. — Algo especial em que eu possa ajudá-lo? Ou o senhor só estava de passagem?

— Estava passando — disse Winston vagamente. — Só entrei para dar uma olhada. Não estava procurando nada em particular.

— Bom, porque acho que eu não teria nada do seu agrado. — Fez um gesto apologético com a mão de palma macia. — O senhor está vendo: uma loja vazia. Cá entre nós, o negócio de antiguidades está desaparecendo. Não tem mais procura e nem estoque. Móveis, porcelana, vidro, tudo foi se acabando pouco a pouco. Sem falar do negócio de metal, que se esgotou. Eu não vejo um castiçal de bronze há anos.

O minúsculo interior da loja era de fato atulhado de uma forma desconfortável, mas não havia quase nada que tivesse valor. A área útil era bem restrita, porque todas as paredes em volta tinham empilhadas inúmeras molduras poeirentas de quadros. Na janela havia uma bandeja com porcas e parafusos, cinzéis gastos, canivetes com lâminas quebradas, relógios parados que nem fingiam estar em funcionamento e outras porcarias. Apenas sobre uma mesinha em um canto tinha um monte de bugigangas — caixas de rapé laqueadas, broches de ágata e coisas do tipo — que pareciam poder despertar algum interesse. Enquanto examinava a mesa, um objeto macio e redondo que brilhava à luz da lamparina captou o olhar de Winston e ele o pegou.

Era um pedaço pesado de vidro, curvado de um lado, achatado do outro, quase formando um hemisfério. Havia uma maciez peculiar, como de água da chuva, tanto na cor quanto na textura do vidro. No centro dele, aumentado pela superfície curva, havia um objeto estranho, rosado, enrolado, que lembrava uma rosa ou uma anêmona-do-mar.

— O que é isso? — perguntou Winston, fascinado.

— É um coral — disse o homem. — Deve ter vindo do Oceano Índico. Eles costumavam cravá-lo no vidro. Não foi há menos de cem anos... mais até, pela aparência.

— É lindo — disse Winston.

— É lindo — repetiu o outro agradecido. — Mas não há muitos assim hoje em dia. — Tossiu. — Bem, se o senhor quisesse comprá-lo, custaria quatro dólares. Lembro quando algo assim chegaria a custar oito libras, e oito libras era... Bem, não sei dizer ao certo, mas era muito dinheiro. Mas quem se preocupa hoje em dia com peças de antiguidade genuínas, mesmo tendo sobrado apenas umas poucas?

Winston imediatamente pagou os quatro dólares e enfiou o objeto cobiçado em seu bolso. O que mais o atraiu não foi tanto a beleza, mas a aura que o fazia pertencer a uma era bem diferente da presente. O vidro macio que remetia à água da chuva não se parecia com nenhum outro vidro que ele já tivesse visto. A coisa era duplamente atrativa por causa de sua aparente inutilidade, embora

George Orwell

ele pudesse imaginar que havia sido pensado para ser um peso de papel. Estava bem pesado em seu bolso, mas ainda bem que não fazia muito volume. Era uma coisa estranha, até comprometedora, para um membro do Partido ter um objeto desses. Qualquer coisa velha ou bonita era sempre ligeiramente suspeita. O dono da loja ficou visivelmente mais alegre ao receber os quatro dólares. Winston percebeu que ele teria vendido por três ou até dois dólares.

— Há outro quarto no andar de cima que o senhor pode se interessar em conhecer — comentou. — Não tem muita coisa lá, só algumas peças. Vamos precisar de luz se quiser ir lá.

Acendeu outra lamparina e meio curvado foi na frente devagar pela escada gasta e íngreme, passando por um minúsculo corredor que dava em um quarto cuja janela se voltava para um quintal pavimentado e uma floresta de chaminés. Winston notou que os móveis ainda estavam organizados como se o local fosse uma moradia. Havia um tapete no chão, um ou dois quadros na parede e uma poltrona funda, desmazelada próxima à lareira. Um relógio de vidro antigo mostrando as doze horas seguia no seu tique-taque sobre o consolo da lareira. Embaixo da janela, ocupando quase um quarto do local, uma cama enorme com o colchão ainda sobre ela.

— Moramos aqui até minha esposa falecer — disse o velho, como que pedindo desculpas. — Estou vendendo a mobília aos poucos. Veja como é linda essa cama de mogno. Bom, seria mais bonita se você conseguisse tirar os percevejos. Mas reconheço que seria um trabalho bem ingrato.

Ele segurava a lamparina bem alta, para que pudesse iluminar o quarto todo. Na luz fraca e acolhedora, o lugar parecia curiosamente convidativo. Winston chegou a pensar que provavelmente seria simples alugar o quarto por poucos dólares por semana, se ele ousasse arriscar. Uma ideia louca, impossível. Ele a abandonou em seguida. Mas aquele quarto havia despertado nele uma nostalgia, uma espécie de lembrança ancestral. Ele teve a impressão de saber muito bem como era se sentar em um quarto como esse, em uma poltrona ao lado de lareira, com os pés no guarda-fogo e uma chaleira no fogão; completamente sozinho, completamente seguro, sem ninguém vigiando, nenhuma voz perseguindo você, nenhum som exceto o apito da chaleira e o tique-taque amistoso do relógio.

— Não há teletela! — não pôde evitar murmurar.

— Ah, — disse o velho — nunca tive uma dessas. Cara demais. Nunca achei que precisava de uma, de qualquer forma. Essa aqui, nesse canto, é uma bela mesa dobrável. Claro, você teria de trocar as dobradiças se quisesse usar as abas.

Havia uma pequena estante no outro canto que Winston já tinha notado. Só continha bobagens. A caça e a destruição de livros tinham sido conduzidas com o mesmo rigor nos bairros proletários com que fora no resto da cidade. Era muito pouco provável que existisse em algum lugar de Oceânia um exemplar de um livro impresso antes de 1960. Carregando a lamparina, o velho homem se pôs diante de uma imagem em uma moldura de pau-rosa pendurada do outro lado da lareira, oposta à cama.

— Bem, se o senhor por acaso estiver interessado em pinturas antigas... — sugeriu com delicadeza.

Winston aproximou-se para examinar o quadro. Era uma gravura de aço de um edifício oval com janelas retangulares e uma pequena torre na parte da frente. Havia uma grade em volta do edifício e na parte de trás algo que parecia ser uma estátua. Winston observou por um tempo. Parecia vagamente familiar, embora não se lembrasse da estátua.

— A moldura está fixada na parede — disse o homem. — Mas posso desparafusar, se o senhor quiser levar.

— Conheço esse prédio — proferiu Winston por fim. — Está em ruínas agora. Fica no meio da rua do Palácio da Justiça.

— Isso mesmo. Em frente ao Fórum. Foi bombardeado em... ah, tantos anos atrás. Foi uma igreja numa época, São Clemente dos Dinamarqueses era o nome. — Sorriu, como se pedisse desculpas, ciente de ter dito algo levemente ridículo, e acrescentou: — Laranjas e limões sem semente, dizem os sinos da São Clemente!

— Como? — disse Winston.

— Ah, "Laranjas e limões sem semente, dizem os sinos da São Clemente". Era uma rima que eu fazia quando era garoto. Como continua não lembro, mas lembro que terminava assim: "Essa vela acesa te conduz até a cama; esse machado afiado corta a cabeça de quem reclama". Era um tipo de dança. Eles erguiam as mãos para você passar embaixo e quando chegava na parte "esse machado afiado corta a cabeça de quem reclama", eles abaixavam os braços e prendiam você. Eram só nomes de igrejas. Todas as igrejas de Londres estavam lá, as principais, pelo menos.

Winston estava pensando distraidamente de qual século era a igreja. Era difícil determinar a idade de um prédio em Londres. Qualquer coisa alta e impressionante, se tivesse uma aparência razoavelmente nova, declarariam automaticamente que havia sido construída depois da revolução, enquanto tudo que fosse obviamente de um período anterior seria relegada a uma época obscura chamada Idade Média. Os séculos de capitalismo pareciam não ter produzido nada que tivesse valor. Não era possível aprender mais história pela arquitetura do que pelos livros. Estátuas, epígrafes, lápides, nomes de ruas — qualquer coisa que remetesse ao passado tinha sido sistematicamente alterada.

— Eu nunca soube que tinha sido uma igreja — ele disse.

— Sobraram muitas delas, na verdade, — disse o homem —, embora sejam usadas para outros propósitos. Então, como era aquela rima mesmo? Ah, lembrei! "Laranjas e limões sem semente, dizem os sinos da São Clemente. Você me deve um dinheirinho, diz o sino de São Martinho" — parou. — Agora não lembro mais. Tinha uma moeda de cobre pequeninha, parecia um centavo.

— Onde era a igreja de São Martinho? — disse Winston.

— São Martinho? Essa ainda está de pé. Fica na praça Victory, ao lado da galeria de arte. Um prédio com uma espécie de pátio triangular e pilares em frente, um grande lance de escadas.

Winston conhecia bem o lugar. Era um museu usado para propaganda de diversos tipos — modelos de mísseis e das Fortalezas Flutuantes em escala, réplicas em cera ilustrando as atrocidades do inimigo e outros.

— São Martinho do Campo — completou o velho. — Apesar de eu não me lembrar de nenhum campo lá para aqueles lados.

Winston não comprou o quadro. Seria um disparate maior do que o peso de papel de vidro e impossível de carregar para casa, a não ser que fosse retirado da moldura. Mas ele se demorou por mais alguns minutos, conversando com o proprietário, cujo nome, ele descobriu, não era Weeks, como poderia se supor pela inscrição na entrada, mas Charrington. Sr. Charrington, ao que parecia, era um viúvo de 63 anos e tinha morado na loja por trinta anos. Durante todo esse tempo ele teve vontade de mudar o nome escrito na janela, mas nunca chegou a fazê-lo. Enquanto eles conversavam, a rima que foi meio lembrada não saía da cabeça de Winston. "Laranjas e limões sem semente, dizem os sinos da São Clemente. Você me deve um dinheirinho, diz o sino de São Martinho!" Era curioso, quando era você mesmo que dizia, dava a ilusão de ouvir os sinos, de fato, os sinos de uma Londres perdida que ainda existia em algum lugar ou outro, disfarçada e esquecida. De uma torre espectral a outra, ele parecia ouvi-los irromper. Até onde podia se lembrar, nunca havia ouvido sinos de igreja tocando.

Deixou o sr. Charrington lá e desceu as escadas sozinho para que o velho não o visse tentando reconhecer a rua antes de sair. Já tinha colocado em sua cabeça que depois de um intervalo considerável — digamos, um mês — ele iria correr o risco de visitar a loja novamente. Não era talvez mais perigoso que escapar de uma noite no Centro. A loucura mais séria tinha sido voltar aqui, para começo de conversa, depois de comprar o diário e sem saber se o proprietário da loja era confiável. Entretanto...

Sim, ele pensou de novo, ele voltaria. Compraria mais umas belas porcarias. Ele iria comprar a gravura de São Clemente dos Dinamarqueses, tirá-la de sua moldura, e levá-la para casa escondida debaixo da jaqueta do macacão. Arrancaria o resto daquele poema da memória do sr. Charrington. Até a ideia maluca de alugar o quarto no andar de cima voltou à sua mente por um instante. Por cerca de cinco segundos, essa exaltação fez com que ele se descuidasse e pisasse na calçada sem um olhar preliminar pela janela. Começou até a cantarolar uma melodia improvisada: "Laranjas e limões sem semente, dizem os sinos da São Clemente. Você me deve um dinheirinho, diz o..."

De repente sentiu o coração congelar e contorções na barriga. Uma figura de macacão azul vinha pela calçada, a não mais que dez metros de distância. Era a garota do Departamento de Ficção, a garota de cabelos escuros. A luz era fraca, mas ele não teve dificuldade em reconhecê-la. Ela olhou bem em seu rosto e, depois, andou rapidamente como se não o tivesse visto.

Por uns poucos segundos, Winston ficou paralisado. Então, virou à direita e caminhou pesadamente, sem perceber no início que estava indo na direção errada. De qualquer forma, uma coisa estava clara. Não havia mais dúvida de que a garota o estava espionando. Ela deveria tê-lo seguido até ali, porque não dava para acreditar que por puro acaso ela estivesse caminhando na mesma noite que ele pela mesma rua obscura, a quilômetros de distância de qualquer quarteirão onde os membros do Partido moravam. Era muita coincidência. Se ela era mesmo uma agente da Polícia das Ideias, ou simplesmente uma espiã amadora motivada pelo desejo de ser útil, pouco importava. Já bastava o fato de que ela o estivesse observando. Provavelmente, também o tinha visto entrar no pub.

Fez um esforço para andar. O objeto de vidro em seu bolso batia em sua coxa a cada passo, e já estava considerando pegar e jogar fora. O pior era a dor na barriga. Por alguns minutos teve a sensação de que iria morrer se não chegasse a um banheiro logo. Mas não haveria banheiros públicos em um bairro como esse. Em seguida, o espasmo passou, deixando uma dor leve e insistente para trás.

A rua era uma viela sem saída. Winston parou, ficou por alguns segundos analisando distraidamente o que fazer, então voltou e recomeçou seus passos. Ao voltar, ocorreu-lhe que a garota tinha passado por ele apenas três minutos atrás e que, se ele corresse, conseguiria alcançá-la. Ele poderia segui-la até estarem em um local ermo e então amassar seu crânio em um paralelepípedo. O pedaço de vidro em seu bolso tinha peso suficiente para isso. Mas ele abandonou a ideia imediatamente, porque até o pensamento em fazer qualquer esforço físico era insuportável. Ele não conseguiria correr, não conseguiria dar uma bofetada. Além do mais, ela era jovem e forte e se defenderia. Também pensou em correr para o Centro Comunitário e ficar lá até fechar para criar um álibi parcial para a noite, pelo menos. Mas isso também era impossível. Uma lassidão mortal tomava conta dele. Tudo que queria era chegar em casa rapidamente, sentar-se e ficar quieto.

Foi depois das dez horas que voltou ao apartamento. As luzes seriam apagadas na maior parte do prédio às onze e meia. Foi até a cozinha e engoliu quase uma xícara de chá cheia de gim Victory. Então foi até a mesa no nicho, sentou-se e tirou o diário da gaveta, mas não o abriu de primeira. Da teletela uma voz feminina atrevida berrava uma canção patriótica. Ele se sentou observando a capa marmorizada do livro, tentando sem sucesso calar a voz da sua consciência.

Era durante a noite que eles vinham até você. Sempre à noite. A melhor coisa era se matar antes que eles o pegassem. Sem dúvida, alguns faziam isso.

Muitos dos desaparecimentos eram na verdade suicídios. Mas era preciso uma coragem desesperada para se matar em um mundo em que armas de fogo ou qualquer veneno de efeito rápido e certeiro eram completamente impossíveis de encontrar. Ele pensou com certo espanto na inutilidade da dor e do medo, a traição do corpo humano que sempre se congela em inércia no exato momento em que se requer um esforço especial. Ele poderia ter silenciado a garota de cabelos escuros se ele tivesse agido rápido o bastante. Mas, justamente por causa do perigo extremo, ele perdeu o poder de agir. Ocorreu-lhe que em momentos de crise nunca é contra um inimigo externo que se luta, mas sempre contra seu próprio corpo. Até agora, apesar do gim, a dor leve e persistente em sua barriga tornava impossível pensar corretamente. E é o mesmo, ele percebia, em todas as situações igualmente trágicas e heroicas. No campo de batalha, na câmara de tortura, em um navio afundando, as questões pelas quais você está lutando são sempre esquecidas, porque o corpo incha até que ele caiba no universo, e mesmo quando você não está paralisado pelo medo ou gritando de dor, a vida é uma luta momento a momento contra a fome, o frio ou a falta de sono, contra indigestão ou dor de dente.

Ele abriu o diário. Era importante anotar alguma coisa. A mulher na teletela tinha começado uma nova canção. A voz dela parecia grudar em seu cérebro como pedacinhos de vidro afiados. Tentou pensar em O'Brien, por quem, para quem, o diário estava sendo escrito, mas em vez disso ele começou a pensar nas coisas que aconteceriam com ele depois que a Polícia das Ideias o levasse. Não importava se eles matassem você de uma vez. Ser morto era o esperado. Mas antes de morrer (ninguém falava dessas coisas, embora todos soubessem) havia a rotina das confissões pelas quais tinha de passar, o rastejar pelo chão e gritar por misericórdia, o estalido de ossos quebrados, os dentes esmagados e os tufos de cabelo ensanguentados.

Por que você tinha que suportar isso, já que o final era sempre o mesmo? Por que não era possível remover alguns dias ou semanas da sua vida? Ninguém nunca escapava de ser descoberto e ninguém falhava ao confessar. Uma vez que você tivesse sucumbido ao crime de pensamento era certo que em alguma data você iria morrer. Por que então aquele terror, que não mudava nada, tinha de ficar cravado no tempo futuro?

Ele tentou de novo com mais sucesso invocar a imagem de O'Brien. "Devemos nos encontrar no lugar onde não há escuridão", O'Brien havia dito a ele. Ele sabia o que isso significava, ou pensava que sabia. O lugar onde não havia escuridão era o futuro imaginado, que nunca se veria, mas do qual, com antevidência, podia-se misticamente tomar parte. Mas, com a voz da teletela martelando em seus ouvidos, ele não conseguia dar vazão a essa linha de pensamento. Colocou um cigarro na boca. Metade do tabaco caiu na sua língua, um pó amargo que era difícil de cuspir fora. O rosto do Grande Irmão surgiu em sua mente, substituindo o de O'Brien. Exatamente como ele tinha feito poucos dias atrás, ele tirou uma moeda do bolso e olhou para ela. O rosto o encarava, pesado, calmo, protetor, mas que tipo de sorriso estava escondido por baixo do bigode escuro? Como um toque de chumbo as palavras voltaram:

GUERRA É PAZ
LIBERDADE É ESCRAVDIÃO
IGNORÂNCIA É FORÇA

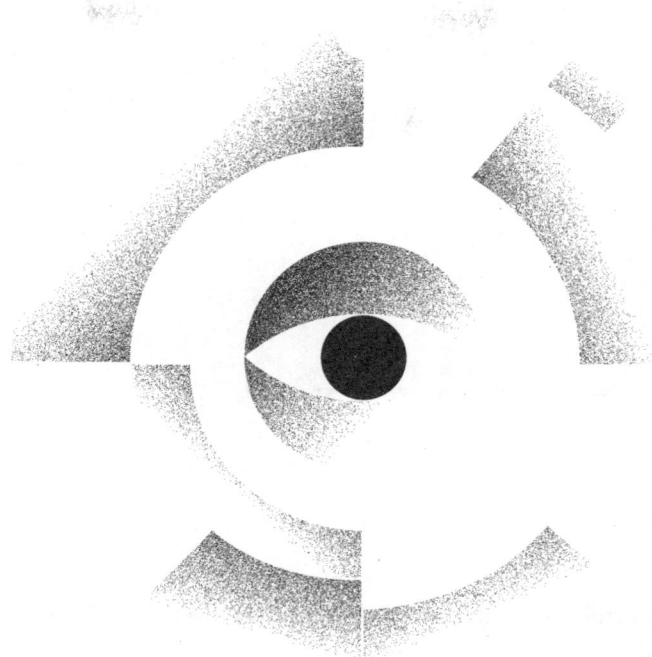

Parte 2

Capítulo 1

Metade da manhã já tinha se passado e Winston deixou a cabine para ir ao banheiro.

Uma figura solitária vinha em sua direção do outro extremo do corredor bem iluminado. Era a garota de cabelos escuros. Tinham se passado quatro dias desde a noite em que ele a vira após sair da loja de quinquilharias. Enquanto ela se aproximava, ele pode ver que o braço direito dela estava em uma tipoia, que não dava para ver à distância, pois era da mesma cor que seu macacão. Provavelmente ela tinha quebrado a mão enquanto se balançava em um daqueles grandes caleidoscópios nos quais os roteiros dos romances eram "esboçados". Era um acidente comum no Departamento de Ficção.

Eles estavam a uns quatro metros de distância quando a garota tropeçou e caiu quase de cara no chão, emitindo um grito de dor. Ela devia ter caído bem em cima da mão que estava machucada. Winston parou de repente. A garota já tinha ficado de joelhos. Seu rosto parecia amarelado em contraste com a boca mais vermelha do que nunca. Seus olhos olhavam fixamente para os dele, com uma expressão apelativa que se parecia mais com medo do que com dor.

Uma sensação curiosa agitou o coração de Winston. Bem na sua frente havia uma inimiga que estava tentando matá-lo. Bem na sua frente, também, havia uma criatura humana, com dor e, provavelmente, com um osso quebrado. Instintivamente, ele já tinha se posto em vias de ajudá-la. No momento em que a viu cair sobre o braço enfaixado, foi como se ele tivesse sentido a dor em seu próprio corpo.

— Você se machucou? — ele perguntou.

— Não é nada. Meu braço. Já estará bom em um segundo.

Ela falou como se o coração fosse sair pela boca. Certamente, ela estava muito pálida.

— Não quebrou nada?

— Não, estou bem. Dói um pouco, só isso.

Ela ofereceu a mão livre para ele, que a ajudou a se levantar. Ela recuperou a cor no rosto e parecia bem melhor.

— Não é nada — ela repetiu de repente. — Só virei o punho um pouco. Obrigada, camarada!

E assim ela continuou na direção onde estava indo, tão vigorosamente que pareceu mesmo que não tinha sido nada. O incidente como um todo não deve ter durado mais que meio minuto. Não deixar o rosto estampar os sentimentos era um hábito praticamente instintivo, e, de qualquer forma, eles estavam bem em frente a uma teletela quando tudo aconteceu. Entretanto, havia sido muito difícil não trair uma surpresa momentânea, pois nos dois ou três segundos enquanto ele a ajudava a se levantar ela tinha colocado algo na mão de Winston. Não havia dúvida de que ela tinha feito isso intencionalmente. Era algo pequeno e achatado. Enquanto ele passava pela porta do banheiro, o transferiu para o bolso e o sentiu com a ponta dos dedos. Era um pedaço de papel dobrado no formato de um quadrado.

Enquanto estava de pé no mictório ele conseguiu, com um pouco de ajuda dos dedos, desdobrá-lo. Obviamente, deve ter uma mensagem de algum tipo escrita nele. Por um momento, ele se sentiu tentado a entrar em algum dos banheiros privados e lê-lo de uma vez. Mas isso seria uma tremenda loucura, como ele bem sabia. Não havia outro lugar em que você podia ter mais certeza de que era constantemente observado pelas teletelas.

Ele voltou para sua cabine, sentou-se, jogou o fragmento de papel casualmente entre os outros papéis sobre a mesa, colocou seus óculos e trouxe a fala-escreve para perto dele. "Cinco minutos", disse a si mesmo, "cinco minutos no mínimo!" Seu coração pulsava no peito tão alto que dava medo. Felizmente, o trabalho no qual estava envolvido era mera rotina, a retificação de uma longa lista de números, sem necessidade de muita atenção.

O que quer que tivesse escrito no papel deveria conter algum tipo de significado político. Era muito provável que a garota fosse uma agente da Polícia das Ideias, exatamente como ele temia. Ele não sabia por que a Polícia das Ideias escolheria passar suas mensagens de tal forma, mas talvez tivesse seus motivos. A mensagem escrita no papel poderia ser uma ameaça, uma convocação, uma ordem para cometer suicídio, uma armadilha de alguma especificação. Mas havia outra possibilidade, uma mais maluca, que estava se formando em sua cabeça, embora ele tivesse tentado em vão suprimi-la. Essa dava conta de que a mensagem não vinha da Polícia das Ideias, mas de algum tipo de organização clandestina. Talvez a Fraternidade existisse de fato! Talvez a garota fizesse parte dela! Sem dúvida, o pensamento era absurdo, mas tinha brotado em sua mente no exato instante em que sentiu o papel em sua mão. Foi só depois de dois minutos que outra explicação, mais provável, lhe ocorreu. E mesmo agora, com sua inteligência lhe dizendo que a mensagem significava morte, ainda, não era no que ele acreditava, e a esperança irracional persistia, e seu coração palpitava, e era com dificuldade que ele tentava manter sua voz firme ao murmurar os números para a fala-escreve.

Ele enrolou o feixe todo de trabalho e o inseriu no tubo pneumático. Oito minutos tinham se passado. Ele reajustou os óculos no nariz, suspirou e puxou a próxima leva de trabalho para junto de si, com o pedaço de papel em cima. Ele o desdobrou. Com uma letra grande indefinida, estava escrito: "Eu te amo".

Ele ficou tão atordoado por alguns minutos que demorou para jogar o bilhete incriminatório no buraco da memória. Quando conseguiu voltar a si, mesmo sabendo muito bem o perigo de mostrar muito interesse, não resistiu a ler mais uma vez, só para se certificar de que as palavras estavam mesmo lá.

Pelo resto da manhã ficou muito difícil trabalhar. Muito pior do que ter de se concentrar em uma série de atividades monótonas era precisar esconder sua agitação da teletela. Ele sentia um fogo queimando em sua barriga. O almoço na cantina quente, lotada e barulhenta foi um tormento. Tinha esperado ficar sozinho um pouco durante a hora do almoço, mas, como o azar rondava, o imbecil do Parsons apareceu bem do lado dele, com o odor forte de seu suor quase superando o cheiro metálico do cozido, travando uma conversa sobre as preparações para a Semana do Ódio. Ele estava especialmente animado com um boneco de papel-machê da cabeça do Grande Irmão, dois metros de largura, que o esquadrão de sua filha nos Espiões estava fazendo. O irritante era que, na confusão de vozes, Winston mal conseguia ouvir o que Parsons estava dizendo e ficava pedindo que ele repetisse algum comentário tolo. Só uma vez deu para ver a garota, em uma mesa com duas outras garotas no outro extremo do salão. Parecia que ela não o tinha visto, e ele não olhou naquela direção de novo.

A tarde foi mais suportável. Imediatamente após o almoço chegou um trabalho delicado e difícil que levaria horas e implicaria deixar todo o resto de lado. Consistia em falsificar uma série de relatórios de produção de dois anos atrás de forma a lançar certo descrédito em um proeminente membro do Partido Interno, que naquele momento estava sob suspeita. Era o tipo de tarefa no qual Winston era bom, e por mais de duas horas ele conseguiu tirar a garota da sua cabeça completamente. Mas então a lembrança de seu rosto voltou e, com ela, uma vontade violenta e intolerável de ficar sozinho. Até que ficasse sozinho, seria impossível considerar essa nova revelação. Seria uma das suas noites obrigatórias no Centro Comunitário. Ele devorou outro prato insosso na cantina, correu para o Centro, participou de uma bobagem de "grupo de discussão", jogou duas rodadas de tênis de mesa, engoliu algumas doses de gim e sentou-se por meia hora ouvindo uma palestra chamada "Socing e sua relação com o xadrez". Sua alma se contorcia de tédio, mas pelo menos uma vez ele não teve impulso de escapar de sua noite no Centro. Ao visualizar as palavras "Eu te amo", o desejo de permanecer vivo brotou nele e correr pequenos riscos, de repente, pareceu-lhe estupidez. Foi somente após as onze horas, quando ele estava em casa e na cama, no escuro, onde você estava a salvo até da teletela desde que em silêncio, que ele pôde pensar sem interrupção.

Havia um problema físico para ser resolvido: como entrar em contato com a garota e combinar um encontro. Ele não considerava mais a possibilidade de ela estar tentando armar algum tipo de cilada para ele. Ele sabia que não, por causa da agitação inconfundível dela quando lhe entregou o bilhete. Obviamente ele estava com muito medo e era para estar mesmo. A ideia de recusar sua investida nem passou por sua cabeça. Apenas cinco dias atrás, ele tinha considerado esmagar o cérebro dela com um paralelepípedo, mas isso já não tinha importância. Ele pensou nela nua, um corpo jovem, como havia visto em seu sonho. Ele a tinha imaginado tola como todas as outras, a cabeça recheada de mentiras e ódio, o ventre cheio de gelo. Um tipo de febre tomou conta dele ao pensar que poderia perdê-la, o corpo jovem, pálido, poderia escapar dele! O que ele temia mais do que tudo era que ela poderia simplesmente mudar de ideia se ele não fizesse contato rapidamente. Mas a dificuldade física de se encontrarem era enorme. Era como tentar fazer um movimento no xadrez quando você já tinha recebido um xeque-mate. Para onde quer que você se virasse, a teletela encararia você. Na verdade, todos os jeitos possíveis de se comunicar com ela lhe haviam ocorrido nos primeiros cinco minutos após ler o bilhete. Agora, com tempo para pensar, ele percorreu mentalmente um a um, como se dispusesse uma fila de ferramentas sobre uma mesa.

Obviamente, o tipo de encontro que acontecera naquela manhã não poderia se repetir. Se ela trabalhasse no Departamento de Documentação, teria sido comparativamente simples, mas ele tinha apenas uma vaga ideia de onde ficava o Departamento de Ficção no prédio e não havia pretexto para ele ir até lá. Se soubesse onde ela morava e a que horas ela saía do trabalho, ele poderia ter planejado encontrá-la em algum lugar em seu caminho para casa, mas tentar segui-la até em casa não era seguro, porque significaria ficar vagueando do lado de fora do Ministério, o que tinha chances de ser notado. Mandar uma carta pelo correio estava fora de cogitação. Por uma rotina que nem era segredo, as cartas eram todas abertas no caminho. Hoje em dia, poucas pessoas escreviam cartas. Para as mensagens que precisavam ocasionalmente serem enviadas, havia cartões postais impressos com longas listas de frases e você selecionava as que se adequavam. De qualquer forma, ele não sabia seu nome, muito menos seu endereço. Finalmente, decidiu que o local mais seguro era a cantina. Se ele pudesse encontrá-la em uma mesa sozinha, em algum lugar no meio do salão, não muito perto das teletelas, e com bastante burburinho ao redor, se essas condições durassem por, digamos, trinta segundos, seria possível trocar algumas palavras.

Durante uma semana depois disso, a vida pareceu um sono perturbado. No dia seguinte, ela não apareceu na cantina até a hora em que ele saiu, após tocarem o apito. Provavelmente, ela mudou para um turno mais tarde. Um dia depois, ela estava na cantina no horário habitual, mas com três outras garotas e bem abaixo de uma teletela. Depois, por três tenebrosos dias, ela nem sequer apareceu. Todo o corpo e a alma dele pareciam atingidos por uma sensibilidade insuportável, uma espécie de pureza, que tornava cada movimento, cada som, cada contato, cada palavra que ele tinha de falar ou ouvir em uma agonia. Mesmo dormindo, não conseguiu fugir completamente da imagem dela. Ele não tocou no diário naqueles dias. Se tinha algum alívio, era no trabalho, em que podia se esquecer de si mesmo por até dez minutos seguidos. Não tinha a menor ideia do que tinha acontecido com ela. Não podia fazer qualquer questionamento. Ela pode ter sido evaporada, pode ter cometido suicídio, pode ter sido transferida para o outro lado da Oceânia. Pior, e mais provável de tudo, poderia ter simplesmente mudado de ideia e decidido evitá-lo.

No dia seguinte, ela reapareceu. Já não usava a tipoia e tinha uma atadura em volta do punho. O alívio de vê-la foi tanto que Winston não conseguiu evitar ficar olhando por vários segundos. No dia seguinte, quase conseguiu falar com ela. Quando entrou na cantina, ela estava sentada a uma mesa longe da parede e estava sozinha. Era cedo e o local não estava muito cheio. A fila andou até Winston quase atingir o balcão e então parou por dois minutos porque alguém à frente estava reclamando por não ter recebido seu tablete de sacarina. Mas ela ainda estava sozinha quando Winston pegou sua bandeja e se dirigiu à mesa. Ele andou casualmente em sua direção, seus olhos procurando um lugar. Ela estava a uns três metros de distância dele. Dois segundos a mais teriam bastado. Então, uma voz atrás dele chamou "Smith!". Ele fingiu não ouvir. "Smith!", repetiu a voz, mais alto. Não adiantou. Ele se virou. Um homem jovem de cabelos louros e cara de bobo chamado Wilsher, que ele mal conhecia, estava convidando-o com um sorriso para se sentar em um lugar em sua mesa. Não era seguro recusar. Depois de ter sido reconhecido, ele não poderia ir se sentar com uma garota sozinha. Ficaria muito explícito. Sentou-se com um sorriso amistoso, ao qual o rosto louro e bobo correspondeu. Winston teve uma alucinação em que dava bem no meio daquela cara com uma picareta. A mesa da garota se encheu poucos minutos depois.

Mas ela deve tê-lo visto caminhando em sua direção e talvez tenha entendido a indireta. No dia seguinte, ele se preocupou em chegar cedo. Com certeza, ela estaria em uma mesa mais ou menos no mesmo lugar e sozinha de novo. A pessoa imediatamente à sua frente na fila era um homem pequeno, rápido com a cara achatada de besouro e olhos pequenos e suspeitos. Quando Winston saía do balcão com sua bandeja, ele viu que o homem estava indo direto para a mesa da garota. Suas esperanças minguaram de novo. Havia um lugar vago longe, mas algo na aparência do homenzinho sugeria que ele se sentiria mais confortável escolhendo a mesa mais vazia. Com o coração gelado, Winston foi em frente. Não fazia sentido, ao menos que a garota estivesse sozinha na mesa. Nessa hora, houve um tremendo acidente. O homenzinho ficou esparramado de quatro, sua bandeja tinha voado e deixado dois rastros de sopa e café no chão. Ele se pôs de pé com um olhar pernicioso para Winston, evidentemente suspeitando que ele o tivesse derrubado. Mas ficou tudo bem. Cinco segundos depois, com o coração explodindo, Winston estava sentado à mesa da garota.

Ele não olhou para ela. Retirou os alimentos da bandeja e na hora começou a comer. Era importantíssimo falar de uma vez, antes que todo mundo se sentasse, mas um medo terrível se apossou dele. Uma semana havia se passado desde que ela se aproximou dele pela primeira vez. Ela teria mudado de ideia, deve ter mudado de ideia! Era impossível que esse caso terminasse de forma bem-sucedida; essas coisas não aconteciam na vida real. Ele teria hesitado completamente em falar se nesse momento não tivesse visto Ampleforth, o poeta das orelhas peludas, andando de um lado para o outro no salão com uma bandeja, procurando um lugar para se sentar. Com seu jeito dúbio, Ampleforth simpatizava com Winston e certamente se sentaria à sua mesa se o visse ali. Havia talvez um minuto para agir. Tanto Winston quanto a garota estavam comendo continuamente. O que eles estavam comendo era um cozido ralo, uma sopa na verdade, um caldo de feijões. Winston começou a falar em um murmúrio. Nenhum dos dois olhou para cima; continuamente enfiavam o líquido aguado na boca e, entre uma colherada e outra, trocaram as poucas necessárias palavras em vozes baixas e inexpressíveis.

— Que horas você sai do trabalho?

— Seis e meia.

— Onde podemos nos encontrar?

— Praça Victory, perto do monumento.

— É cheio de teletelas.

— Não tem problema se estiver lotado.

— Algum sinal?

— Não. Não venha até mim até eu estar no meio de um monte de gente. E não olhe para mim. Só fique próximo.

— Que horas?

— Sete.

— Combinado.

Ampleforth não viu Winston e acabou se sentando em outra mesa. Eles não falaram de novo e, até onde era possível para duas pessoas se sentando uma em frente à outra na mesma mesa, não olharam um para o outro. A garota terminou o almoço e rapidamente sumiu, enquanto Winston ficou para fumar um cigarro.

Winston chegou à Praça Victory antes do horário combinado. Ele vagou pela base da enorme coluna estriada, que tinha no topo uma estátua do Grande Irmão que olhava na direção sul, pelos céus onde ele tinha derrotado os aviões eurasianos (tinham sido os aviões lestasianos, na verdade, alguns anos atrás) na Batalha da Força Aérea Um. Na rua em frente havia uma estátua de um homem montado a cavalo que supostamente representava Oliver Cromwell. Cinco minutos após o horário, a garota ainda não havia aparecido. De novo, aquele medo terrível tinha tomado conta dele. Ela não viria, havia mudado de ideia! Lentamente ele caminhou para o lado norte da praça e ficou pálido ao identificar a Igreja de São Martinho, cujos sinos, quando havia sinos, entoavam: "Você me deve um dinheirinho". Então ele a viu de pé na base do monumento, lendo ou fingindo ler um pôster colado na coluna. Não era seguro chegar mais perto enquanto não houvesse mais pessoas em volta. Havia teletelas em volta de todo o frontão. Mas nesse momento ouviram-se uma gritaria e uma corrida de veículos pesados para a esquerda. De repente, todos pareceram atravessar a praça correndo. A garota ligeiramente contornou os leões na base do monumento e se juntou à multidão. Winston foi atrás. Enquanto ele corria, conseguiu captar alguns dizeres gritados de que uma escolta de prisioneiros eurasianos estava passando.

Uma densa massa de pessoas já estava bloqueando o lado sul da praça. Winston, que em circunstâncias normais era o tipo de pessoa que foge de confusão, enfiou-se, contorceu-se, forçou a passagem para chegar ao centro da multidão. Logo ele estava a um braço de distância da garota, mas o caminho estava bloqueado por um proleta enorme e mulher, provavelmente sua esposa, quase tão enorme quanto ele, que pareciam formar um muro de carne impenetrável. Winston esgueirou-se de lado e com um movimento violento conseguiu passar seu ombro por entre eles. Por um momento, sentiu como se suas vísceras tivessem derretido para passar entre os dois quadris musculosos, mas por fim conseguiu, suando um pouco. Ele estava ao lado da garota. Ombro a ombro, ambos olhavam fixamente à frente.

Uma longa fila de caminhões, com guardas de cara amarrada e armados de submetralhadoras, em pé em cada esquina, passava lentamente na rua. Nos caminhões, homenzinhos amarelos em uniformes verdes surrados estavam agachados, colados um no outro. Seus rostos tristes, mongóis, olhavam em volta dos caminhões com total falta de curiosidade. Ocasionalmente, quando um caminhão sacudia, havia o tinido de metal; todos os prisioneiros usavam grilhões. Caminhões carregados de rostos tristes passavam um atrás do outro. Winston sabia que eles estavam lá, mas os viu apenas de forma intermitente. O ombro da garota e seu braço direito até o cotovelo estavam pressionados contra ele. O rosto dela tão perto que ele quase sentia seu calor. Imediatamente ela tomou a frente na situação, assim como havia feito na cantina. Começou a falar na mesma voz sem expressão de antes, com os lábios mal se mexendo, um mero murmúrio facilmente engolido pelo alvoroço das vozes e o ronco dos caminhões.

— Consegue me ouvir?

— Sim.

— Consegue estar livre domingo à tarde?

— Sim.

— Então, ouça bem. Você terá de se lembrar disso. Vá para a Estação Paddington...

Com uma espécie de precisão militar que o impressionou, ela desenhou a rota que ele devia seguir. Uma viagem de trem de meia hora; virar à esquerda fora da estação; dois quilômetros pela avenida; um portão faltando uma barra em cima; um percurso em um campo; uma alameda com grama crescida; uma trilha entre arbustos; uma árvore morta com musgo sobre ela. Era como se ela tivesse um mapa na cabeça.

— Consegue lembrar tudo? — murmurou ao final.

— Sim.

— Você vira à esquerda, depois à direita, então à esquerda de novo. E o portão não tem a barra de cima.

— Sim. Que horas?

— Por volta das três. Pode ser que você tenha de esperar. Eu vou chegar lá por outro caminho. Tem certeza de que se lembra de tudo?

— Sim.

— Então sai de perto de mim o mais rápido que puder.

Ela nem precisava ter dito isso. Mas, naquele momento, eles não conseguiam se desvencilhar da multidão. Os caminhões ainda estavam passando em fila. As pessoas ainda embasbacadas com aquilo. No começo ainda teve algumas vaias e assovios, mas eles vinham somente de membros do partido no meio da multidão e logo haviam parado. A emoção que prevalecia era simplesmente curiosidade. Estrangeiros, sejam da Eurásia ou da Lestásia, eram uma espécie de animal exótico. Ninguém nunca os via a não ser como prisioneiros e, mesmo assim, nunca se conseguia mais do que uma rápida olhadela neles. Nem se chegava a saber o que acontecia com eles depois, além dos poucos que eram enforcados como criminosos de guerra. Os outros simplesmente desapareciam, supostamente iam para campos de trabalhos forçados. Os rostos arredondados dos mongóis deram lugar a outros de tipo mais europeu, sujos, barbados, exaustos. Olhos em rostos insignificantes encaravam Winston, às vezes com estranha intensidade, depois miravam outra direção. A escolha estava quase terminada. No último caminhão, ele viu um homem idoso com um emaranhado de cabelos grisalhos, em pé, ereto, com os punhos cruzados na frente do corpo, como se estivesse acostumado a tê-los atados. Já era quase hora de Winston e a garota se separarem. Mas no último momento, com a multidão ainda em volta deles, a mão dela procurou pela dele e a apertou de leve.

Não deve ter sido mais que dez segundos, mas ainda assim pareceu um longo tempo em que suas mãos estiveram juntas. Deu tempo de ele memorizar todos os detalhes da mão dela. Ele explorou os dedos longos, o formato das unhas, a palma de quem trabalha duro com seus calos, a carne macia abaixo do punho. No mesmo instante lhe ocorreu que ele não sabia a cor dos olhos dela. Provavelmente eram castanhos, mas pessoas de cabelos escuros às vezes têm olhos azuis. Virar a cabeça e olhar para ela teria sido uma loucura inconcebível. Com as mãos atadas, invisíveis diante da multidão os pressionando, eles olhavam para a frente, e, em vez dos olhos da garota, foram os olhos do prisioneiro idoso que o encararam tristemente através do ninho de cabelo.

Capítulo 2

Winston pegou seu caminho através de luz e sombra matizadas, pisando em poças douradas onde os galhos se separavam. Embaixo das árvores à sua esquerda o chão estava forrado de jacintos. O ar parecia beijar a pele. Era 2 de maio. De algum lugar no fundo do coração do bosque vinha o arrulhar das pombas.

Ele estava um pouco adiantado. Não houve dificuldades no trajeto e, como a garota demonstrava claramente ter experiência, ele estava menos assustado do que normalmente estaria. Supostamente, era possível confiar nela para encontrar um lugar seguro. No geral, não dava para pressupor que você estaria mais seguro no campo do que em Londres. Não havia teletelas, claro, mas sempre tinha o perigo de microfones escondidos que poderiam captar sua voz e reconhecê-la. Além disso, não era fácil fazer um percurso sozinho sem atrair atenção. Para distâncias de menos de cem quilômetros não era necessário apresentar passaporte, mas às vezes havia patrulhas pelas estações de trens, que examinavam os documentos de qualquer membro do Partido que encontrassem lá e faziam perguntas embaraçosas. Entretanto, ele não havia cruzado com nenhuma patrulha e, na caminhada depois da estação, ele se certificou de que não estava sendo seguido, sempre olhando para trás por precaução. O trem estava cheio de proletas, em clima de férias devido aos ares de verão. O vagão de bancos de madeira em que ele viajou estava todo ocupado com pessoas de uma família enorme, da bisavó banguela a um bebê de 1 mês, que iam passar a tarde com parentes no campo e, como eles abertamente explicaram para Winston, conseguir um pouco de manteiga no mercado negro.

A alameda se alargou e em um minuto ele chegou ao caminho de que ela havia falado, uma mera trilha imersa nos arbustos. Ele não tinha relógio, não devia ser três horas ainda. Os jacintos eram tão abundantes que era impossível não pisar neles. Ajoelhou-se e começou a colher alguns mais para passar o tempo, mas também por sentir que queria ter um buquê para entregar à garota quando se encontrassem. Ele tinha reunido uma boa quantidade e estava sentindo seu cheiro levemente adocicado quando um barulho vindo de trás o congelou, o inconfundível estalar de pés pisando em galhos. Continuou colhendo jacintos. Era o melhor a fazer. Podia ser a garota ou ele podia ter sido seguido no final das contas. Olhar em volta seria admitir culpa. Pegou um e mais outro. Até que uma mão pousou suavemente sobre seu ombro.

Olhou para cima. Era a garota. Ela balançou a cabeça em um sinal evidente para que ele se mantivesse em silêncio, então abriu o caminho pelos arbustos e rapidamente avançou pela trilha estreita no bosque. Obviamente ela já tinha passado por ali antes, pelo jeito com que se desviava dos trechos lamacentos. Winston a seguiu, ainda segurando o buquê de flores. Sua primeira sensação era de alívio, mas, enquanto ele observava o corpo esguio se movendo à frente dele, com a faixa escarlate justa o bastante para realçar a curva de seus quadris, um forte sentimento de inferioridade recaiu sobre ele. Mesmo agora parecia bem provável que, quando se virasse e olhasse para ele, ela recuaria. A doçura no ar e o verde das folhas desencorajavam-no. Quando Winston já estava na caminhada saindo da estação, o brilho do sol de maio tinha feito ele se sentir sujo e fraco, uma criatura de interiores, com a poeira da fuligem de Londres nos poros de sua pele. Ocorreu-lhe que até ali ela nunca o tinha visto na clara luz do dia. Chegaram à árvore caída de que ela falara. Ela pulou e se embrenhou nos arbustos onde parecia não haver uma abertura. Quando a seguiu, Winston descobriu que eles estavam em uma clareira natural, um pequeno monte gramado cercado de plantas altas que se fechavam em volta completamente. A garota parou e se virou.

— Aqui estamos — disse.

Ele estava olhando para ela a vários passos de distância. Não ousava chegar mais perto ainda.

— Eu não quis falar nada enquanto estávamos na trilha — ela continuou —, caso houvesse algum microfone escondido lá. Não acho que teria, mas poderia. Tem sempre a chance de algum daqueles canalhas reconhecer sua voz. Aqui estamos seguros.

Ele ainda não teve coragem de se aproximar dela.

— Estamos seguros aqui? — ele perguntou estupidamente.

— Sim. Olhe para as árvores.

Elas eram pequenos freixos, que haviam sido cortados em algum momento e tinham brotado novamente, gerando uma floresta de postes, não mais grossos do que um punho.

— Não tem nada de tamanho suficiente para esconder um microfone. Além do mais, já estive aqui antes.

Eles estavam apenas conversando. Ele tinha conseguido chegar um pouco mais perto agora. Ela estava na frente dele muito ereta, com um sorriso no rosto que parecia levemente irônico, como se estivesse pensando por que ele demorava tanto para agir. Os jacintos formavam uma cascata se estendendo pelo chão. Parecia que tinham se posto assim por conta própria. Ele pegou a mão dela.

— Você acredita — ele disse — que até agora eu não sabia que cor eram seus olhos? — Eles eram castanhos, ele notou, em um tom mais claro, com cílios negros. — Agora que você viu como eu sou, consegue ainda olhar para mim?

— Sim, com certeza..

— Tenho 39 anos. Tenho uma esposa de quem não consigo me separar. Tenho veias varicosas. Tenho cinco dentes postiços.

— Não me importa — disse a garota.

No momento seguinte, é difícil dizer quem teve a iniciativa, ela estava nos braços da moça. No começo seu sentimento era de clara incredulidade. Aquele corpo jovem espremido contra o seu, o emaranhado de cabelos pretos no seu rosto e, sim, na verdade ela tinha virado o rosto para cima e ele estava beijando aquela boca vermelha. Ela o tinha abraçado pelo pescoço e o estava chamando de querido, adorado, amado. Ele a tinha puxado para o chão, ela não apresentou nenhuma resistência, ele poderia fazer o que quisesse com ela. Mas a verdade era que não tinha nenhuma sensação física a não ser a do mero contato. Tudo que ele sentia era incredulidade e orgulho. Ele estava feliz por aquilo estar acontecendo, mas não tinha desejo físico. Foi muito prematuro, a juventude e a beleza dela o assustaram, ele estava acostumado demais a viver sem mulheres — não sabia a razão. A garota se recompôs e puxou um jacinto do cabelo. Ela se sentou apoiada nele, abraçando-o pela cintura.

— Não se preocupe, querido. Não tenha pressa. Temos a tarde toda. Não é um esconderijo esplêndido? Encontrei este lugar quando me perdi uma vez em uma caminhada comunitária. Se alguém estiver chegando, conseguiremos ouvir a cem metros de distância.

— Qual seu nome? — perguntou Winston.

— Julia. Eu sei o seu. É Winston. Winston Smith.

— Como você descobriu?

— Acho que sou melhor em descobrir as coisas do que você, querido. Mas, me conte, o que você pensava de mim até o dia em que dei o bilhete a você?

Ele não se sentiu tentado a mentir para ela. Era até uma demonstração de amor começar contando o pior.

— Eu odiava olhar para você — ele admitiu. — Eu queria violentar e matar você. Duas semanas atrás eu pensei seriamente em esmagar sua cabeça com um paralelepípedo. Se você quer mesmo saber, eu imaginei que você tinha alguma ligação com a Polícia das Ideias.

A garota riu com deleite, obviamente sabendo que foi graças a seu excelente disfarce.

— Não, a Polícia das Ideias, não! Você não pensou isso de verdade, né?

— Bem, talvez não exatamente. Mas, julgando pela sua aparência geral, só porque é jovem, cheia de vigor e saudável, sabe, eu pensei que provavelmente...

— Você pensou que eu fosse uma boa integrante do Partido. Pura em palavras e ações. Faixas, passeatas, slogans, jogos, caminhadas comunitárias e tudo o mais. E pensou que, se eu tivesse a mínima oportunidade, eu denunciaria você como um criminoso do pensamento e levaria você à morte, não foi isso?

— Sim, algo do tipo. Muitas garotas jovens são assim, você sabe.

— É essa droga aqui que faz isso — ela disse, arrancando a faixa vermelha da Liga Juvenil Antissexo e jogando-a em cima de um galho. Depois, lembrando-se de algo ao tocar na cintura, enfiou a mão no bolso do seu macacão e pegou um resto de uma barra de chocolate. Quebrou-o no meio e deu um pedaço para Winston. Mesmo antes de comer, ele sabia que era um chocolate bem diferente. Era escuro e brilhante, embrulhado em papel alumínio. Chocolate normalmente era um negócio farelento marrom opaco, que tinha gosto, até onde se podia descrever, de fumaça de lixo incinerado. Mas uma vez ou outra ele tinha provado chocolate como o que ela acabara de lhe dar. O primeiro aroma provocou alguma lembrança que ele não soube definir, mas que era forte e perturbadora.

— Onde você conseguiu isso? — ele disse.

— Mercado negro — ela disse com indiferença. Na verdade, sou esse tipo de garota, para quem vê de fora. Sou boa nos esportes. Fui líder de tropa nos Espiões. Faço trabalho voluntário três noites na semana para a Liga Juvenil Antissexo. Passei horas e horas colando cartazes com as bobagens deles por toda Londres. Sempre seguro um lado da faixa nas passeatas. Estou sempre animada e não perco nenhuma atividade. Sempre grite com a multidão, é o que eu digo. É a única maneira de estar seguro.

O primeiro pedaço de chocolate tinha derretido na língua de Winston. O gosto era delicioso. Mas ainda havia aquela lembrança rodeando os limites de sua consciência, algo que ele sentia forte, mas que não tinha uma forma definida, como um objeto visto do canto do olho. Ele a afastou, ciente de que era a lembrança de alguma ação que ele teria gostado de desfazer, mas que não podia.

— Você é muito jovem — ele disse. — Deve ser dez ou quinze anos mais nova que eu. O que fez você se interessar por um homem como eu?

— Estava na sua cara. Eu pensei em arriscar. Sou boa em identificar pessoas que não se encaixam. Assim que vi você, soube que era contra eles.

"Eles", aparentemente, significava o Partido, e acima de tudo o Partido Interior, do qual ela falava com tanto ódio e zombaria que fazia Winston se sentir apreensivo, embora ele soubesse que eles estavam tão seguros ali como não estariam em nenhum outro lugar. Uma coisa que o espantava nela era sua linguagem grosseira. Membros do Partido não deviam xingar e mesmo Winston raramente xingava, alto ou não. Julia, no entanto, parecia incapaz de mencionar o Partido, especialmente o Partido Interior, sem usar o tipo de palavras que normalmente se viam pichadas em becos abandonados. Ele não desgostava. Era simplesmente um sintoma da revolta dela contra o Partido e todas as suas posturas e de alguma forma parecia natural e saudável, como o espirro de um cavalo que sentia o cheiro de um feno de má qualidade. Eles tinham saído da clareira e vagavam de novo pelo caminho matizado de luz e sombra, se abraçando pela cintura, onde o caminho era largo o suficiente para andarem lado a lado. Ele notou que a cintura dela parecia bem mais macia agora que estava sem a faixa. Eles só falavam sussurrando. Fora da clareira, segundo Julia, era melhor ficarem quietos. Nesse momento, tinham chegado ao limite do pequeno bosque. Ela o parou.

— Não saia no descampado. Pode ter alguém observando. Estaremos seguros se nos mantivermos atrás dos galhos.

Eles estavam na sombra das aveleiras. O sol, filtrado através de inúmeras folhas, ainda queimava suas faces. Winston olhou para o campo à frente e teve um curioso e lento choque de reconhecimento. Ele o conhecia de vista. Era um pasto antigo, com pouca grama restante, um caminho cortando todo o pasto e pequenos montes aqui e ali. Na sebe irregular do lado oposto, os galhos de um olmo balançavam com a brisa e as folhas moviam-se suavemente em densos chumaços, como o cabelo de uma mulher. Será que não havia em algum lugar perto dali, mas fora do campo de visão, um riacho com piscinas verdes onde os robalinhos nadavam?

— Não tem um riacho aqui por perto? — ele sussurrou.

— Tem, sim. Tem um riacho por aqui. É depois do próximo campo, na verdade. Tem peixes nele, dos grandes. Você consegue vê-los nas piscinas embaixo dos salgueiros, dançando na água.

— É o Campo Dourado, praticamente — ele murmurou.

— Campo Dourado?

— Deixe para lá. É uma paisagem que eu já vi algumas vezes em um sonho.

— Veja! — sussurrou Julia.

Um tordo havia pousado em um galho a menos de cinco metros de distância, na altura dos rostos deles. Talvez o pássaro não tivesse visto o casal. O animal estava na luz; eles, na sombra. Abriu as asas, recolheu-as de novo com cuidado, inclinou a cabeça por um momento, como se fizesse uma reverência ao sol, e depois começou a lançar no ar suas canções. No silêncio da tarde o volume do som era alarmante. Winston e Julia permaneceram juntos, fascinados. A música seguiu, minutos após minuto, com variações impressionantes, sem se repetir, quase como se o pássaro estivesse deliberadamente ostentando sua virtuosidade. Às vezes parava por alguns segundos, esticava e recolhia as asas de novo, então estufava o peito e explodia em canções novamente. Winston assistia com uma espécie de tênue reverência. Para quem, para quê, esse pássaro estava cantando? Nenhum companheiro, nenhum rival à espreita. O que o fez se sentar em um galho naquele extremo do bosque e despejar sua música em meio ao nada? Winston ficou pensando se não haveria mesmo um microfone escondido em algum lugar próximo. Ele e Julia haviam conversado apenas com sussurros quase inaudíveis, o que eles disseram não teria sido captado, mas o canto do tordo sim. Talvez na outra ponta do equipamento algum homenzinho com cara de besouro estivesse escutando atentamente. Mas aos poucos o jorro de música foi tirando todas as suspeitas de sua mente. Era como se algum tipo de líquido se derramasse sobre eles e se misturasse com a luz do sol, que era filtrada pelas folhas. Parou de pensar e simplesmente sentiu. A cintura da garota, que ele estava abraçando, era macia e quente. Ela a puxou para que eles ficassem frente a frente; o corpo dela parecia derreter em seus braços. Qualquer parte que ele tocasse estava tão maleável quanto a água. Suas bocas se juntaram; foi bem diferente dos beijos tensos que tinham trocado antes. Quando os rostos se separaram, ambos suspiraram fundo. O pássaro se assustou e desapareceu com um bater de asas.

Winston colocou os lábios no ouvido dela.

— Agora — sussurrou.

— Não aqui — ela sussurrou de volta. — Volte para o esconderijo. É mais seguro.

Rapidamente, sob o farfalhar dos ramos, eles voltaram para a clareira. Quando eles estavam de volta no cercado de plantas altas, ela se virou e olhou para ele. Ambos respiravam rápido, mas o sorriso parecia ter voltado ao canto da boca da jovem, que ficou imóvel diante de Winston por um instante antes de abrir o zíper do macacão. E, sim, foi quase como nos sonhos dele! Julia tinha tirado as roupas quase tão rápido quanto no sonho e, quando ela as colocou de lado, foi com o mesmo gesto esplendoroso com o qual toda uma civilização deve ter sido aniquilada. O corpo da moça brilhou alvo sob o sol. Mas, por um momento, Winston não olhou para o corpo. Seus olhos foram fisgados pelo rosto sardento com seu sorrido sutil e corajoso e ele perguntou:

— Já fez isso antes?

— Claro. Centenas de vezes... bem, dezenas de vezes, na verdade.

— Com membros do Partido?

— Sim, sempre com membros do Partido.

— Com membros do Partido Interior?

— Não, não com aqueles canalhas. Mas tem alguns que gostariam se tivessem a mínima oportunidade. Eles não são tão santos quanto fingem ser.

Seu coração deu um pulo. Dezenas de vezes ela disse. Ele preferiria que tivessem sido centenas, milhares. Qualquer coisa que sugerisse depravação sempre o enchia de uma esperança louca. Quem sabe, talvez, no fundo o Partido fosse podre, com seu culto à tenacidade e à abnegação sendo simplesmente uma farsa para esconder a iniquidade. Se ele pudesse ter infectado todos eles com lepra ou sífilis, quão feliz seria! Qualquer coisa que os apodrecesse, enfraquecesse, minasse! Ele a empurrou para baixo de forma que se ajoelhassem cara a cara.

— Escute, quanto mais homens você tiver tido, mais eu amarei você, entende?

— Sim, perfeitamente.

— Odeio a pureza, odeio a bondade! Não quero que haja virtude aqui. Quero que todo mundo seja depravado até os ossos.

— Bem, então, eu devo ser adequada, querido. Sou depravada até os ossos.

— Você gosta de fazer isso? Quero dizer, não estar comigo simplesmente, mas a coisa em si...

— Adoro.

Isso era tudo que ele queria ouvir. Não apenas o amor de uma pessoa, mas o instinto animal, o desejo simples e indiferente: essa era a força que reduziria o Partido a migalhas. Ele a pressionou contra a grama, em meios aos jacintos caídos. Não houve dificuldade dessa vez. Nesse momento, o arfar do peito tinha reduzido a uma velocidade normal e, em um tipo de desamparo prazeroso, eles se separaram. O sol parecia ter ficado mais quente. Ambos estavam sonolentos. Ele procurou os macacões e a cobriu parcialmente com eles. Quase imediatamente caíram no sono e dormiram por cerca de meia hora.

Winston acordou primeiro. Sentou-se e ficou observando o rosto sardento, ainda dormindo em paz, fazendo a mão de travesseiro. A não ser pela boca, não dava para dizer que ela era bonita. Havia uma ou duas rugas em volta dos olhos, se reparasse bem de perto. O cabelo preto curto era extraordinariamente grosso e macio. Ele percebeu que ainda não sabia seu sobrenome nem onde ela morava.

O corpo jovem, forte, agora indefeso no sono, despertou nele um sentimento de piedade e proteção. Mas a ternura irracional que havia sentido debaixo da aveleira, enquanto o tordo cantava, não havia voltado. Ele puxou o macacão de lado e estudou seu corpo alvo e macio. Nos velhos tempos, ele pensou, um homem olhava para o corpo de uma garota e via que ela era desejável, fim da história. Mas hoje em dia não podia haver amor puro, desejo puro. Nenhuma emoção era pura, porque tudo vinha misturado com medo e raiva. A união deles fora uma batalha; o clímax, uma vitória. Foi um ataque contra o Partido. Foi um ato político.

Capítulo 3

— Podemos vir aqui outra vez — disse Julia. — Normalmente é seguro usar o mesmo esconderijo duas vezes. Mas claro que não por um ou dois meses.

Assim que ela acordou sua atitude mudou. Ficou alerta e pragmática, vestiu suas roupas, amarrou a faixa escarlate na cintura e começou a planejar os detalhes da volta para casa. Parecia natural deixar essa parte com ela. Obviamente ela tinha uma habilidade prática de que Winston carecia e também parecia ter profundo conhecimento dessa área da periferia de Londres, por onde fazia inúmeras caminhadas comunitárias. A rota que ela lhe deu era um pouco diferente da que ele usou para vir e o deixou em uma estação de trem diferente.

— Nunca volte para casa pelo mesmo caminho que usou para sair — ela disse, como se estivesse anunciando um princípio geral importante. Ela sairia primeiro e Winston teria de esperar meia hora antes de segui-la.

Ela havia falado de um lugar onde eles poderiam se encontrar após o trabalho quatro dias depois. Era uma rua em um dos bairros mais pobres, onde havia uma feira livre, que normalmente ficava lotada e barulhenta. Ela estaria perambulando pelas bancas, fingindo estar em busca de cadarços ou linha de costura. Se julgasse que a área estava livre, ela assoaria o nariz quando ele se aproximasse; caso contrário, ele teria de passar por ela como se não a conhecesse. Mas, com sorte, no meio da multidão seria seguro conversar por uns quinze minutos e combinar outro encontro.

— Agora tenho de ir — ela disse assim que ele entendeu as instruções. — Preciso estar de volta às sete e meia. Tenho de marcar presença por duas horas na Liga Juvenil Antissexo, entregando panfletos ou algo assim. Não é uma porcaria? Dê uma conferida, por favor? Tem algum ramo no meu cabelo? Tem certeza? Então, adeus, meu amor, adeus!

Ela se jogou nos braços dele, beijou-o quase que com violência e um momento depois já ia pelas plantas altas e desapareceu no bosque quase sem fazer barulho. Até agora ele não sabia seu sobrenome nem seu endereço. No entanto, não fazia diferença, pois era inconcebível que eles pudessem se encontrar em um ambiente fechado ou trocar qualquer tipo de comunicação escrita.

Na verdade, eles nunca voltaram à clareira no bosque. Durante o mês de maio houve apenas uma ocasião em que eles de fato voltaram a fazer amor. Foi em outro esconderijo que Julia conhecia, o campanário de uma igreja em ruínas em uma faixa de terra quase deserta, onde uma bomba atômica havia caído trinta anos antes. Era um bom esconderijo depois que você já estava nele, mas chegar lá era muito perigoso. Outras vezes eles conseguiram se encontrar apenas nas ruas, em um lugar diferente a cada dia e nunca por mais de meia hora por vez. Na rua, até era possível conversar, de certo modo. Se eles se deixassem levar pela multidão nas calçadas, sem estar exatamente lado a lado e nunca olhando um para o outro, eles podiam ter conversas curiosas, mesmo que interrompidas, que eram ligadas ou desligadas como as luzes de um farol, de repente caindo em silêncio pela identificação de um uniforme do Partido ou aproximação de uma teletela, então continuavam minutos depois no meio de uma frase, que depois era abruptamente cortada quando eles se separavam no local combinado e que continuavam no dia seguinte quase sem introdução. Julia parecia estar bem acostumada com esse tipo de conversa, que ela chamava "conversa em prestações". Ela também era surpreendentemente adepta de falar sem mover os lábios. Apenas uma vez, em quase um mês de encontros noturnos diários, eles conseguiram trocar um beijo. Eles estavam descendo em silêncio uma rua secundária (Julia nunca falava nada quando eles estavam longe das ruas principais) quando houve um estrondo ensurdecedor, a terra tremeu e o ar escureceu, e Winston se viu deitado de lado, machucado e assustado. Um míssil deve ter sido lançado bem próximo dali. De repente, ele percebeu o rosto de Julia a poucos centímetros de distância do seu, pálido feito a morte, branco como giz. Até seus lábios estavam brancos. Ela estava morta! Ele a abraçou contra seu corpo e descobriu que estava beijando um rosto vivo e quente. Mas tinha um pouco de poeira grudada em seus lábios. Os dois tinham uma grossa camada de pó no rosto.

Houve noites em que eles chegaram até o ponto de encontro, mas tiveram de passar direto sem fazer sinal um para o outro, porque havia uma patrulha bem na esquina ou um helicóptero sobrevoando. Mesmo que tivesse sido menos perigoso, ainda assim seria difícil ter tempo para se encontrar. Winston trabalhava sessenta horas por semana, Julia ainda mais, e os dias de folga variavam conforme a pressão do trabalho e nem sempre coincidiam. Julia, de qualquer forma, raramente tinha uma noite completamente livre. Ela passava uma quantidade surpreendente de tempo em palestras, manifestações, distribuindo livros para a Liga Juvenil Antissexo, preparando faixas para a Semana do Ódio, recolhendo doações para a Campanha de Preservação e outras atividades do tipo. Compensava, ela dizia, era camuflagem. Se você obedecesse às pequenas regras, podia quebrar as grandes. Ela até induziu Winston a comprometer ainda mais suas noites se inscrevendo para o trabalho de munição de meio período, que era realizado de forma voluntária por zelosos membros do Partido. Então, uma noite por semana, Winston passava quatro entediantes horas, afixando pequenos itens de metal que eram provavelmente partes de detonadores de bombas, tomando corrente de ar em uma oficina mal iluminada, onde o barulho dos martelos se misturava sombriamente com a música das teletelas.

Quando eles se encontraram na torre da igreja, as lacunas em suas conversas foram preenchidas. Era uma tarde muito quente. O ar no cubículo acima dos sinos estava quente e estagnado, e cheirava predominantemente a cocô de pombo. Eles ficaram sentados conversando horas a fio no chão empoeirado e cheio de galhos, um ou outro de vez em quando se levantava para dar uma olhada pelo buraco das seteiras e se certificar de que não vinha ninguém.

Julia tinha 26 anos. Ela vivia em uma hospedaria com outras trinta garotas ("Sempre no fedor de mulheres! Como odeio as mulheres!", ela dizia com ênfase), e trabalhava, como ele adivinhara, na máquina de escrever romances no Departamento de Ficção. Ela gostava do seu trabalho, que consistia basicamente em operar e dar assistência a um motor elétrico poderoso, mas complicado. Ela era "ininteligente", mas gostava de trabalhos manuais e sentia-se à vontade com máquinas. Era capaz de descrever o processo todo de compor romances, desde a diretriz geral que vinha do Comitê de Planejamento até o toque final de Esquadrão da Reescrita, mas ela não estava interessada no produto acabado. "Não ligava muito para leitura", ela dizia. Livros eram uma *commodity* que tinha de ser produzida, assim como geleias e cadarços.

Ela não se lembrava de nada antes do começo dos anos 1960, e a única pessoa que ela conhecera que falava muito daqueles dias anteriores à revolução era um avô, que havia desaparecido quando ela tinha 8 anos. Na escola ela fora capitã do time de hóquei e ganhara o troféu de ginástica dois anos seguidos. Fora líder de tropa nos Espiões e secretária de divisão na Liga da Juventude antes de entrar para a Liga Juvenil Antissexo. Sempre teve um excelente temperamento. Fora até escolhida (um sinal infalível de boa reputação) para trabalhar na Secporn, uma subdivisão no Departamento de Ficção que produzia pornografia barata para distribuir entre os proletas, apelidada de Casa de Imundície pelas pessoas que trabalhavam nela. Ficou lá por um ano, ajudando a produzir livretos em pacotes lacrados com títulos como "Histórias de Espancamento" ou "Uma Noite na Escola das Garotas", para que fossem comprados furtivamente por jovens proletas que achavam que estavam adquirindo algo ilegal.

— Como são esses livros? — perguntou Winston com curiosidade.

— Ah, uma porcaria horrível. São sem graça! Na verdade. só existem seis histórias, que são constantemente misturadas. Claro, eu só ficava nos caleidoscópios. Nunca participei do Esquadrão da Reescrita. Não sou uma literata, amor, nem para isso.

Ele soube com surpresa que todos os trabalhadores na Secporn, exceto os chefes de departamento, eram mulheres. A teoria era a de que homens, cujos instintos sexuais eram menos controláveis do que os das mulheres, corriam mais o risco de serem corrompidos pela sujeira com a qual lidavam.

— Eles não gostam nem de ter mulheres casadas lá — ela acrescentou. — Supostamente as garotas solteiras são sempre puras. Eis aqui uma que não é, por exemplo.

Ela tivera seu primeiro caso amoroso aos 16 anos, com um membro do Partido que tinha 60 anos e que depois cometeu suicídio para evitar ser preso.

— Fez um bom trabalho — comentou Julia —, senão teria entregado meu nome quando confessasse.

Desde então, havia tido muitos outros. Na sua opinião, a vida era bem simples: você queria se divertir; eles, o Partido, queriam impedir você de se divertir; você burlava as regras o máximo que podia. Ela pensava ser tão natural que "eles" quisessem roubar seus prazeres quanto era para você evitar ser pego. Ela detestava o Partido e dizia isso com as palavras mais claras, mas não fazia críticas gerais. Exceto no que dizia respeito a sua própria vida, ela não tinha interesse na doutrina do Partido. Winston notou que ela nunca usava palavras em novalíngua, exceto aquelas que já tinham entrado para o uso corriqueiro. Ela nunca ouvira falar da Fraternidade e se recusava a acreditar na sua existência. Qualquer tipo de revolta organizada contra o Partido, que tendia a ser um fracasso, ela considerava estúpida. A coisa inteligente a fazer era burlar as regras e permanecer viva ao mesmo tempo. Ele imaginava vagamente quantas outras como ela deveria existir entre as pessoas da geração mais jovem que tinham crescido no mundo da revolução, não conhecendo nada além, aceitando o Partido como algo imutável como o céu, sem se rebelar contra sua autoridade, mas simplesmente se evadindo, como um coelho desvia de um cachorro.

Eles não discutiram a possibilidade de se casarem. Era inimaginável um comitê que aprovasse tal casamento, nem mesmo se Winston pudesse se livrar da esposa, Katherine. Era impossível até como um devaneio.

— Como ela era, sua esposa? — perguntou Julia.

— Ela era... Você conhece a palavra em novalíngua "bompensadora"? No sentido de ser naturalmente ortodoxa, incapaz de ter um pensamento ruim?

— Não, não conhecia a palavra, mas conheço bem esse tipo de pessoa.

Ele começou a contar para ela a história de sua vida de casado, mas curiosamente parecia que ela já sabia partes essenciais dela. Ela descreveu para ele, quase como se já tivesse visto ou sentido, a rigidez de seu corpo assim que Winston a tocava, o jeito que ela parecia empurrá-lo com toda sua força, mesmo quando seus braços estavam em volta dele. Com Julia ele não sentiu nenhuma dificuldade de falar sobre essas coisas. Katherine, de qualquer forma, tinha deixado de ser uma lembrança dolorosa fazia tempo e tornara-se apenas desagradável.

— Eu teria suportado se não fosse por uma coisa — ele disse. Contou para ela a pequena cerimônia de frigidez pela qual ela fazia Winston passar na mesma noite toda semana. — Ela odiava aquilo, e nada podia mudar esse sentimento. Ela costumava chamar isso de... não, você nunca vai adivinhar.

— Nosso dever para com o Partido — disse Julia prontamente.

— Como sabia disso?

— Eu estive na escola, também, amor. Palestras sobre sexo uma vez por mês para quem tinha mais de 16. E no Movimento da Juventude. Eles fazem você engolir isso durante anos. Eu diria que em muitos casos até funciona. Mas claro que nunca dá para ter certeza; as pessoas são tão hipócritas.

Ele começou a esticar o assunto. Com Julia, tudo acabava voltando para sua própria sexualidade. Assim que se entrava na questão, ela era capaz de ser bastante precisa. Ao contrário de Winston, ela compreendia perfeitamente o significado interno do puritanismo sexual do Partido. Não era apenas que o instinto sexual criava um mundo próprio que fugia ao controle do partido e que, portanto, tinha de ser destruído tanto quanto fosse possível. O mais importante era que a privação sexual induzia a histeria, que era desejável porque podia ser transformada em paixão pela guerra e adoração ao líder.

— Quando você faz amor, você está gastando energia. Depois se sente feliz e não liga para mais nada. Eles não toleram que você se sinta desse jeito. Eles querem que você esteja transbordando de energia o tempo todo. Toda essa marcha para cima e para baixo, vibrando e carregando bandeiras, é simplesmente sexo que azedou. Se você está feliz consigo mesmo, para que ligar para esse negócio de Grande Irmão, Planos Trienais, Dois Minutos de Ódio e todas as outras baboseiras?

Isso era bem verdade, ele pensou. Havia uma ligação íntima direta entre castidade e ortodoxia política. Pois como é que o medo, o ódio e a crença lunática de que o Partido precisava em seus membros poderiam ser mantidos no tom correto se não fosse concentrando um poderoso instinto e usando ele como uma força motriz? O impulso sexual era perigoso para o Partido e o Partido havia tirado proveito disso. A família não podia de fato ser abolida e, na verdade, as pessoas eram encorajadas a gostar de seus filhos, quase do jeito antigo. As crianças, por outro lado, eram sistematicamente colocadas contra seus pais e ensinadas a espioná-los e a reportar seus deslizes. A família havia se tornado com efeito uma extensão da Polícia das Ideias. Era um aparato por meio do qual todos podiam estar noite e dia cercados de informantes que o conheciam intimamente.

Abruptamente seu pensamento se voltou para Katherine. Katherine sem dúvida o teria denunciado para a Polícia das Ideias se ela não tivesse sido burra demais para detectar a inortodoxia nas opiniões dele. Mas o que de fato trouxe a lembrança dela de volta naquele momento foi o calor sufocante daquela tarde, que fazia sua testa suar. Ele começou a contar para Julia algo que tinha acontecido, ou falhado em acontecer, em outra tarde de verão escaldante, onze anos antes.

Foi três ou quatro meses depois que se casaram. Eles tinham se perdido durante uma caminhada comunitária próximo de Kent. Tinham ficado para trás dos outros por apenas dois minutos, mas viraram no lugar errado e acabaram se vendo parados de repente na beira de uma antiga pedreira de calcário. Era uma descida íngreme de dez ou vinte metros, cheia de pedregulhos embaixo. Não havia ninguém para quem pudessem perguntar o caminho. Assim que percebeu que estavam perdidos, Katherine ficou muito inquieta. Estar longe da multidão barulhenta da caminhada, mesmo que por um momento, deu a ela a sensação de estar cometendo um delito. Ela quis voltar correndo para o lugar de onde tinham vindo e se virou imediatamente. Mas nessa hora Winston notou alguns ramos de salgueirinha crescendo nas fendas do penhasco abaixo dele. Um ramo era de duas cores, magenta e bordô, aparentemente crescendo a partir da mesma raiz. Ele nunca tinha visto algo do tipo antes e chamou Katherine para olhar.

— Veja, Katherine! Olhe para essas flores. Aquele torrão perto do fundo. Está vendo que eles têm duas cores diferentes?

Ela já tinha se virado para ir, mas mesmo irritada voltou por um momento e até se inclinou sobre o paredão do penhasco para ver para onde ele estava apontando. Ele estava um passo atrás da esposa e colocou a mão na cintura dela para apoiá-la. Nesse momento, de repente ocorreu a ele quão sozinhos eles estavam. Não havia um ser humano por perto, nem o farfalhar de uma folha, nem o despertar de um pássaro. Em um lugar como aquele a chance de ter um microfone escondido era mínima e, mesmo que tivesse algum, ele só captaria ruídos. Era a hora mais quente e sonolenta da tarde. O sol queimava, o suor escorria pelo seu rosto. E um pensamento o chocou...

— Por que você não deu um empurrão nela? — disse Julia. — Eu teria dado.

— Sim, amor, você teria. Eu teria, se eu fosse naquela época a mesma pessoa que sou agora. Ou talvez teria dado de qualquer forma, não tenho certeza.

— Você se arrepende?

— Sim. No geral, me arrependo.

Eles estavam sentados lado a lado no chão poeirento. Ela a puxou para perto dele. A cabeça dela descansou no ombro dele, o cheiro agradável do cabelo dela se sobrepondo ao de cocô de pombo. Ela era muito jovem, ele pensou, ainda esperava algo da vida, não entendia que empurrar uma pessoa inconveniente de um penhasco não resolvia nada.

— Na verdade, não teria feito nenhuma diferença — ele disse.

— Então por que se arrepende de não ter feito?

— Apenas porque prefiro o positivo ao negativo. Nesse jogo que estamos jogando, não dá para vencer. Alguns tipos de fracasso são melhores que outros, só isso.

Ele sentiu os ombros dela enrijecerem em divergência. Ela sempre o contradizia quando ele dizia algo do tipo. Ela não aceitaria como uma lei da natureza que o indivíduo sempre fosse derrotado. De certa forma, Julia entendia que ela mesma estava condenada, que mais cedo ou mais tarde a Polícia das Ideias a pegaria e a mataria, mas com outro lado do seu cérebro ela acreditava que de alguma forma seria possível construir um mundo secreto e viver como ela bem entendesse. Tudo de que precisava era sorte, habilidade e ousadia. Ela não entendia que não havia algo como felicidade, que a única vitória estava em um futuro distante, bem depois de você morrer, que a partir do momento em que se declarava guerra ao Partido era melhor pensar em si mesma como um cadáver.

— Nós somos os mortos — ele disse.

— Não estamos mortos ainda — disse Julia prosaicamente.

— Não fisicamente. Seis meses, um ano, cinco anos talvez. Eu tenho medo da morte. Você é jovem, então, provavelmente, você tem mais medo do que eu.

Obviamente, devemos adiá-la o máximo que pudermos. Mas faz bem pouca diferença. Desde que seres humanos continuem humanos, morte e vida são a mesma coisa.

— Ah, bobagem! Com quem você iria dormir em breve, comigo ou com um esqueleto? Você não gosta de estar vivo? Não gosta de sentir: esse sou eu, essa é minha mão, essa é minha perna, sou real, sou sólida, estou viva! Não gosta disso?

Ela se virou e pressionou o peito contra ele. Ele podia sentir seus seios, maduros e firmes ao mesmo tempo, pelo macacão. O corpo dela parecia jorrar juventude e vigor no dele.

— Sim, gosto disso — ele disse.

— Então pare de falar em morrer. Agora, ouça, querido, temos de combinar nosso próximo encontro. Podemos voltar àquele lugar no bosque. Já demos um bom descanso a ele. Mas você deve chegar lá por outro caminho dessa vez. Já tenho tudo planejado. Você pega o trem, mas, olha, vou desenhar para você.

E do seu jeito prático ela traçou um pequeno quadrado na poeira, e com um ramo do ninho de uma pomba começou a desenhar um mapa no chão.

Capítulo 4

Winston olhou em volta do quartinho degradado na sobreloja do sr. Charrington. A enorme cama ao lado da janela estava feita, com cobertores esfarrapados e um travesseiro sem fronha. O relógio antiquado de ponteiros tiquetaqueava sobre a lareira. No canto, na mesa dobrável, o peso de papel de vidro que ele tinha comprado na sua última visita ao local brilhava suavemente na penumbra.

No guarda-fogo havia um fogão desgastado, uma panela e duas xícaras, providenciadas pelo sr. Charrington. Winston acendeu uma boca do fogão e colocou uma panela de água para ferver. Ele tinha comprado um envelope cheio de café Victory e alguns tabletes de sacarina. Os ponteiros do relógio marcavam cinco e vinte: era sete e vinte, na verdade. Ela chegaria às sete e meia.

Loucura, loucura, seu coração vivia dizendo: loucura consciente, gratuita, suicida. De todos os crimes que um membro do Partido podia cometer, esse era o menos provável de esconder. Na verdade, a ideia primeiro chegou à sua mente na forma de uma visão, do peso de papel de vidro refletido na superfície da mesa dobrável. Como ele tinha previsto, o sr. Charrington não criou nenhuma dificuldade para alugar o quarto. Obviamente estava contente com os poucos dólares que isso lhe renderia. Nem pareceu chocado ou ficou ofendido quando soube que Winston queria o quarto para fins românticos.

Em vez disso, olhou a meia distância e falou de amenidades, com um tom tão delicado que deu a impressão de que ele tinha se tornado parcialmente invisível. Privacidade, ele disse, é algo muito valioso. Todo mundo queria um lugar onde se pudesse ficar sozinho ocasionalmente. Quando conseguiam um lugar assim, era uma gentileza comum para qualquer um que soubesse do lugar manter discrição. Ele até acrescentou, quase parecendo que iria sumir de vista, que havia duas entradas para a casa, sendo uma delas pelo quintal dos fundos, que dava para uma viela.

Sob a janela alguém estava cantando. Winston deu uma espiada, protegido pela cortina de musselina. O sol de junho ainda estava alto no céu e, no pátio ensolarado logo abaixo, uma mulher imensa, sólida como um pilar normando, com braços vermelhos e musculosos e um avental de aniagem amarrado no corpo, ia e vinha entre um tanque de roupas e um varal, pendurando uma série de panos brancos quadrados que Winston reconheceu como fraldas. Quando sua boca não estava ocupada com alguns pregadores, ela cantava em uma voz poderosa de contralto:

Foi só uma fantasia impossível

Passou como os dias de abril

Mas um olhar, uma palavra e os sonhos despertados

Levaram meu coração frágil!

A melodia vinha assombrando Londres há semanas. Era uma das inumeráveis canções similares publicadas especialmente para os proletas por uma subdivisão do Departamento de Música. As palavras dessas canções eram compostas sem nenhuma intervenção humana em um instrumento conhecido como versificador. Mas a mulher cantava tão afinada de forma a fazer um lixo horroroso se tornar quase um som agradável. Ele podia escutar a mulher cantando, o arrastar de seus calçados nas lajotas, os gritos das crianças na rua e em algum lugar distante o ruído do tráfego, ainda assim o quarto parecia curiosamente silencioso graças à ausência da teletela.

Loucura, loucura, loucura!, ele pensou de novo. Era pouco provável que eles pudessem frequentar esse lugar por mais do que algumas semanas sem serem pegos. Mas a tentação de ter um esconderijo que fosse verdadeiramente deles, em um lugar fechado e de fácil acesso, tinha sido demais para ambos. Por algum tempo após a visita ao campanário da igreja tinha sido impossível marcar outros encontros. As horas de trabalho haviam aumentado drasticamente devido à aproximação da Semana do Ódio. Faltava mais de um mês, mas as preparações gigantescas e complexas que ela envolvia estavam sobrecarregando a todos. Finalmente, ambos conseguiram uma tarde livre no mesmo dia. Eles tinham concordado em voltar à clareira no bosque. Na noite anterior se encontraram brevemente na rua. Como de costume, Winston mal olhou para Julia enquanto se aproximava dela na multidão, mas pelo rápido olhar que ele deu, percebeu que ela estava mais pálida que o normal.

— Está tudo cancelado — ela murmurou assim que julgou seguro falar. — Sobre amanhã.

— Como assim?

— Amanhã à tarde. Não posso ir.

— Por que não?

— Ah, a razão de sempre. Começou cedo dessa vez.

Por um momento ele ficou violentamente nervoso. Durante o mês em que a conheceu melhor, a natureza de seu desejo por ela mudou. No começo houvera pouca sensualidade verdadeira nele. A primeira vez que fizeram amor foi simplesmente um ato de vontade. Mas, depois da segunda vez, ficou diferente. O cheiro do cabelo dela, o gosto de sua boca, o toque da pele dela pareciam ter ficado dentro dele, ou pairando no ar em torno dele. Ela se tornara uma necessidade física, algo que não só ele queria como sentia que tinha direito. Quando ela disse que não poderia ir, ele teve uma sensação de que ela o estivesse traindo. Mas bem nessa hora a multidão os pressionou um contra o outro e suas mãos acidentalmente se encontraram. Ela deu um pequeno aperto na ponta de seus dedos que pareciam pedir não só desejo mas também afeto. Ele se pegou pensando que, quando se vivia com uma mulher, esse tipo de desapontamento devia ser um evento normal e recorrente, e uma profunda ternura, que ele não tinha sentido por ela ainda, de repente o dominou. Ele desejou que eles fossem casados há uns dez anos. Desejou que eles pudessem andar pelas ruas como faziam agora, mas abertamente e sem medo, falando de trivialidades e comprando uns utensílios para a casa. Desejou acima de tudo que eles tivessem um lugar onde pudessem ficar sozinhos sem a sensação de obrigação de fazer amor toda vez que se encontrassem. Na verdade, não foi naquela hora, mas em algum momento do dia seguinte, que a ideia de alugar o quarto do sr. Charrington tinha lhe ocorrido. Quando ele a sugeriu a Julia, ela concordou com uma prontidão inesperada. Ambos sabiam que era loucura. Era como se eles estivessem intencionalmente dando um passo mais próximo de seus túmulos. Enquanto ele esperava sentado na beira da cama, pensou de novo nos porões do Ministério do Amor. Era curioso como aquele horror predestinado entrava e saía da consciência. Lá estava, fixado em tempos futuros, precedendo a morte, tão certo quanto 99 precedia 100. Não se podia evitar, mas talvez fosse possível adiar. Mesmo assim, com certa frequência, por um ato consciente, deliberado, escolhia-se encurtar o intervalo até ele.

Nessa hora ele ouviu um passo rápido nas escadas. Julia apareceu no quarto. Ela carregava uma bolsa de ferramentas de um tecido marrom grosseiro, igual ao que ele já a vira levar para todos os lados no ministério. Ele avançou para abraçá-la, mas ela se desvencilhou rapidamente, em partes porque estava ainda com a bolsa de ferramentas.

— Só um segundo — ela disse. — Deixa eu mostrar o que eu tenho aqui. Você trouxe um pouco daquela porcaria de café Vitória? Achei que sim. Pode jogar fora de novo, porque não vamos precisar dele. Olha aqui.

Ela se ajoelhou, abriu a bolsa e tirou umas chave inglesa e uma chave de fenda, que estavam por cima. Por baixo havia um monte de pacotes de papel bem caprichados. O primeiro pacote que ela passou para Winston lhe causou um sentimento estranho, embora vagamente familiar. Estava cheio de algo parecendo areia, que cedia onde quer que você tocasse.

— Não é açúcar? — disse ele.

— Açúcar de verdade. Não sacarina. Açúcar! E isso é um pão, pão de verdade, não aquela nossa porcaria, e um potinho de geleia. Aqui está uma lata de leite, olha! Disso estou bastante orgulhosa. Tive de enrolar em um pedaço de estopa porque...

Mas ela não precisou dizer a ele porque ela teve que embrulhar. O cheiro já tinha invadido o quarto, um cheiro rico e quente que parecia emanar da primeira infância, mas um que se encontrava mesmo hoje, soprando por uma passagem diante de uma porta abrindo e fechando, ou se espalhando misteriosamente em uma rua cheia de gente, inalado por um momento e depois perdido de novo.

— É café — ele murmurou. — Café de verdade!

— É café do Partido Interno. Tem bem um quilo aqui — ela disse.

— Como você conseguiu todas essas coisas?

— É tudo do Partido Interno. Não há nada que aqueles canalhas não tenham, nada. Mas claro que garçons e camareiros e outras pessoas economizam as coisas e... veja, tenho um pacotinho de chá também.

Winston tinha agachado do lado dela. Ele rasgou um canto de um pacote.

— É chá de verdade, não folhas de amora.

— Tem tido muito chá ultimamente. Eles conquistaram a Índia ou algum outro lugar semelhante — ela disse vagamente. — Mas veja, querido. Quero que fique de costas para mim por três minutos. Sente-se do outro lado da cama. Não vá muito próximo da janela. E não se vire até eu mandar.

Winston olhou distraidamente pela cortina de musselina.

Lá embaixo no quintal a mulher de braços vermelhos ainda fazia seu itinerário do tanque para o varal. Pegou mais dois pregadores da boca e cantou com um sentimento profundo:

> *Dizem que o tempo cura tudo*
>
> *Dizem que sempre dá pra esquecer*
>
> *Mas os sorrisos e as lágrimas pelos anos*
>
> *Fazem meu coração envelhecer!*

Ela sabia a música toda de cor, parecia. Sua voz flutuava com o doce ar do verão, bem afinada, carregada de uma espécie de melancolia feliz. Era possível dizer que ela estaria perfeitamente contente se aquela tarde de junho fosse eterna e o suprimento de roupas infinito para permanecer lá por milhares de anos, perdurando fraldas e cantando baboseira. Ele se surpreendeu ao constatar como era curioso que nunca havia visto um membro do Partido cantando sozinho e espontaneamente. Seria considerado até levemente inortodoxo, uma excentricidade perigosa, como falar sozinho. Talvez somente quando as pessoas estivessem próximo de morrer de fome que elas teriam algo sobre o que cantar.

— Pode se virar agora — disse Julia.

Ele se virou e por um segundo quase não conseguiu reconhecê-la. O que ele esperava de verdade era vê-la nua. Mas ela não estava nua. A transformação que havia ocorrido era muito mais surpreendente do que isso. Ela tinha pintado o rosto.

Deve ter entrado em alguma loja nos bairros proletários e comprado um kit completo de pincéis de maquiagem. Os lábios eram de um vermelho profundo, tinha ruge nas bochechas, pó no nariz; tinha até um toque de alguma coisa sob os olhos que os fazia brilhar. Não estava feito com muita habilidade, mas os padrões de Winston nessas questões não eram muito altos. Ele nunca havia visto ou imaginado uma mulher do Partido com maquiagem no rosto. A melhora na aparência dela era impressionante. Com apenas algumas pinceladas de cor nos lugares certos ela tinha ficado não só muito mais bonita como, acima de tudo, muito mais feminina. Seu cabelo curto e o macacão meio masculino pouco contribuíram para o efeito. Quando ele a tomou em seus braços um sopro artificial de violetas invadiu suas narinas. Ele se lembrou da meia-luz da cozinha no porão e uma boca cavernosa de mulher. Era exatamente o mesmo perfume que ela tinha usado, mas naquele momento não tinha importância.

— Perfume também! — ele disse.

— Sim, amor, perfume também. E sabe o que eu vou fazer depois? Vou arrumar um vestido de mulher de verdade em algum lugar e usá-lo no lugar dessas porcarias de calças. Vou usar meias de seda e sapatos de salto alto. Nesse quarto serei uma mulher, não uma camarada do Partido.

Eles jogaram suas roupas de lado e subiram na enorme cama de mogno. Foi a primeira vez que ele tinha tirado a roupa na presença dela. Até agora ele tinha sido tímido demais com seu corpo pálido e magro, com as veias varicosas saltando em suas panturrilhas e a parte quase sem cor no seu tornozelo. Não havia lençóis, mas o cobertor sobre o qual se deitaram estava surrado e macio e o tamanho e a viscosidade da cama os assombrou.

— Certeza que tem percevejos, mas quem se importa? — disse Julia.

Não se via mais cama de casal hoje em dia, exceto na casa dos proletas. Winston tinha ocasionalmente dormido em uma em sua juventude. Julia nunca tinha deitado em uma antes, até onde conseguia se lembrar.

Naquela hora eles adormeceram por um momento. Quando Winston acordou, os ponteiros do relógio marcavam quase nove. Ele não se mexeu, porque Julia estava dormindo com a cabeça sobre o braço dele. A maior parte da maquiagem dela tinha passado para o rosto do parceiro ou para o travesseiro, mas uma leve mancha de ruge ainda realçava a beleza de suas maçãs do rosto. Um raio amarelo de sol banhava o pé da cama e iluminava a lareira, onde a água na panela fervia. Lá embaixo no quintal, a mulher tinha parado de cantar, mas gritos distantes de crianças pairavam no ar da rua. Ele imaginou vagamente se no passado abolido havia sido normal se deitar na cama assim, no frescor de uma noite de verão, um homem e uma mulher sem roupas, fazendo amor quando eles decidissem, sem pressa para levantar, simplesmente deitados e ouvindo os sons tranquilos do lado de fora. Será que nunca houvera um tempo em que isso teria parecido comum? Julia acordou, esfregou os olhos, apoiou-se nos cotovelos e olhou para o fogão.

— Metade daquela água ferveu à toa — ela disse. — Vou me levantar e fazer um pouco de café em um minuto. Temos uma hora. Que horas eles cortam a luz no seu apartamento?

— Onze e meia.

— É às onze na hospedaria. Mas você tem de entrar antes disso, porque... ei, cai fora, bicho imundo!

De repente ela se virou na cama, pegou um sapato do chão e o arremessou no canto com um movimento do braço meio masculino, exatamente do mesmo jeito que ele a tinha visto jogar o dicionário em Goldstein, naquela manhã dos Dois Minutos de Ódio.

— O que era? — ele falou surpreso.

— Um rato. Eu o vi colocar seu nariz repugnante para fora do lambril. Tem um buraco lá. De qualquer forma, dei um belo susto nele.

— Ratos! — murmurou Winston. — Neste quarto!

— Eles estão por toda parte — disse Julia indiferente enquanto se deitava de novo. — Na hospedaria eles aparecem na cozinha. Algumas partes de Londres estão infestadas com eles. Você sabia que eles atacam crianças? Sim, atacam. Em algumas dessas ruas, as mulheres nem ousam deixar um bebê sozinho por dois minutos. São os grandes e marrons que atacam. E o mais nojento é que os mais asquerosos sempre...

— Não continue! — disse Winston, com os olhos espremidos.

— Meu amor! Você ficou pálido. Qual o problema? Eles te dão nojo?

— De todos os horrores no mundo um rato é o pior!

Ela se apertou contra ele e passou os braços em volta dele, como que para reconfortá-lo com o calor do seu corpo. Ele não abriu os olhos tão imediatamente. Por alguns minutos ele teve a sensação de estar de volta em um pesadelo que era recorrente de tempos em tempos por toda sua vida. Era sempre muito parecido. Ele estava de pé em frente a um muro de escuridão e do outro lado dele havia algo insuportável, algo terrível demais para ser encarado. No sonho, seu sentimento mais forte era de autoengano, porque de fato ele sabia o que estava atrás do muro de escuridão. Com um esforço mortal, como se estivesse arrancando um pedaço do cérebro, ele poderia até mesmo ter arrastado a coisa para fora. Ele sempre acordava sem descobrir o que era, mas de alguma forma estava conectado com o que Julia estava dizendo quando ele a interrompeu.

— Desculpe — ele disse —, não é nada. Eu não gosto de ratos, só isso.

— Não se preocupe, querido, não vamos permitir esses bichos nojentos aqui. Vou preencher o buraco com um pedaço de estopa antes de irmos. Da próxima vez que viermos aqui, trarei um pouco de cal e taparei o buraco adequadamente.

O momento negro de pânico já estava sendo esquecido. Sentindo um pouco de vergonha, ele se recostou na cabeceira da cama. Julia levantou-se, vestiu seu macacão e fez o café. O cheiro saindo da panela era tão forte e estimulante que eles fecharam a janela para que ninguém do lado de fora notasse e ficasse curioso. O que era ainda melhor que o gosto do café era a textura sedosa dada pelo açúcar, algo que Winston quase tinha esquecido depois de anos de sacarina. Com uma mão em seu bolso e um pedaço de pão com geleia na outra, Julia andou pelo quarto, olhando indiferentemente para a estante de livros, analisando a melhor maneira de consertar a mesa dobrável, afundando na poltrona gasta para ver se era confortável e examinando o bizarro relógio de ponteiros com uma espécie de deleite tolerante. Ela levou o peso de papel de vidro para a cama para dar uma olhada com uma luz melhor. Ele o tomou das mãos delas, fascinado, como sempre, pela aparência suave e aquosa do vidro.

— O que você acha que é isso? — disse Julia.

— Não acho que seja nada. Quer dizer, não acho que alguma vez tenha servido para alguma coisa específica. É disso que eu gosto nele. É um pequeno pedaço de história que eles se esqueceram de alterar. Uma mensagem de cem anos atrás, caso alguém soubesse como lê-la.

— E aquele quadro lá — ela apontou com a cabeça para a gravura na parede oposta — será que tem uns cem anos?

— Mais. Eu diria duzentos. Não dá para saber. É impossível descobrir a idade de qualquer coisa hoje em dia.

Ela chegou perto para observar. Foi daqui que aquele bicho enfiou o nariz para fora — ela disse, chutando o lambril bem debaixo do quadro. — E isso o que é? Já vi antes em algum lugar.

— É uma igreja, ou pelo menos costumava ser. São Clemente dos Dinamarqueses era o nome. — O fragmento da rima que o sr. Charrington tinha ensinado voltou à sua cabeça e ele acrescentou meio nostalgicamente: — "Laranjas e limões sem semente, dizem os sinos da São Clemente!"

Para sua surpresa, ela completou a rima:

— "Você me deve um dinheirinho, dizem os sinos da São Martinho. Quando você vai devolver o que é meu? dizem os sinos da São Bartolomeu." Não lembro como continua. Mas de qualquer forma, eu lembro o final: "Essa vela acesa te conduz até a cama; esse machado afiado corta a cabeça de quem reclama!"

Era como duas metades de uma assinatura. Mas deve ter outra linha depois de "os sinos da São Bartolomeu". Talvez pudesse ser extraída da memória do sr. Charrington, se ele fosse devidamente estimulado.

— Quem ensinou isso para você? — ele quis saber.

— Meu avô. Ele costumava recitar para mim quando eu era uma garotinha. Ele foi evaporado quando eu tinha 8 anos. Desapareceu, de qualquer forma. Imagino como era um limão. — Ela acrescentou distraidamente. — Já vi laranjas. São um tipo de fruta redonda amarela com uma pele grossa.

— Consigo lembrar dos limões — disse Winston. — Eram bem comuns nos anos 1950. Eram tão azedos que dava arrepios só de olhar para eles.

— Aposto que tem insetos atrás daquele quadro — disse Julia. Um dia vou tirar ele de lá e dar uma boa limpada. Deve estar quase na hora de irmos embora. Tenho de começar a tirar essa maquiagem do rosto. Que chatice! Tiro o batom do seu rosto na sequência.

Winston ficou deitado por mais alguns minutos. O quarto estava ficando escuro. Ele se virou para a luz e ficou observando o peso de papel de vidro. O que era incansavelmente interessante não era o fragmento de coral, mas o interior do vidro em si. Tinha tanta profundidade e ao mesmo tempo era tão transparente quanto o ar. Era como se a superfície do vidro fosse o arco do céu, enclausurando um mundo em miniatura com sua atmosfera completa. Ele tinha a sensação de que poderia adentrá-lo e de que, de fato, ele estava dentro dele com a cama de mogno, a mesa dobrável, o relógio, a gravura de aço e o próprio peso de papel. O peso de papel era o quarto em que ele estava, e o coral era a vida de Julia e a sua própria, fixadas em um tipo de eternidade no coração do cristal.

Capítulo 5

Syme havia desaparecido. Uma certa manhã ele tinha sumido do trabalho: algumas pessoas imprudentes comentaram sobre sua ausência. No dia seguinte, ninguém mencionou seu nome. No terceiro dia, Winston entrou no saguão do Departamento de Documentação para ver o quadro de avisos. Um dos avisos continha uma lista de membros do Comitê de Xadrez, do qual Syme tinha sido integrante. Estava quase inalterado — nada fora riscado —, mas tinha um nome a menos. Era o bastante. Syme deixara de existir: ele nunca havia existido.

O calor era escaldante. No labiríntico ministério as salas sem janelas e com ar-condicionado mantinham sua temperatura normal, mas lá fora as calçadas queimavam seus pés e o odor do metrô no horário de pico era um horror. As preparações para a Semana do Ódio estavam a todo vapor e as equipes de todos os ministérios estavam fazendo hora extra. Passeatas, encontros, desfiles militares, palestras, exposição de trabalhos em cera, exibições, filmes, programas da teletela, tudo tinha de estar organizado; estandes tinham de ser montados, efígies construídas, slogans cunhados, canções escritas, rumores circulados, fotografias falsificadas. A unidade de Julia no Departamento de Ficção tinha deixado de fazer a produção dos romances e estava correndo para preparar uma série de panfletos de atrocidades. Winston, além de seu trabalho comum, passava longos períodos todos os dias analisando arquivos antigos do *The Times* e alterando e embelezando partes que seriam citadas em discursos. Tarde da noite, quando as multidões de proletas arruaceiros tomavam as ruas, a cidade adquiria um curioso ar febril. Mísseis eram lançados com mais frequência do que nunca, e às vezes, à distância, se viam enormes explosões que ninguém sabia explicar e sobre as quais pairavam rumores muito malucos.

A nova melodia que seria a canção-tema da Semana do Ódio (a Canção do Ódio, como era chamada) já havia sido composta e estava sendo tocada ininterruptamente nas teletelas. Tinha um ritmo selvagem, de latido, que não podia ser chamado de música exatamente, mas lembrava a batida de um tambor. Bradada por centenas de vozes junto com o som de pés marchando, era estarrecedora. Os proletas tinham pegado gosto por ela, e nas ruas no meio da noite ela competia com a ainda popular "Foi apenas uma fantasia impossível". Os filhos dos Parsons tocavam-na a qualquer hora da noite e do dia, insuportavelmente, usando um pente e um pedaço de papel higiênico. As noites de Winston estavam mais ocupadas do que nunca. Esquadrões de voluntários, organizados por Parsons, estavam preparando as ruas para a Semana de Ódio, costurando faixas, pintando pôsteres, erguendo mastros nos telhados e arriscadamente esticando fios pelas ruas para receberem as flâmulas. Parsons gabava-se de que as Mansões Victory sozinhas iriam expor quatro metros de bandeirinhas. Ele estava em seu elemento natural e esbanjando felicidade. O calor e o trabalho manual deram a ele um pretexto para recorrer a shorts e uma camisa aberta durante as noites. Estava em todos os lugares ao mesmo tempo, empurrando, puxando, serrando, martelando, improvisando, alegrando todos com exortações camaradas e distribuindo de cada dobra de seu corpo o que parecia ser um suprimento inesgotável de seu suor cheirando a azedo.

Um novo pôster tinha aparecido de repente por toda Londres. Não tinha legendas e representava simplesmente a figura monstruosa de um soldado eurasiano, de três ou quatro metros de altura, avançando com um rosto mongol sem expressão e botas enormes, uma submetralhadora apontada e apoiada no seu quadril. De qualquer ângulo que você olhasse para o pôster, a boca da arma, aumentada pela perspectiva, parecia estar apontando direto para você. O troço tinha sido pregado em qualquer espaço vazio de todos os muros, superando em número até os pôsteres do Grande Irmão. Os proletas, normalmente apáticos quanto à guerra, estavam entrando em um dos seus periódicos frenesis patrióticos. Como que para harmonizar com o clima geral, os mísseis vinham matando mais pessoas do que o normal. Um caiu em um cinema lotado em Stepney, enterrando centenas de vítimas nas ruínas. Toda a população da vizinhança apareceu para um funeral longo, arrastado, que durou horas e foi com efeito um encontro de indignação. Outra bomba caiu em um terreno abandonado que era usado como parquinho e várias dezenas de crianças foram feitas em pedaços. Houve mais manifestações revoltadas, a imagem de Goldstein foi queimada, centenas de cópias do pôster do soldado eurasiano foram rasgadas e jogadas no fogo e várias lojas foram saqueadas no tumulto. Depois, circulou um rumor de que espiões estavam direcionando os mísseis com o uso de ondas sem fio, e um casal de idosos suspeitos de terem origem estrangeira teve a casa incendiada e ambos morreram asfixiados.

No quarto sobre a loja do sr. Charrington, quando conseguiam se encontrar lá, Julia e Winston deitavam lado a lado em uma cama desguarnecida embaixo da janela aberta, nus para se refrescarem. O rato nunca mais voltou, mas os insetos tinham se multiplicado horrivelmente com o calor. Não parecia ter nenhuma importância. Sujo ou limpo, o quarto era o paraíso. Assim que eles chegavam, espalhavam pelo quarto pimenta, que compravam no mercado negro, tiravam suas roupas e faziam amor com seus corpos suados, depois caíam no sono, acordavam e descobriam que os insetos tinham se restabelecido e estavam se agrupando para contra-atacar.

Quatro, cinco, seis, sete vezes eles se encontram no mês de junho. Winston tinha abandonado o hábito de beber gim a qualquer hora. Parecia ter perdido a necessidade disso. Tinha engordado, sua úlcera varicosa tinha diminuído, deixando apenas uma mancha marrom na pele acima do tornozelo, seus ataques de tosse de manhã cedo tinham parado. O curso da vida havia deixado de ser intolerável, ele não tinha mais impulsos de fazer caretas para a teletela ou gritar palavrões o mais alto possível. Agora que eles tinham um esconderijo seguro, quase um lar, nem parecia uma provação o fato de que eles só podiam se encontrar sem frequência definida e apenas por algumas horas a cada vez. O que importava era que o quarto sobre a loja de quinquilharias deveria existir. Saber que ele estava lá, inviolado, era quase o mesmo que estar nele. O quarto era um mundo, um compartimento do passado onde animais extintos podiam caminhar. O sr. Charrington, pensou Winston, era mais um animal extinto. Ele costumava parar para conversar com o sr. Charrington por alguns minutos

George Orwell

antes de subir as escadas. O velho parecia nunca sair de lá e, por outro lado, quase não ter clientes. Levava uma vida de fantasma entre a loja minúscula, escura, e a cozinha ainda menor nos fundos, onde preparava suas refeições e que continha, entre outras coisas, um gramofone incrivelmente antigo com uma enorme corneta. Parecia contente em ter uma oportunidade de conversar. Perambulando em meio a suas mercadorias desvalorizadas, com seu longo nariz e grossos óculos, seus ombros curvados na jaqueta de veludo, ele sempre teve vagamente um ar mais de colecionador do que de comerciante. Com uma espécie de entusiasmo apagado, ele apontava esse ou aquele pedaço de porcaria — uma tampa para um jarro de porcelana, a tampa pintada de uma caixa de rapé quebrada, um medalhão falso contendo um fio de cabelo de algum bebê morto há tempo —, nunca sugerindo que Winston comprasse, mas que simplesmente admirasse. Conversar com ele era como ouvir o tilintar de uma caixa de música desgastada. Ele tinha conseguido extrair de sua memória mais alguns fragmentos de rimas esquecidas. Havia uma sobre vinte e quatro pássaros pretos e outra sobre uma vaca com um chifre torto e outra sobre a morte do pobre Galo Garnizé. "Achei que você pudesse estar interessado", ele diria com uma risadinha depreciativa toda vez que aparecia com uma nova parlenda. Mas ele nunca conseguia lembrar mais do que algumas poucas linhas de cada rima.

Ambos sabiam — de certa forma, nunca deixou de passar pela cabeça deles — que o que estava acontecendo não poderia durar muito. Havia momentos em que a morte iminente parecia tão palpável quanto a cama sobre a qual se deitavam, e eles permaneciam juntos com uma espécie de sensualidade desesperadora, como uma alma condenada se agarrando a sua derradeira porção de prazer quando faltam cinco minutos para soar a hora. Mas houve vezes igualmente em que eles tiveram a ilusão não apenas de segurança, mas também de permanência. Contanto que eles estivessem de fato neste quarto, ambos sentiam que nada poderia prejudicá-los. Chegar lá era difícil e perigoso, mas o quarto em si era um santuário. Era como quando Winston fixou o olhar no coração do peso de papel, com a sensação de que seria possível adentrar aquele mundo vítreo e que, uma vez lá dentro, o tempo podia parar. Com frequência eles se rendiam a devaneios sobre fugas. Seu destino ficaria suspenso indefinidamente, e eles levariam em frente sua trama, assim como agora, pelo resto de suas vidas. Ou Katherine poderia morrer, e por meio de sutis manobras Winston e Julia conseguiriam se casar. Ou eles poderiam cometer suicídio juntos. Ou eles poderiam desaparecer, impossíveis de serem reconhecidos, aprender a falar com o sotaque dos proletários, arrumar emprego em uma fábrica e levar suas vidas de forma clandestina sem serem detectados. Nada fazia sentido, como ambos sabiam. Na realidade, não havia escapatória. Mesmo o único plano que era factível, o suicídio, eles não tinham intenção de levar a cabo. Aguentar dia a dia, semana a semana, tecendo um presente que não teria um futuro, parecia um instinto invencível, tal qual os pulmões de alguém que irão sempre tomar o próximo fôlego contanto que tenha ar disponível.

Às vezes, também, eles conversavam sobre se engajar em alguma rebelião ativa contra o Partido, mas sem noção alguma de como dar o primeiro passo. Mesmo se a mitológica Fraternidade fosse realidade, não deixariam de enfrentar dificuldades em encontrar um caminho para se aproximar. Winston contou a Julia sobre a estranha intimidade que existia, ou parecia existir, entre ele e O'Brien, e sobre o impulso que ele às vezes sentia de simplesmente chegar até O'Brien, anunciar que ele era um inimigo do Partido e pedir sua ajuda. Era curioso como isso não soava para ela como algo imprudente de se fazer. Ela estava acostumada a julgar as pessoas pelo rosto, então parecia natural a ela que Winston acreditasse que O'Brien era confiável com base apenas no olhar. Além do mais, ela dava por certo que todo mundo, ou quase todo mundo, odiava o Partido secretamente e estaria disposto a quebrar as regras se considerasse seguro. Mas ela se recusava a acreditar que existia ou podia existir uma oposição generalizada e organizada. As histórias sobre Goldstein e seu exército clandestino, ela disse, não passavam de um monte de bobagens que o Partido tinha inventado para usar a seu favor, nas quais você tinha de fingir que acreditava. Inúmeras vezes, em comício do Partido e manifestações espontâneas, ela havia gritado o mais alto que pôde pela execução de pessoas cujos nomes ela nunca ouvira antes e em cujos crimes ela não acreditava nem um pouco. Quando ocorriam julgamentos públicos, ela tomava seu lugar nos destacamentos da Liga da Juventude que cercavam os tribunais desde a manhã até a noite, entoando de tempos em tempos "Morte aos traidores!". Durante os Dois Minutos de Ódio, ela sempre superava todos os outros gritando insultos a Goldstein. Embora tivesse apenas uma obscura ideia de quem Goldstein era e quais doutrinas se acreditava que ele representava. Ela tinha crescido depois da revolução e era jovem demais para se lembrar das batalhas ideológicas dos anos 1950 e 1960. Uma coisa tal qual um movimento político independente estava além de sua imaginação e, de qualquer forma, o Partido era invencível. Ele sempre existiria e seria sempre igual. Você só poderia se rebelar contra ele por meio de uma desobediência secreta ou, na melhor das hipóteses, por meio de atos isolados de violência, como matar alguém ou explodir algo.

Em alguns aspectos ela era bem mais perspicaz que Winston e bem menos suscetível à propaganda do Partido. Quando em alguma conversa ele por acaso mencionava a guerra contra a Eurásia, ela o surpreendia ao dizer casualmente que em sua opinião essa guerra não estava acontecendo. Os mísseis que caíam diariamente sobre Londres eram provavelmente lançados pelo governo da Oceânia mesmo, "só para manter as pessoas amedrontadas". Essa era uma ideia que nunca tinha literalmente ocorrido a ele. Ela também provocava uma espécie de inveja nele ao contar que durante os Dois Minutos de Ódio sua grande dificuldade era evitar cair na gargalhada. Mas ela só questionava os ensinamentos do Partido quando eles de alguma forma incidiam sobre sua própria vida. Frequentemente ela estava apta a aceitar a mitologia oficial, simplesmente porque a diferença entre a verdade e a inverdade não parecia importante para ela. Ela acreditava, por exemplo, ter aprendido na escola que o Partido tinha inventado os aviões. (Em sua época escolar, Winston se lembrava, no final dos anos 1950, era apenas o helicóptero que o Partido alegava ter inventado; doze anos depois, quando Julia estava na escola, eles já declaravam que também haviam inventado o avião; na geração seguinte, incluiriam o motor a vapor.) E quando ele disse a ela que os aviões já existiam antes de ele nascer e bem antes da revolução, ela não demonstrou nenhum interesse. Afinal, que importância tinha quem havia inventado aviões? Foi ainda mais chocante para ele quando descobriu a partir de um comentário casual que ela não se lembrava que a Oceânia, quatro anos atrás, havia estado em guerra com a Lestásia e em paz com a Eurásia. Era verdade que ela considerava toda a guerra como uma farsa, mas aparentemente ela não tinha nem notado que o nome do inimigo havia mudado.

— Achei que sempre estivemos em guerra com a Eurásia — disse distraidamente.

Isso o assustou um pouco. A invenção dos aviões datava de bem antes do nascimento dela, mas a transição da guerra aconteceu apenas quatro anos atrás, bem depois de ela ter se tornado adulta. Ele discutiu com ela sobre isso por cerca de quinze minutos. No final, ele conseguiu que ela forçasse sua memória até obter uma vaga lembrança que em uma época a Lestásia, e não a Eurásia, havia sido o inimigo. Mas ela ainda não considerava o assunto relevante.

— Quem se importa? — disse, sem paciência. — É sempre uma droga de guerra após a outra, e todo mundo sabe que as notícias são só mentiras, de qualquer forma.

Às vezes ele conversava com ela sobre o Departamento de Documentação e as descaradas falsificações que ele cometia lá. Essas coisas não pareciam horrorizá-la. Ela não sentia o abismo abrindo sob seus pés ao pensar que mentiras se tornam verdade. Ele contou a ela a história de Jones, Aaronson e Rutherford e do importante pedaço de papel que ele tivera nas mãos. Ela não se impressionou. A princípio, nem compreendeu o ponto central da questão.

— Eles eram seus amigos? — perguntou.

— Não, nunca os conheci. Eram membros do Partido Interior. Além disso, eram bem mais velhos que eu. Pertenciam aos tempos antigos, antes da Revolução. Eu mal os conhecia de vista.

— Então, o que é tão preocupante? Pessoas são mortas o tempo todo, não são?

Ele tentou fazê-la entender.

— Esse foi um caso excepcional. Não era só uma questão de alguém sendo morto. Você entende que o passado, começando a contar a partir de ontem, foi na verdade apagado? Se ele sobreviver em algum lugar, será em uns poucos objetos sólidos sem palavras atreladas a eles, como essa bola de vidro aqui. Nós não sabemos praticamente nada sobre a revolução e os anos anteriores a ela. Todo registro foi destruído ou falsificado; todo livro foi reescrito; todo quadro foi repintado; toda estátua, rua ou edifício foram renomeados; toda data foi alterada. E esse processo continua, dia a dia, minuto a minuto. A história parou. Nada existe, exceto um presente eterno em que o partido está sempre certo. Eu sei, claro, que o passado é adulterado, mas eu nunca seria capaz de provar, mesmo tendo eu mesmo feito a falsificação. Após ser feita, não sobra nenhuma prova. A única prova está dentro da minha mente, e eu não sei com certeza se qualquer outro ser humano compartilha das minhas lembranças. Apenas nesse caso, em minha vida toda, eu possuí prova real e concreta após o ocorrido, anos depois.

— E que bem isso fez?

— Nenhum, porque eu joguei fora poucos minutos depois. Mas se a mesma coisa acontecesse hoje, eu guardaria.

— Bem, eu não! — disse Julia. — Eu me sinto pronta para correr riscos, mas somente por algo que valha a pena, não por pedaços de jornal velho. O que você poderia ter feito com isso caso tivesse guardado?

— Não muito, talvez. Mas era uma prova. Poderia ter suscitado algumas dúvidas aqui e ali, supondo que eu tivesse mostrado para alguém. Não creio que possamos mudar qualquer coisa enquanto vivermos. Mas podemos imaginar pequenos grupos de resistência surgindo aqui e ali, pequenos grupos de pessoas se juntando e crescendo gradualmente, quem sabe até deixando alguns registros para que as gerações seguintes possam continuar o que eles deixaram.

— Não estou interessada na próxima geração, amor. Estou interessada em nós.

— Você só é rebelde da cintura para baixo — ele disse.

Ela achou isso brilhantemente astucioso e jogou seus braços em volta dele com prazer.

Ela não tinha o menor interesse nas ramificações da doutrina do Partido. Sempre que ele começava a falar dos princípios do Socing, do duplopensar, da mutabilidade do passado, da negação da realidade objetiva e do uso de palavras em novalíngua, ela ficava entediada e confusa e dizia nunca ter prestado atenção nesse tipo de coisa. Todo mundo sabia que era um monte de besteira, então por que permitir que alguém se preocupasse com isso? Ela sabia quando aplaudir e quando vaiar e isso era tudo de que se precisava. Se ele insistia em falar desses assuntos, ela tinha o desconcertante hábito de pegar no sono. Ela era uma dessas pessoas que conseguem adormecer a qualquer hora e em qualquer posição. Conversando com ela, Winston percebeu o quanto era fácil se fazer de ortodoxo enquanto na verdade não se tinha a menor ideia do que era a ortodoxia. Por um lado, a visão de mundo do Partido se impôs com mais sucesso sobre as pessoas incapazes de entendê-la. Elas poderiam ser conduzidas a aceitar as mais flagrantes violações da realidade, porque nunca entenderam completamente a dimensão do que era exigido delas, e não eram suficientemente interessadas em eventos públicos para notar o que estava acontecendo. Por falta de compreensão, permaneceram sãs. Simplesmente engoliram tudo, e o que engoliram não lhes fez mal, pois não deixou nenhum resíduo, exatamente como um grão de milho que passará incólume pelo corpo de um pássaro.

Capítulo 6

Acontecera, finalmente. A mensagem esperada havia chegado. Parecia que toda sua vida ele estivera esperando isso acontecer.

Ele estava descendo o longo corredor no ministério quase no local onde Julia havia escorregado e passado o bilhete para sua mão quando percebeu alguém maior que ele andando logo atrás. A pessoa, quem quer que fosse, tossiu um pouco, evidentemente como uma introdução à fala. Winston parou de repente e se virou. Era O'Brien.

Finalmente estavam cara a cara, e ele sentiu que seu único impulso era fugir. Seu coração batia violentamente. Ele teria sido incapaz de falar. O'Brien, no entanto, continuou no mesmo movimento, estendendo a mão por um momento sobre o braço de Winston, de forma que os dois andassem lado a lado. Ele começou a falar com a gentileza séria e peculiar que o diferenciava da maioria dos membros do Partido Interior.

— Tenho ansiado por uma oportunidade de conversar com você — ele disse. — Estava lendo um dos seus artigos em novalíngua no *The Times* um dia desses. Você tem um interesse acadêmico em novalíngua, eu acredito?

Winston havia recuperado parte de seu autocontrole.

— Não diria acadêmico — ele respondeu. — Sou apenas um amador. Não é minha área de domínio. Nunca tive nenhuma ligação com a real criação da língua.

— Mas você a escreve de forma muito elegante — disse O'Brien. — Não é apenas a minha opinião. Estava conversando recentemente com um amigo seu que é certamente um especialista. Seu nome me fugiu da memória agora.

Novamente o coração de Winston se contorcia em dor. Era inconcebível que isso fosse qualquer outra coisa que não uma referência a Syme. Mas Syme não apenas estava morto, como fora apagado, uma impessoa. Qualquer referência identificável a ele teria sido mortalmente perigosa. O comentário de O'Brien deve obviamente ter sido feito com a intenção de ser um sinal, um código. Por meio da partilha de um pequeno ato de crime de pensamento ele havia tornado os dois cúmplices. Continuaram andando devagar pelo corredor, mas agora O'Brien parou. Com a curiosa e apaziguadora simpatia que ele sempre acrescentava aos seus gestos, reajeitou os óculos sobre o nariz. Depois, continuou:

— O que eu queria dizer mesmo era que em seu artigo notei que você havia usado duas palavras que se tornaram obsoletas. Mas elas só se tornaram obsoletas muito recentemente. Você já viu a décima edição do Dicionário de Novalíngua?

— Não — disse Winston. — Não sabia que já tinha sido lançado. Ainda estamos usando a nona edição no Departamento de Documentação.

— A décima edição não deve ser publicada antes de alguns meses, eu creio. Mas umas poucas cópias têm circulado. Eu mesmo tenho uma. Pode ser do seu interesse dar uma olhada, talvez?

— Muito — disse Winston, imediatamente vendo aonde isso iria dar.

— Algumas das melhorias são muito inovadoras. A redução no número de verbos, isso é o que mais vai lhe interessar, suponho. Deixe-me ver, posso mandar um mensageiro até você com o dicionário, mas receio que eu me esqueça. Talvez você pudesse pegá-lo no meu apartamento uma hora que lhe for conveniente. Espere. Vou lhe dar meu endereço.

Eles estavam em frente a uma teletela. De forma meio distraída O'Brien procurou em dois de seus bolsos e então achou uma pequena caderneta de capa de couro e um lápis-tinta de ouro. Imediatamente abaixo da teletela, em uma posição que qualquer pessoa observando do outro lado poderia ler o que estava escrevendo, ele anotou um endereço, rasgou a página e a entregou a Winston.

— Normalmente estou em casa à noite — disse. — Se não estiver, meu empregado lhe entregará o dicionário.

Ele partiu deixando Winston segurando o pedaço de papel, que dessa vez não havia motivo para esconder. Entretanto, cuidadosamente ele memorizou o que estava escrito nele, e algumas horas depois o jogou no buraco da memória junto com uma pilha de outros papéis.

Eles estiveram conversando por dois minutos, no máximo. Havia apenas um significado possível para esse episódio. Fora forjado como uma forma de fazer Winston saber o endereço de O'Brien. Isso foi necessário, pois, exceto por questionamento direto, era impossível descobrir onde qualquer pessoa morava. Não havia nenhuma lista desse tipo. "Se você quiser me encontrar, aqui é onde eu posso ser achado", foi o que O'Brien havia dito a ele. Talvez fosse ter uma mensagem escondida em algum lugar no dicionário. Mas, de qualquer maneira, uma coisa era certa: a conspiração com a qual ele sonhara definitivamente existia, e ele havia chegado no seu limite externo.

Ele sabia que mais cedo ou mais tarde obedeceria aos chamados de O'Brien. Talvez amanhã, talvez após uma espera maior, não tinha certeza. O que estava acontecendo era apenas o resultado de um processo que havia começado anos atrás. O primeiro passo tinha sido um segredo, pensado de forma involuntária; o segundo havia sido começar o diário. Ele havia mudado de pensamentos para palavras, e agora de palavras para ações. O último passo era algo que aconteceria no Ministério do Amor. Ele havia aceitado isso. O fim estava contido no começo. Mas era assustador. Ou, mais precisamente, era como um prenúncio da morte, como estar um pouco menos vivo. Mesmo enquanto ele falava com O'Brien, quando o significado das palavras havia sido absorvido, uma sensação de tremor gélido tinha tomado conta de seu corpo. Ele teve a sensação de estar pisando em um túmulo úmido, e não ficava melhor pelo fato de ele sempre ter sabido que o túmulo estivera sempre lá, esperando por ele.

Capítulo 7

Winston havia acordado com os olhos cheios de lágrimas. Julia rolou para cima dele ainda sonolenta, murmurando algo que deve ter sido "O que foi?".

— Eu sonhei — ele começou, e de repente parou. Era complexo demais para traduzir em palavras. Havia o sonho em si, e havia uma lembrança ligada a ele que tinha invadido sua mente segundos antes de acordar.

Ele se deitou de costas com os olhos fechados, ainda encharcado com a atmosfera do sonho. Era um sonho extenso e luminoso, no qual toda sua vida parecia se estender diante dele como uma paisagem em uma tarde de verão após a chuva. Havia ocorrido todo dentro do peso de papel de vidro, mas a superfície do vidro era o domo do céu, e dentro do domo tudo estava inundado de uma clara e suave luz que permitia ver distâncias intermináveis. O sonho também havia sido compreendido como — de fato, de alguma forma era no que ele consistia — um gesto com o braço feito por sua mãe, e feito novamente trinta anos depois pela mulher judia que ele havia visto no noticiário tentando proteger o garotinho das balas antes de o helicóptero reduzi-los a migalhas.

— Você sabia — ele disse — que até hoje eu achava que eu tinha matado minha mãe?

— Por que você achava isso? — perguntou Julia, quase dormindo.

— Eu não a matei. Não fisicamente.

George Orwell

No sonho ele havia se lembrado da última visão que teve dela, e poucos minutos após acordar o conjunto de todas as coisas envolvendo isso tinha voltado. Era uma lembrança que ele devia ter deliberadamente expulsado de sua consciência por muitos anos. Ele não tinha certeza da data, mas ele não devia ter mais de 10 anos, possivelmente 12, quando aconteceu.

Seu pai tinha desaparecido algum momento antes, quanto tempo antes ele não conseguia precisar. Recordava melhor das circunstâncias ruidosas e inquietas do momento: pânico constante de ataques aéreos e abrigos nas estações do metrô, montes de entulho por toda parte, avisos ininteligíveis afixados nas esquinas, gangues de jovens usando camisetas da mesma cor, enormes filas fora das padarias, disparos intermitentes de metralhadoras a distância e, acima de tudo, o fato de que nunca tinha o suficiente para comer. Ele se lembrava de longas tardes passadas com outros garotos vasculhando latas de lixo e pilhas de despejos, catando talos de repolho, cascas de batata, às vezes até pedaços de pão embolorado dos quais eles raspavam as cinzas. Esperavam também passar caminhões que eram conhecidos por fazer certa rota e carregar comida para gado e que, quando sacolejavam nas ruas esburacadas, às vezes deixavam cair alguns pedaços de ração de linhaça.

Quando seu pai desapareceu, sua mãe não demonstrou nem surpresa nem um pesar extremo, mas uma mudança repentina nela se tornou nítida. Ela pareceu ficar completamente apática. Era evidente até para Winston que ela estava esperando por algo que ela sabia que aconteceria em breve. Ela fazia tudo que era preciso — cozinhava, lavava, consertava, fazia a cama, varria o chão, limpava a lareira — sempre muito lentamente e com uma curiosa falta de movimento supérfluo, como a modelo de um artista que se mexe para se acomodar. Seu corpanzil parecia se entregar naturalmente à calmaria. Por horas seguidas ela se sentava quase imóvel na cama, cuidando de sua irmã mais nova, uma criança pequena, doente e muito silenciosa de 2 ou 3 anos, com aparência simiesca de tão magra. Muito raramente, ela abraçava Winston e o apertava contra seu corpo por um longo tempo sem dizer nada. Ele sabia, apesar de sua pouca idade e seu egoísmo, que isso estava de alguma forma ligado àquilo que estava prestes a acontecer, mas que nunca era mencionado.

Ele se recorda do quarto onde viviam, um quarto escuro, abafado, metade ocupado por uma cama com uma colcha branca. Havia uma boca de gás no guarda-fogo, uma prateleira onde a comida era estocada e, no alpendre do lado de fora, uma pia de cerâmica marrom, comum a vários quartos. Ele se lembra do corpo escultural de sua mãe inclinado sobre a boca de gás, mexendo algo em uma panela. Acima de tudo ele se lembrava de sua fome contínua, as batalhas violentas e sórdidas na hora das refeições. Ele sempre perguntava a sua mãe insistentemente por que não havia mais comida, gritava e vociferava para ela (ele se lembra até de seu tom de voz, que estava começando a mudar prematuramente e às vezes explodia de forma peculiar), ou tentava choramingar como um sinal de doença em seus esforços para conseguir uma porção maior. Sua mãe estava bem pronta para lhe dar mais do que lhe cabia. Ela tomava por certo que ele, "o menino", deveria ficar com a maior parte. Mas, quanto mais ela lhe dava, mais ele queria. A cada refeição ela imploraria para ele não ser egoísta e lembrar que sua irmãzinha estava doente e também precisava de comida, mas não adiantava. Ele gritava de raiva quando ela parava de servir, tentava tirar a panela e a colher de sua mão e pegar migalhas do prato de sua irmã. Ele sabia que estava deixando as outras duas com fome, mas não conseguia evitar. Ele até mesmo sentia que tinha o direito a comer mais. A premente fome na barriga parecia justificar o que ele fazia. Entre as refeições, se sua mãe não ficasse de olho, ele constantemente surrupiaria comida da já deplorável dispensa.

 Um dia houve uma distribuição de suprimento de chocolate. Fazia semanas ou meses que não tinha. Ele se recorda claramente daquele pedacinho precioso de chocolate. Era um tablete de duas onças (ainda se usava essa medida naquela época), para eles três. Era óbvio que deveria ser dividido em três partes iguais. De repente, como se estivesse ouvindo outra pessoa, Winston ouviu a si mesmo demandar em uma voz alta e explosiva que ele deveria ficar com o pedaço todo. Sua mãe lhe disse para não ser guloso. Houve uma discussão longa e insistente que não saía do lugar, com gritos, choros, lágrimas, protestos, barganhas. Sua irmãzinha, agarrada à mãe com ambas as mãos, exatamente como um bebê macaco, sentava-se sobre os ombros da mãe olhando para ele com olhos grandes e tristes. No final, sua mãe partiu três quartos do chocolate e deu para Winston, dando um quarto para a irmã. A garotinha pegou sua parte e a olhou com tédio, talvez não sabendo o que era. Winston ficou olhando para ela por um momento. Então, com um pulo rápido e repentino, ele tomou o pedaço de chocolate da mão de sua irmã e correu para a porta.

— Winston, Winston! — sua mãe chamou. — Volte já. Devolva o chocolate de sua irmã.

Ele parou, mas não voltou. Os olhos ansiosos de sua mãe o olhavam fixamente. Mesmo agora pensando naquilo, ele não sabia o que estava a ponto de acontecer. Sua irmã, consciente de ter tido algo roubado dela, soltou um frágil lamento. Sua mãe abraçou a criança e a apertou contra o peito. Algo nesse gesto lhe dizia que sua irmã estava morrendo. Ele se virou e desceu as escadas, com o chocolate derretendo em sua mão.

Ele nunca viu a mãe novamente. Depois de ter devorado o chocolate, ele sentiu um pouco de vergonha de si mesmo e perambulou pelas ruas por algumas horas, até que a fome o trouxe para casa novamente. Quando voltou, sua mãe havia desaparecido. Isso já estava se tornando normal naquela época. Nada sumira do quarto, exceto sua mãe e sua irmã. A mãe não tinha levado nenhuma peça de roupa, nem para ela, nem para a filha, nem mesmo o sobretudo. Ele não tinha certeza se sua mãe estava morta. Era perfeitamente possível que ela tivesse sido enviada para um campo de trabalho forçado. Quanto a sua irmã, ela deve ter sido removida, como o próprio Winston, para alguma das colônias para crianças desabrigadas (Centros de Recuperação, assim eram chamadas) que surgiram como um resultado da guerra civil, ou ela pode ter sido mandada para o campo de trabalho junto com a mãe, ou simplesmente deixada em um lugar ou outro até morrer.

O sonho ainda era vívido na sua mente, especialmente o gesto envolvedor do braço que parecia conter todo o significado do sonho. Sua mente viajou para outro sonho de dois meses atrás. Sua mãe se sentava sobre a suja cama com colcha branca exatamente como se sentava no navio afundando, bem abaixo dele, descendo mais e mais a cada minuto, mas ainda olhando para ele lá em cima pela água que ia se turvando. Ele contou a Julia a história do desaparecimento de sua mãe. Sem abrir os olhos, ela virou de lado e se colocou em uma posição mais confortável.

— Eu esperava mesmo que você tivesse sido um pestinha quando pequeno — ela disse vagamente. — Todas as crianças são.

— Sim. Mas a questão é que...

Pela respiração se tornou evidente que ela estava caindo no sono de novo. Ele gostaria de ter continuado falando de sua mãe. Ele não supunha, pelo que conseguia se lembrar, que ela tivesse sido uma mulher incomum, menos ainda uma mulher inteligente, embora possuísse um tipo de nobreza, uma espécie de pureza, simplesmente porque os padrões a que ela obedecia eram privados. Seus sentimentos eram dela mesma e não podiam ser alterados por algo externo. Não poderia ter ocorrido a ela que uma ação inútil acabaria se tornando sem significado. Se você amasse alguém, você lhe daria amor, e quando não tivesse nada mais para dar, você ainda daria amor. Quando o chocolate acabou, sua mãe havia agarrado a filha nos braços. Não adiantava, não mudava nada, não produzia mais chocolate, não evitava a morte da filha ou dela própria, mas parecia natural para ela fazer isso. A mulher refugiada no barco também tinha protegido o garotinho com seus braços, o que não tinha mais efeito contra as balas do que um pedaço de papel. A coisa mais terrível que o Partido havia feito foi persuadir as pessoas de que meros impulsos, meros sentimentos, não tinham valor, enquanto roubavam-lhes todo o poder sobre o mundo material. Uma vez que você estivesse nas garras do Partido, o que você sentia ou deixava de sentir, o que você fazia ou se abstinha de fazer, literalmente não fazia diferença. O que quer que acontecesse, você desaparecia, e nem você nem suas ações seriam notícia novamente. Você passaria ao largo do fluxo da história. Ainda assim, para as pessoas de apenas duas gerações atrás, isso não teria parecido muito importante, porque elas não estavam tentando alterar a história. Eram governadas por lealdades privadas que elas não questionavam. O que importava eram relações individuais, e um gesto completamente inútil, um abraço, uma lágrima, uma palavra dita a um moribundo não tinham valor em si. Os proletas, logo ocorreu a ele, tinham permanecido nessa condição, eles não eram leais a um partido, a um país ou a uma ideia, eles eram leais uns aos outros. Pela primeira vez em sua vida, ele não desprezou os proletas ou os considerou como uma força meramente inerte que um dia nasceria para a vida e regeneraria o mundo. Os proletas tinham permanecido humanos. Não tinham se insensibilizado por dentro. Tinham se agarrado a emoções primitivas que ele mesmo teve de reaprender com um esforço consciente. E ao pensar nisso, ele lembrou, sem aparente importância, como algumas semanas atrás ele havia visto uma mão decepada sobre a calçada e a tinha chutado para a sarjeta como se fosse um talo de repolho.

— Os proletas são seres humanos — ele falou alto. — Nós não somos humanos.

— Por que não? — disse Julia, que tinha acordado de novo.

Ele pensou um pouco.

— Alguma vez lhe ocorreu — ele disse — que a melhor coisa a fazer seria nós darmos o fora daqui antes que seja tarde demais e nunca mais nos vermos?

— Sim, querido, já me ocorreu, algumas vezes. Mas não vou fazer isso, de jeito nenhum.

— Temos tido sorte — ele disse —, mas não deve durar muito mais. Somos jovens. Você parece normal e inocente. Se você mantiver distância de pessoas como eu, deve conseguir ficar viva por mais cinquenta anos.

— Não. Eu já resolvi tudo. O que você fizer, eu vou fazer. E não fique tão aflito. Sou boa em permanecer viva.

— Podemos conseguir ficar juntos por mais seis meses, um ano, não tem como saber. No final, é certo que teremos de nos separar. Você compreende o quanto devemos ficar sozinhos? Uma vez que eles nos pegarem não haverá nada, literalmente nada, que qualquer um de nós possa fazer pelo outro. Se eu confessar, matarão você e, se eu me recusar a confessar, matarão você do mesmo jeito. Nada que eu possa fazer ou falar, ou deixar de falar, vai adiar nossa morte por mais que cinco minutos. Nenhum de nós nem vai saber se o outro estará vivo ou morto. Estaremos totalmente impotentes. A única coisa que importa é que não devemos trair um ao outro, embora mesmo isso não pode fazer a menor diferença.

— Se você quer dizer confessar — ela interrompeu —, vamos fazer isso, sem dúvida. Todo mundo sempre confessa. Não dá para evitar. Eles torturam você.

— Quero dizer isso, sim. Confessar não é trair. O que você diz ou faz não importa. Apenas sentimentos importam. Se eles pudessem me fazer deixar de amar você, isso seria a real traição.

Ele refletiu um pouco.

— Eles não podem fazer isso — ela disse finalmente. — É a única coisa que não podem fazer. Eles podem fazer você dizer qualquer coisa, qualquer, mas eles não podem fazer você acreditar. Eles não podem entrar na sua mente.

— Não! — ele concordou um pouco mais confiante. — Isso é verdade. Eles não podem entrar na nossa mente. Se você puder sentir que permanecer humano vale a pena, mesmo quando não se consegue nenhum resultado, então você derrotará todos eles.

Ele pensou na teletela com seu ouvido que nunca dorme. Eles podiam vigiar você dia e noite, mas se você mantivesse controle da sua cabeça, poderia enganá-los. Com toda sua esperteza, eles nunca dominaram o segredo de descobrir o que outro ser humano estivesse pensando. Talvez isso fosse menos verdade quando você estivesse nas mãos deles. Ninguém sabia o que acontecia no Ministério do Amor, mas era possível adivinhar: torturas, drogas, instrumentos delicados que registravam suas reações nervosas, cansaço gradual por falta de sono, solidão e interrogatório persistente. Fatos, de qualquer maneira, não poderiam se manter escondidos. Eles poderiam ser rastreados por inquérito, eles poderiam ser extraídos de você sob tortura. Mas se o objetivo não era permanecer vivo, mas permanecer humano, que diferença fazia no final? Eles não poderiam alterar seus sentimentos: nesse caso nem você mesmo os podia alterar, mesmo se quisesse. Eles podiam desnudar com todos os detalhes tudo que você tivesse feito, dito ou pensado, mas o seu âmago, cujas engrenagens eram misteriosas até para você mesmo, permanecia inexpugnável.

Capítulo 8

Eles conseguiram, conseguiram, finalmente!

A sala em que estavam tinha formato alongado e era suavemente iluminada. A teletela tinha sido reduzida para um murmúrio baixo; a riqueza do carpete azul-escuro dava a impressão de se estar pisando em veludo. No fundo da sala O'Brien estava sentado a uma mesa debaixo de um abajur verde, com um monte de papel de cada lado dele. Ele não se deu o trabalho de olhar quando o empregado anunciou Julia e Winston.

O coração de Winston batia tão forte que ele duvidava se seria capaz de falar. Eles conseguiram, conseguiram finalmente, era tudo que ele podia pensar. Havia sido bastante imprudente vir até aqui, e uma loucura completa chegarem juntos, apesar de terem vindo por rotas diferentes e terem se encontrado apenas na porta de O'Brien. Mas o fato de simplesmente ir até um lugar como esse exigia um esforço de coragem. Apenas em ocasiões muito raras se visitava a habitação de alguém do Partido Interior, ou mesmo se visitava o quarteirão onde eles moravam. Toda a atmosfera do enorme bloco de apartamentos, a riqueza e a vastidão de tudo, os odores desconhecidos de boa comida, bom fumo, os criados de aventais brancos correndo de um lado para o outro — tudo era intimidador. Embora tivesse um bom pretexto para ir até ali, a cada passo Winston era assombrado pelo medo de que um guarda em uniforme preto apareceria de repente de um canto, pediria seus documentos e o ordenaria que saísse. O empregado de O'Brien, todavia, havia deixado ambos entrarem sem vacilar. Era um homem pequeno, de cabelos pretos, em um avental preto, com um rosto em formato de diamante completamente sem expressão que parecia de um chinês. O corredor pelo qual ele os conduziu era suavemente acarpetado, com papel de parede cor de creme e lambril branco, tudo refinadamente limpo. Isso também era intimidador. Winston não conseguia se lembrar de estar em um corredor cujas paredes não fossem encardidas pelo contato com corpos humanos.

O'Brien tinha uma tira de papel nos dedos e parecia analisá-la atentamente. Seu rosto pesado, inclinado, dando para ver o contorno do nariz, parecia não só formidável mas também inteligente. Por talvez vinte segundos ele ficou sentado sem se mexer. Então, puxou a fala-escreve para junto de si e ditou uma mensagem no jargão híbrido dos ministérios:

"Itens um vírgula cinco vírgula sete aprovados totalmente parar sugestão contida item seis extremamente ridículo quase crime de pensamento cancelar parar improceder construtivamente anteconseguir maiscompleto orçar equipamento suspende parar final mensagem". Ele deliberadamente se levantou de sua cadeira e veio na direção deles pelo carpete silencioso. Um pouco da atmosfera oficial pareceu ter ido por água abaixo com as palavras em novalíngua, mas sua expressão era mais sombria do que o comum, como se não estivesse feliz em ser perturbado. O terror que Winston já sentia foi atravessado por um lampejo de constrangimento comum. Ele teve sensação de ser bem possível que tivesse simplesmente cometido um erro idiota. Pois qual prova ele tinha na realidade de que O'Brien fosse algum tipo de conspirador político? Nada além de um piscar de olhos e um único comentário equivocado. Além disso, apenas seus devaneios secretos, baseados em um sonho. Ele não poderia nem recorrer à desculpa de que viera pegar o dicionário emprestado, porque nesse caso a presença de Julia era impossível de explicar. Quando O'Brien passou pela teletela, um pensamento pareceu golpeá-lo. Ele parou, virou de lado e pressionou um botão na parede. Houve um estalo agudo. A voz tinha parado.

Julia soltou um pequeno som, uma espécie de guincho de surpresa. Mesmo no meio de seu pânico, Winston estava muito atônito para conseguir segurar a língua.

— Você consegue desligá-la! — disse.

— Sim — disse O'Brien —, conseguimos desligá-la. Temos esse privilégio.

Ele estava na frente deles agora. Sua forma sólida erigia-se como uma torre diante dos dois, e a expressão em seu rosto era ainda indecifrável. Esperava, taciturno, que Winston falasse, mas sobre o quê? Mesmo agora era bem possível que ele fosse simplesmente um homem ocupado imaginando com irritação por que havia sido interrompido. Ninguém falou. Após a pausa na teletela a sala foi tomada por um silêncio mortal. Os segundos se arrastavam, muito longos. Com dificuldade Winston manteve seus olhos fixos nos de O'Brien. Depois, de repente, o rosto sombrio se desfez no que deve ter sido o início de um sorriso. Com seu gesto característico O'Brien ajeitou os óculos no nariz.

— Eu começo ou começa você? — ele falou.

— Eu começo — disse Winston prontamente. — Aquela coisa está mesmo desligada?

— Sim, tudo está desligado. Estamos sozinhos.

— Viemos aqui porque...

Ele fez uma pausa, compreendendo pela primeira fez como eram vagos seus motivos. Como ele não sabia de fato que tipo de ajuda esperar de O'Brien, não era fácil dizer por que ele tinha vindo. Continuou, consciente de que o que ela ia dizer poderia soar patético e pretencioso:

— Acreditamos que haja algum tipo de conspiração, alguma espécie de organização secreta contra o Partido, e que você esteja envolvido nela. Queremos nos juntar e trabalhar para ela. Somos inimigos do Partido. Não acreditamos nos princípios do Socing. Somos criminosos de pensamento. Somos também adúlteros. Estou contando isso porque queremos nos colocar à sua disposição. Se você quiser que nos incriminemos de qualquer outra forma, estamos prontos.

Ele parou e olhou por cima do ombro, com a sensação de que a porta fora aberta. Com certeza, o empregado de cara amarela tinha entrado sem bater. Winston viu que ele estava carregando uma bandeja com um decantador e taças.

— Martin é um dos nossos — disse O'Brien impassivelmente. — Traga as bebidas aqui, Martin. Coloque-as na mesa redonda. Temos cadeiras suficientes? Assim podemos nos sentar e conversar à vontade. Traga uma cadeira para você, Martin. Vamos tratar de negócios. Você pode deixar de ser um criado pelos próximos dez minutos.

O homenzinho se sentou, bem à vontade, mas ainda com um grande ar de serviçal, o ar de um lacaio aproveitando um privilégio. Winston o olhava de canto de olho. Chocou-o o fato de que a vida toda do homem era atuar e que ele sentia que era perigoso assumir sua identidade mesmo por um momento. O'Brien pegou o decantador pelo pescoço e encheu as taças com um líquido vermelho escuro. Esse gesto suscitou em Winston obscuras lembranças de algo visto tempos atrás em um muro ou tapume — uma enorme garrafa composta de partículas elétricas que pareciam se mover para cima e para baixo e despejar seu conteúdo em uma taça. Visto de cima o líquido parecia quase preto, mas no decantador brilhava como um rubi. Tinha um cheiro agridoce. Ele viu Julia pegar sua taça e cheirar com franca curiosidade.

— Chama-se vinho — disse O'Brien com um leve sorriso. — Vocês devem ter lido sobre isso nos livros, sem dúvida. Eu receio que não muito disso chegue ao Partido Exterior. — Seu rosto adquiriu um ar solene de novo e ele ergueu sua taça. — Acho que convém que comecemos brindando à saúde. Ao nosso líder: a Emmanuel Goldstein.

Winston pegou sua taça com certa avidez. Vinho era algo sobre o qual ele havia lido e sonhado. Como o peso de papel de vidro ou as rimas mal recordadas do sr. Charrington, pertencia ao extinto passado romântico, ao tempo envelhecido, como ele gostava de chamá-lo em seus pensamentos secretos. Por alguma razão, ele sempre pensara no vinho com um intenso sabor doce, como de geleia de amora, e com poder imediato de embriagar. De fato, quando enfim engoliu, o negócio foi bastante decepcionante. A verdade é que depois de anos tomando gim ele mal pôde degustá-lo. Repousou a taça vazia.

— Então, existe mesmo uma pessoa chamada Goldstein? — Winston questionou.

— Sim, existe e ele está vivo. Onde eu não sei.

— E a conspiração, a organização? Ela é real? Não é simplesmente uma invenção da Polícia das Ideias?

— Não, ela é real. A Fraternidade, nós a chamamos. Você nunca irá aprender muito mais sobre a Fraternidade além de que ela existe e de que você faz parte dela. Voltarei a ela em breve. — Olhou para seu relógio de pulso. — É imprudente mesmo para membros do Partido Interior ficar com a teletela desligada por mais de meia hora. Vocês não deveriam ter vindo aqui juntos e terão de sair separadamente. Você, camarada — se dirigiu a Julia com a cabeça —, sairá primeiro. Temos cerca de vinte minutos à nossa disposição. Vocês entenderão que devo começar fazendo algumas perguntas. Em termos gerais, o que vocês estão dispostos a fazer?

— Qualquer coisa de que formos capazes — disse Winston.

O'Brien tinha se virado um pouco na cadeira de forma que olhasse para Winston. Ele quase ignorou Julia, parecendo tomar por certo que Winston poderia falar por ela. Por um momento, as pálpebras pousaram sobre os olhos. Ele começou fazendo perguntas com uma voz baixa e sem expressão, como se isso fosse rotina, um tipo de catecismo, sendo que ele já sabia a maioria das respostas.

— Estão preparados para dar suas vidas?

— Sim.

— Estão dispostos a cometer assassinato?

— Sim.

— A cometer atos de sabotagem que podem causar a morte de centenas de pessoas inocentes?

— Sim.

— A entregar seu país a poderes estrangeiros?

— Sim.

— Estão dispostos a trapacear, forjar, chantagear, corromper mentes de crianças, distribuir drogas viciantes, encorajar a prostituição, disseminar doenças venéreas, fazer qualquer coisa que possa causar a desmoralização e o enfraquecimento do Partido?

— Sim.

— Se, por exemplo, servisse aos nossos propósitos jogar ácido sulfúrico no rosto de uma criança, vocês estarão dispostos a fazer isso?

— Sim.

— Vocês estão dispostos a perder sua identidade e viver o resto de suas vidas como um garçom ou trabalhador das docas?

— Sim.

— Vocês estão dispostos, os dois, a se separarem e nunca mais virem o outro novamente?

— Não! — irrompeu Julia.

Pareceu a Winston que um longo tempo se passou antes que ele desse a sua resposta. Por um momento ele pareceu até ter perdido o poder da fala. Sua língua se moveu sem produzir som, formando as sílabas iniciais primeiro de uma palavra, depois da outra, repetidamente. Até ele de fato ter pronunciado, ele não sabia qual das palavras iria dizer.

— Não — respondeu finalmente.

— Fizeram bem em me dizer — falou O'Brien. — É preciso que saibamos de tudo.

Ele virou para Julia e acrescentou com um pouco mais de expressão na voz:

— Você compreende que, mesmo que ele sobreviva, pode ser como uma pessoa diferente? Podemos ser obrigados a dar a ele uma nova identidade. Sua face, seus movimentos, o formato de suas mãos, a cor de seus cabelos, até sua voz seriam diferentes. E você mesma pode ter que se tornar uma pessoa diferente. Nossos cirurgiões podem deixar uma pessoa irreconhecível. Às vezes é necessário. Às vezes até amputamos um membro.

Winston não conseguiu evitar dar uma olhadela de relance para a cara mongol de Martin. Não havia cicatrizes visíveis. Julia tinha ficado mais pálida, tanto que suas sardas estavam aparentes, mas ela encarava O'Brien corajosamente. Ela murmurou algo que pareceu demonstrar estar de acordo.

— Bom. Então está combinado.

Havia uma caixa de cigarros prateada sobre a mesa. Com um ar distraído O'Brien a empurrou para os outros, pegou um cigarro para si, então ficou em pé e começou a andar devagar de um lado para o outro, como se fosse para poder pensar melhor. Eram cigarros muito bons, bastante grossos e bem embalados, com uma maciez pouco comum no papel. O'Brien olhou para seu relógio de pulso novamente.

— Melhor você voltar para sua copa, Martin — ele disse. — Eu ligarei a teletela em quinze minutos. Dê uma boa olhada nesses camaradas antes de você ir. Você os verá de novo. Eu provavelmente não.

Exatamente como na entrada, os olhos do homenzinho varreram seus rostos.

Não havia um traço de amizade em suas maneiras. Ele estava memorizando a aparência deles, mas não tinha nenhum interesse neles, pelo menos não parecia ter. Ocorreu a Winston que um rosto artificial fosse talvez incapaz de mudar suas expressões. Sem dizer ou gesticular qualquer tipo de despedida, Martin saiu, fechando a porta silenciosamente atrás de si. O'Brien andava de um lado para outro, uma mão no bolso do macacão preto, a outra segurando o cigarro.

— Vocês entendem — ele disse — que estarão lutando no escuro. Estarão sempre no escuro. Receberão ordens e as obedecerão, sem saber por quê. Mais tarde, enviarei um livro no qual vocês aprenderão a real natureza da sociedade em que vivemos, e a estratégia com a qual devemos destruí-la. Quando vocês tiverem lido o livro, serão membros integrais da Fraternidade. Mas além dos objetivos pelos quais estamos lutando e as tarefas imediatas do momento vocês nunca saberão nada. Eu digo a vocês que a Fraternidade existe, mas não posso dizer se ela tem cem membros ou dez milhões. De seu conhecimento pessoal, vocês nunca poderão dizer que chega a doze o número de integrantes. Vocês terão três ou quatro contatos, que serão renovados de tempos em tempos quando eles desaparecerem. Como esse foi seu primeiro contato, ele será preservado. Quando receberem ordens, elas virão de mim. Se acharmos necessário nos comunicar com vocês, será por meio de Martin. Quando forem finalmente pegos, irão confessar. Isso é inevitável. Mas terão muito pouco a confessar, além de suas próprias ações. Não serão capazes de entregar mais do que um punhado de pessoas importantes. Provavelmente não me entregarão. Até lá posso estar morto, ou deverei ter me tornado outra pessoa, com um rosto diferente.

Ele continuou se movendo de um lado para o outro sobre o carpete macio. Apesar do volume de seu corpo, havia uma notável graça em seus movimentos. Percebia-se até no gesto com o qual ele enfiava a mão no bolso ou manipulava o cigarro. Mais do que força, ele passava a impressão de confiança e de uma compreensão matizada de ironia. Entretanto, por mais seriedade que ele mostrasse, não tinha nada daquela determinação que caracteriza um fanático. Quando ele falou de assassinato, suicídio, doença venérea, membros amputados e rostos alterados, foi com um leve ar de chacota. "Isso é inevitável", sua voz parecia dizer: "Isso é o que temos de fazer, inexoravelmente. Mas isso não deve ser o que estaremos fazendo quando a vida valer a pena ser vivida novamente."

Uma onda de admiração, quase de veneração, afluiu de Winston para O'Brien. Naquele momento ele havia esquecido a figura nebulosa de Goldstein. Quando você olhava para os ombros poderosos de O'Brien e seus traços grosseiros, tão feio e ainda tão civilizado, era impossível acreditar que ele poderia ser derrotado. Não havia estratagema de que ele não estivesse à altura, nenhum perigo que ele não pudesse prever. Até Julia parecia impressionada. Ela deixou seu cigarro apagar e estava ouvindo com atenção. O'Brien continuou:

— Vocês ouviram rumores sobre a existência da Fraternidade. Sem dúvida formaram sua própria imagem dela. Provavelmente, imaginaram um vasto submundo de conspiradores, se encontrando secretamente em porões, inscrevendo mensagens em muros, se reconhecendo por meio de códigos ou por movimentos específicos da mão. Não existe nada parecido. Os membros da Fraternidade não têm como reconhecerem uns aos outros, e é impossível para um membro saber da existência de mais do que alguns outros poucos. O próprio Goldstein, se cair nas mãos da Polícia das Ideias, não poderia lhes dar uma lista completa de integrantes ou qualquer informação que pudesse levar a uma lista completa. Tal lista não existe. A Fraternidade não pode ser apagada, porque não é uma organização no senso comum. Nada a constitui exceto uma ideia que é indestrutível. Você nunca terá nada para sustentá-lo, exceto a ideia. Não receberá nenhuma camaradagem e nenhum encorajamento. Quando finalmente for pego, não terá nenhuma ajuda. Nunca ajudamos nossos membros. No máximo, quando for absolutamente necessário que alguém seja silenciado, podemos ocasionalmente contrabandear uma gilete para dentro de uma cela de prisão. Você terá de se acostumar a viver sem esperar resultados e sem esperança. Você trabalhará por um tempo, será pego, confessará e então morrerá. Esses são os únicos resultados que verá. Não há possibilidades de qualquer mudança perceptível ocorrer enquanto estivermos vivos. Nós somos os mortos. Nossa única vida verdadeira é no futuro. Devemos participar dela como punhados de terra e lascas de ossos, mas quão longínquo aquele futuro será, não há como saber. Pode ser mil anos. No presente, nada é possível exceto esticar a sanidade um pouco mais a cada dia. Não podemos agir coletivamente. Só conseguimos espalhar nosso conhecimento para fora de indivíduo para indivíduo, geração após geração. Diante da Polícia das Ideias, não há outra forma.

Ele pausou e olhou para seu relógio de pulso pela terceira vez.

— Está quase na hora de você ir, camarada — ele disse para Julia. — Espere, o decantador ainda está pela metade.

Ele encheu as taças e ergueu a sua pela haste.

— A que devemos brindar dessa vez? — ele disse, ainda com a mesma vaga sugestão de ironia. — À confusão da Polícia das Ideias? À morte do Grande Irmão? À humanidade? Ao futuro?

— Ao passado — disse Winston.

— O passado é mais importante — concordou O'Brien, sério.

Eles esvaziaram suas taças e em seguida Julia se levantou para ir. O'Brien pegou uma caixinha de cima de uma prateleira e entregou a ela uma pastilha branca e achatada, dizendo para colocá-la sobre a língua. Era importante, ele disse, não sair cheirando a vinho: os ascensoristas eram muito observadores. Tão logo a porta se fechou atrás dela ele pareceu se esquecer de sua existência. Ele deu mais um ou dois passos para lá e para cá e parou.

— Há detalhes a serem combinados — ele disse. — Suponho que você tenha algum tipo de esconderijo, certo?

Winston explicou sobre o quarto em cima da loja do sr. Charrington.

— Vai servir por enquanto. Mais tarde arrumaremos outra coisa para vocês. É importante mudar o esconderijo frequentemente. Enquanto isso, devo enviar a você uma cópia de *O Livro* — mesmo O'Brien, Winston notou, parecia pronunciar as palavras como se elas estivessem em itálico —, o livro de Goldstein, você sabe, o mais rápido possível. Pode demorar uns dias até eu conseguir um. Não existem muitos, como você pode imaginar. A Polícia das Ideias os procura até encontrar e os destrói quase tão rápido quanto os produzimos. Faz bem pouca diferença. O livro é indestrutível. Se a última cópia fosse apreendida, poderíamos reproduzi-lo quase palavra por palavra. Você leva uma pasta para o trabalho?

— Geralmente, sim.

— Como é?

— Preta, bem surrada. Com duas alças.

— Preta, duas alças, bem surrada... bom. Um dia em um futuro bem próximo, não posso dizer a data, uma das mensagens em meio ao seu trabalho da manhã conterá um erro tipográfico e você terá de pedir uma repetição. No dia seguinte, você irá ao trabalho sem a sua pasta. Em algum momento durante o dia, na rua, um homem tocará em seu braço e dirá "Acho que você deixou cair sua pasta". Aquela que ele lhe entregar conterá uma cópia do livro de Goldstein. Você terá de devolvê-la em catorze dias.

Ficaram em silêncio por um momento.

— Você só tem mais dois minutos para sair — disse O'Brien. — Devemos nos encontrar de novo — se nos encontrarmos de novo...

Winston olhou para ele.

— No lugar onde não há escuridão? — perguntou hesitante.

O'Brien concordou com um gesto de cabeça sem demonstrar surpresa.

— No lugar onde não há escuridão — disse, reconhecendo a alusão. — E nesse meio tempo, há alguma coisa que você deseja dizer antes de partir? Alguma mensagem? Alguma pergunta?

Winston pensou. Não parecia haver nenhuma outra pergunta que ele quisesse fazer; menos ainda sentia ele qualquer impulso de dizer alguma generalidade que soasse pretensioso. Em vez de algo diretamente ligado a O'Brien ou à Fraternidade, veio à sua mente um tipo de imagem multifacetada do quarto escuro onde sua mãe havia passado seus últimos dias, do quartinho sobre a loja do sr. Charrington, do peso de papel de vidro e da gravura de aço na moldura de pau-rosa. Quase ao acaso ele disse:

— Você alguma vez ouviu uma parlenda antiga que começa com "Laranjas e limões sem semente, dizem os sinos da São Clemente"?

De novo, O'Brien assentiu. Com uma espécie de gentileza séria ele completou a estrofe:

Laranjas e limões sem semente
Dizem os sinos da São Clemente.

Você me deve um dinheirinho
Dizem os sinos de São Martinho.

Quando você vai devolver o que é meu?
Dizem os sinos da São Bartolomeu.

Quando sarar minha sinusite
Dizem os sinos da Marguerite.

— Você sabe a última linha! — disse Winston.

— Sim, eu sei a última linha. E agora receio que esteja na hora de você ir. Mas espere. Melhor eu te dar uma dessas pastilhas.

Quando Winston se levantou O'Brien estendeu uma mão. Seu aperto vigoroso esmagou os ossos da palma da mão de Winston. À porta, Winston olhou para trás, mas O'Brien já estava em vias de esquecê-lo. Ele estava esperando com a mão no botão que controlava a teletela. Atrás dele, Winston podia ver a escrivaninha com o abajur verde e a fala-escreve e os cestos de arame cheios de papéis. O acontecimento foi encerrado. Dentro de trinta segundos, ele pensou, O'Brien estaria de volta a seu trabalho importante em função do Partido que havia sido interrompido.

Capítulo 9

Winston estava gelatinoso de cansaço. Gelatinoso era a palavra certa. Tinha lhe ocorrido espontaneamente. Seu corpo parecia não apenas ter a moleza de uma gelatina, mas também sua transparência. Ele sentia que, se levantasse a mão, conseguiria ver a luz através dela. Todo o sangue e a linfa haviam sido drenados dele por uma enorme quantidade de trabalho, deixando apenas uma frágil estrutura de nervos, ossos e pele. Todas as sensações pareciam ter sido ampliadas. Seu macacão incomodava seus ombros, o chão fazia cócegas nos seus pés, até o abrir e fechar de uma mão era um esforço que fazia suas juntas rangerem.

Havia trabalhado mais de noventa horas em cinco dias, assim como todo mundo no ministério. Agora havia acabado e literalmente não tinha nada para fazer, nenhum trabalho de qualquer natureza para o Partido, até amanhã de manhã. Ele podia passar seis horas no esconderijo e outras nove em sua própria cama. Lentamente, na amena luz solar da tarde, ele caminhou por uma rua suja em direção à loja do sr. Charrington, atento às patrulhas, mas irracionalmente convencido de que naquela tarde não havia perigo de ninguém abordá-lo. A pesada pasta que ele estava carregando esbarrava no seu joelho a cada passo, irradiando uma sensação de formigamento na perna de cima a baixo. Dentro dela estava o livro, que agora estivera sob sua posse por seis dias e ele não havia aberto ainda, nem mesmo dado uma olhada.

No sexto dia da Semana de Ódio, depois das passeatas, das palestras, das gritarias, das faixas, dos pôsteres, dos filmes, dos trabalhos em cera, do soar dos tambores e do rangido dos trompetes, do som de pés marchando, do triturar da linha de tanques, do estrondo dos aviões reunidos, da explosão das armas — depois de seis dias disso, quando o grande orgasmo se aproximava de seu clímax e o ódio geral contra a Eurásia havia fervido e virado um delírio tão grande que, se pudesse ter colocado as mãos em dois mil criminosos de guerra eurasianos que seriam enforcados publicamente no último dia das comemorações, a multidão teria reduzido todos a cinzas — somente nesse momento fora anunciado que a Oceânia não estava em guerra com a Eurásia no final das contas. A Oceânia estava em guerra com a Lestásia. A Eurásia era uma aliada.

Não se admitia, claro, que tivesse havido qualquer mudança. Meramente se tornou conhecido, muito subitamente e em todos os lugares ao mesmo tempo, que a Lestásia, e não a Eurásia, era o inimigo. Winston estava participando de uma manifestação em uma das praças centrais de Londres quando aconteceu. Era noite, e os rostos brancos e as faixas vermelhas foram fantasticamente inundados de luz. A praça estava lotada com milhares de pessoas, incluindo um bloco de cerca de mil alunos no uniforme dos Espiões. Sobre um palanque decorado de vermelho um orador do Partido Interior, um homenzinho magro com longos braços desproporcionais e um grande crânio careca, do qual pendiam umas mexas escorridas, estava discursando para a multidão. Como um pequeno Rumpelstiltskin, contorcido de ódio, ele agarrava o suporte do microfone com uma mão enquanto a outra, enorme no extremo do braço ossudo, golpeava o ar ameaçadoramente sobre sua cabeça. Sua voz, tornada metálica por causa dos amplificadores, cuspia um catálogo infinito de atrocidades, massacres, deportações, pilhagens, estupros, tortura de prisioneiros, bombardeio de civis, propaganda mentirosa, agressões injustas, acordos rompidos. Era quase impossível ouvi-lo sem ser convencido e depois enlouquecer. De vez em quando a fúria da multidão transbordava e a voz vinda do alto-falante era engolida por um urro, como de um animal selvagem que saía incontrolavelmente de milhares de gargantas. Os gritos mais selvagens de todos vinham dos alunos. O discurso já estava em andamento por talvez vinte minutos quando um mensageiro chegou correndo ao palanque e um pedaço de papel foi entregue na mão do orador. Ele o abriu e leu sem pausar sua fala. Nada se alterou em sua voz ou em suas maneiras, ou no conteúdo do que ele estava dizendo, mas de repente os nomes eram diferentes. Sem dizer uma palavra, uma onda de compreensão invadiu a multidão. A Oceânia estava em guerra com a Lestásia! Na sequência ouve uma tremenda comoção. As faixas de pôsteres que decoravam a praça estavam todas erradas. Bem a metade deles tinha rostos errados estampados. Era sabotagem! Os agentes de Goldstein estiveram em ação! Houve um intervalo desordeiro enquanto os pôsteres eram arrancados dos muros, faixas eram rasgadas em pedaços e pisoteadas. Os Espiões esbanjaram habilidade ao escalar os telhados e cortar as flâmulas que balançavam das chaminés. Mas dentro de dois ou três minutos tudo estava acabado. O orador, ainda segurando o suporte do microfone, os ombros para a frente, a mão livre golpeando o ar, tinha prosseguido com seu discurso. Um minuto mais e os rugidos ferozes de raiva estariam de novo explodindo da multidão. O ódio continuou exatamente como antes, exceto pelo o alvo, que havia mudado.

O que impressionou Winston ao olhar para trás foi que o orador havia mudado de uma frase para a outra na verdade no meio da frase, não apenas sem nenhuma pausa, mas sem nem infringir a sintaxe. Mas naquele momento ele tinha outras coisas o preocupando. Foi durante o momento de desordem, enquanto os pôsteres eram rasgados, que um homem cujo rosto ele não viu deu um tapinha em seu ombro e disse: "Desculpe, acho que você deixou cair sua pasta". Ele pegou a pasta distraidamente, sem falar. Ele sabia que demoraria dias até poder checar seu conteúdo. No instante em que a manifestação acabou, ele foi direto para o Ministério da Verdade, embora já fossem quase onze horas da noite. Todos os funcionários do ministério fizeram o mesmo. As ordens que já estavam saindo da teletela, convocando-os para seus postos, eram quase desnecessárias.

A Oceânia estava em guerra com a Lestásia; a Oceânia sempre estivera em guerra com a Lestásia. Uma grande parte da literatura política de cinco anos agora estava completamente obsoleta. Relatórios e documentos de todos os tipos, jornais, livros, panfletos, filmes, trilhas sonoras, fotografias — tudo tinha de ser retificado à velocidade da luz. Embora nenhuma diretriz tivesse sido dada, era sabido que os chefes de departamento pretendiam que, dentro de uma semana, não houvesse nenhuma referência à guerra com a Eurásia, ou à aliança com a Lestásia, onde quer que fosse. O trabalho era estafante, principalmente porque os processos que isso envolvia não poderiam ser chamados por seus nomes verdadeiros. Todos no Departamento de Documentação trabalharam dezoito horas em vinte e quatro, com apenas dois períodos de três horas de sono. Colchões foram trazidos dos porões e espalhados pelos corredores. As refeições consistiam em sanduíches e café Victory era servido em carrinhos por atendentes da cantina. Cada vez que Winston parava para um dos seus períodos de sono ele tentava não deixar trabalho sobre a mesa, e cada hora que ele se arrastava de volta com os olhos grudentos e doloridos era para descobrir que outra chuva de cilindros de papel havia coberto a mesa como um monte de neve, quase atolando a fala-escreve e caindo pelo chão, de forma que seu primeiro trabalho era sempre empilhá-los de maneira organizada, criando espaço para ele trabalhar. O pior de tudo era que o trabalho de forma alguma era puramente mecânico. Com frequência era suficiente apenas substituir um nome por outro, mas qualquer relatório detalhado de eventos demandava cuidado e imaginação. Mesmo o conhecimento geográfico que se precisava ao transferir a guerra de uma parte do mundo para outra era considerável.

Por volta do terceiro dia seus olhos doíam insuportavelmente e seus óculos precisavam ser lavados em intervalos de alguns minutos. Era como lutar com alguma excruciante tarefa física, algo a que se tinha o direito de recusar, mas que, no entanto, se ficava neuroticamente ansioso para concluir. Até onde podia recordar, ele não ficou preocupado com o fato de que cada palavra que murmurava na fala-escreve, cada traço de seu lápis-tinta, era uma mentira deliberada. Estava tão ansioso quanto qualquer outra pessoa no departamento para que a falsificação fosse perfeita. Na manhã do sexto dia, os cilindros começaram a rarear. Por cerca de meia hora nada saiu do tubo, depois veio outro cilindro, depois nada.

Em todos os lugares, por volta do mesmo horário, o trabalho estava aliviando. Um suspiro profundo e secreto como devia ser perpassou o departamento. Um grande feito, que nunca poderia ser mencionado, tinha sido alcançado. Agora era impossível para qualquer ser humano provar por meios de documentos que a guerra com a Eurásia tenha alguma vez acontecido. Ao meio dia foi inesperadamente anunciado que todos os trabalhadores do ministério estavam livres até a manhã do dia seguinte. Winston, ainda carregando a pasta com o livro, que permaneceu entre seus pés enquanto ele trabalhava e sob seu corpo enquanto ele dormia, foi para casa, barbeou-se e quase adormeceu no banho, embora a água não estivesse mais do que morna.

Com uma espécie de voluptuoso estalar das juntas ele subiu a escada acima da loja do sr. Charrington. Estava cansado, mas não mais com sono. Abriu a janela, acendeu o pequeno fogão e colocou uma panela de água para o café.

Julia chegaria logo; enquanto isso havia o livro. Ele se sentou na poltrona desgastada e tirou as alças da pasta.

Um livro preto e pesado, encadernado amadoramente, sem nome nem título na capa. A impressão também parecia levemente irregular. As páginas estavam gastas nas beiradas e se soltavam facilmente, como se o livro tivesse passado por muitas mãos. A inscrição na folha de rosto dizia:

TEORIA E PRÁTICA DO COLETIVISMO OLIGÁRQUICO
por Emmanuel Goldstein

Winston começou a ler:

Capítulo I
Ignorância é Força

Por toda a história e provavelmente desde o fim da Era Neolítica, houve três tipos de pessoas no mundo, as Altas, as Médias e as Baixas. Elas foram subdivididas de muitas maneiras, tinham sido chamadas de diferentes nomes, e seus números relativos, assim como suas atitudes umas com as outras variam de acordo com a idade, mas a estrutura essencial da sociedade nunca mudou. Mesmo após agitações e mudanças aparentemente irreconciliáveis, o mesmo padrão sempre

> *se reiterou, assim como um giroscópio sempre retorna ao equilíbrio, não importa quão longe seja levado por esse ou aquele caminho.*
>
> *Os objetivos desses grupos são completamente irreconciliáveis...*

Winston parou de ler, basicamente a fim de apreciar o fato de que ele estava lendo, e em conforto e segurança. Ele estava sozinho: não havia teletela, ouvido no buraco da fechadura, ímpeto de olhar sobre o ombro ou cobrir a página com sua mão. O doce ar do verão tocava seu rosto. De algum lugar distante vinham os leves gritos de crianças. No quarto mesmo não havia nenhum som, exceto o do relógio, que parecia uma voz de inseto. Ele se aconchegou mais fundo na poltrona e colocou os pés no guarda-fogo. Era felicidade, era eternidade. De repente, como alguém às vezes faz com um livro que sabe que irá ler e reler, palavra por palavra, ele o abriu em uma página diferente e se viu no capítulo III. Continuou lendo:

> *Capítulo III*
>
> *Guerra é Paz*
>
> *A divisão do mundo em três grandes superestados foi um evento que poderia ser e de fato foi previsto antes do meio do século XX. Com a incorporação da Europa pela Rússia e do Império Britânico pelos Estados Unidos, duas das três potências, Eurásia e Oceânia, passaram a ter uma existência efetiva. O terceiro, Lestásia, apenas emergiu como uma unidade distinta depois de mais uma década de uma confusa batalha. As fronteiras entre os três superestados são arbitrárias em alguns lugares, em outros elas flutuam de acordo com os sucessos da guerra, mas em geral seguem linhas geográficas. A Eurásia compreende toda a parte norte das terras europeias e asiáticas, desde Portugal até o Estreito de Bering. A Oceânia abrange as Américas, as ilhas atlânticas, incluindo as Ilhas Britânicas e a porção sul da África. A Lestásia, menor que as outras e com uma fronteira oeste menos definida, inclui a China e os países ao sul*

dela, as ilhas japonesas e uma porção grande, porém variável, da Manchúria, Mongólia e Tibete.

Em uma ou outra combinação, esses três superestados estão permanentemente em guerra e assim tem sido pelos últimos vinte e cinco anos. A guerra, todavia, não é mais a luta desesperada e aniquiladora que era nas primeiras décadas do século XX. É uma batalha de objetivos limitados entre combatentes que são incapazes de destruir uns aos outros, não têm razão material para lutar e não são separados por nenhuma diferença ideológica genuína. Isso não quer dizer que o desenrolar da guerra, ou a atitude predominante diante dela, tenha se tornado menos sanguinária ou mais cavalheiresca. Pelo contrário, a histeria da guerra é contínua e universal em todos os países, e atos como estupro, pilhagem, matança de crianças, redução da população total devido à escravidão e retaliações a prisioneiros, que incluem ferver ou enterrar vivo, são vistos como normais e, quando são cometidos por alguém do seu próprio lado e não pelo inimigo, louváveis. Mas em termos físicos a guerra envolve um número bem pequeno de pessoas, na maioria especialistas bem treinados e comparativamente causa menos casualidades. A batalha, quando há alguma, acontece nas incertas fronteiras cujos limites uma pessoa comum tem apenas uma ideia de onde seja, ou em torno das Fortalezas Flutuantes que guardam pontos estratégicos nas rotas marinhas. Nos centros de civilização a guerra não significa mais do que uma contínua escassez de bens de consumo e a ocasional queda de algum míssil que pode causar algumas mortes. A guerra de fato mudou sua natureza. Mais precisamente, as razões pelas quais a guerra é travada mudou em suas ordens de importância. Motivos que já estavam presentes em pequena parte nas grandes guerras do início do século XX agora se tornaram dominantes e são conscientemente reconhecidos e combatidos.

Para entender a natureza da atual guerra, pois, apesar do reagrupamento que ocorre a cada ano, é sempre a mesma guerra, deve-se compreender em primeiro lugar que é impossível que ela seja decisiva. Nenhum dos três superestados poderia ser conquistado definitivamente pelos outros dois em conjunto. Eles são uniformemente muito equiparados e suas defesas naturais são gigantescas. A Eurásia é protegida por suas vastas terras, a Oceânia pela magnitude do Atlântico e do Pacífico, a Lestásia pela fecundidade e diligência de seus habitantes. Segundo, não há mais, em termos materiais, qualquer coisa pela qual lutar. Com o estabelecimento de economias independentes, nas quais produção e consumo são voltados um para o outro, a disputa por mercados, que era uma grande causa para guerras anteriores, terminou, enquanto a competição por matérias-primas não mais constitui questão de vida ou morte. Em todo o caso, cada um dos superestados é tão vasto que pode obter quase todos os materiais de que precisa dentro de suas fronteiras. Quanto à guerra ter um propósito econômico, é uma guerra por poder e força de trabalho. Entre as fronteiras dos três superestados, e não permanentemente em posse de nenhum deles, jaz um quadrilátero bruto com suas arestas no Tânger, Brazzaville, Darwin e Hong Kong, que concentram cerca de um quinto da população da terra. É pela posse dessas regiões fortemente povoadas, e das calotas de gelo no norte, que as três potências estão constantemente lutando. Na prática, nenhuma das potências nunca controla por completo a área disputada. Porções dela estão mudando de mãos constantemente, e essa é a oportunidade de se apoderar dessa ou daquela parte por um golpe repentino de traição que dita as infinitas mudanças de alianças.

Todos os territórios disputados contêm minerais valiosos, e alguns deles produzem importantes produtos de origem vegetal, como a borracha, que em climas mais frios é obtida de forma sintética por meio de métodos comparativamente caros. Mas acima de tudo eles possuem uma reserva sem fim de mão de obra barata. Qualquer que seja o poder que controle a África equatorial, ou os países do Oriente Médio, ou o sul da Índia, ou o arquipélago indonésio, esse poder dispõe também dos corpos de um monte ou centenas de milhões de trabalhadores, que se esforçam e são mal pagos. Os habitantes dessas áreas, mais ou menos reduzidos abertamente ao status de escravos, passam de um conquistador para outro continuamente, e são usados na mesma proporção de carvão e óleo na corrida para produzir mais armamentos, conquistar mais territórios, controlar mais força de trabalho, produzir mais armamentos, conquistar mais território e assim por diante indefinidamente. Deve ser notado que a batalha nunca se move para além das fronteiras das áreas disputadas. As fronteiras da Eurásia flutuam para a frente e para trás entre a bacia do Congo e o litoral norte do Mediterrâneo; as ilhas do Oceano Índico e do Pacífico ficam constantemente sendo conquistadas e reconquistadas pela Oceânia e a Lestásia; na Mongólia, a linha divisória entre a Eurásia e a Lestásia nunca é estável; em volta do polo todas as três potências reivindicam a posse de enormes territórios que, de fato, são largamente desabitados e inexplorados. Mas o equilíbrio de poder permanece sempre mais ou menos igualitário, e o território que forma o coração de cada superestado sempre permanece inviolável. Além do mais, o trabalho dos povos explorados em torno da linha do Equador não é de fato necessário para a economia mundial. Eles não acrescentam nada à riqueza do mundo, já que o que quer que eles produzam é usado para fins bélicos, e o objetivo de entrar em guerra é sempre de estar em uma posição melhor para entrar em outra guerra. Com seu trabalho, as populações escravizadas fazem com que o ritmo do estado de guerra contínuo seja acelerado. Mas, se elas não existissem, a estrutura da sociedade mundial e o processo pelo qual ela se mantém não seriam essencialmente diferentes.

O objetivo primário da guerra moderna (de acordo com os princípios do duplopensar, esse objetivo é simultaneamente reconhecido e não reconhecido pelos cérebros dirigentes do Partido Interior) é esgotar os produtos da máquina sem elevar o padrão de vida geral. Desde o fim do século XIX, tem sido um problema latente na sociedade industrial o que fazer com os bens de consumo excedentes. No momento, quando poucos seres humanos têm o suficiente para comer, esse problema claro que não é urgente, e não deverá acabar sendo, mesmo se nenhum processo artificial de destruição tivesse em andamento. O mundo de hoje é um lugar improdutivo, faminto, dilapidado, quando comparado com o mundo que existia antes de 1914, e mais ainda se comparado com o futuro imaginário pelo qual ansiavam as pessoas daquela época. No início do século XX, a visão de uma sociedade futura incrivelmente rica, desocupada, organizada e eficiente — um lustroso mundo antisséptico de vidro e aço e concreto branco como a neve — era parte da consciência de quase toda pessoa letrada. Ciência e tecnologia estavam se desenvolvendo em uma velocidade extraordinária, e parecia natural supor que elas continuariam a se desenvolver. Mas isso não aconteceu, parte devido ao empobrecimento causado por uma longa série de guerras e revoluções; parte devido ao fato de que o progresso científico e técnico dependia do hábito empírico de pensamento, que não poderia sobreviver em uma sociedade estritamente regimentada. Como um todo, o mundo é mais primitivo hoje do que era cinquenta anos atrás. Certas áreas que eram relutantes avançaram, e muitos sistemas, sempre com alguma ligação com a guerra e a polícia de espionagem, foram desenvolvidos, mas os experimentos e as invenções em grande parte cessaram, e a devastação da guerra atômica dos anos 1950 nunca foi totalmente reparada. No entanto, os perigos inerentes à máquina ainda estão lá. Do momento em que a máquina fez sua primeira aparição, ficou claro para todas as pessoas pensantes que a necessidade de árduo trabalho humano, e consequentemente em grande medida de desigualdade humana, tinha desaparecido. Se a máquina fosse usada deliberadamente para aquele fim, fome, sobrecarga de trabalho, sujeira, analfabetismo e doença poderiam ser eliminados em poucas gerações. E, de fato, sem ser usada para qualquer propósito, exceto por um tipo de processo automático, produzindo riqueza que era às vezes impossível não distribuir, a máquina elevou muito os padrões de vida do ser humano médio em um período de cerca de cinquenta anos no final do século XIX e início do XX.

Mas ficou claro que um aumento geral de riqueza apontava para a destruição — de fato, em alguns casos era a destruição — de uma sociedade hierárquica. Em um mundo em que todos trabalhavam poucas horas, tinham o bastante para comer, viviam em uma casa com banheiro e geladeira e possuíam um carro ou até uma aeronave, a mais óbvia e talvez mais importante forma de desigualdade já teria desaparecido. Se algum dia se tornasse geral, a riqueza não concederia nenhuma distinção. Era possível, sem dúvida, imaginar uma sociedade na qual a riqueza, no sentido de posses e luxos pessoais, deveria ser igualmente distribuída, enquanto o poder permaneceria nas mãos de uma pequena casta privilegiada. Mas na prática uma sociedade como essa não poderia permanecer estável por muito tempo. Pois, se lazer e segurança fossem usufruídos por todos da mesma forma, a grande massa de seres humanos que normalmente são emburrecidos pela pobreza se alfabetizaria e aprenderia a pensar por eles próprios; e quando eles tivessem feito isso, mais cedo ou mais tarde compreenderiam que não fazia sentido existir uma minoria privilegiada e eles a varreriam. A longo prazo, uma sociedade hierárquica só seria possível à base de pobreza e ignorância. Retornar a um passado agrícola, como alguns pensadores do início do século XX sonhavam fazer, não era uma solução prática. Conflitava com a tendência à mecanização, que tinha se tornado quase instintiva em praticamente todo o mundo, e, ademais, qualquer país que relutasse à industrialização seria inútil em termos militares e tenderia a ser dominado, direta ou indiretamente, por seus rivais mais avançados.

Também não era uma solução satisfatória manter as massas na pobreza restringindo a produção de bens. Isso aconteceu em grande medida durante a fase final do capitalismo, mais ou menos entre 1920 e 1940. A economia de muitos países foi levada à estagnação, terras deixaram de ser cultivadas, equipamentos fundamentais não foram agregados, grandes blocos de população foram impedidos de trabalhar e só seram mantidos vivos por caridade do Estado. Mas isso, também, envolveu fraqueza militar e, como as privações que ela infligiu foram obviamente desnecessárias, inevitavelmente gerou oposição. O problema era como manter as rodas da indústria girando sem aumentar a riqueza real do mundo. Bens precisam ser produzidos, mas não devem ser distribuídos. Na prática, o único jeito de alcançar isso era por meio de um contínuo estado de guerra.

O ato primordial da guerra é a destruição, não necessariamente de vidas humanas, mas dos produtos de trabalho humano. Guerra é uma forma de estilhaçar, de dissolver na estratosfera, ou de afundar nas profundezas do mar, materiais que poderiam, ao contrário, ser usados para tornar as massas confortáveis demais e, assim, a longo prazo, inteligentes demais. Mesmo quando armas de guerra não são na verdade destruídas, sua fabricação ainda é uma forma conveniente de aplicar a força de trabalho sem produzir nada que possa ser consumido. Uma Fortaleza Flutuante, por exemplo, encerra nela o trabalho que construiria centenas de navios de carga. Em última instância ela é transformada em sucata por estar ultrapassada, nunca tendo trazido qualquer benefício material a ninguém e um trabalho maior ainda é empregado na construção de outra Fortaleza Flutuante. Em princípio, o esforço de guerra é sempre muito bem planejado de forma a consumir todo o excedente que possa existir depois de atender as necessidades básicas da população. Na prática, as necessidades da população são sempre subestimadas, o que acaba resultando em uma escassez crônica de metade do que é necessário para viver, mas isso é encarado como uma vantagem. Existe uma política deliberada de manter até os grupos mais favorecidos próximos à beira da miséria, porque um estado geral de carência aumenta a importância de pequenos privilégios e, assim, acentua a distinção entre um grupo e outro. Pelos padrões do início do século XX, mesmo um membro do Partido Interior leva uma vida austera e árdua. Entretanto, os poucos luxos de que ele desfruta em seu apartamento grande e bem equipado, as texturas melhores em suas roupas, a qualidade melhor de sua comida, bebida e tabaco, seus dois ou três criados, seu carro ou helicóptero particular colocam-no em um mundo diferente do de um membro do Partido Exterior, e os membros do Partido Exterior têm uma vantagem similar em comparação com as massas subjugadas que nós chamamos de "proletas". A atmosfera social é aquela de uma cidade sitiada, em que a posse de um naco de carne de cavalo estabelece a diferença entre a riqueza e a pobreza. Ao mesmo tempo a consciência de estar em guerra e, portanto, em perigo faz a concentração do poder em uma pequena casta parecer a condição de sobrevivência natural e inevitável.

A guerra, conforme será visto, realiza a destruição necessária, mas faz isso de uma forma psicologicamente aceitável. Em princípio seria bem simples desperdiçar a força de trabalho excedente no mundo construindo templos e pirâmides, cavando buracos e os tapando novamente, ou mesmo produzindo enormes quantidades de bens e depois os incendiando. Mas isso iria proporcionar apenas a base econômica, não a base emocional para uma sociedade hierárquica. O que está em jogo aqui não é o moral das massas, cuja atitude perde importância contanto que elas se mantenham regularmente trabalhando, mas o moral do Partido. É esperado mesmo do mais humilde membro do Partido que ele seja competente, diligente e até inteligente dentro de limites restritos, mas também é necessário que ele seja ingênuo, fanático e ignorante e que seus sentimentos predominantes sejam medo, ódio, adulação e triunfo orgiástico. Em outras palavras, é necessário que ele tenha uma mentalidade apropriada ao estado de guerra. Não importa se a guerra está de fato acontecendo e, já que nenhuma vitória decisiva é viável, não importa se a guerra está indo bem ou mal. Tudo que é necessário é que o estado de guerra exista. A divisão da inteligência que o Partido quer de seus membros, e que é mais facilmente atingida em uma atmosfera de guerra, é agora quase universal, mas, quanto mais alto for o escalão, mais visível ela se torna. É precisamente no Partido Interior que a histeria da guerra e o ódio aos inimigos são mais fortes. Em sua capacidade de administrador, com frequência é requisitado de um integrante do Partido Interior que saiba que essa ou aquela notícia da guerra é falsa, e ele deve sempre estar ciente de que a guerra toda é espúria e ou não está acontecendo ou está sendo travada por razões outras que não as declaradas. Mas tal conhecimento é facilmente neutralizado pela técnica do duplopensar. Ao mesmo tempo nenhum membro do Partido Interior vacila por um instante em sua crença mística de que a guerra é real e de que ela está fadada a terminar em vitória, sendo a Oceânia a dona incontestável do mundo inteiro.

Todo membro do Partido Interior acredita nessa conquista futura como um item de fé, seja por cada vez adquirir mais e mais territórios e então construir uma avassaladora preponderância de poder, ou pela descoberta de uma arma nova e imbatível. A busca por novas armas segue ininterrupta e é uma das pouquíssimas atividades que restaram em que uma mente inventiva ou especulativa consegue encontrar algum escape. Na Oceânia, atualmente, a Ciência, no sentido antigo, quase deixou de existir. Não há nenhuma palavra em novalíngua para designar "ciência". O método empírico de pensamento, que era a fundação de todas as conquistas científicas do passado, é oposto aos princípios mais fundamentais do Socing. Até o progresso tecnológico só acontece quando seus produtos podem de alguma forma ser usados para diminuir a liberdade humana. Em todas as artes importantes o mundo está ou parado ou retrocedendo. Os campos são cultivados com arados a cavalo enquanto livros são escritos por máquinas. Mas em termos de importância vital — que significa, na prática, guerra e espionagem política — a abordagem empírica ainda é encorajada, ou pelo menos tolerada. Os dois objetivos do Partido são conquistar a totalidade da superfície da terra e exterminar de uma vez por todas a possibilidade de pensamento independente. Há, portanto, dois grandes problemas que o Partido se preocupa em resolver. Um é como descobrir que outro ser humano está pensando sem que ele saiba, e o outro é como matar várias centenas de milhões de pessoas em poucos segundos sem que se saiba de antemão. Quanto à pesquisa científica, ela continua, esse é o objeto de estudo dela. O cientista de hoje é uma mistura de psicólogo e inquisidor, estudando com real minúcia o significado de expressões faciais, gestos e tons de voz, e testando os efeitos de produção de verdade de drogas, terapias de choque, hipnose e tortura física. Ele também pode ser um químico, físico ou biólogo preocupado apenas com essas áreas de seu objeto especial de estudo como relevantes para a obliteração da vida. Nos vastos laboratórios do Ministério da Paz, nas estações experimentais escondidas nas florestas brasileiras, no deserto australiano ou nas ilhas perdidas da Antártida, os times de especialistas estão trabalhando incansavelmente. Alguns se dedicam simplesmente a planejar a logística de guerras futuras; outros criam mísseis cada vez maiores, explosivos cada vez mais potentes e a galvanização de armaduras cada vez mais impenetráveis; outros procuram por gases novos e mais mortais ou por venenos solúveis capazes de serem produzidos em quantidades suficientes para destruir a vegetação de continentes inteiros, ou por linhagens de germes causadores de doenças imunizados contra todos os tipos de anticorpos; outros lutam para produzir um veículo que possa ser conduzido sob o solo como um submarino sob a água, ou uma aeronave tão independente de sua base quanto um barco a vela; outros exploram possibilidades ainda mais remotas, como focar os raios do sol através de lentes suspensas milhares de quilômetros no espaço ou produzir terremotos e maremotos artificiais utilizando o calor no centro da Terra.

Mas nenhum desses projetos nunca chega perto de serem realizados, e nenhum dos três superestados nunca ganha uma vantagem significativa sobre os outros. O que é mais notável é que todos os três já possuem na bomba atômica uma arma muito mais poderosa do que qualquer uma de suas atuais pesquisas esteja perto de descobrir. Embora o Partido, como é de hábito, reivindique a invenção para si, bombas atômicas primeiro apareceram no início dos anos 1940 e foram usadas em larga escala cerca de dez anos depois. Naquela época, centenas de bombas foram lançadas sobre centros industriais, predominantemente na parte europeia da Rússia, Europa ocidental e América do Norte. O objetivo era convencer os grupos dirigentes de todos os países que umas poucas bombas a mais significariam o fim da sociedade organizada e, portanto, de seu próprio poder. Desde então, embora nenhum acordo formal tenha sido feito ou sugerido, nenhuma outra bomba foi lançada. Todas as três potências simplesmente continuam a produzir bombas atômicas e a armazená-las até a oportunidade decisiva que eles todos acreditam que virá mais cedo ou mais tarde. Enquanto isso, a arte da guerra quase parou por trinta ou quarenta anos. Helicópteros são mais usados do que foram no passado, aviões bombas têm sido largamente substituídos por projéteis autopropulsados, e os frágeis e móveis navios de batalha vêm dando lugar às quase inafundáveis Fortalezas Flutuantes. Mas, por outro lado, tem havido pouco desenvolvimento. O tanque, o submarino, o torpedo, a metralhadora e até o rifle e a granada ainda estão em uso. E apesar dos infindáveis massacres reportados pela imprensa e nas teletelas, as batalhas desesperadas das guerras iniciais, em que centenas de milhares ou até milhões de pessoas eram frequentemente mortas em poucas semanas, jamais se repetiram.

Nenhum dos três superestados nunca tenta nenhuma manobra que envolva o risco de séria derrota. Quando qualquer operação maior é empreendida, normalmente é um ataque-surpresa contra um aliado. A estratégia que as três potências estão seguindo, ou fingem a si mesmas que estão, é uma só. O plano é, por uma combinação de batalha, barganha e oportunas traições, conquistar um anel de base que circunde algum dos estados rivais e então assinar um pacto de amizade com aquele rival e permanecer em paz por tantos anos quanto for necessário para amainar a suspeita. Durante esse tempo, foguetes carregados com bombas atômicas podem ser posicionados em todos os pontos estratégicos, para serem disparados simultaneamente, com efeitos tão devastadores que tornariam a retaliação impossível. Será então hora de assinar um pacto de amizade com a potência restante, preparando para um novo ataque. Esse esquema, quase desnecessário dizer, é um mero sonho, impossível de realizar. Além do mais, nenhuma batalha de fato ocorre exceto nas áreas disputadas em torno do Equador e do Polo; nenhuma invasão em território inimigo é sequer empreendida. Isso explica o fato de em alguns lugares as fronteiras entre os superestados serem arbitrárias. A Eurásia, por exemplo, poderia facilmente conquistar as Ilhas Britânicas, que são geograficamente parte da Europa, ou por outro lado seria possível para a Oceânia esticar suas fronteiras para o Reno ou o Vístula. Mas isso violaria o princípio, seguido por todos os lados, embora nunca formulado, de integridade cultural. Se a Oceânia fosse conquistar áreas que foram um dia conhecidas como França e Alemanha, seria necessário de duas uma: exterminar os habitantes, uma tarefa de grande dificuldade física, ou assimilar sua população de cerca de centenas de milhões de pessoas, que, no que diz respeito a desenvolvimento técnico, estão praticamente no nível do mar. O problema é o mesmo para os três superestados. É absolutamente necessário para sua estrutura que não haja nenhum contato com estrangeiros exceto, até certo ponto, com prisioneiros de guerra e negros escravizados. Mesmo o aliado oficial do momento é sempre encarado com a suspeita mais sombria. Fora os prisioneiros de guerra, o cidadão médio da Oceânia nunca põe os olhos em um cidadão da Eurásia ou da Lestásia, e lhe é proibido saber línguas estrangeiras. Se ele tivesse permissão para fazer contato com estrangeiros, ele descobriria que são criaturas similares a ele e que a maioria das coisas que ele ouviu sobre eles é mentira. O mundo fechado no qual ele vive se quebraria, e o medo, o ódio e a presunção dos quais seu moral depende poderiam evaporar. Portanto, todos os lados compreendem que, não importa com que frequência Pérsia, Egito, Java ou Ceilão mudem de mãos, as principais fronteiras nunca devem ser cruzadas por nada, exceto bombas.

Por detrás disso, existe algo que nunca é mencionado em voz alta, mas tacitamente compreendido e gerenciado, que é o fato de que as condições de vida nos três superestados são muito parecidas. Na Oceânia a filosofia predominante é chamada Socing, na Eurásia é chamada Neobolchevismo e na Lestásia é chamada de um nome chinês normalmente traduzido como Culto à Morte, mas talvez mais bem interpretado como a Obliteração do Eu. O cidadão da Oceânia não tem permissão para conhecer os princípios das outras duas filosofias, mas ele aprende a execrá-las como ultrajes bárbaros à moralidade e ao bom senso. Na verdade, as três filosofias mal são distinguíveis, e os sistemas sociais que elas suportam nem sequer podem ser diferenciados. Em todo lugar há a mesma estrutura piramidal, a mesma veneração do líder semidivino, a mesma economia que existe em prol do estado de guerra contínuo. Acontece que os três superestados não só não podem conquistar um ao outro, como não obteriam qualquer vantagem se pudessem. Ao contrário, contanto que eles permaneçam em conflito, eles impulsionam um ao outro, como três feixes de milho. E, como sempre, os grupos dominantes das três potências estão simultaneamente cientes ou não do que estão fazendo. Suas vidas são dedicadas a conquistar o mundo, mas eles também sabem que é necessário que a guerra continue indefinidamente e sem vitória. Enquanto isso, o fato de que não há nenhum risco de conquista torna possível a negação da realidade, que é a característica especial do Socing e de seus sistemas de pensamento rivais. Aqui é necessário repetir o que foi dito antes, que ao se tornar uma guerra contínua sua natureza foi fundamentalmente modificada.

Em outras eras, uma guerra, quase que por definição, era algo que mais cedo ou mais tarde viria a terminar, geralmente em vitória ou derrota incontestável. Também no passado, a guerra era um dos instrumentos principais pelo qual as sociedades humanas eram mantidas em contato físico com a realidade. Todos os governantes em todas as épocas tentaram impor uma visão falsa do mundo sobre seus discípulos, mas eles não se deram ao luxo de encorajar qualquer ilusão que tendesse a danificar a eficiência militar. Contanto que a derrota significasse a perda de independência, ou algum outro resultado normalmente tido como indesejável, as precauções contra a derrota tinham de ser sérias. Dados físicos não podiam ser ignorados. Em filosofia, religião, ética ou política, dois mais dois pode ser cinco, mas quando se estava criando uma arma ou uma aeronave tinha que ser quatro. Nações ineficientes sempre eram conquistadas, mais cedo ou mais tarde, e a luta por eficiência era inimiga de ilusões. Além disso, para ser eficiente era necessário estar apto a aprender com o passado, o que significava ter uma ideia levemente precisa do que havia acontecido no passado. Jornais e livros de história eram, claro, sempre distorcidos e tendenciosos, mas falsificações do tipo que existem hoje teriam sido impossíveis. A guerra era uma proteção garantida da sanidade, a maior delas para as classes dominantes. Enquanto as guerras pudessem ser ganhadas ou perdidas, nenhuma classe dominante poderia ser completamente irresponsável.

Mas quando a guerra se torna literalmente contínua, também para de ser perigosa. Quando a guerra é contínua não existe algo como necessidade militar. O progresso técnico pode parar e os dados mais palpáveis podem ser negados ou desprezados. Como já vimos, pesquisas que poderiam ser chamadas de científicas ainda são conduzidas com propósitos bélicos, mas são em sua essência um tipo de devaneio, e seu fracasso em mostrar resultados não é importante. A eficiência, mesmo a militar, não é mais requerida. Nada é eficiente na Oceânia, exceto a Polícia das Ideias. Como cada um dos três superestados é inconquistável, cada um é, com efeito, um universo separado dentro do qual quase toda perversão de pensamento pode ser praticada com segurança. A realidade só exerce sua pressão por meio das necessidades diárias da vida — a necessidade de comer e beber, de ter abrigo e roupas, de evitar ingerir veneno ou de ser arremessado de janelas em andares altos, e coisas como essas. Entre a vida e a morte, e entre o prazer físico e a dor física, ainda há uma delimitação, mas isso é tudo. Suspenso o contato com o mundo exterior e com o passado, o cidadão de Oceânia é como alguém no espaço interestelar, que não tem como saber qual direção é para cima e qual é para baixo. Os governantes de um estado como esse são absolutos, como os faraós e os césares não puderam ser. Eles são obrigados a impedir que seus discípulos morram de fome em quantidade tão grande de pessoas a ponto de ser inconveniente, e são obrigados a permanecer no mesmo nível baixo de técnica militar que seus rivais. Mas, assim que esse mínimo é atingido, eles podem distorcer a realidade para que ela atinja a forma que escolherem.

A guerra, entretanto, se a julgarmos pelos padrões de guerras anteriores, não passa de um embuste. É como as batalhas entre certos animais ruminantes cujos chifres são posicionados em tais ângulos que impedem que se machuquem. Mas, embora seja irreal, não é insignificante. Ela consome o excedente de bens de consumo e ajuda a preservar aquele clima mental especial de que uma sociedade hierárquica precisa. A guerra, como veremos, é agora uma questão puramente interna. No passado, os grupos dominantes de todos os países, embora pudessem reconhecer seus interesses em comum e assim limitar a destruição causada pela guerra, lutavam uns contra os outros, e o vencedor sempre pilhava o vencido. Nos nossos dias, eles não estão absolutamente lutando uns contra os outros. A guerra é travada por cada grupo dominante contra seus próprios súditos, e o objetivo da guerra não é conquistar ou impedir conquistas de território, mas manter a estrutura da sociedade intacta. A própria palavra "guerra", todavia, acabou se tornando equívoca. Provavelmente seria mais exato dizer que por ser contínua a guerra deixou de existir. A pressão peculiar que ela exerceu sobre seres humanos entre a era neolítica e o início do século XX desapareceu e foi substituída por algo bem diferente. O efeito seria muito parecido se os três superestados, em vez de lutarem entre si, concordassem em viver em eterna paz, cada um intocado dentro de seus próprios limites. Nesse caso, cada um ainda seria um universo independente, para sempre livre da influência moderada do perigo externo. Uma paz que fosse verdadeiramente permanente seria o mesmo que uma guerra permanente. Isso, embora a grande maioria dos membros do Partido entenda apenas em um sentido mais raso, é o significado interno do slogan do Partido "Guerra é Paz".

Winston parou de ler por um momento. Ouviu o estrondo de um míssil em algum lugar à distância. A sensação de felicidade por estar sozinho com o livro proibido, em um quarto sem a teletela, não tinha passado. Solidão e segurança eram sensações físicas, misturadas de alguma forma com o cansaço do corpo, a maciez da cadeira, o toque da leve brisa que vinha da janela e acariciava seu rosto. O livro o fascinou, e mais precisamente o reconfortou. Em certo sentido, não contou a ele nada novo, mas isso era parte da atração. O livro disse o que ele teria dito, se tivesse sido possível a ele colocar suas ideias dispersas em ordem. Era o produto de uma mente semelhante à sua, mas imensamente mais poderosa, mais sistemática, menos temerosa. Os melhores livros, ele percebia, são aqueles que dizem o que você já sabe. Ele tinha acabado de voltar ao Capítulo I quando ouviu os passos de Julia na escada e se levantou da cadeira para encontrá-la. Ela jogou sua bolsa de ferramentas marrom no chão e se lançou nos braços dele. Fazia mais de uma semana que eles não se viam.

— Estou com "o livro" — ele disse assim que se soltaram.

— Ah, você está com ele? Legal — ela disse sem muito interesse, e quase imediatamente se ajoelhou ao lado do fogão a óleo para fazer café.

Eles só voltaram ao assunto depois de estarem na cama por meia hora. A tarde estava fresca o suficiente para usarem a colcha. De baixo vinha o som familiar de alguém cantando e do arrastar das botas na laje. A mulher de braços vermelhos e fortes que Winston havia visto lá na sua primeira visita era quase um acessório no quintal. Parecia não haver hora do dia em que ela não estivesse indo e vindo entre o tanque e o varal, alternativamente se amordaçando com os pregadores ou rompendo em uma canção vigorosa. Julia tinha se acomodado do seu lado e parecia já estar a ponto de cair no sono. Ele pegou o livro, que estava no chão, e se encostou na cabeceira.

— Nós temos de ler — ele disse. — Você também. Todos os membros da Fraternidade têm de ler "o livro".

— Você lê — ela disse com os olhos fechados. — Leia alto. É o melhor jeito. Assim você pode ir explicando para mim.

Os ponteiros do relógio marcavam seis horas. Eles tinham mais três ou quatro horas. Ele apoiou o livro nos joelhos e começou a ler.

Capítulo I
Ignorância é Força

Por toda a história e provavelmente desde o fim da Era Neolítica, houve três tipos de pessoas no mundo, as Altas, as Médias e as Baixas. Elas foram subdivididas de muitas maneiras, tinham sido chamadas de diferentes nomes, e seus números relativos, assim como suas atitudes umas com as outras, variam de acordo com a idade, mas a estrutura essencial da sociedade nunca mudou. Mesmo após agitações

> e mudanças aparentemente irreconciliáveis, o mesmo padrão sempre se reiterou, assim como um giroscópio sempre retorna ao equilíbrio, não importa quão longe seja levado por esse ou aquele caminho.

— Julia, você está acordada? — disse Winston.
— Sim, meu amor. Estou ouvindo. Continue. Está maravilhoso.
Ele continuou lendo:

> Os objetivos desses grupos são completamente irreconciliáveis. O objetivo das Altas é se manter onde estão. O objetivo das Médias é trocar de lugar com as Altas. O objetivo das Baixas, quando elas têm algum, pois é uma característica intrínseca das Baixas que elas sejam tão esmagadas pelo trabalho árduo a ponto de não conseguirem ter ciência de qualquer coisa fora de suas rotinas diárias, é abolir todas as distinções e criar uma sociedade na qual todos os homens sejam iguais. Assim, por toda a história uma luta com uma descrição parecida repete-se continuamente. Por longos períodos as Altas pareceram estar seguramente no poder, mas cedo ou tarde chega uma hora em que elas perdem ou sua crença em si mesmas, ou sua capacidade de governar eficazmente, ou ambas. Elas são, então, derrotadas pelas Médias, que conseguem engajar as Baixas a seu favor ao fingir que estão batalhando por liberdade e justiça. Tão logo atinjam seu objetivo, as Médias empurram as Baixas de volta para sua antiga posição de servidão e tornam-se as Altas. No momento, um novo grupo de Médias está se separando de um dos outros grupos, ou de ambos, e a batalha recomeça mais uma vez. Dos três grupos, apenas as Baixas não conseguem nunca nem temporariamente atingir seus objetivos. Não seria nenhum exagero dizer que por toda a história nunca houve nenhum progresso material. Mesmo hoje, em um período de declínio, o ser humano médio está fisicamente melhor do que ele estava alguns séculos atrás. Mas nenhum avanço em riqueza, nenhum abrandamento dos costumes, nenhuma reforma ou revolução alguma vez trouxe um milímetro sequer de igualdade humana. Do ponto de vista das Baixas, nenhu-

ma mudança histórica nunca significou mais do que a mudança do nome de seus governantes.

Por volta do final do século XIX a recorrência desse padrão tinha se tornado óbvia para muitos observadores. Surgiram então escolas de pensadores que interpretavam a história como um processo cíclico e afirmavam mostrar que a desigualdade era uma lei imutável da vida humana. Essa doutrina, claro, sempre teve adeptos, mas a maneira pela qual ela estava agora sendo apresentada mostrava uma mudança significativa. No passado, a necessidade de uma forma hierárquica de sociedade havia sido especificamente a doutrina das Altas. Foi pregada por reis, aristocratas, padres, advogados e outros que eram seus parasitas, e foi em geral suavizada por promessas de compensação em um imaginário mundo além-túmulo. As Médias, enquanto estivessem brigando por poder, tinham sempre feito uso de termos como liberdade, justiça e fraternidade. Agora, no entanto, o conceito de fraternidade humana começou a ser atacado por pessoas que ainda não estavam em posição de comando, mas esperavam logo estar. No passado, as Médias haviam realizado revoluções sob a bandeira da igualdade, mas depois estabeleceram um governo tirano, revigorado assim que o antigo foi derrotado. Os novos grupos das Médias de fato proclamaram sua tirania com antecedência. O socialismo, uma teoria que apareceu no início do século XIX e era o último elo de uma corrente de pensamento que remontava aos escravizados rebeldes da Antiguidade, ainda era profundamente afetado pelo utopismo de tempos passados. Mas, em cada variante do socialismo que apareceu de cerca de 1900 em diante, o objetivo de estabelecer liberdade e igualdade foi cada vez mais abertamente abandonado. Os novos movimentos que apareceram no meio do século, Socing na Oceânia, Neobolchevismo na Eurásia e Culto à Morte, como é comumente chamado, na Lestásia, tinham como objetivo declarado perpetuar a ausência de liberdade e a desigualdade. É óbvio que esses novos movimentos nasceram dos antigos e tendiam a manter seus nomes e declarar da boca para fora estar de acordo com sua ideologia. Mas o propósito de todos eles era frear o progresso e congelar a história a um dado momento. Esse familiar balançar do pêndulo ainda aconteceria mais uma vez, e então pararia. Como de costume, as Altas teriam seu lugar tomado pelas Médias, que então se tornariam as Altas, mas dessa vez, com uma estratégia consciente, as Altas seriam capazes de manter sua posição permanentemente. As novas doutrinas emergiram parcialmente por causa de uma acumulação de conhecimento histórico e o crescimento de uma noção de história, que mal existia antes do século XIX. O movimento cíclico da história agora era inteligível, ou parecia ser. Se era inteligível, era, portanto, conversível. Mas a causa principal, subjacente, era que, bem no início do século XX, a igualdade humana havia se tornado tecnicamente possível. Ainda era verdade que os homens não eram iguais em suas habilidades naturais e algumas funções tinham de ser especializadas de forma a favorecer alguns indivíduos em detrimento de outros. Mas não havia mais nenhuma necessidade real para distinções de classe ou por amplas diferenças em riqueza. Em épocas anteriores, distinções de classe tinham sido não apenas inevitáveis como também desejáveis, A desigualdade era o preço da civilização. Com o desenvolvimento da produção mecanizada, entretanto, o caso mudou. Mesmo que ainda fosse necessário para seres humanos fazer diferentes tipos de trabalho, não era mais necessário que eles vivessem em níveis sociais e econômicos diferentes. Portanto, do ponto de vista dos novos grupos que estavam prestes a tomar o poder, a igualdade humana não era mais um ideal pelo qual lutar, mas um perigo a ser afastado. Em épocas mais primitivas, quando uma sociedade justa e pacífica não era de fato possível, tinha sido muito fácil acreditar. A ideia de um paraíso terreno no qual as pessoas viveriam juntas em um estado de fraternidade, sem leis e sem trabalho bruto, havia assombrado a imaginação humana por milhares de anos. E essa visão havia tido um certo apelo mesmo nos grupos que na verdade lucravam com cada mudança história. Os herdeiros das revoluções francesa, inglesa e americana tinham acreditado parcialmente nos seus próprios dizeres sobre os direitos do ser humano, liberdade de expressão, igualdade perante a lei e coisas parecidas, e mesmo permitiram que sua conduta fosse influenciada por eles até certo ponto. Mas, na quarta década do século XX, todas as principais correntes de pensamento político eram autoritárias. O paraíso terreno estava desacreditado no exato momento em que se tornou factível. Cada teoria política nova, seja qual for o nome, levava de volta para hierarquia e arregimentação. No enrijecimento geral do cenário que se iniciou por volta de 1930, práticas que haviam sido abandonadas havia tempos, em alguns casos por centenas de anos — prisão sem julgamento, escravização de prisioneiros de guerra, execuções públicas, tortura para obter confissões, uso de reféns e deportação de populações inteiras —, não somente tornaram-se comuns novamente como também passaram a ser toleradas e até defendidas por pessoas que se consideram esclarecidas e progressistas.

Foi somente após uma década de guerras nacionais, guerras civis, revoluções e contrarrevoluções em todas as partes do mundo que o Socing e seus rivais emergiram como teorias completamente desenvolvidas. Mas esses sistemas foram ofuscados por vários outros, geralmente chamados de totalitários, que tinham aparecido no início do século, e as principais definições do mundo que emergiriam do caos predominante já eram óbvias havia bastante tempo. Assim como também era óbvio que tipo de pessoas iria controlar esse mundo. A nova aristocracia foi criada pela maior parte dos burocratas, cientistas, técnicos, organizações sindicais, especialistas em publicidade, sociólogos, professores, jornalistas e políticos profissionais. Essas pessoas, cujas origens remontam às classes médias assalariadas e aos estratos mais altos da classe trabalhadora, foram modeladas e reunidas por um árido mundo de monopólio industrial e governo centralizado. Comparadas com os números opostos em épocas passadas, elas eram menos avarentas, menos seduzidas pelo luxo, mais sedentas por puro poder e, acima de tudo, mais conscientes do que estavam fazendo e mais empenhadas em esmagar a oposição. Essa última diferença era crucial. Comparadas às que existem hoje, todas as tiranias do passado eram hesitantes e ineficientes. Os grupos dominantes sempre eram até certo ponto infectados por ideias liberais e ficavam satisfei-

tos de deixar pontas soltas em todos os lugares, para cuidar apenas dos atos manifestos e não demonstrar interesse no que seus súditos estavam pensando. Mesmo a Igreja Católica da Idade Média era tolerante pelos padrões modernos. Parte do motivo vinha do fato de que no passado nenhum governo teve o poder de manter seus cidadãos sob vigilância constante. A invenção da imprensa, todavia, facilitou manipular a opinião pública, e o cinema e o rádio levaram o processo adiante. Com o desenvolvimento da televisão, e o avanço técnico que tornou possível receber e transmitir simultaneamente no mesmo aparelho, a vida privada chegou ao fim. Todo cidadão, ou pelo menos todo cidadão importante o suficiente para valer a pena ser observado, poderia ser mantido sob os olhos da polícia e do radar da propaganda oficial vinte e quatro horas por dia, com todos os outros canais de comunicação fechados. A possibilidade de impor não apenas obediência completa à vontade do estado, mas completa uniformidade de opiniões sobre todos os assuntos, agora existia pela primeira vez.

Depois do período revolucionário dos anos 1950 e 1960, a sociedade se reagrupou, como de costume, nas três divisões: Alta, Média e Baixa. Mas a nova divisão Alta, diferentemente de todos os seus precursores, não respondeu por instinto, mas sabia o que era preciso para proteger sua posição. Há tempos já se tinha percebido que a única base segura para a oligarquia era o coletivismo. Riquezas e privilégios são mais facilmente defendidos quando são conjuntamente possuídos. A chamada "abolição da propriedade privada", que ocorreu no meio do século, significou, na verdade, a concentração da propriedade em muito menos mãos do que antes, mas com a diferença de que os novos donos eram um grupo, em vez da massa. Individualmente, nenhum membro do Partido possui nada, exceto pertences pessoais pequenos. Coletivamente, o Partido possui tudo na Oceânia, porque ele controla tudo e dispõe dos produtos como lhe convém. Nos anos que se seguiram à revolução, era possível assumir a posição de liderança quase sem oposição, pois todo o processo era representado como um ato de coletivização. Sempre se supôs que, se o capitalismo fosse expropriado, o socialismo deveria tomar seu lugar, e inquestionavelmente os capitalistas tinham sido expropriados. Fábricas, minas, terras, casas, meios de transporte, tudo havia sido tomado deles. E como essas coisas não eram mais propriedade privada, viraram propriedade pública. O Socing, que surgiu do movimento socialista inicial e herdou sua fraseologia, conduziu na verdade o principal item no programa socialista, com o resultado, previsto e pretendido antecipadamente, de ter tornado a desigualdade econômica permanente.

Mas os problemas em perpetuar uma sociedade hierárquica são mais profundos que isso. Há apenas quatro maneiras pelas quais um grupo dominante pode perder o poder: ou é vencido por forças externas, ou governa de forma tão ineficiente que as massas são movidas a se revoltar, ou permite que um grupo Médio forte e descontente venha a existir, ou perde sua autoconfiança e vontade de governar. Essas causas não operam sozinha e, em regra, todas as quatro estão em certo grau presentes. Uma classe dominante que pudesse se proteger de todas elas ficaria no poder permanentemente. No final das contas, o fator determinante é a atitude mental da classe dominante.

Após a metade deste século, o primeiro perigo na verdade havia desaparecido. Cada uma das três potências que agora dividem o mundo é de fato inconquistável, e só poderia se tornar conquistável por meio de mudanças demográficas, que um governo com amplos poderes pode facilmente impedir que aconteçam. O segundo perigo, também, é apenas teórico. As massas nunca se revoltam por vontade própria e nunca se revoltam simplesmente por serem oprimidas. De fato, contanto que elas não tenham permissão para ter bases de comparação, elas nunca nem ficam cientes de que são oprimidas. As crises econômicas recorrentes de tempos passados foram totalmente desnecessárias e agora não terão autorização para acontecer, mas outros deslocamentos igualmente grandes podem acontecer e de fato acontecem sem gerar resultados políticos, porque não há como os descontentes se tornarem articulados. Quanto ao problema de superprodução, que tem sido latente em nossa sociedade desde o desenvolvimento da mecanização, ele é resolvido pelo sistema de estado de guerra contínuo (ver Capítulo III), que também é útil para ajustar o moral público no tom necessário. Portanto, do ponto de vista dos nossos dominantes atuais, os únicos perigos genuínos são a criação de um novo grupo de pessoas capazes, subempregadas e famintas e o crescimento do liberalismo e do ceticismo dentro de suas próprias fileiras. O problema, mais precisamente, é educacional. É uma questão de contínua moldagem da consciência tanto do grupo dirigente quanto do grupo executivo maior imediatamente abaixo do outro. A consciência das massas só precisa ser influenciada de uma forma negativa.

Dado esse contexto, pode-se inferir, se já não se souber, a estrutura geral da sociedade oceânica. No topo da pirâmide vem o Grande Irmão. O Grande Irmão é infalível e todo-poderoso. Cada sucesso, cada realização, cada vitória, cada descoberta científica, todo o conhecimento, toda a sabedoria, toda a felicidade, toda a virtude são um resultado direto de sua liderança e inspiração. Ninguém nunca viu o Grande Irmão. Ele é um rosto nos cartazes, uma voz na teletela. Podemos ter bastante certeza de que ele nunca irá morrer, e já há uma incerteza considerável em relação a quando ele nasceu. O Grande Irmão é o manto sob o qual o Partido escolheu se exibir para o mundo. Sua função é ser um ponto central de amor, medo e reverência, emoções que são mais facilmente sentidas em relação a um indivíduo do que a uma organização. Abaixo do Grande Irmão vem o Partido Interior. Seus números se limitam a 6 milhões, ou algo menos que 2% da população da Oceânia. Abaixo do Partido Interior vem o Partido Exterior, que acaba sendo justamente comparado às mãos do Estado, já que o Partido Interior é considerado o cérebro. Abaixo dele vem a massa de imbecis que habitualmente chamamos de "proletas", perfazendo 85% da população. Nos termos na classificação apresentada antes, os proletas são a divisão Baixa. Já a população escravizada das terras equatoriais, que passam constantemente de um conquistador para outro, não são parte permanente nem necessária da estrutura.

Em princípio, integrar esses grupos não é uma questão hereditária. Um filho de pais do Partido Interior teoricamente não nasceu no Partido Interior. A admissão se dá por exame, aos 16 anos. Também não há nenhuma discriminação racial nem uma clara dominação de uma província por outra. Judeus, negros, sul-americanos de puro sangue indígena podem ser encontrados nos mais altos escalões do Partido. E os administradores de qualquer área são sempre habitantes daquela área. Em nenhuma parte da Oceânia os habitantes têm a sensação de ser uma população colonial governada por uma capital distante. A Oceânia não tem capital e seu chefe titular é uma pessoa que ninguém conhece nas redondezas. A não ser pelo fato de o inglês ser a língua franca predominante e a novalíngua, sua língua oficial, não há centralização alguma. Seus governantes não são ligados por laços sanguíneos, mas pela ligação a uma doutrina em comum. É verdade que nossa sociedade é estratificada, muito rigidamente estratificada, sobre o que à primeira vista pode parecer serem linhas hereditárias. Há bem menos movimentos entre os diferentes grupos do que havia sob o capitalismo ou mesmo na era pré-industrial. Entre as duas vertentes do Partido há uma certa quantidade de troca, mas somente a ponto de assegurar que os fracos sejam excluídos do Partido Interior e que os ambiciosos não sejam nocivos ao permitir-lhes ascender. Os proletas, na prática, não têm permissão para entrar no Partido. Os mais talentosos entre eles, que podem vir a se tornar núcleo de descontentamento, são simplesmente desvalorizados pela Polícia das Ideias e eliminados. Mas esse estado das coisas não é necessariamente permanente, nem é uma questão de princípio. O Partido não é uma classe no sentido antigo da palavra. Seu objetivo não é transmitir poder para seus próprios filhos. E se não houvesse outra forma de manter as pessoas mais aptas no topo, o Partido estaria perfeitamente preparado para recrutar toda uma nova geração das fileiras do proletariado. Nos anos cruciais, o fato de que o Partido não era um corpo hereditário teve um papel importante para neutralizar a oposição. O tipo antigo de socialista, que havia sido treinado para lutar contra algo chamado de "privilégio de classe", supunha que o que não era hereditário não poderia ser permanente. Ele não via que a continuidade de uma oligarquia não precisava ser física, nem parava para refletir que as aristocracias hereditárias sempre tiveram vida curta, enquanto organizações que passam por renovações, como a Igreja Católica, duram centenas ou milhares de anos. A essência da regra oligárquica não é herança de pai para filho, mas a continuação de certa visão de mundo e certo modo de vida, impostos pelo que morre sobre o que fica. Um grupo dominante é um grupo dominante contanto que consiga nomear seus sucessores. O Partido não está preocupado com perpetuar seu sangue, mas perpetuar a si mesmo. Quem exerce o poder não importa desde que a estrutura hierárquica seja sempre a mesma.

Todas as crenças, hábitos, gostos, emoções, atitudes mentais que caracterizam nosso tempo são realmente desenhadas para sustentar o lado místico do Partido e impedir que a verdadeira natureza da sociedade de hoje seja percebida. A rebelião física, ou qualquer movimento preliminar em direção à rebelião, não é possível no presente. Não se deve temer nada que venha dos proletas. Abandonados, eles continuarão de geração em geração e de um século para o outro, trabalhando, procriando e morrendo, não apenas sem nenhum impulso para se rebelar, mas sem o poder para compreender que o mundo poderia ser diferente. Eles só poderiam se tornar perigosos se o avanço da tecnologia industrial tornasse necessário que eles tivessem mais instrução, mas já que a rivalidade militar e comercial não é mais importante, o nível da educação popular está na verdade em declínio. Que opiniões as massas têm ou não é visto com indiferença. Elas podem obter liberdade intelectual porque não têm nenhum intelecto. Por outro lado, em um membro do Partido, nem mesmo o menor desvio de opinião em um assunto de menos importância pode ser tolerado.

Um integrante do Partido vive do nascimento até a morte sob o olhar da Polícia das Ideias. Mesmo quando está sozinho, nunca pode ter certeza se está sozinho. Onde quer que esteja, dormindo ou acordado, trabalhando ou descansando, no banho ou na cama, ele pode ser inspecionado sem ser avisado e sem saber que está sendo inspecionado. Nada do que ele faz é indiferente. Suas amizades, seu lazer, seu comportamento perante sua esposa e filhos, a expressão no seu rosto quando está sozinho, as palavras que resmunga no sono, até os movimentos característicos de seu corpo são cuidadosamente escrutinados. Não apenas qualquer real contravenção, mas qualquer excentricidade, não importa quão pequena, qualquer mudança de hábito, qualquer trejeito nervoso que possa talvez ser um sintoma de uma luta interior certamente será detectado. Ele não tem nenhuma liberdade de escolha em direção alguma. Por outro lado, suas ações não são reguladas por uma lei ou por qualquer código de comportamento claramente formulado. Na Oceânia não há leis. Pensamentos e ações que, quando detectados, signifiquem uma sentença de morte não são formalmente proibidos, e as infinitas purgações, detenções, torturas, prisões e evaporações não são infligidas como punição para crimes que de fato foram cometidos, mas são simplesmente a eliminação de pessoas que talvez possam vir a cometer um crime em algum momento no futuro. Exige-se que um membro do Partido não só tenha as opiniões certas, mas os instintos certos. Muitas das crenças e atitudes exigidas dele nunca são claramente estabelecidas, e não poderiam ser estabelecidas sem revelar as contradições inerentes ao Socing. Se ele é uma pessoa naturalmente ortodoxa (em novalíngua um "bompensador"), em todas as circunstâncias ele saberá, sem ter de pensar, o que é uma crença verdadeira ou uma emoção desejável. Mas, de qualquer maneira, um treinamento mental elaborado, aplicado na infância e revolvendo em torno das palavras em novalíngua "crimeparar", "negrobranco" e "duplopensar", torna-o relutante e incapaz de pensar muito profundamente sobre qualquer assunto.

De um membro do Partido espera-se que não tenha emoções privadas e nenhuma trégua no entusiasmo. Espera-se que viva em um frenesi contínuo de ódio a inimigos estrangeiros e traidores internos, triunfo sobre vitórias e desvalorização de si diante do poder e da sabedoria do Partido. Os desgostos produzidos por sua vida vazia e insatisfatória são deliberadamente virados do avesso e dissipados por mecanismos como os Dois Minutos de Ódio, e as especulações que possam talvez induzir a uma atitude cética ou rebelde são mortas antecipadamente pela sua disciplina interior precocemente desenvolvida. O primeiro e mais simples estágio na disciplina, que pode ser ensinado para crianças, em novalíngua é chamado "crimeparar". "Crimeparar" significa cortar pela raiz, como que por instinto, no ponto inicial de qualquer pensamento perigoso. Isso inclui o poder de não entender analogias, a falha em perceber erros lógicos, o mal-entendido dos argumentos mais simples se eles forem contrários ao Socing e ficar entediado ou repelir qualquer corrente de pensamento que seja capaz de levar em direção herética. "Crimeparar", em resumo, significa estupidez protetora. Mas estupidez não é suficiente. Pelo contrário, a ortodoxia em seu sentido completo demanda um controle sobre nossos próprios processos mentais tão completo quanto o de um contorcionista sobre seu corpo. A sociedade oceânica se apoia fundamentalmente na crença de que o Grande Irmão é onipotente e que o Partido é infalível. Mas como na realidade o Grande Irmão não é onipotente e o Partido não é infalível, faz-se necessária uma flexibilidade incansável, momento a momento, no tratamento dos fatos. A palavra-chave aqui é "negrobranco". Como muitas palavras em novalíngua, essa tem dois significados mutuamente contraditórios. Aplicada a um oponente, significa o hábito de insolentemente declarar que o negro é branco, contradizendo os fatos. Aplicada a um membro do Partido, significa uma disposição leal de dizer que o negro é branco quando a disciplina do Partido o exige. Mas também significa a habilidade de acreditar que o negro é branco, e mais, saber que o negro é branco, e esquecer que um dia se acreditou no contrário. Isso demanda alteração contínua do passado, que se torna possível pelo sistema de pensamento que realmente envolve todo o resto, conhecido em novalíngua como "duplopensar".

A alteração do passado é necessária por duas razões, uma das quais é complementar e, por assim dizer, preventiva. A razão complementar é que o membro do Partido, como os proletas, tolera as condições atuais parcialmente porque não tem base de comparação. Ele deve ser separado do passado, assim como deve ser separado de países estrangeiros, porque é necessário que ele acredite que está melhor que seus antepassados e que o nível médio de conforto material está constantemente crescendo. Mas de longe a razão mais importante para o reajuste do passado é a necessidade de preservar a infalibilidade do Partido. Não se trata simplesmente de manter os discursos, estatísticas e registros de todos os tipos constantemente atualizados a fim de mostrar que as previsões do Partido foram corretas em todos os casos. Trata-se também de que nenhuma mudança na doutrina ou no alinhamento políticos possa jamais ser admitida. Mudar a forma de alguém pensar ou até suas diretrizes é confissão de fraqueza. Se, por exemplo, a Eurásia ou a Lestásia (qualquer uma) for o inimigo de hoje, então aquele país tem de ter sempre sido o inimigo. E se os fatos disserem o contrário, então que os fatos sejam alterados. Dessa forma, a história é continuamente reescrita. Essa falsificação diária do passado, conduzida pelo Ministério da Verdade, é tão necessária para a estabilidade do regime quanto o trabalho de repressão e espionagem coordenado pelo Ministério do Amor.

A mutabilidade do passado é um pilar central do Socing. Argumenta-se que eventos passados não têm razão de existir, mas sobrevivem apenas em registros escritos e nas lembranças humanas. O passado é o que os registros e as memórias concordarem que ele é. E como o Partido tem controle total de todos os registros e igual controle das mentes de seus membros, o resultado é que o passado é aquilo que o Partido escolher para ser. Daí também resulta que, embora seja mutável, o passado nunca foi mudado em nenhum exemplo específico. Pois, quando foi recriada no formato necessário ao momento, essa nova versão é o passado e nenhum passado diferente pode jamais ter existido. Isso funciona bem mesmo quando (não importa quantas vezes ocorrer) o mesmo evento tem de ser alterado significativamente muitas vezes no mesmo ano. Em todas as vezes o Partido detém a absoluta verdade e o absoluto claramente nunca pode ter sido diferente do que ele é agora. Como poderá ser visto, o controle do passado depende, acima de tudo, do treinamento da memória. Assegurar que todos os registros escritos concordem com a ortodoxia do momento é meramente um ato mecânico. Mas também é preciso lembrar que eventos aconteceram da maneira desejada. E, se for necessário, reorganizar ou alterar a memória com registros escritos, depois se torna necessário esquecer que se passou por esse processo. E o truque para fazer isso pode ser aprendido como qualquer outra técnica mental. Ele é aprendido pela maioria dos membros do Partido, e certamente por todos que são tão inteligentes quanto ortodoxos. Em velhalíngua chama-se, bem abertamente, "controle de realidade". Em novalíngua chama-se "duplopensar", embora "duplopensar" envolva muito mais.

"Duplopensar" significa o poder de manter duas crenças contraditórios na cabeça simultaneamente e aceitar ambas. O intelectual do Partido sabe em qual direção suas memórias devem ser alteradas. Ele sabe, portanto, que está jogando com a realidade, mas pelo exercício do "duplopensar" ele também se contenta com o fato de que a realidade não é violada. O processo tem de ser consciente, ou não seria realizado com precisão suficiente, mas também tem de ser inconsciente, ou traria consigo um sentimento de falsidade e, então, de culpa. "Duplopensar" está no coração do Socing, pois a ação essencial do Partido é usar a decepção consciente enquanto retém a firmeza de propósito que acompanha a completa honestidade. Dizer mentiras deliberadas enquanto se acredita nelas genuinamente, esquecer qualquer fato que tenha se tornado inconveniente, e depois, quando for necessário novamente, resgatá-lo do esquecimento por quanto tempo for preciso, negar a existência da realidade objetiva e durante todo esse tempo levar em conta a realidade que se nega, tudo isso é indispensavelmente necessário. Mesmo ao usar a palavra "duplopensar" é preciso exercitar o "duplopensar". Porque, ao usar a palavra, admite-se que se está manipulando a realidade, por um ato revigorado de "duplopensar" apaga-se seu conhecimento e assim por diante indefinidamente, com a mentira sempre um passo à frente da verdade. Por fim, é por meio do "duplopensar" que o Partido foi capaz — e, por tudo que sabemos, deve continuar a ser — de controlar o curso da história.

Todas as oligarquias do passado perderam o poder porque elas ou se ossificaram ou se tornaram mais brandas. Ou se tornavam estúpidas e arrogantes, falhando em se adequar às circunstâncias em transição, e foram derrotadas, ou se tornaram liberais e covardemente fizeram concessões quando deveriam ter usado a força, e outra vez foram derrotadas. Elas caíram, consciente ou inconscientemente. É um feito do Partido ter produzido um sistema de pensamento no qual ambas as condições podem existir simultaneamente. E sobre nenhuma outra base intelectual a dominação do Partido poderia ter se tornado permanente. Se alguém tem que dominar, e continuar dominando, tem de estar apto a deslocar o sentido da realidade. Porque o segredo da dominação é combinar a crença em sua própria infalibilidade com o poder de aprender com erros passados.

É praticamente desnecessário dizer que os mais sutis praticantes do "duplopensar" são aqueles que o inventaram e sabem que é um grande sistema mental de fraude. Em nossa sociedade, aqueles que têm o melhor conhecimento do que está acontecendo são também os que estão mais distantes de ver o mundo como ele é. Em geral, quanto maior a compreensão, maior a ilusão, quanto mais inteligente, menos são. Uma ilustração clara disso é o fato de que a histeria da guerra tem sua intensidade aumentada conforme a pessoa ascende na escala social. Aqueles que têm uma atitude mais próxima do racional diante da guerra são os povos suscetíveis dos territórios disputados. Para essas pessoas, a guerra é somente uma calamidade contínua que varre seus corpos como um maremoto. Qual lado está ganhando é visto com total indiferença por eles. Eles têm ciência de que uma troca de senhorio significa apenas que eles continuarão realizando o mesmo trabalho que antes para senhores que os tratam da mesma maneira que os antigos os tratavam. Os trabalhadores ligeiramente um pouco mais privilegiados que nós chamamos de "proletas" estão apenas intermitentemente cientes da guerra. Quando necessário eles podem ser instigados a um frenesi de medo e ódio, mas, quando deixados agir por conta própria, são capazes de esquecer por longos períodos que a guerra está acontecendo. É nos escalões do Partido, e principalmente do Partido Interior, que reside o verdadeiro entusiasmo pela guerra. A conquista do mundo é algo em que creem mais firmemente os que sabem que é impossível. Essa peculiar ligação entre coisas opostas — conhecimento e ignorância, cinismo e fanatismo — é uma das características mais marcantes da sociedade oceânica. A ideologia oficial transborda de contradições mesmo quando não há nenhuma razão prática para elas existirem. Dessa forma, o Partido rejeita e vilipendia cada princípio pelo qual o movimento socialista originalmente se estendeu e escolhe fazer isso em nome do socialismo. Ele prega um desprezo pela classe trabalhadora sem precedentes em séculos e coloca seus membros em um uniforme que era por um lado específico de trabalhadores manuais e foi adotado por essa razão. Sistematicamente ele enfraquece a solidariedade da família e chama seu líder por um nome que é um apelo direto ao sentimento de lealdade da família. Mesmo os nomes dos quatro ministérios que nos governam exibem um tipo de atrevimento em sua inversão deliberada dos fatos. O Ministério da Paz se preocupa com a guerra, o Ministério da Verdade com mentiras, o Ministério do Amor com tortura e o Ministério da Fartura com a fome. Essas contradições não são acidentais, nem resultam de uma hipocrisia comum; são exercícios propositais de "duplopensar". Pois é somente por meio de contradições conciliadoras que se pode manter o poder indefinidamente. Não há outra forma possível de quebrar o antigo ciclo. Se a igualdade entre os seres humanos for para sempre evitada, se as Altas, como as chamamos, mantiverem sua posição permanentemente, então a condição mental predominante deve ser a insanidade controlada.

Mas há uma questão que até este momento quase ignoramos, que é: por que a igualdade entre os seres humanos deveria ser evitada? Supondo que os mecanismos do processo foram corretamente descritos, qual é o motivo para esse enorme e precisamente planejado esforço congelar a história em um momento específico?

Aqui chegamos ao segredo central. Como vimos, a mística do Partido, sobretudo do Partido Interior, depende do "duplopensar". É

> *mais profundamente que jaz o motivo original, o instinto nunca questionado que primeiro levou à tomada de poder e criou o "duplopensar", a Polícia das Ideias, o contínuo estado de guerra e toda a parafernália necessária. Esse motivo consiste na verdade...*

Winston percebeu o silêncio, como se percebe um som novo. Ele sentiu que Julia estivera quieta por bastante tempo. Ela estava deitada de lado, nua da cintura para cima, com a mão servindo de travesseiro e uma mecha do cabelo preto caindo sobre o olho. Seu peito subia e descia lenta e regularmente.

— Julia.

Não houve resposta.

— Julia, está acordada?

Sem resposta. Ela dormia. Ele fechou o livro, colocou-o no chão cuidadosamente, deitou-se e puxou a colcha para se cobrirem.

Ele pensou que ainda não sabia qual era o segredo definitivo. Ele entendia como, mas não entendia por quê. Capítulo I e Capítulo III não tinham lhe dito nada que ele já não soubesse de fato, apenas sistematizaram o conhecimento que ele já possuía. Mas, depois de ler, ele teve certeza de que não estava louco. Pertencer a uma minoria, mesmo uma minoria de um apenas, não o torna louco. Havia a verdade e havia a inverdade e, se você se agarrasse à verdade, mesmo contra todo o mundo, você não estaria louco. Um raio amarelo do Sol se pondo entrava oblíquo pela janela e atingia o travesseiro. Ele fechou os olhos. O sol na sua cara e o corpo da garota macio encostado ao seu fizeram-no sentir-se forte, sonolento e confiante. Ele estava seguro, estava tudo bem. Ele pegou no sono murmurando "A sanidade não é estatística", com a sensação de que esse comentário continha uma profunda sabedoria.

Capítulo 10

Quando acordou, Winston teve a sensação de que dormira por muito tempo, mas uma olhada para o velho relógio lhe disse que eram apenas oito e meia. Ele continuou deitado e cochilou por um tempo. Então, a usual cantoria do fundo do peito irrompeu no quintal lá embaixo:

> *Foi só uma fantasia impossível*
>
> *Passou como os dias de abril*
>
> *Um sonho levado pelo vento*
>
> *Em um lindo céu de azul anil*

A canção verborrágica pareceu manter sua popularidade. Ainda podia ser ouvida por toda parte. Havia superado a Canção do Ódio. Julia acordou com o barulho, espreguiçou-se lentamente e saiu da cama.

— Estou com fome — disse. — Vamos fazer um pouco mais de café. Droga! O fogo se apagou e a água está fria. — Ela pegou o fogareiro e o balançou. — Não tem óleo.

— Podemos pegar um pouco com o velho Charrington, eu acho.

— O engraçado é que eu me certifiquei de que estava cheio. Vou me vestir — acrescentou. — Parece que está mais frio.

Winston também se levantou e se vestiu. A incansável voz continuou cantando:

Dizem que o tempo cura tudo

Dizem que sempre dá pra esquecer

Mas os sorrisos e as lágrimas de anos

Fazem meu coração envelhecer!

Enquanto apertava o cinto do macacão, Winston foi até a janela. O Sol devia ter se posto por trás das casas; já não brilhava mais no quintal. O piso estava molhado como se tivesse sido lavado e Winston teve a impressão de que o céu havia sido lavado também, de tão pálido e revigorado que parecia o azul entre as chaminés. Sem se cansar, a mulher andava por todos os lados, colocando e tirando pregadores de sua boca, cantando e calando-se, e pendurando mais fraldas, e mais e mais. Winston imaginou se ela lavava roupas para se sustentar e se era simplesmente a escrava de vinte ou trinta netos. Julia tinha parado do seu lado. Juntos eles olharam para baixo sentindo um tipo de fascinação pela figura robusta lá embaixo. Enquanto ele olhava para a mulher em suas atitudes características, os braços grossos se esticando para alcançar o varal, o traseiro avantajado como o de uma potranca, ele se deu conta, pela primeira vez, de que ela era bonita. Nunca havia lhe ocorrido antes que o corpo de uma mulher de 50, depois de ganhar dimensão monstruosa por dar à luz muitos filhos e na sequência se endurecer, rude devido ao trabalho, grosseiro até, como um nabo maduro, poderia ser bonito. Mas era, e depois ele pensou: "E por que não?" Um corpo sólido, sem contorno, como um bloco de granito e com a pele vermelha e áspera estava para o corpo de uma garota assim como o fruto da roseira está para a rosa. Por que o fruto seria considerado inferior à flor?

— Ela é bonita — ele murmurou.

— Ele tem um metro de largura nos quadris, fácil — disse Julia.

— Esse é seu estilo de beleza — disse Winston.

Ele passou seus braços em volta da cintura flexível de Julia. Do quadril ao joelho seu flanco se encostava nele. De seus corpos não viria nenhuma criança. Essa era uma coisa que eles nunca poderiam fazer. Somente na boca a boca, de uma mente para a outra, eles poderiam contar o segredo. A mulher lá embaixo não tinha cérebro, apenas braços fortes, um coração acolhedor e um ventre fértil. Ele ficou pensando quantos filhos ela havia tido. Seriam quinze facilmente. Ela deve ter tido seu momento de florescimento, um ano, talvez, de uma beleza selvagem como a rosa, e então de repente inchou feito uma fruta com fertilizantes e ficou dura, vermelha e áspera, depois sua vida virou lavar, esfregar, remendar, cozinhar, varrer, lustrar, consertar, esfregar, lavar, primeiro para os filhos, depois para os netos, mais de trinta anos ininterruptos. Ao final, ela ainda estava cantando. O tipo de reverência mística que ele sentia por ela estava de alguma forma misturado com o céu pálido e sem nuvens se estendendo atrás das chaminés por uma distância interminável. Era curioso pensar que o céu era o mesmo para todos, na Eurásia ou Lestásia assim como aqui. Assim como as pessoas sob o céu eram muito parecidas também — em todo lugar, no mundo todo, centenas de milhares de milhões de pessoas assim, pessoas que ignoram a existência umas das outras, separadas por muros de ódio e mentiras e, ainda assim, quase idênticas — pessoas que nunca tinham aprendido a pensar, mas que estavam guardando em seu coração, estômago e músculos o poder que um dia subverteria o mundo. Se houvesse esperança, ela estaria nos proletas! Sem ter lido o livro até o final, ele sabia que aquela era a mensagem final de Goldstein. O futuro pertencia aos proletas. Podia ele ter certeza de que, quando a hora deles chegasse, o mundo que construíram não seria tão estranho a ele, Winston Smith, quanto o mundo do Partido? Sim, porque pelo menos seria um mundo de sanidade. Onde há igualdade, pode haver sanidade. Mais cedo ou mais tarde iria acontecer, a força se transformaria em consciência. Os proletas eram imortais, não havia dúvida quando se olhava para aquela valente figura no quintal. No final, seu despertar viria. E até lá, embora pudesse levar mil anos, eles permaneceriam vivos, contra todas as expectativas, como pássaros, passando adiante de corpo em corpo a vitalidade que o Partido não compartilhava e não destruiria.

— Você se lembra — disse ele — do tordo que cantou para a gente, naquele primeiro dia, no bosque?

— Ele não estava cantando para a gente — disse Julia. — Ele estava cantando para agradar a si mesmo. Nem isso. Ele estava só cantando.

Os pássaros cantavam, os proletas cantavam, o Partido não cantava. Ao redor do mundo, em Londres e Nova York, na África e no Brasil, e nas terras misteriosas e proibidas para além das fronteiras, nas ruas de Paris e Berlim, nas vilas das infinitas planícies russas, nos bazares da China e do Japão, todo lugar tinha sua figura sólida invencível, endurecida pelo trabalho e pelos filhos, labutando do nascimento à morte e ainda cantando. Seria daqueles poderosos ventres que viria um dia uma raça de seres conscientes. Você seria o morto, o futuro seria deles. Mas você poderia compartilhar daquele futuro se você mantivesse viva a mente como eles mantêm vivo o corpo, e se transmitisse o princípio secreto de que dois mais dois são quatro.

— Nós somos os mortos — ele disse.

— Nós somos os mortos — repetiu Julia obedientemente.

— Vocês são os mortos — afirmou uma voz metálica atrás deles.

Eles deram um salto. Winston sentiu as entranhas virarem gelo. Ele podia ver o branco todo em volta da íris dos olhos de Julia. Seu rosto ficou da cor de um leite amarelado. Um vestígio do ruge que ainda restava em suas bochechas desbotou-se rapidamente, como se se soltasse da pele.

— Vocês são os mortos — repetiu a voz metálica.

— Veio de trás do quadro — sussurrou Julia.

— Veio de trás do quadro — disse a voz. — Fiquem exatamente onde estão. Não façam qualquer movimento até receberem ordens.

Estava começando, estava começando finalmente! Eles não podiam fazer nada a não ser ficar olhando nos olhos um do outro. Correr para se salvarem, sair da casa antes que fosse tarde demais — tais pensamentos não passaram por suas cabeças. Era impensável desobedecer a voz metálica vindo da parede. Houve um estalo, como se um trinco tivesse sido aberto, e um barulho de vidro quebrando. O quadro havia caído no chão revelando a teletela atrás dele.

— Agora eles podem nos ver — disse Julia.

— Agora podemos vê-los — disse a voz. Coloquem as mãos atrás da cabeça. Não se toquem.

Eles não estavam se tocando, mas ele sentia o corpo de Julia tremendo. Ou talvez fosse apenas o seu próprio corpo tremendo. Ele conseguiu parar de bater os dentes, mas os joelhos estavam fora de seu controle. Havia um som de pisadas de botas embaixo, dentro e fora da casa. O quintal parecia cheio de homens. Algo estava sendo arrastado pelas pedras. A mulher havia parado de cantar abruptamente. Houve um retinir longo e contínuo, como se uma banheira tivesse sido jogada pelo quintal, e depois uma confusão de berros nervosos que terminaram com um grito de dor.

— A casa está cercada — disse Winston.

— A casa está cercada — disse a voz.

Ele ouviu Julia estalar os dentes.

— Acho que chegou a hora de dizer adeus — ela murmurou.

— Vocês têm de dizer adeus — ordenou a voz.

Então, outra voz bem diferente, fina, afetada, que Winston teve a impressão de ter ouvido antes, irrompeu:

— Falando nisso, "Essa vela conduz você até a cama, esse machado corta a cabeça de quem reclama"!

Algo bateu na cama atrás de Winston. O topo de uma escada havia sido enfiado pela janela e tinha rasgado a moldura. Alguém estava escalando pela janela. Houve um estampido de botas subindo as escadas. O quarto se encheu de homens fortes em uniformes, botas com biqueiras de ferro e cassetetes nas mãos.

Winston não estava mais tremendo. Até seus olhos mal se moviam. Uma única coisa importava: ficar parado, ficar parado e não dar um motivo sequer para eles baterem em você! Um homem com um queixo liso de pugilista, no qual a boca era apenas um corte, parou em frente dele, balançando seu cassetete meditativamente entre o dedão e o indicador. Winston o olhou nos olhos. A sensação de estar nu, com as mãos atrás da cabeça, o rosto e o corpo expostos, era quase insuportável. O homem projetou a ponta de sua língua branca, lambeu o lugar onde estariam os lábios e seguiu adiante. Houve outro estrondo. Alguém havia pegado o peso de papel de vidro de cima da mesa e o esmigalhado contra a lareira.

O fragmento de coral, um pedacinho enrugado minúsculo cor-de-rosa, como um botão de rosa de açúcar em um bolo, rolou pelo tapete. Quão pequeno, pensou Winston, quão pequeno ele sempre foi. Houve um suspiro e um baque atrás dele e ele sentiu um chute violento no tornozelo que quase acabou com seu equilíbrio. Um dos homens tinha socado o plexo solar de Julia, dobrando-a ao meio como uma régua de bolso. Ela estava se debatendo no chão, tentando respirar. Winston não ousou virar a cabeça um milímetro, mas às vezes o rosto ofegante e lívido dela entrava em seu campo de visão. Mesmo no terror pelo qual ele mesmo passava, ele podia sentir a dor dela como se fosse em seu próprio corpo, a dor lancinante que, no entanto, era menos urgente que a luta para obter o fôlego de volta. Ele sabia como era: a dor agonizante que estava lá o tempo todo, mas que ainda não podia ser sofrida, porque antes de tudo era preciso conseguir respirar. Então dois dos homens içaram Julia pelos joelhos e ombros e a carregaram para fora do quarto como um saco. Winston viu o rosto dela de relance, de cabeça para baixo, amarelo e contorcido, com os olhos fechados e ainda com uma mancha de ruge em cada bochecha. E essa foi a última visão que ele teve dela.

Ele permanecia imóvel. Ninguém tinha batido nele ainda. Pensamentos que vinham espontaneamente, mas pareciam totalmente desinteressantes começaram a passar por sua cabeça. Ele imaginava se eles tinham pegado o sr. Charrington. Ele imaginava o que eles tinham feito com a mulher no quintal. Notou que precisava urinar imediatamente e ficou levemente surpreso, pois havido ido ao banheiro apenas duas ou três horas antes. Notou que o relógio sobre a beira da lareira marcava nove horas. Mas a luz forte deixava tudo claro. Já não era para estar escurecendo às nove horas em uma noite de agosto? Ele imaginava se no final ele e Julia não tivessem se enganado com o horário, tivessem dormido a noite toda e pensado que eram oito e meia da noite quando já eram oito e meia da manhã seguinte? Mas ele não levou esse pensamento adiante. Não era interessante.

Houve outro passo na escada, mais leve. O sr. Charrington entrou no quarto. O comportamento dos homens nos uniformes pretos de repente se tornou mais submisso. Algo havia mudado também na aparência do sr. Charrington. Seus olhos foram direto para os fragmentos do peso de papel de vidro.

— Peguem os pedaços — ele disse duramente.

Um dos homens se abaixou, obedecendo à ordem. O sotaque cockney tinha desaparecido. Winston então compreendeu de quem era a voz que ele ouvira alguns momentos atrás na teletela. O sr. Charrington ainda usava a velha jaqueta de veludo, mas seu cabelo, que era quase branco, tinha ficado preto. Ele também não estava usando óculos. Deu uma única olhada expressiva para Winston, como se estivesse verificando sua identidade, depois não mais prestou atenção nele. Ele ainda era reconhecível, mas não era mais a mesma pessoa. Seu corpo tinha se endireitado e parecia que tinha crescido. No rosto tinha havido apenas pequenas mudanças que, no entanto, causaram profunda transformação. As sobrancelhas negras estavam menos peludas, não havia mais rugas, as linhas do rosto como um todo pareciam ter se alterado, até o nariz pareceu mais curto. Era o rosto frio e alerta de um homem de cerca de 35 anos. Winston se deu conta de que pela primeira vez na vida estava olhando, conscientemente, para um membro da Polícia das Ideias.

Parte 3

Capítulo 1

Ele não sabia onde estava. Supostamente era no Ministério do Amor, mas não tinha como ter certeza. Estava em uma cela sem janelas com pé-direito alto e paredes de azulejo branco brilhante. Luminárias escondidas a inundavam com uma luz fria, e havia um zunido baixo e constante que ele supôs ter algo a ver com o fornecimento de ar. Havia um banco, como uma prateleira, largo o suficiente para se sentar sobre ele, por toda a parede, interrompido apenas pela porta e, no final oposto à porta, uma privada sem assento de madeira. Havia quatro teletelas, uma em cada parede.

Ele sentia uma dor persistente em sua barriga. Ela estava lá desde que fora colocado como um embrulho dentro de uma van fechada e levado embora. Também estava com fome, um tipo de fome corrosiva e perniciosa. Devia fazer vinte quatro horas que ele não comia, ou talvez trinta e seis. Ele ainda não sabia, provavelmente jamais saberia, se ele tinha sido preso de manhã ou à noite. Desde que foi preso, ele não havia sido alimentado.

Estava sentado o mais imóvel que podia no banco estreito, com as mãos cruzadas sobre o joelho. Já tinha aprendido a se sentar quieto. Se fizesse movimentos inesperáveis, eles gritariam com você pela teletela. Mas a necessidade de comida o dominava mais e mais. O que ele mais desejava acima de tudo era um pedaço de pão. Ele tinha uma ideia de que havia umas cascas de pão no bolso do seu macacão. Até era possível — ele pensou isso porque de tempos em tempos algo parecia picar sua perna — que houvesse um pedaço considerável de uma crosta lá. Finalmente, a tentação de descobrir superou o medo. Ele enfiou a mão no bolso.

— Smith! — gritou uma voz da teletela. — 6079 Smith W.! As mãos devem ficar fora dos bolsos nas celas!

Ele se sentou quieto novamente, com as mãos cruzadas sobre o joelho. Antes de ser trazido aqui ele havia sido levado para outro lugar, que devia ser uma prisão comum ou um cárcere temporário usado pelas patrulhas. Não sabia quanto tempo tinha ficado lá; algumas horas de qualquer forma, sem relógio ou luz do dia, ficava difícil medir. Era um lugar barulhento e fedorento. Eles o haviam colocado em uma cela semelhante à que ele estava agora, mas muito mais suja e o tempo todo ocupada por dez ou quinze pessoas. A maioria era de criminosos comuns, mas havia alguns presos políticos entre eles. Ele havia ficado sentado quieto, encostado na parede, empurrado por corpos sujos, preocupado demais com o medo e a dor na barriga para se interessar pelo seu entorno, mas ainda assim notando a tremenda diferença em comportamento entre os prisioneiros do Partido e os outros. Os prisioneiros do Partido estavam sempre em silêncio e aterrorizados, mas os criminosos normais não pareciam se importar com nada nem ninguém. Eles gritavam insultos aos guardas, revidavam ferozmente quando seus pertences eram apreendidos, escreviam palavras obscenas no chão, comiam comida contrabandeada, que tiravam de esconderijos misteriosos em suas roupas e até gritavam para a teletela quando ela tentava restabelecer a ordem. Por outro lado, alguns deles pareciam ter um bom relacionamento com os guardas, chamavam-nos por apelidos e tentavam obter alguns cigarros pelo olho mágico na porta. Os guardas também tratavam os criminosos comuns com certa indulgência, mesmo quando tinham de ser mais enérgicos. Falava-se muito sobre os campos de trabalhos forçados para os quais a maioria dos prisioneiros esperava ser mandada. Trabalhar nos campos era "legal", ele entendeu, contanto que você tivesse bons contatos e entendesse do assunto. Havia suborno, favoritismo e extorsão de todo tipo, havia homossexualidade e prostituição, havia até álcool ilícito extraído das batatas. Os cargos de confiança eram dados apenas a criminosos comuns, especialmente gângsteres e assassinos, que formavam uma espécie de aristocracia. Todos os trabalhos sujos eram realizados pelos presos políticos.

Havia um constante entra e sai de prisioneiros de todo tipo: traficantes de drogas, ladrões, bandidos, contrabandistas, bêbados, prostitutas. Alguns dos bêbados eram tão violentos que os outros prisioneiros tinham que se unir para inibi-los. O que havia sobrado de uma enorme mulher, cerca de 60 anos, com seios enormes e grossos chumaços de cabelo branco que caíram enquanto ela se debatia, fora trazido, chutando e gritando, por quatro guardas, cada um segurando um membro. Eles a arrancaram das botas com as quais ela vinha tentando chutá-los, e a jogaram no colo de Winston, quase quebrando os ossos de suas coxas. A mulher se endireitou e gritou atrás deles "canalhas filhos da p...!". Então, percebendo que estava sentada sobre algo irregular, ela escorregou dos joelhos de Winston para o banco.

— Desculpe aí, querido — ela disse. — Eu não sentaria em você, eles que me puseram aí. Nem sabem como tratar uma dama, né? — Ela parou, bateu no peito e arrotou. — Desculpe aí, não *tô* muito bem.

Ela se inclinou para a frente e vomitou copiosamente no chão.

— Melhor assim — ela disse, se inclinando para trás com os olhos fechados. — Melhor não segurar, é o que digo. Manda pra fora enquanto está fresco no estômago.

Ela se restabeleceu, virou para dar mais uma olhada em Winston e pareceu gostar dele imediatamente. Ela pôs o braço no ombro dele e o puxou para perto dela, deixando na cara dele seu hálito de cerveja e vômito.

— Como se chama, querido? — ela perguntou.

— Smith — respondeu Winston.

— Smith? — cismou a mulher. — Engraçado. Meu nome é Smith também. — Então acrescentou, sentimental: — Eu podia ser sua mãe!

Ela poderia mesmo ser mãe dele, ele pensou. Tinha a idade e o físico condizente, e era possível que as pessoas mudassem um pouco depois de vinte anos em um campo de trabalhos forçados.

Ninguém mais tinha falado com ele. Era de certa forma surpreendente como os criminosos comuns ignoravam os prisioneiros do Partido. "Os políticos", como eles chamavam, com desdém e desinteresse. Os prisioneiros do Partido morriam de medo de conversar com alguém e acima de tudo de falar uns com os outros. Apenas uma vez, quando dois membros do Partido, duas mulheres, foram colocadas bem juntas no banco, ele ouviu em meio ao alvoroço de vozes algumas palavras rapidamente sussurradas e em particular uma referência a algo chamado de "sala um zero um", que ele não entendeu.

Deve fazer duas ou três horas que o trouxeram para cá. A dor persistente na barriga continuava, mas às vezes melhorava, às vezes piorava, e seus pensamentos se expandiam ou se contraíam de acordo com a dor. Quando piorava, ele só conseguia pensar na dor em si, e seu desejo por comida. Quando melhorava, o pânico tomava conta dele. Em alguns momentos previa coisas que aconteceriam a ele com tanta realidade que seu coração disparava e perdia o fôlego. Sentia os cassetetes atingirem seus cotovelos e as botas com biqueiras de ferro, suas canelas; se via rastejando no chão, gritando por misericórdia em meio a dentes quebrados. Mal pensava em Julia. Não conseguia concentrar o pensamento nela. Ele a amava e não a trairia, mas isso era apenas um fato, assim como era um fato que ele conhecia as leis da aritmética. Não sentia amor por ela e mal se perguntava o que estaria acontecendo com ela. Ele pensava mais em O'Brien, com esperança titubeante. O'Brien devia saber que ele tinha sido preso. A Fraternidade, ele dissera, nunca tentava salvar seus membros. Mas havia a gilete; eles mandariam a gilete se pudessem. Ele teria provavelmente cinco segundos antes de o guarda invadir a cela. A lâmina o cortaria com uma espécie de frieza ardente, e mesmo os dedos que a seguravam seriam cortados até os ossos. Tudo se voltou para seu corpo doente, que se encolhia tremendo com a menor dor. Ele não tinha certeza se usaria a gilete mesmo se tivesse a oportunidade. Era mais natural continuar existindo de um momento para outro, aceitando mais dez minutos de vida com a certeza de que haveria tortura ao final.

Às vezes tentava calcular o número de azulejos nas paredes da célula. Teria sido fácil, mas ele sempre perdia a conta em algum ponto. Com mais frequência ficava imaginando onde estava e que dia era. Em dado momento tinha certeza de que havia luz do dia lá fora e, na sequência, igual certeza de que havia total escuridão. Ele sabia por instinto que nesse lugar as luzes nunca se apagavam. Era o lugar onde não havia escuridão: ele agora sabia por que O'Brien parecia reconhecer a alusão. No Ministério do Amor não havia janelas. Sua cela deve ser no coração do prédio ou colada à parede externa; pode ser dez andares abaixo do solo ou trinta acima. Mentalmente ele se transportava de um lugar para outro e tentava adivinhar pela sensação do corpo se tinha sido pendurado no ar lá em cima ou enterrado bem fundo no subsolo.

Houve um som de botas marchando do lado de fora. A porta de ferro se abriu com um tinido. Um jovem agente, uma figura em um uniforme preto bem alinhado que parecia brilhar como couro polido e cujo rosto pálido e reto era como uma máscara de cera, entrou firmemente pela porta. Ele fez um gesto para os guardas do lado de fora trazerem o prisioneiro que eles estavam vigiando. O poeta Ampleforth entrou tropegamente na cela. A porta se fechou novamente.

Ampleforth fez um ou dois movimentos incertos de um lado para o outro, como se estivesse tentando ver se havia outra porta por onde sair, depois começou a perambular pela cela. Ele ainda não tinha notado a presença de Winston. Seus olhos perturbados estavam fitando a parede cerca de um metro acima da cabeça de Winston. Ele estava sem sapatos e dedos grandes e sujos transpassavam os buracos das meias. Uma barba rala cobria seu rosto até as maçãs, conferindo-lhe um ar de rufião que contrastava com sua figura fraca e movimentos nervosos.

Winston saiu um pouco de sua letargia. Devia falar com Ampleforth, mesmo correndo o risco de a teletela gritar com ele. Era possível que Ampleforth estivesse com a gilete.

— Ampleforth — ele chamou.

Não houve grito da teletela. Ampleforth parou, ligeiramente surpreso. Lentamente seus olhos se focaram em Winston.

— Ah, Smith — ele disse. — Você também!

— Por que prenderam você?

— Para dizer a verdade... — Ele se sentou desajeitadamente no banco em frente a Winston. — Só há um crime, não é? — ele disse.

— E você o cometeu?

— Aparentemente sim.

Ele pôs uma mão sobre a testa e apertou as têmporas por um momento, como se tentasse se lembrar de algo.

— Essas coisas acontecem — começou, vagamente. — Consegui me lembrar de uma ocasião, uma ocasião possível. Foi uma indiscrição, sem dúvida. Estávamos produzindo uma edição definitiva dos poemas de Kipling. Acabei deixando a palavra "Deus" ficar no final de uma linha. Não pude evitar! — acrescentou quase indignado, levantando o rosto para olhar para Winston. — Era impossível mudar a linha. A rima era com "seus". Sabia que há apenas doze palavras com essa rima em toda a nossa língua? Quebrei a cabeça por dias tentando e não consegui outra que rimasse.

A expressão no seu rosto mudou. O aborrecimento tinha passado e por um momento ele quase pareceu contente. Uma espécie de calor intelectual, a alegria do pedante que encontrou algum fato inútil, brilhou sobre o cabelo sujo e bagunçado.

— Alguma vez você já pensou que toda a história da poesia inglesa foi determinada pelo fato de que na língua inglesa faltam palavras que rimem? — ele disse.

Não, Winston nunca houvera pensado nisso. Nem lhe parecia agora importante ou interessante, diante das circunstâncias.

— Você sabe que horas são? — ele disse.

Ampleforth pareceu surpreso de novo.

— Nem tinha pensado nisso. Eles me pegaram... Podia ter sido dois dias atrás, talvez três. — Seus olhos passeavam pelas paredes como se ele esperasse encontrar uma janela em algum lugar. — Não tem diferença entre o dia e a noite nesse lugar. Não sei como alguém consegue calcular o tempo.

Eles conversaram de forma truncada por alguns minutos, então, sem razão aparente, um grito da teletela mandou-os fazer silêncio. Winston se sentou quieto com as mãos cruzadas. Ampleforth, grande demais para se sentar com conforto no banco estreito, se mexia de um lado para o outro, fechando suas mãos magrelas primeiro em volta de um joelho, depois do outro. A teletela vociferou para ele ficar quieto. O tempo passava. Vinte minutos, uma hora — era difícil discernir. Mais uma vez ouviu-se o som de botas do lado de fora. As entranhas de Winston se contraíram. Em breve, muito em breve, talvez cinco minutos, talvez agora, as pisadas de botas significariam que sua hora havia chegado.

A porta se abriu. O jovem agente de rosto frio adentrou a cela. Com um movimento breve da mão ele apontou Ampleforth.

— Sala 101 — disse.

Desajeitado, Ampleforth marchou para fora passando entre os guardas, seu rosto vagamente perturbado, mas sem entender.

O tempo que passou pareceu longo. A dor que Winston sentia na barriga tinha voltado. Sua mente dava voltas e caía na mesma armadilha, como uma bola caindo repetidamente nos mesmos buracos. Ele tinha apenas seis pensamentos. A dor na barriga, um pedaço de pão, o sangue e o grito, O'Brien, Julia, a gilete. Teve novo espasmo nas estranhas com as botas pesadas se aproximando. Quando a porta se abriu, a lufada de ar que entrou trouxe um forte odor de suor frio.

Dessa vez, Winston ficou tão abismado que se esqueceu de sua própria situação.

— Você aqui! — ele disse.

Parsons olhou para Winston sem demonstrar interesse nem surpresa, mas apenas tristeza. Começou a andar desajeitadamente de lado para outro, claramente incapaz de ficar quieto. Cada vez que ele endireitava o joelho gorducho, dava para ver que estava tremendo. Os olhos arregalados e vidrados, como se ele não conseguisse evitar fitar algo à distância.

— Por que você está aqui? — questionou Winston.

— Crime de pensamento! — respondeu Parsons, quase se debulhando em lágrimas. O tom de sua voz entregava uma completa admissão de culpa e um tipo de horror incrédulo de que tal palavra pudesse se aplicar a ele. Parou em frente a Winston e começou a perguntar desesperadamente: — Você não acha que eles vão me matar, não é, meu velho? Eles não o matam se você de fato não fez nada, só pensamentos que você não pode evitar? Eu sei que eles fazem um julgamento justo. Ah, eu confio que sim! Eles vão ter minha ficha, não vão? Você sabe que tipo de cara eu fui. Não fui um sujeito mau. Não brilhante, claro, mas dedicado. Tentei dar o meu melhor para o Partido, não foi? Posso sair com cinco anos, você não acha? Ou mesmo dez? Um cara como eu poderia ser muito útil em um campo de trabalho. Eles não me matariam por sair da linha apenas uma vez, né?

— Você é culpado? — perguntou Winston.

— Claro que sou culpado! — gritou Parsons com um olhar servil para a teletela. — Você não acredita que o Partido prenderia um homem inocente, né? — Sua cara de sapo ficou mais calma, e até adquiriu uma leve expressão de virtude. — Crime de pensamento é uma coisa horrível, meu velho — ele sentenciou. — É traiçoeiro. Você pode cometer sem nem saber. Sabe como aconteceu comigo? No sonho! Sim, isso mesmo! Estava levando minha vida, só trabalhando, fazendo a minha parte. Nunca soube que eu tinha qualquer coisa má na minha cabeça. E foi então que comecei a falar durante o sono. Sabe o que me ouviram dizer?

Ele baixou a voz, como alguém que é obrigado por razões médicas a pronunciar uma obscenidade.

— "Abaixo o Grande Irmão!" Sim, eu disse isso. Repeti muitas vezes, pelo que parece. Cá entre nós, meu velho, estou feliz por ter sido pego antes que fosse mais longe. Sabe o que vou dizer a eles quando eu estiver diante do tribunal? "Obrigado." Vou dizer: "Obrigado por me salvar antes que fosse tarde demais".

— Quem denunciou você? — quis saber Winston.

— Foi minha filha mais nova — revelou Parsons com uma espécie de orgulho triste. — Ela ouviu pelo buraco da fechadura. Ouviu o que eu estava dizendo e bateu para as patrulhas no dia seguinte. Bem esperta para uma criança de 7 anos, hein? Eu não guardo nenhum rancor por isso. Na verdade, estou orgulhoso dela. Mostra que a criei do jeito certo, de qualquer forma.

Ele fez mais alguns movimentos desajeitados para lá e para cá, algumas vezes, dando uma longa olhada para a privada. De repente, tirou os shorts.

— Desculpe, meu velho — ele disse. — Não posso adiar. Foi a espera.

Ele afundou seu traseiro grande na privada. Winston cobriu o rosto com as mãos.

— Smith — gritou a voz da teletela. — 6079 Smith W.! Descubra o rosto. Não se pode esconder o rosto nas celas.

Winston descobriu o rosto. Parsons usou a privada, alto e em abundância. Então acabou que a descarga estava quebrada e um fedor abominável dominou a cela por horas.

Parsons foi removido. Mais prisioneiros entraram e saíram misteriosamente.

George Orwell

Uma mulher foi designada à Sala 101 e, Winston notou, pareceu murchar e mudar de cor quando ouviu o pronunciamento. Chegou uma hora que ele não sabia se era à tarde ou meia-noite, dependeria da hora em que tinha sido trazido para aquela cela. Havia seis prisioneiros na cela, homens e mulheres. Todos sentados muito quietos. À frente de Winston estava um homem com um rosto meio sem queixo, dentuço, igual a um roedor inofensivo. Suas bochechas gordas e manchadas tinham bolsas tão grandes que era difícil acreditar que ele não tinha um pouco de comida armazenada ali. Seus olhos cinza-pálido fitavam timidamente de rosto em rosto e se viravam rapidamente de novo quando pegavam alguém olhando para ele.

A porta se abriu e outro prisioneiro foi trazido. Ao vê-lo Winston sentiu um arrepio momentâneo. Era um homem de aparência comum, cara de mau, que deve ter sido um engenheiro ou técnico de algum tipo. Mas o que impressionava era a magreza de seu rosto. Lembrava uma caveira. Por causa dessa emaciação, a boca e os olhos ficavam desproporcionalmente grandes, e os olhos aparentavam carregar um ódio insaciável e assassino de alguém ou algo.

O homem sentou-se no banco a pouca distância de Winston. Winston não olhou para ele novamente, mas o rosto atormentado e cadavérico estava tão vívido na sua mente como se estivesse bem na sua frente. De repente, ele percebeu o que estava acontecendo. O homem estava morrendo de fome. O mesmo pensamento deve ter ocorrido simultaneamente a todos na cela. Houve uma leve comoção por toda a extensão do banco. O homem sem queixo continuava encarando o que tinha a cara de caveira, depois desviava o olhar com culpa, na sequência voltava a olhar como se sofresse uma atração irresistível. Então, ele começou a ficar inquieto no seu lugar. Por fim, levantou-se e deslocou-se desajeitadamente pela cela, enfiou a mão no bolso de seu macacão e, com ar envergonhado, entregou um pedaço de pão sujo para o homem com cara de caveira.

Um urro furioso e ensurdecedor saiu da teletela. O homem sem queixo deu um pulo. O homem com cara de caveira rapidamente colocou as mãos para trás para demonstrar ao mundo todo que havia recusado o presente.

— Bumstead! — rugiu a voz. — 2713 Bumstead J.! Solte o pedaço de pão!

O homem sem queixo deixou o pedaço de pão cair no chão.

— Fique onde está — disse a voz. — Olhe para a porta. Não se mexa.

O homem sem queixo obedeceu. Suas bochechas inchadas tremiam fora de controle. A porta se abriu com um tinido. Assim que o jovem agente entrou e deu um passo ao lado, de trás dele saiu um guarda baixo e troncudo com braços e ombros enormes. Ele se posicionou em frente ao homem sem queixo e depois, a um sinal do agente, aplicou um golpe terrível, com todo o peso do seu corpo por trás, bem na boca do homem sem queixo. A força do ataque quase o arrancou do chão. Seu corpo foi arrastado pela cela e levado até a base do assento da privada. Por um momento ele parecia atordoado, com sangue preto saindo da boca e do nariz. Um rangido lamuriante, meio inconsciente, vinha dele. Então, ele virou-se e apoiou-se tropegamente sobre as mãos e os joelhos. Em meio a sangue e saliva, as duas metades de uma placa dentária caíram de sua boca.

Os prisioneiros todos estavam sentados quietos, suas mãos cruzadas sobre os joelhos. O homem sem queixo se arrastou de volta para seu lugar. Um lado do seu rosto estava escurecendo. Sua boca tinha inchado e virado uma massa disforme da cor de cereja com um buraco preto no meio.

De tempos em tempos um pouco de sangue escorria sobre a parte de cima do macacão. Seus olhos cinza ainda observavam rosto a rosto, mais culpado do que nunca, como se tentasse descobrir quanto os outros o desprezavam pela humilhação que passou.

A porta se abriu. Com um pequeno gesto o agente apontou o homem com cara de caveira.

— Sala 101 — disse.

Houve um suspiro e uma comoção ao lado de Winston. O homem tinha de fato se posto de joelhos no chão com as mãos unidas.

— Camarada! Agente! — ele gritava. — Você não precisa me levar para aquele lugar! Eu já não contei tudo? O que mais vocês querem saber? Não tem nada que eu não confessaria, nada! Só me fale o que é e eu confesso na hora. Escreva e eu assino embaixo. Qualquer coisa! Mas não a sala 101!

— Sala 101 — ordenou o agente.

O rosto do homem, já muito pálido, ficou de uma cor que Winston achava impossível ficar. Era, sem sombra de dúvida, um tom de verde.

— Faça qualquer coisa comigo! — berrou. — Eu estou passando fome há semanas. Vá em frente, me deixe morrer. Atire emmim, me enforque, me condene a vinte e cinco anos. Tem alguém mais que vocês queiram que eu entregue? É só me dizer quem é e eu direi o que quiserem. Não me importa quem seja ou o que vocês farão com ele. Tenho esposa e três filhos. O mais velho não tem nem 6. Vocês podem pegar todos, cortar suas gargantas na minha frente e eu ficarei firme observando. Mas a sala 101 não!

— Sala 101 — repetiu o agente.

O homem olhou desesperadamente para os outros prisioneiros como que para ter alguma ideia de quem poderia ir em seu lugar. Seu olhar recaiu sobre a cara amassada do homem sem queixo. Ele esticou um braço magro.

— Aquele ali que vocês deviam levar, não eu! — gritou. — Vocês não ouviram o que ele estava dizendo depois que teve o rosto esmagado. Só me deem uma chance e eu contarei tudo. Ele é contra o Partido, não eu. — Os guardas deram um passo à frente. A voz do homem virou um grito. — Vocês não ouviram! — repetiu. — Teve um problema na teletela. É ele quem vocês estão procurando. Levem ele, não eu!

Os dois homens corpulentos tinham se inclinado para pegá-lo pelos braços. Mas nessa hora ele se atirou no chão da cela e agarrou uma das pernas de ferro que sustentavam o banco. Começou a emitir um uivo sem palavras, como um animal. Os guardas o pegaram de forma a fazê-lo se soltar, mas ele se segurava com força impressionante. Por cerca de vinte segundos eles o puxaram. Os prisioneiros continuavam sentados e quietos, as mãos cruzadas sobre os joelhos, olhando para a frente. O uivo parou; o homem não tinha mais fôlego para nada a não ser se segurar. Então, houve um tipo diferente de grito. Um chute que um dos guardas deu nele com a bota quebrou os dedos de uma das mãos. Eles o colocaram de pé.

— Sala 101 — disse o agente.

O homem foi conduzido para fora, cambaleando, com a cabeça afundada, amparando sua mão amassada, e toda a luta se fora.

Passou-se um longo tempo. Se tinha sido meia-noite quando levaram o homem com cara de caveira, então devia ser de manhã naquele momento; se tinha sido de manhã, então já era final de tarde. Winston estava sozinho e estivera sozinho por horas. A dor de ficar sentado no banco estreito era tanta que com frequência ele se levantava e andava, sem repressão da teletela. O pedaço de pão ainda estava no lugar onde o homem sem queixo o havia deixado cair. No começo ele precisava de grande esforço para não olhar para ele, mas agora a fome deu lugar à sede. Sua boca estava grudenta e tinha um gosto horrível. O zumbido e a luz branca constante lhe causavam um certo torpor, uma sensação de vazio na cabeça. Ele se levantava porque a dor nos ossos era insuportável e voltava a se sentar quase em seguida porque estava muito tonto para se manter em pé. Quando suas sensações físicas ficavam um pouco sob controle, o terror voltava. Às vezes, com uma esperança já dissipada, ele pensava em O'Brien e na gilete. Era considerável que a gilete chegasse escondida na comida, se é que seria alimentado. Mais raramente ele pensava em Julia. Em algum lugar ela poderia estar sofrendo bem mais que ele. Poderia estar gritando de dor nesse momento. Ele pensou: "Se eu pudesse salvar Julia dobrando minha própria dor, eu faria isso? Sim, faria". Mas essa foi somente uma decisão mental, tomada porque ele sabia que tinha de ser assim. Ele não a sentia. Nesse lugar, você poderia não sentir nada, exceto dor e consciência da dor. Além disso, seria possível, quando você estivesse de fato sofrendo, desejar por alguma razão que sua dor aumentasse? Mas essa pergunta ainda não podia ser respondida.

As botas se aproximavam novamente. A porta se abriu. O'Brien entrou.

Winston se pôs de pé. O choque dessa visão tirou dele qualquer noção de precaução. Pela primeira vez em muitos anos ele se esqueceu da presença da teletela.

— Pegaram você também! — ele gritou.

— Eles me pegaram há muito tempo — disse O'Brien com uma ironia suave quase arrependida. Ele deu um passo ao lado. De trás dele saiu um guarda de peito largo com um cassetete longo e preto na mão.

— Você sabia disso, Winston — disse O'Brien. — Não se engane. Você sabia disso, sempre soube disso.

Sim, agora ele percebia, ele sempre soubera disso. Mas não havia tempo para pensar nisso agora. Ele só tinha olhos para o cassetete nas mãos do guarda. Podia pegar em qualquer lugar, no topo da cabeça, na orelha, no braço, no cotovelo...

O cotovelo! Ele caiu de joelhos, quase paralisado, segurando o cotovelo golpeado com a outra mão. Tudo explodiu em uma luz amarela. Inconcebível, inconcebível que um só golpe pudesse causar tanta dor! A luz clareou e ele pode ver os outros dois olhando para ele. O guarda ria das suas contorções. Uma pergunta, de qualquer forma, foi respondida. Nunca, por qualquer motivo na face da Terra, deseje um aumento da dor. Com relação à dor, você só pode desejar uma coisa: que ela pare. Nada no mundo era tão ruim quanto a dor física. Diante da dor não há heróis, era no que ele pensava repetidamente enquanto se contorcia no chão, segurando inutilmente seu braço esquerdo incapacitado.

Capítulo 2

Ele estava deitado sobre algo que sentia ser uma cama de campanha, mas essa era bem mais acima do chão e ele estava preso de tal maneira que não conseguia se mexer. Sobre seu rosto incidia uma luz mais forte que o usual. O'Brien estava em pé do seu lado, olhando para ele atentamente. Do outro lado havia um homem com um jaleco branco segurando uma seringa hipodérmica.

Mesmo depois de estar com olhos abertos ele foi apenas gradualmente se dando conta do seu redor. Ele teve a impressão de chegar até esse quarto nadando, vindo de um mundo bem diferente, um tipo de mundo aquático subterrâneo bem abaixo dele. Há quanto tempo ele estivera lá, não sabia. Desde o momento que o prenderam não tinha visto escuridão ou luz do dia. Além disso, suas lembranças não eram contínuas. Houvera momentos quando a consciência, um tipo de consciência que se tem no sono, tinha cessado por completo e voltado depois de um intervalo vazio.

Com aquele primeiro golpe no cotovelo, o pesadelo havia começado. Mais tarde ele acabou percebendo que tudo aquilo que tinha acontecido era somente uma preliminar, um interrogatório de rotina ao qual quase todos os prisioneiros são submetidos. Havia uma gama grande de crimes — espionagem, sabotagem e coisas do tipo — que todos tinham que confessar por via de regra. A confissão era uma formalidade, embora a tortura fosse real. Quantas vezes ele fora espancado, quanto tempo o espancamento durara, ele não conseguia se lembrar. Havia sempre cinco ou seis homens em uniformes pretos atacando-o simultaneamente. Às vezes eram punhos, às vezes eram cassetetes, às vezes eram barras de ferro, às vezes eram botas. Houve vezes em que ele rolou pelo chão, tão desesperado quanto um animal, contorcendo-se de um lado para o outro em um esforço infinito e inútil para escapar dos chutes, o que simplesmente instigava-os a chutar mais e mais, nas costelas, na barriga, nos cotovelos, nas canelas, na virilha, nos testículos, no osso da base da coluna. Havia momentos em que o espancamento seguiu por tanto tempo que o que lhe parecia cruel, perverso e imperdoável não era que os guardas continuavam batendo, mas o fato de que ele não conseguia se obrigar a perder a consciência. Havia momentos em que a coragem o abandonava de tal forma que ele começava a gritar pedindo misericórdia mesmo antes de começarem a bater nele, quando a simples visão de um punho se fechando para golpeá-lo fosse o suficiente para fazê-lo vomitar uma confissão de crimes reais e imaginários. Havia outros momentos em que ele começava achando que não iria confessar nada, quando cada palavra tinha de ser arrancada dele entre suspiros de dor, e havia horas em que ele mal tentava se comprometer, quando dizia para si mesmo: "Vou confessar, mas não agora. Tenho de segurar até a dor se tornar insuportável. Mais três chutes, mais dois chutes, e então vou dizer o que eles querem". Às vezes ele era espancado até não suportar mais, então era jogado sobre o chão de pedra de uma cela como um saco de batatas, para se recuperar por algumas horas, depois era levado para ser espancado novamente. Também havia períodos de recuperação mais longos. Ele se lembrava vagamente, porque quase sempre estava dormindo ou em estado de estupor. Lembrava-se de uma cela com uma cama de tábua, uma espécie de prateleira grudada na parede e uma pia de alumínio e refeições como sopa quente e pão e às vezes café. Lembrava-se de um barbeiro rude, vindo fazer sua barba e aparar seu cabelo, e de homens sérios e antipáticos em jalecos brancos sentindo seu pulso, seus reflexos, virando suas pálpebras, passando dedos ásperos pelo seu corpo à procura de ossos quebrados e enfiando agulhas no seu braço para fazê-lo dormir.

Os espancamentos ficaram menos frequentes, tornaram-se basicamente uma ameaça, um horror ao qual Winston poderia ser devolvido a qualquer momento que suas respostas fossem insatisfatórias. Seus interrogadores agora não eram mais rufiões em uniformes pretos, mas intelectuais do Partido, homenzinhos rotundos com movimentos rápidos e óculos brilhantes, que trabalhavam em turnos de — ele supunha, não podia ter certeza — dez ou doze horas seguidas. Esses outros interrogadores se encarregavam de fazer com que ele sempre estivesse sob uma dor leve porém constante, mas não era essencialmente à dor que eles recorriam. Eles davam tapas na sua cara, torciam suas orelhas, puxavam seu cabelo, faziam-no ficar em uma perna só, não davam permissão para urinar, jogavam luz ofuscante no seu rosto até seus olhos ficarem secos, mas o objetivo disso tudo era simplesmente humilhá-lo e destruir seu poder de argumentação e de raciocínio. A real arma deles era um interrogatório impiedoso que durava infinitamente, hora após hora, enganando-o, preparando armadilhas para ele, distorcendo tudo que ele dizia, condenando-o a cada etapa por mentiras e contradições até que ele começasse a chorar de vergonha e de fadiga nervosa. Em algumas ocasiões, Winston caía em prantos meia dúzia de vezes em uma única sessão. Na maior parte do tempo eles gritavam insultos para ele e a cada hesitação ameaçavam o entregar aos guardas novamente; mas às vezes simplesmente mudavam o tom, chamavam-no de camarada, faziam apelos em nome do Socing e do Grande Irmão e lhe perguntavam com tristeza se mesmo agora não lhe restava lealdade suficiente ao Partido para que ele desejasse desfazer o mal que causara. Quando seus nervos já estavam em frangalhos após horas de interrogatório, até esse apelo poderia levá-lo a um choro piegas. No final, essas vozes insistentes o aniquilavam mais completamente do que as botas e os punhos dos guardas. Ele se tornava apenas uma boca que falava, uma mão que assinava, o que quer que demandassem dele. Seu único consolo era descobrir o que é que eles queriam que ele confessasse e então confessar isso rapidamente antes que as ameaças recomeçassem. Confessou o assassinato de membros eminentes do Partido, a distribuição de panfletos sediciosos, desvio de dinheiro público, venda de segredos militares, sabotagens de todos os tipos. Confessou que tinha visto um espião a serviço do governo da Lestásia em 1968. Confessou ser crente, admirador do capitalismo e pervertido sexual. Confessou ter assassinado a esposa, embora ele soubesse, e seus inquisidores também deveriam saber, que ela estava viva. Confessou ter tido contato pessoal com Goldstein por anos e ter sido membro de uma organização clandestina que tinha incluído quase todo ser humano que ele tinha conhecido. Era mais fácil confessar tudo e implicar todo mundo. Além disso, em certo sentido era tudo verdade. Era verdade que ele tinha sido inimigo do Partido, e aos olhos do Partido não havia distinção entre o pensamento e a ação.

Havia também lembranças de outro tipo. Elas se destacavam em sua memória de forma desconexa, como quadros com manchas negras em todo o contorno.

Estava em uma cela que devia ter estado ou na escuridão ou na claridade, porque ele não conseguia ver nada a não ser um par de olhos. Próximo à mão havia um instrumento ticando lenta e regularmente. Os olhos ficaram maiores e mais luminosos. De repente ele flutuava de seu banco, mergulhava nos olhos e era engolido.

Estava amarrado em uma cadeira cercada por mostradores, sob ofuscantes luzes. Um homem em um jaleco branco lia os mostradores. Ouviram-se pisadas fortes de botas do lado de fora. A porta se abriu com um tinido. O homem de cara de cera entrou marchando, seguido de dois guardas.

— Sala 101 — disse o agente.

O homem no jaleco branco nem se virou. Também não olhou para Winston; só olhava para os mostradores.

Ele estava descendo um longo corredor, um quilômetro de largura, inundado de uma luz dourada e gloriosa, com risadas que rugiam e gritavam confissões no mais alto volume. Ele estava confessando tudo, até as coisas que tinha conseguido segurar sob tortura. Estava relatando toda a história de sua vida para um público que já a conhecia. Com ele estavam os guardas, os outros interrogadores, os homens em jalecos brancos, O'Brien, Julia, o sr. Charrington, todos descendo pelo corredor juntos, gritando e rindo. Uma coisa horrível que tinha ficado enraizada no futuro tinha de alguma forma sido pulada e não acontecido. Tudo estava bem, não havia mais dor, o último detalhe de sua vida havia sido revelado, entendido, perdoado.

Ele estava se levantando da cama de tábua quase certo de que tinha ouvido a voz de O'Brien. Durante todo seu interrogatório, embora nunca tivesse visto ele, ele tinha sentido que O'Brien estivera logo atrás, fora do campo de visão. Era O'Brien que comandava tudo. Foi O'Brien que mandou os guardas atrás dele e os impediu de matá-lo. Era ele que decidia quando Winston deveria gritar de dor, quando deveria ter uma trégua, quanto tinha de ser alimentado, quando deveria dormir, quando deveriam injetar drogas em suas veias. Era ele que fazia as perguntas e sugeria as respostas. Ele era o algoz, ele era o protetor, ele era o inquisidor, ele era o amigo. E uma vez — Winston não sabia dizer se era no sono induzido pelas drogas ou no sono normal, ou mesmo em um momento de vigília — uma voz murmurou em seu ouvido: "Não se preocupe, Winston, você está sob minha guarda. Por sete anos eu observei você. Agora chegou a hora da virada. É meu dever salvar você. É meu dever tornar você perfeito". Ele não tinha certeza se era a voz de O'Brien, mas era a mesma voz que disse a ele: "Devemos nos encontrar no lugar onde não há escuridão", naquele outro sonho, sete anos atrás.

Ele não se lembra do final do seu interrogatório. Teve um período de escuridão e depois a cela, ou sala, na qual ele estava naquele momento tinha gradualmente se materializado em torno dele. Estava deitado de costas e sem poder se mexer. Seu corpo estava preso por todos os pontos essenciais. Mesmo as costas das mãos estavam seguras de alguma forma. O'Brien estava olhando para ele sério, meio triste. Seu rosto, visto de baixo, parecia bruto e cansado, com bolsas sob os olhos e linhas de cansaço do nariz até o queixo. Ele era mais velho do que Winston tinha pensado. Talvez tivesse 48 ou 50. Sob sua mão havia um mostrador com uma alavanca em cima e números.

— Eu lhe disse — começou O'Brien — que, se nos encontrássemos de novo, seria aqui.

— Sim — disse Winston.

Sem nenhum aviso exceto um leve movimento da mão de O'Brien, uma onda de dor inundou seu corpo. Era uma dor assustadora, porque ele não podia ver o que estava acontecendo, mas tinha a sensação de que um dano estava lhe sendo infligido. Não sabia se estava mesmo acontecendo, ou se o efeito era produzido eletricamente, mas seu corpo estava sendo deslocado de seu formato, com as juntas lentamente se separando. Embora a dor o tivesse feito suar na testa, o pior de tudo era o medo que ele teve de que sua coluna fosse se quebrar. Travou os dentes e respirou fundo pelo nariz, tentando ficar o máximo possível em silêncio.

— Você tem medo — disse O'Brien, observando seu rosto — que em outro momento algo vá quebrar. Seu medo em especial é de que seja sua coluna.

Você tem uma vívida imagem mental das vértebras se quebrando e o liquor escorrendo. Isso é o que você está pensando, não é, Winston?

Winston não respondeu. O'Brien puxou a alavanca do mostrador de volta. A onda de dor retrocedeu quase tão rápido quanto veio.

— Dessa vez foi quarenta — disse O'Brien. — Dá para ver que os números nesse mostrador vão até cem. Você vai lembrar, durante a nossa conversa, que eu tenho isso em meu poder para lhe infligir dor em qualquer momento e na intensidade que eu escolher? Se me disser mentira, tentar corromper alguma informação ou mesmo recorrer a um nível de inteligência inferior ao que você normalmente mostra, você gritará de dor instantaneamente. Está claro?

— Sim — disse Winston.

Os modos de O'Brien ficaram menos severos. Pensativo, ajeitou os óculos e deu alguns passos de um lado para o outro. Quando falou sua voz era gentil e paciente. Tinha o jeito de um médico, um professor, até mesmo um padre, ansioso para explicar e convencer mais do que punir.

— Estou tendo trabalho com você, Winston — ele disse —, porque vale a pena. Você sabe muito bem qual é o problema com você. Você sabe há anos, embora tenha lutado com esse conhecimento. Você é mentalmente desequilibrado. Você tem problema de memória. É incapaz de se lembrar de acontecimentos reais e se convence de que recorda outros que nunca aconteceram. Felizmente, há cura. Você nunca havia se curado, porque não tinha escolhido se curar. Você não estava preparado para a força de vontade que isso exigia. Mesmo agora, tenho ciência de que você está apegado ao seu desejo com a impressão de que é uma virtude. Tomemos um exemplo. No momento, a Oceânia está em guerra contra qual potência?

— Quando fui preso, a Oceânia estava em guerra com a Lestásia.

— Com a Lestásia. Bom. E a Oceânia sempre esteve em guerra com a Lestásia, não esteve?

Winston inspirou. Ele abriu a boca para falar e então não falou. Ele não conseguia tirar os olhos do mostrador.

— A verdade, por favor, Winston. A sua verdade. Diga-me o que acha que se lembra?

— Eu me lembro que até uma semana antes de eu ser preso, não estávamos em guerra com a Lestásia. Eles eram nossos aliados. A guerra era com a Eurásia. Isso tinha durado quatro anos. Antes disso...

O'Brien o parou com um movimento da mão.

— Outro exemplo — ele disse. — Alguns anos atrás você teve na verdade um grande delírio. Você acreditou que três homens, três ex-membros do Partido que se chamavam Jones, Aaronson e Rutherford, homens que foram executados por traição e sabotagem depois de uma confissão completa, não eram culpados dos crimes dos quais foram acusados. Você achou que tivesse visto prova documental irrefutável de que suas confissões haviam sido falsas. Você teve uma alucinação sobre uma certa fotografia. Você acreditou tê-la segurado em suas mãos. Era uma fotografia como essa.

Um pedaço retangular de jornal havia surgido entre os dedos de O'Brien. Talvez por cinco segundos ficou dentro do campo de visão de Winston. Era uma fotografia e não havia dúvida sobre sua identificação. Era "a" fotografia. Era outra cópia da fotografia de Jones, Aaronson e Rutherford no evento do Partido em Nova York, que ele teve em suas mãos por acaso onze anos atrás e prontamente destruiu. Por apenas um instante ela estava diante de seus olhos, depois sumiu novamente. Mas ele tinha visto, sem sombra de dúvida, ele tinha visto! Ele fez um esforço desesperado e agonizante para libertar parte de seu corpo. Era impossível se mover mais que um centímetro em qualquer direção. Nesse momento, ele tinha até esquecido o mostrador. Tudo que queria era ter a foto em suas mãos novamente, ou pelo menos vê-la.

— Ela existe! — gritou.

— Não — disse O'Brien.

Ele atravessou a sala. Havia um buraco da memória na parede oposta. O'Brien levantou a grade. Sem que ninguém visse, o frágil pedaço de papel foi rodopiando pela corrente de ar quente; desapareceu em labaredas. O'Brien se virou para Winston de novo.

— Cinzas — ele disse. — Cinzas que nem podem ser identificadas. Pó. Não existe. Nunca existiu.

— Mas ela existiu, sim! Ela existe! Existe na memória. Eu me lembro. Você se lembra.

— Eu não me lembro dela — negou O'Brien.

O coração de Winston afundou. Isso era duplopensar. Teve uma sensação de mortal impotência. Se ele pudesse ter tido certeza de que O'Brien estava mentindo, não teria tido importância. Mas era perfeitamente possível que O'Brien tivesse realmente esquecido sobre a fotografia. E se foi assim, então ele já teria esquecido negar ter se lembrado dela, e esquecido o ato de esquecer. Como ter certeza de que não passava de simples truque? Talvez aquele deslocamento lunático da mente pudesse mesmo acontecer: esse foi o pensamento que o derrotou.

O'Brien o observava com um ar investigativo. Mais do que nunca ele tinha os ares de um professor se dedicando a um aluno turrão, mas promissor.

— Tem um slogan do Partido que fala do controle do passado — ele disse. — Repita, por favor.

— Quem controla o passado controla o futuro; quem controla o presente controla o passado — repetiu Winston obedientemente.

— Quem controla o presente controla o passado — disse O'Brien, acenando com a cabeça em lenta aprovação. — É essa sua opinião, Winston, que o passado existe realmente?

Novamente o sentimento de impotência tomou conta dele. Seus olhos correram para o mostrador. Ele não só não sabia se era "sim" ou "não" a resposta que o livraria da dor, como não sabia qual resposta ele acreditava ser a verdadeira.

O'Brien deu um leve sorriso.

— Você não é nenhum metafísico, Winston — ele disse. — Até esse momento você nunca tinha pensado o que significava a existência. Vou ser mais claro. O passado existe de forma concreta, no espaço? Há algum outro lugar, um mundo material, onde o passado ainda esteja acontecendo?

— Não.

— Então onde o passado existe, se é que existe?

— Em documentos. Está registrado.

— Em documentos. E...?

— Na mente. Nas lembranças humanas.

— Na memória. Muito bem, então. Nós, o Partido, controlamos todos os registros, controlamos todas as lembranças. Então, controlamos o passado, não?

— Mas como podem impedir as pessoas de lembrar as coisas? — gritou Winston de novo momentaneamente esquecendo o mostrador. — É involuntário. Foge ao controle da pessoa. Como podem controlar a memória? Vocês não controlaram a minha!

Os modos de O'Brien ficaram austeros novamente. Ele pousou a mão sobre o mostrador.

— Pelo contrário — ele disse. — Você é que não a controlou. Isso é o que trouxe você aqui. Você está aqui porque falhou em humildade, em autodisciplina. Você não teria a atitude de submissão que é o preço da sanidade. Você preferiu ser um lunático, uma minoria de um. Apenas uma mente disciplinada consegue ver a realidade, Winston. Você acredita que a realidade é algo objetivo, externo, existente por si só. Também acredita que a natureza da realidade é óbvia. Quando você se ilude achando que vê alguma coisa, você supõe que todo mundo vê a mesma coisa que você. Mas eu lhe digo, Winston, que a realidade não é externa. A realidade existe na mente humana e em nenhum outro lugar. Não na mente individual, que pode cometer erros, e que em todo caso logo sucumbe, mas apenas na mente do Partido, que é coletivo e imortal. O que quer o Partido sustente que é verdade, é verdade. É impossível ver a realidade a não ser olhando pelos olhos do Partido. Isso é o que você tem de reaprender, Winston. Requer um ato de autodestruição, força de vontade. Você deve se tornar humilde antes de são.

Ele parou por alguns momentos, como para dar tempo de absorção para que o que acabara de dizer.

— Você se lembra — continuou — de ter escrito no seu diário "Liberdade é a liberdade de dizer que dois mais dois são quatro"?

— Sim — disse Winston.

O'Brien ergueu sua mão esquerda, com as costas dela virada para Winston, com o dedão escondido e quatro dedos estendidos.

— Quantos dedos estou mostrando, Winston?

— Quatro.

— E se o Partido disser que não são quatro, mas cinco, seriam quantos?

— Quatro.

A palavra terminou em um suspiro de dor. O ponteiro do mostrador chegou a cinquenta e cinco. Suor pingava de todo o corpo de Winston. O ar rasgou seus pulmões e saiu de novo em gemidos profundos que, mesmo travando os dentes, ele não conseguiu conter. O'Brien o observava. Os quatro dedos ainda estendidos. Ele puxou a alavanca para trás. Dessa vez a dor foi apenas levemente aliviada.

— Quantos dedos, Winston?

— Quatro.

— O ponteiro subiu para sessenta.

— Quantos dedos, Winston?

— Quatro! Quatro! O que mais posso dizer? Quatro!

O ponteiro deve ter subido de novo, mas ele não olhou. O rosto pesado e austero e os quatro dedos preenchiam sua visão. Os dedos se punham diante de seus olhos como pilares, enormes, borrados e parecendo vibrar, mas incontestavelmente quatro.

— Quantos dedos, Winston?

— Quatro! Pare! Pare! Como consegue continuar? Quatro! Quatro!

— Quantos dedos, Winston?

— Cinco! Cinco! Cinco!

— Não, Winston, assim não serve. Você está mentindo. Você ainda acha que são quatro. — Quantos dedos, por favor?

— Quatro! Cinco! Quatro! O que você preferir. Só pare com isso, pare com a dor!

De uma hora para a outra ele estava sentado com os braços de O'Brien em seus ombros. Deve ter ficado inconsciente por alguns segundos. As faixas que prendiam seu corpo deitado estavam soltas. Sentia muito frio, tremia incontrolavelmente, seus dentes batiam, as lágrimas rolavam pela sua face. Por um momento se agarrou a O'Brien como um bebê, curiosamente tranquilizado pelo braço pesado em seus ombros. Sentia que O'Brien era seu protetor, que a dor era algo que vinha de fora, de outra fonte, e que era O'Brien que o salvaria dela.

— Você aprende devagar, Winston — disse O'Brien gentilmente.

— Como eu posso evitar? — disse aos prantos. — Como eu posso evitar o que está em frente aos meus olhos? Dois mais dois são quatro.

— Às vezes, Winston. Às vezes, são cinco. Às vezes são três. Às vezes são todos ao mesmo tempo. Você deve se esforçar mais. Não é fácil adquirir alguma sanidade.

Ele deitou Winston na cama. As amarras nos membros foram ajustadas de novo, mas a dor tinha diminuído e a tremedeira havia passado, deixando-o fraco e com frio apenas. O'Brien sinalizou para o homem de jaleco branco, que ficava em pé imóvel durante os procedimentos. O homem no jaleco branco se inclinou e verificou os olhos de Winston com bastante atenção, mediu seu pulso, auscultou seu peito, deu uma batidinha aqui e ali, então assentiu para O'Brien.

— De novo — disse O'Brien.

A dor invadiu o corpo de Winston. O ponteiro devia estar em setenta, setenta e cinco. Ele tinha fechado os olhos nessa hora. Sabia que os dedos ainda estavam lá, e ainda eram quatro. Só o que importava era permanecer vivo até o espasmo terminar. Não notava mais se estava gritando ou não. A dor diminuiu de novo. Ele abriu os olhos. O'Brien tinha revertido a alavanca.

— Quantos dedos, Winston?

— Quatro. Suponho que sejam quatro. Se eu pudesse, eu veria cinco. Estou tentando ver cinco.

— O que você deseja: me convencer de que você vê cinco ou realmente ver cinco?

— Realmente ver cinco.

— De novo — disse O'Brien.

Talvez o ponteiro estivesse em oitenta, noventa. Winston não conseguia lembrar por que estava sentindo dor. Por baixo de suas pálpebras danificadas uma floresta de dedos parecia se mover em um tipo de dança, se entrelaçando, desaparecendo atrás uns dos outros e reaparecendo de novo. Ele tentava contá-los, mas não conseguia lembrar por quê. Só sabia que era impossível contá-los e que isso de alguma forma acontecia devido à identidade misteriosa entre cinco e quatro. A dor havia diminuído de novo. Quando ele abriu os olhos, foi para descobrir que ainda estava vendo a mesma coisa. Incontáveis dedos, como galhos de árvores balançando, ainda se moviam em todas as direções, cruzando uns com os outros. Ele fechou os olhos de novo.

— Quantos dedos estou mostrando, Winston?

— Eu não sei. Eu não sei. Você vai me matar se fizer aquilo de novo. Quatro, cinco, seis. Com toda a honestidade, eu não sei.

— Melhor — disse O'Brien.

Uma agulha deslizou para dentro do braço de Winston. Quase simultaneamente um calor agradável e reparador se espalhou por todo seu corpo. A dor já tinha sido esquecida. Abriu os olhos e olhou para O'Brien com gratidão. Diante da visão do rosto pesado e enrugado, tão feio e tão inteligente, seu coração pareceu se virar. Se ele pudesse se mexer, teria esticado uma mão e a pousado sobre o braço de O'Brien. Ele nunca o havia amado tão profundamente quanto nesse momento, não somente porque ele tinha feito a dor parar. Aquele sentimento antigo, de que no fundo não importava se O'Brien era amigo ou inimigo, tinha voltado. O'Brien era uma pessoa com quem se podia conversar. Talvez o que mais se queria era ser entendido e não amado. O'Brien o havia torturado até a beira da insanidade e, muito em breve, certamente, o levaria à morte. Não fazia diferença. De algum modo aquilo era mais profundo que amizade, eles eram íntimos. Em algum lugar, embora as palavras reais nunca devessem ser pronunciadas, haveria um lugar onde eles poderiam se encontrar e conversar. O'Brien olhava para ele com uma expressão que sugeria que ele tivera o mesmo pensamento. Quando falou, foi em um tom tranquilo de conversa.

— Você sabe onde está, Winston?

— Não sei. Imagino que no Ministério do Amor.

— Sabe há quanto tempo está aqui?

— Não sei. Dias, semanas, meses. Acho que faz meses.

— E por que você imagina que trazemos pessoas a esse lugar?

— Para fazê-los confessar.

— Não, esse não é o motivo. Tente de novo.

— Para puni-las.

— Não! — exclamou O'Brien. Sua voz havia mudado extraordinariamente, e seu rosto de repente havia se tornado ao mesmo tempo austero e entusiasmado. — Não! Não simplesmente para extrair sua confissão, nem para puni-lo. Posso lhe contar por que trouxemos você até aqui? Para curar você! Para lhe oferecer sanidade! Dá para entender, Winston, que ninguém sai de nossas mãos sem ser curado? Não estamos interessados naqueles crimes idiotas que você cometeu. O Partido não está interessado no ato explícito: o pensamento é tudo que nos interessa. Nós não simplesmente destruímos nossos inimigos, nós os modificamos. Entende o que quero dizer?

Ele estava inclinado sobre Winston. Seu rosto parecia enorme por causa da proximidade e terrivelmente feio porque era visto de baixo. Além disso, estava coberto por uma certa exaltação, uma intensidade excêntrica. De novo o coração de Winston encolheu. Se tivesse sido possível, ele teria se escondido debaixo da cama. Teve certeza de que O'Brien estava prestes a girar a alavanca por pura arbitrariedade. Nesse momento, no entanto, O'Brien se virou. Deu alguns passos pelo recinto. Depois continuou com menos veemência:

— A primeira coisa que você tem de entender é que nesse lugar não há martirização. Você leu sobre as perseguições religiosas do passado. Na Idade Média havia a Inquisição. Foi um fracasso. Ela foi estabelecida para erradicar a heresia e acabou a perpetuando. Para cada herético que foi queimado na estaca, milhares de outros surgiram. Por que isso? Porque a Inquisição matou seus inimigos ao ar livre e quando eles ainda não tinham se arrependido. Na verdade, matou-os porque eles não tinham se arrependido. Os homens morriam porque não abandonavam suas verdadeiras crenças. Naturalmente, toda a glória ficava com a vítima e toda a vergonha, com o inquisidor que a queimou. Mais tarde, no século XX, houve os totalitários, como eram chamados. Havia os nazistas alemães e os comunistas russos. Os russos perseguiram os hereges com mais crueldade que a Inquisição havia feito. E eles pensavam que tinham aprendido com os erros do passado. Ao menos sabiam, de alguma forma, que não se deve criar mártires. Antes de exporem suas vítimas a julgamentos públicos, eles se dedicavam deliberadamente a destruir sua dignidade. Eles as esgotavam por meio da tortura e da solidão até que se tornassem ruínas execráveis e servis, que confessavam o que quer que fosse colocado em suas bocas, cobrindo-se em afrontas, acusando e encobrindo uns aos outros, clamando por misericórdia. E ainda assim, após alguns anos, a mesma coisa havia acontecido de novo. Os mortos se tornaram mártires e sua degradação foi esquecida. De novo, por que isso? Em primeiro lugar, porque as confissões que eles tinham feito foram obviamente extorquidas e mentirosas. Não cometemos erros desse tipo. Todas as confissões que são feitas aqui são verdadeiras. Nós as tornamos verdadeiras. E acima de tudo não permitimos que os mortos se levantem contra nós.

George Orwell

Você deve parar de imaginar que a posteridade reivindicará você, Winston. A posteridade jamais ouvirá falar de você. Você será extirpado do curso da história. Vamos transformá-lo em gás e lançá-lo na estratosfera. Não sobrará nada de você, nem um nome em um documento, nem uma lembrança em um cérebro que ainda viva. Você será aniquilado no passado assim como no futuro. Você nunca terá existido.

"Então, por que se dar o trabalho de me torturar?" pensou Winston, com uma amargura temporária. O'Brien controlou seu passo como se Winston tivesse pensado alto. Seu rosto grande e feio chegou mais perto, com os olhos um pouco fechados.

— Você está pensando — ele disse — que, como pretendemos destruí-lo completamente, para que nada do que você diga ou faça possa fazer a mínima diferença, nesse caso, por que nos damos o trabalho de interrogá-lo antes? Isso é o que você estava pensando, não era?

— Sim — confirmou Winston.

O'Brien sorriu levemente.

— Você é um defeito de padronização, Winston. Você é uma mancha que precisa ser removida. Não acabei de lhe dizer que somos diferentes dos perseguidores do passado? Não nos contentamos com obediência negativa, nem mesmo com a submissão mais abjeta. Quando, finalmente, você se render a nós, deve ser por sua livre e espontânea vontade. Não destruímos o herege porque ele resiste. Contanto que ele resista a nós, nunca o destruiremos. Nós o convertemos, nós capturamos o âmago de sua mente, nós o remodelamos. Tiramos todo o mal e toda a ilusão dele, o trazemos para o nosso lado, não da boca para fora, mas genuinamente, de corpo e alma. Nós o tornamos um de nós antes de matá-lo. Para nós é intolerável que um pensamento errado deva existir em qualquer lugar do mundo, não importa quão secreto ou inócuo ele possa ser. Mesmo no instante da morte não podemos permitir nenhum desvio. No passado os hereges caminhavam até as estacas ainda como hereges, proclamando sua heresia, exultando nela. Até as vítimas dos expurgos russos poderiam carregar a rebeldia trancada em seu cérebro enquanto caminhavam pelo corredor, esperando pela bala. Mas nós tornamos o cérebro perfeito antes de explodi-lo. O comando dos antigos despotismos era "Tu não farás". O comando dos antigos totalitarismos era "Tu farás". Nosso comando é "Tu és". Ninguém que trazemos para este lugar permanece contra nós. Todos são limpos. Mesmo aqueles três traidores miseráveis em cuja inocência você uma vez acreditou, Jones, Aaronson e Rutherford, no final nós os derrubamos. Eu mesmo participei do interrogatório deles. Eu os vi ficando pouco a pouco esgotados, se queixando, se humilhando, chorando, e no final não foi por dor ou medo, mas por penitência. Quando terminamos, eles eram apenas carcaças de homens. Não havia restado nada neles, exceto mágoa pelo que tinham feito e amor pelo Grande Irmão. Foi tocante ver como eles o amavam. Imploraram para serem mortos rapidamente com um tiro, para que pudessem morrer enquanto suas mentes ainda estavam puras.

Sua voz tinha assumido um tom quase onírico. A exaltação e o entusiasmo excêntrico ainda estavam no seu rosto. Ele não está fingindo, pensou Winston, ele não é hipócrita, ele acredita em cada palavra que diz. O que quase o oprimia era ter consciência de sua própria inferioridade intelectual. Ele observava a figura pesada, mas ainda graciosa, indo de um lado para o outro, dentro e fora de seu campo de visão. Em todos os aspectos, O'Brien era um ser maior que ele. Não havia nenhuma ideia que Winston tivesse tido, ou pudesse ter tido, que O'Brien já há muito tempo não conhecesse, tivesse examinado e rejeitado. Sua mente continha a mente de Winston. Mas, nesse caso, como poderia ser verdade que O'Brien estivesse louco? Devia ser ele, Winston, que estava louco. O'Brien parou e olhou para Winston. Sua voz tinha ficado austera novamente.

— Não pense que você vai se salvar, Winston, por mais que você se renda completamente a nós. Ninguém que tenha se desviado é poupado. E mesmo que escolhamos deixá-lo viver o curso normal da sua vida, você nunca escaparia de nós. O que acontece com você aqui é para sempre. Entenda isso antes de tudo. Devemos esmagar você até o ponto em que não haja retorno. Você não se recuperará das coisas que lhe acontecerão, mesmo que viver mil anos. Nunca será capaz de ter um sentimento humano comum de novo. Tudo estará morto dentro de você. Nunca mais será capaz de sentir amor, amizade, alegria de viver, vontade de rir, curiosidade, coragem ou integridade. Você será oco. Vamos espremê-lo até sobrar apenas um vazio, então preencheremos você com nós mesmos.

Ele parou e fez sinal para o homem de jaleco branco. Winston percebeu algum aparato pesado sendo posicionado atrás de sua cabeça. O'Brien tinha se sentado ao lado da cama de forma que seu rosto ficasse quase no mesmo nível do de Winston.

— Três mil — ele disse, falando com o homem de jaleco branco por sobre a cabeça de Winston.

Duas esponjas macias, que pareciam levemente úmidas, foram presas às suas têmporas. Ele desanimou. Mais dor estava por vir, um novo tipo de dor. O'Brien pousou sua mão para tranquilizá-lo, quase gentilmente, sobre a dele.

— Dessa vez não irá sentir dor — disse. — Mantenha seus olhos fixos nos meus.

Nesse momento, houve uma explosão devastadora, ou o que se assemelhava a uma explosão, embora Winston não tivesse a certeza de ter ouvido algum barulho. Sem dúvida, houve um raio de luz ofuscante. Winston não estava ferido, apenas prostrado. Embora ele já estivesse deitado de costas quando aquilo aconteceu, ele teve uma curiosa sensação de que ele havia sido nocauteado àquela posição. Um terrível golpe indolor o havia achatado. Alguma coisa também acontecera dentro de sua cabeça. Enquanto seus olhos recuperavam o foco, ele se lembrou de quem era e onde estava, e reconheceu o rosto que fitava o seu. Mas em algum lugar havia um grande trecho de vazio, como se um pedaço de seu cérebro tivesse sido removido.

— Não vai durar muito — disse O'Brien. — Olhe nos meus olhos. Com que país a Oceânia está em guerra?

Winston pensou. Ele sabia o que significava Oceânia e ele mesmo era um cidadão da Oceânia. Ele também se lembrava da Eurásia e da Lestásia, mas quem estava em guerra com quem ele não se lembrava. Na verdade, ele nem sequer sabia que havia uma guerra em curso.

— Não me lembro.

— A Oceânia está em guerra com a Lestásia. Você se lembra agora?

— Sim.

— A Oceânia sempre esteve em guerra com a Lestásia. Desde o início de sua vida, desde o início do Partido, desde o início da história, a guerra seguiu sem intervalo, sempre a mesma guerra. Você se lembra?

— Sim.

— Onze anos atrás você criou uma ilusão sobre três homens que tinham sido condenados à morte por traição. Você fingiu que tinha visto um recorte de jornal que provava a inocência deles. Esse recorte de jornal nunca existiu. Você o inventou, e mais tarde acabou acreditando nisso. Você se lembra agora daquele primeiro momento em que você inventou isso. Você se lembra?

— Sim.

— Agora há pouco eu estendi os dedos da minha mão. Você viu cinco dedos. Você se lembra?

— Sim.

O'Brien estendeu os dedos de sua mão esquerda, com o dedão escondido.

— Há cinco dedos aqui. Você vê cinco dedos?

— Sim.

E ele realmente os via, por um instante fugaz, antes do cenário de sua mente mudar. Ele tinha visto cinco dedos e não havia deformidade. E então, tudo voltou ao normal, o antigo medo, o ódio, a perplexidade ocupou tudo de novo. Mas houve um momento — ele não soube quanto tempo, trinta segundos talvez — de uma certeza iluminada, quando cada nova sugestão de O'Brien havia preenchido um trecho do vazio e se tornado verdade absoluta e quando dois mais dois podiam facilmente ser três, assim como cinco, se isso fosse o necessário. Tinha sumido antes que O'Brien tivesse tirado sua mão, mas embora ele não pudesse recapturá-la, ele conseguia se lembrar, como alguém que se lembra de uma experiência vívida em algum momento da vida quando de fato era outra pessoa.

— Você entende agora — disse O'Brien — que de qualquer forma é possível?

— Sim.

O'Brien ficou em pé com um ar satisfeito. Do lado esquerdo Winston viu o homem no jaleco branco romper uma ampola e puxar o êmbolo de uma seringa. O'Brien se virou para Winston com um sorriso. Quase do mesmo jeito que antes, ele ajeitou os óculos no nariz.

— Você se lembra de ter escrito no seu diário — ele continuou — que não importava se eu era amigo ou inimigo, já que eu era pelo menos uma pessoa que entendia você e com quem se poderia conversar? Você estava certo. Eu gosto de conversar com você. Sua mente me atrai. Lembra minha própria mente, exceto pelo fato de você ser louco. Antes que terminemos a sessão, você pode me fazer algumas perguntas, se quiser.

— Qualquer pergunta que eu quiser?

— Qualquer uma. — Ele viu que Winston olhava para o mostrador. — Está desligado. Qual sua primeira pergunta?

— O que vocês fizeram com a Julia? — disse Winston.

O'Brien sorriu de novo.

— Ela traiu você, Winston, imediatamente, incondicionalmente. Raras vezes vi alguém se entregar para nós tão prontamente. Você mal a reconheceria se a visse. Toda sua rebeldia, sua falsidade, sua loucura, sua mente suja, tudo foi extraído dela. Foi uma conversão perfeita. Um estudo de caso.

— Vocês a torturaram?

O'Brien deixou essa sem resposta.

— Próxima pergunta — ele disse.

— O Grande Irmão existe?

— Claro que ele existe. O Partido existe. O Grande Irmão é a personificação do Partido.

— Ele existe do mesmo jeito que eu existo?

— Você não existe — disse O'Brien.

Mais uma vez a sensação de impotência o assolou. Ele sabia, ou podia imaginar, os argumentos que provariam sua própria inexistência, mas eles não faziam sentido, eram apenas um jogo de palavras. A declaração "Você não existe" não contém um absurdo lógico? Para que dizer isso? Sua mente estremeceu enquanto ele pensava nos argumentos incontestáveis e malucos com os quais O'Brien acabaria com ele.

— Eu acho que existo — ele disse exausto. — Tenho consciência da minha própria identidade. Nasci e devo morrer. Tenho braços e pernas. Ocupo um lugar particular no espaço. Nenhum outro objeto sólido pode ocupar o mesmo lugar simultaneamente. Nesse sentido, o Grande Irmão existe?

— Isso não tem importância. Ele existe.

— Algum dia ele vai morrer?

— Claro que não. Como ele poderia morrer? Próxima pergunta?

— A Fraternidade existe?

— Isso, Winston, você nunca saberá. Se nós decidirmos libertá-lo quando terminarmos e se você chegar a viver até os 90 anos, ainda assim você não saberá se a reposta a essa pergunta é sim ou não. Enquanto você viver, isso será uma incógnita na sua mente.

Winston ficou em silêncio. Seu peito subia e descia mais rapidamente. Ele ainda não fizera a pergunta que primeiro tinha lhe ocorrido. Tinha de fazê-la, mas parecia que sua língua não conseguiria verbalizá-la. Havia um rastro de diversão no rosto de O'Brien. Mesmo seus óculos pareciam carregar um brilho irônico. Ele sabe, Winston pensou de repente, ele sabe o que vou perguntar! Ao pensar, as palavras explodiram:

— O que tem na Sala 101?

A expressão no rosto de O'Brien não mudou. Ele respondeu secamente:

— Você sabe o que tem na Sala 101, Winston. Todo mundo sabe o que tem na Sala 101.

Ele ergueu um dedo para o homem no jaleco branco. Claramente a sessão tinha acabado. Uma agulha entrou pelo braço de Winston. Quase instantaneamente ele caiu em sono profundo.

Capítulo 3

— Há três estágios na sua reintegração — disse O'Brien. — Há aprendizagem, há entendimento e há aceitação. Está na hora de você dar início ao segundo estágio.

Como sempre, Winston estava deitado esticado de barriga para cima. Mas as amarras agora estavam mais frouxas. Ele ainda estava preso à cama, mas podia mexer os joelhos um pouco, virar a cabeça de um lado para o outro e erguer os braços a partir do cotovelo. O mostrador tinha se tornado algo menos aterrorizante. Ele poderia escapar de suas pontadas se fosse perspicaz o bastante: geralmente era quando ele mostrava certa estupidez que O'Brien puxava a alavanca. Às vezes eles passavam por uma sessão inteira sem o uso dela. Ele não conseguia se lembrar de quantas sessões já tinham transcorrido. O processo todo parecia se esticar por um período longo e indefinido — semanas, talvez — e os intervalos entre as sessões podiam ter sido de dias, às vezes apenas uma ou duas horas.

— Enquanto esteve deitado aí — disse O'Brien —, com frequência imaginou, até me perguntou, por que o Ministério do Amor deveria gastar tanto tempo e ter tanto trabalho com você. E quando você estava livre ficou intrigado basicamente pela mesma pergunta. Você poderia compreender os mecanismos da sociedade em que vivia, mas não suas razões subjacentes. Você se lembra de escrever em seu diário "Eu entendo como, mas não entendo por quê"? Ao pensar no "por quê", você passou a duvidar da sua própria sanidade. Você leu o livro, o livro de Goldstein, ou partes dele, pelo menos. Ele lhe falou alguma coisa que você já não soubesse?

— Você o leu? — Winston devolveu com uma pergunta.

— Eu o escrevi. Quer dizer, colaborei na escrita. Nenhum livro é produzido individualmente, como você sabe.

— É verdade o que ele diz?

— Como descrição, sim. O programa que ele apresenta é uma besteira. A acumulação secreta de conhecimento, uma propagação gradual de iluminação, em última instância uma rebelião proletária, a derrocada do Partido. Você previu que ele diria isso. Tudo uma besteira. Os proletas nunca se revoltarão, nem em mil nem em um milhão de anos. Eles não conseguem. Não preciso lhe dizer o motivo, porque você já sabe. Se você alguma vez já acalentou sonhos de uma insurreição violenta, trate de abandoná-los. Não tem como o Partido ser derrubado. A regra do Partido é para sempre. Faça disso o ponto de partida de seus pensamentos.

Ele chegou mais perto da cama.

— Para sempre! — repetiu. — E agora voltemos à questão de "como" e "por quê". Você entende muito bem como o Partido se mantém no poder. Agora me diga como nos apegamos ao poder. Qual nossa motivação? Por que queremos poder? Vá em frente, pode falar — ele adicionou já que Winston permanecia em silêncio.

Entretanto, Winston ficou sem falar por alguns momentos. Uma sensação de fadiga tinha tomado conta dele. O rosto de O'Brien recobrou um leve e furioso brilho de entusiasmo. Ele sabia de antemão o que O'Brien diria. Que o Partido não buscava o poder por si só, mas apenas pelo bem da maioria. Que ele buscava o poder porque as massas de homens eram criaturas frágeis e covardes que não suportariam a liberdade ou encarar a verdade, e deveriam ser governados e sistematicamente enganados por outros que sejam mais fortes. Que a escolha da humanidade repousa entre a liberdade e a felicidade e que, para grande parte das pessoas, a felicidade era melhor. Que o Partido era o guardião eterno do fraco, uma seita dedicada, fazendo o mal para o bem aparecer, sacrificando sua própria felicidade pelo bem dos outros. O mais terrível, pensou Winston, o mais terrível era que, quando O'Brien dissesse isso, ele acreditaria. Estava na cara. O'Brien sabia tudo. Ele sabia mil vezes melhor que Winston como o mundo era, a degradação na qual uma massa de seres humanos vivia e sob quais mentiras e barbaridades o Partido os mantinha lá. Ele tinha entendido tudo, ponderado tudo e não fazia diferença: tudo era justificado pelo propósito final. O que você pode fazer, pensou Winston, contra o lunático que é mais inteligente que você, que ouve seus argumentos com um interesse genuíno e persiste em sua loucura?

— Vocês nos governam pelo nosso próprio bem — ele disse fragilmente. — Vocês acreditam que seres humanos não são capazes de se governar e, portanto...

Começou, quase chorando. Uma pontada de dor percorreu seu corpo. O'Brien tinha empurrado a alavanca do mostrador para trinta e cinco.

— Isso foi estupidez, Winston, estupidez! — O'Brien comentou. — Você é inteligente o bastante para não dizer uma coisa como essa.

Ele puxou a alavanca de volta e continuou:

— Agora vou dizer a resposta para a minha pergunta. É essa: o Partido busca o poder completamente por si só. Não estamos interessados no bem dos outros; estamos interessados somente no poder, nem riqueza, nem luxo, nem vida longa, nem felicidade: somente poder, poder puro. O que poder puro significa você irá entender em breve. Somos diferentes de todas as oligarquias do passado, pois sabemos o que estamos fazendo. Todas as outras, mesmo aquelas que se pareceram conosco, foram covardes e hipócritas. Os nazistas alemães e os comunistas russos chegaram bem perto de nós em seus métodos, mas eles nunca tiveram a coragem de reconhecer suas próprias motivações. Eles fingiam, talvez até acreditassem, que haviam tomado o poder relutantemente e por um período limitado e que muito em breve criariam um paraíso onde os serem humanos seriam livres e iguais. Não somos assim. Sabemos que ninguém toma o poder com a intenção de abdicar dele. Poder não é o meio, é o fim. Ninguém estabelece uma ditadura a fim de proteger a revolução; faz-se a revolução a fim de estabelecer uma ditadura. O objetivo da perseguição é a perseguição. O objetivo da tortura é a tortura. O objetivo do poder é o poder. Agora você está começando a me entender?

Winston estava chocado como nunca estivera antes pelo cansaço no rosto de O'Brien. Era um rosto forte, carnudo, brutal, cheio de inteligência e de uma espécie de paixão controlada diante da qual ele se sentia impotente, mas era um rosto cansado. Havia bolsas sob os olhos, a pele estava flácida nas bochechas. O'Brien se inclinou sobre ele, trazendo seu rosto desgastado sobre ele de propósito.

— Você está pensando — ele disse — que meu rosto está velho e cansado. Você está pensando que eu falo de poder e nem ao menos sou capaz de impedir a decadência do meu próprio corpo. Você não consegue entender, Winston, que o indivíduo é apenas uma célula? A fadiga da célula é o vigor do organismo. Você morre quando corta suas unhas?

Ele se virou e começou a vagar pelo quarto de novo com uma mão no bolso.

— Somos os sacerdotes do poder — ele disse. — Deus é o poder. Mas agora poder é só uma palavra, até onde você sabe. Já está na hora de você adquirir alguma ideia do que "poder" significa. A primeira coisa que deve compreender é que poder é coletivo. O indivíduo só tem poder enquanto deixar de ser um indivíduo. Você conhece o slogan do Partido "Liberdade é escravidão". Já te ocorreu que ele é reversível? Escravidão é liberdade. Sozinho, livre, o ser humano é sempre derrotado. E assim deve ser, porque o ser humano está condenado a morrer, o que é a maior de todas as falhas. Mas se ele puder se colocar em posição de completa e total submissão, se ele puder escapar de sua identidade, se ele puder se amalgamar com o Partido a ponto de ele ser o Partido, então será todo poderoso e imortal. A segunda coisa que você tem de compreender é que poder é poder sobre seres humanos, sobre o corpo, mas, acima de tudo, sobre a mente. O poder sobre a matéria, sobre a realidade externa, como você chamaria, não é importante. Nosso controle sobre a matéria já é absoluto.

Por um momento, Winston ignorou o mostrador. Ele fez um esforço violento para se pôr sentado e conseguiu meramente deslocar com dor seu corpo.

— Mas como conseguem controlar a matéria? — ele explodiu. — Vocês não controlam nem o clima, nem a lei da gravidade. E tem doença, sofrimento, morte...

O'Brien calou Winston com um único gesto.

— Controlamos a matéria porque controlamos a mente. A realidade está dentro do crânio. Você vai aprender aos poucos, Winston. Não há nada que não possamos fazer. Invisibilidade, levitação, qualquer coisa. Eu poderia flutuar sobre esse chão como bolha de sabão se eu assim desejasse. Eu não desejo, porque o Partido não deseja. Você precisa se livrar dessas ideias do século XIX sobre as leis da natureza. Nós fazemos as leis da natureza.

— Mas vocês não fazem! Vocês não são nem os mestres desse planeta. E a Eurásia e a Lestásia? Vocês não as conquistaram ainda.

— Isso não é importante. Vamos conquistá-las quando for conveniente. E se não conquistássemos, que diferença faria? Nós podemos bani-las da existência. A Oceânia é o mundo.

— Mas o mundo em si é só uma nuvem de poeira. E o homem é minúsculo, indefeso! Há quanto tempo ele existe? Por milhões de anos a Terra ficou desabitada.

— Bobagem. A Terra tem a mesma idade que nós, não mais. Como poderia ser mais velha? Nada existe fora da consciência humana.

— Mas as rochas estão cheias de ossos de animais extintos, mamutes, mastodontes e répteis enormes que viveram aqui muito antes de se ouvir falar no homem.

— Já viu esses ossos, Winston? Claro que não. Os biólogos do século XIX os inventaram. Antes do homem não havia nada. Depois do homem, se viermos a ter um fim, não haveria nada. Fora do homem não há nada.

— Mas existe todo um universo fora de nós. Veja as estrelas! Algumas estão a milhões de anos-luz. Estão fora do nosso alcance para sempre.

— O que são as estrelas? — disse O'Brien indiferente. — São pedaços de fogo a alguns quilômetros de distância. Poderíamos alcançá-las se quiséssemos. Ou apagá-las. A Terra é o centro do universo. O Sol e as estrelas giram em volta dela.

Winston fez outro movimento convulsivo. Dessa vez não disse nada. O'Brien continuou como se estivesse respondendo a uma objeção oral:

— Para alguns propósitos, claro, isso não é verdade. Quando navegamos o oceano ou prevemos um eclipse, muitas vezes achamos conveniente supor que a Terra gira em torno do Sol e que as estrelas estão a milhões e milhões de quilômetros de distância. Mas por que isso? Você supõe que esteja além do nosso alcance produzir um sistema duplo de astronomia? As estrelas podem estar longe ou perto, de acordo com o que precisarmos delas. Você supõe que nossos matemáticos sejam diferentes disso? Esqueceu o duplopensar?

Winston se encolheu sobre a cama. O que quer que ele dissesse, vinha uma resposta rápida que o amassava como um cassetete. E mesmo assim ele sabia, ele sabia que estava certo. A crença de que nada existe fora da nossa própria mente — será que havia uma maneira de demonstrar que isso é falso? Isso já não tinha sido exposto muito tempo atrás como uma falácia? Havia até um nome para isso, que ele havia esquecido. Um leve sorriso se contraiu no canto da boca de O'Brien enquanto ele olhava Winston de cima.

— Eu lhe falei, Winston — ele prosseguiu —, que metafísica não é seu forte. A palavra que você está tentando lembrar é solipsismo. Mas você está enganado. Isso não é solipsismo. Solipsismo coletivo, se você preferir. Mas isso é algo diferente: na verdade, algo oposto. Tudo isso é uma digressão — adicionou em um tom diferente. — O poder real, aquele pelo qual temos de lutar dia e noite, não é o poder sobre as coisas, mas sobre os seres humanos. Ele parou e, por um momento, assumiu de novo seu ar de professor questionando um aluno promissor: — Como um ser humano afirma seu poder sobre outro, Winston?

Winston pensou.

— Fazendo-o sofrer — disse.

— Exato. Fazendo-o sofrer. Obediência não é suficiente. Ao menos que ele esteja sofrendo, como você pode ter certeza de que ele está obedecendo sua vontade e não a dele mesmo? O poder está em infligir dor e humilhação. O poder está em reduzir a mente humana a pedacinhos e os reagrupar em novos formatos à sua própria escolha. Você está começando a ver, então, que tipo de mundo estamos criando? É o oposto exato das utopias hedonistas estúpidas que os antigos reformadores imaginaram. Um mundo de medo, traição e tormenta, um mundo em que se pisa e se é pisado, um mundo que ficará não menos, mas mais impiedoso conforme se refina. Progresso no nosso mundo será um progresso em direção de mais dor. As civilizações antigas alegavam que haviam sido fundadas sobre amor e justiça. A nossa é fundada no ódio. No nosso mundo não haverá emoções que não sejam medo, raiva, triunfo e auto-humilhação. Tudo o mais deve ser destruído. Tudo. Nós já estamos quebrando os hábitos de pensamento que sobreviveram de antes da revolução. Cortamos as ligações entre pais e filhos, entre dois homens e entre homem e mulher. Ninguém ousa mais confiar na esposa ou em um filho ou amigo. Mas no futuro não haverá mais esposas e amigos. As crianças serão levadas de suas mães logo após o nascimento, assim como se tiram os ovos de uma galinha. O instinto sexual será erradicado. A procriação será uma formalidade anual, como a renovação do cartão da ração mensal. Vamos abolir o orgasmo. Nossos neurologistas estão trabalhando nisso agora. Não haverá lealdade, exceto para com o Partido. Não haverá amor, a não ser pelo Grande Irmão. Não haverá risada, a não ser aquele de triunfo sobre um inimigo derrotado. Não haverá arte, literatura ou ciência. Não haverá distinção entre beleza e feiura. Não haverá nenhuma curiosidade ou desfrute no processo da vida. Todos os prazeres rivais serão destruídos. Mas sempre, não se esqueça disso, Winston, sempre haverá a intoxicação de poder, constantemente aumentando e constantemente ficando mais sutil. Sempre, a cada momento, haverá a adrenalina da vitória, a sensação de pisar em um inimigo que está indefeso. Se você quiser uma imagem do futuro, imagine uma bota pisando em um rosto humano, para sempre.

Ele parou como que esperando Winston falar. Winston tentou se encolher na cama de novo. Não pode dizer nada. Seu coração parecia ter congelado. O'Brien continuou:

— E lembre que é para sempre. O rosto sempre estará lá para ser pisado. O herege, o inimigo da sociedade, sempre estará lá, para ser derrotado e humilhado de novo. Tudo pelo que você tem passado desde que está em nossas mãos, tudo isso continuará, e pior. A espionagem, as traições, as prisões, as torturas, as execuções, os desaparecimentos nunca cessarão. Será um mundo tanto de terror quanto de triunfo. Quanto mais o Partido for poderoso, menos tolerante ele será; quando mais fraca a oposição, mais rígido o despotismo. Goldstein e suas heresias viverão para sempre. Todo dia, a todo momento, eles serão derrotados, descreditados, ridicularizados, cuspidos, e ainda assim sobreviverão. Esse drama que encenei com você por sete anos será encenado repetidamente geração após geração, cada vez de maneira mais sutil. Sempre teremos os hereges aqui à nossa mercê, gritando de dor, partindo-se, desprezíveis, e no final completamente arrependidos, salvos de si mesmos, rastejando a nossos pés por livre e espontânea vontade. Esse é o mundo que estamos preparando, Winston. Um mundo de vitória atrás de vitória, triunfo atrás de triunfo, pressionando, pressionando, pressionando infinitamente o nervo do poder. Posso ver que você começa a compreender como o mundo será. Mas no final você vai mais do que entender. Você vai aceitar, acolher e se tornar parte dele.

Winston havia se recuperado o suficiente para falar.

— Você não pode! — falou, fraco.

— O que você quer dizer com isso, Winston?

— Você não pode criar um mundo tal qual o descreveu. É um sonho. É impossível.

— Por quê?

— É impossível fundar uma civilização no medo, no ódio e na crueldade. Nunca duraria.

— Por que não?

— Não teria vitalidade. Esse mundo se desintegraria. Cometeria suicídio.

— Bobagem. Você acredita que o ódio é mais exaustivo que o amor. Por que seria? E se fosse, que diferença faria? Suponha que nos esgotemos mais rápido. Suponha que apressemos o tempo de vida do ser humano a ponto de ele estar senil aos 30. Ainda assim, que diferença isso faria? Você não consegue entender que a morte do indivíduo não é morte? O Partido é imortal.

Como de costume, a voz nocauteou Winston até a impotência. Além do mais, ele temia que, se persistisse discordando, O'Brien mexeria na alavanca do mostrador novamente. Mas ao mesmo tempo não conseguia ficar em silêncio. Frágil, sem argumentos, sem nada em que se apoiar, exceto o horror inarticulado que sentiu pelo que O'Brien falou, ele retomou o ataque:

— Não sei e não me importo. De alguma forma vocês vão fracassar. Algo vai derrotar vocês. A vida vai derrotar vocês.

— Nós controlamos a vida, Winston, em todos os níveis. Você está imaginando que há algo chamado natureza humana, que ficará indignado com o que nós fazemos e se voltará contra nós. Mas nós criamos a natureza humana. Os homens são infinitamente maleáveis. Ou talvez você tenha voltado para sua antiga ideia de que os proletas ou os escravizados irão emergir e nos derrotar. Tire isso da cabeça. Eles são indefesos, como animais. A humanidade é o Partido. Os outros ficam do lado de fora, irrelevantes.

— Não me importo. No final, irão derrotar vocês. Mais cedo ou mais tarde eles verão vocês como vocês são, então eles farão vocês em pedaços.

— Você vê alguma prova de que isso esteja acontecendo? Ou alguma razão para que acontecesse?

— Não. Mas eu acredito nisso. Eu sei que vocês irão fracassar. Há algo no universo, não sei, algum espírito, algum princípio, que vocês nunca dominarão.

— Você acredita em Deus, Winston?

— Não.

— Então que princípio é esse que irá nos derrotar?

— Não sei. O espírito do ser humano.

— E você se considera um ser humano?

— Sim.

— Se você é um ser humano, Winston, você é o último ser humano. Sua espécie está extinta; nós somos os herdeiros. Você entende que está sozinho? Você está do lado de fora da história. Você é não existente. — Seus modos mudaram e ele disse mais asperamente: — E você se considera moralmente superior a nós, com nossas mentiras e nossa crueldade?

— Sim, me considero superior.

O'Brien não falou. Duas outras vozes estavam falando. Depois de um tempo, Winston reconheceu uma delas como a sua mesmo. Era a gravação da conversa que ele tinha tido com O'Brien na noite em que se alistara na Fraternidade. Ele ouviu a si mesmo prometendo mentir, roubar, falsificar, assassinar, encorajar uso de drogas e prostituição, disseminar doenças venéreas, jogar ácido no rosto de uma criança. O'Brien fez um pequeno gesto impaciente, como para dizer que mal valia a pena continuar mostrando essa prova. Então, apertou um botão e as vozes pararam.

— Levante-se dessa cama — ele ordenou.

As amarras tinham se soltado. Winston desceu da cama e se pôs de pé aos trancos.

— Você é o último ser humano — disse O'Brien. — Você é o guardião do espírito humano. Você deve se ver como é. Tire suas roupas.

Winston desamarrou o cordão que segurava seu macacão. O zíper havia sido arrancado fazia tempo. Ele não lembrava se alguma vez desde que tinha sido preso havia tirado toda a roupa de uma vez. Por baixo do macacão seu corpo estava enrolado em trapos amarelados imundos, ligeiramente reconhecíveis como o que havia sido roupas de baixo. Enquanto ele as tirava, viu que havia um espelho de três lados no final da sala. Ele se aproximou e então parou de uma vez. Deixou escapar um grito involuntário.

— Continue — disse O'Brien. — Fique em pé entre as folhas do espelho. Assim dará para ver a lateral também.

Ele tinha parado, assustado. Uma coisa parecendo um esqueleto curvado e acinzentado vinha em sua direção. Sua aparência é que era assustadora, e não só o fato de que ele sabia que era ele ali. Chegou mais perto do espelho. O rosto da criatura parecia saliente devido à postura curvada. Um rosto lastimável de um pássaro na gaiola, com uma testa aristocrática que se emendava à careca, um nariz torto, maçãs do rosto castigadas com os olhos acima duros e vigilantes. As bochechas eram marcadas e a boca estava chupada. Com certeza era seu próprio rosto, mas parecia que tinha mudado mais do que ele mudara por dentro. As emoções que o rosto registrava pareciam diferentes das que ele sentia. Ele tinha ficado parcialmente careca. Em um primeiro momento tinha pensado que ficara grisalho também, mas era só o couro cabeludo que estava cinza. Sem contar suas mãos e um círculo em seu rosto, seu corpo estava todo cinza de sujeira antiga, incrustada. Aqui e ali, debaixo da sujeira, havia cicatrizes vermelhas de feridas e, próximo ao tornozelo, a úlcera varicosa era uma massa inflamada com lascas de pele descamando. O tronco na parte das costelas era fino como um esqueleto; as pernas haviam encolhido de forma que os joelhos eram mais grossos que as coxas. Agora ele entendia o que O'Brien quis dizer com "ver a lateral". A curvatura da espinha era impressionante. Os ombros magros se curvavam para a frente, formando uma cavidade no peito, o pescoço magro e ossudo pendia com o peso do crânio. Podia-se dizer que era o corpo de um homem de 60 anos sofrendo de uma doença maligna.

— Algumas vezes você pensou — disse O'Brien — que meu rosto, o rosto de um membro do Partido Interno, parecia velho e desgastado. O que você acha do seu?

Ele agarrou Winston pelos ombros e o virou para que se encarassem.

— Olhe a sua condição! — ele disse. — Veja toda essa sujeira nojenta por todo seu corpo. Veja a sujeira no meio dos seus dedos. Veja essa ferida purulenta e repugnante na sua perna. Sabia que você fede como um bode? Provavelmente deixou de notar. Olhe para sua emaciação. Consegue ver? Posso dar a volta com meu polegar e meu indicador em torno do seu bíceps. Eu poderia quebrar seu pescoço como uma cenoura. Sabia que perdeu vinte e cinco quilos desde que está em nossas mãos? Até seu cabelo está caindo em chumaços. Veja! — ele passou a mão na cabeça de Winston e voltou com um tufo de cabelo. — Abra a boca. Nove, dez, onze dentes restaram. Quantos você tinha quando chegou aqui? E os poucos que sobraram estão caindo. Olhe aqui!

Ele segurou um dos dentes incisivos de Winston que restaram entre seu polegar forte e seu indicador. Winston sentiu uma pontada de dor na mandíbula. O'Brien havia torcido o dente e o arrancado pela raiz. Acabou jogando-o no chão da cela.

— Você está apodrecendo — ele disse —, você está caindo aos pedaços. O que você é? Um saco de imundície. Agora, vire-se e olhe no espelho novamente. Você vê aquela coisa te encarando. Este é o último ser humano. Se você é humano, isso é a humanidade. Agora vista-se.

Winston começou a se vestir com movimentos lentos e travados. Até aquele momento ele parecia não ter notado quão magro e fraco estava. Apenas um pensamento agitava sua mente: que devia estar ali há mais tempo do que imaginava. Então, de repente, enquanto ajeitava aqueles trapos deploráveis em volta de si, um sentimento de pena por seu corpo arruinado dominou-o. Antes mesmo de se dar conta, ele desabou sobre um pequeno banco ao lado da cama e caiu no choro. Estava ciente de sua feiura, sua falta de graça, um monte de ossos em roupas de baixo nojentas, sentado chorando sob uma forte luz branca. Não conseguia se segurar. O'Brien pousou uma mão sobre seu ombro, quase sendo gentil.

— Não vai durar para sempre — ele disse. — Você pode se libertar disso assim que decidir. Tudo depende de você.

— Você fez isso! — soluçou Winston. — Você me deixou nesse estado.

— Não, Winston, você mesmo se deixou nesse estado. Isso foi o que você aceitou quando se colocou contra o Partido. Tudo isso estava contido naquele primeiro ato. Tudo o que aconteceu você previu.

Ele parou e depois continuou:

— Nós torturamos você, Winston. Quebramos você ao meio. Você viu como seu corpo está. Sua mente está do mesmo jeito. Não achamos que tenha algum orgulho ainda aí. Você foi chutado, açoitado e insultado, gritou de dor, rolou no chão sobre seu próprio sangue e vômito. Implorou por misericórdia, traiu todos e tudo. Consegue pensar em alguma degradação que não tenha lhe ocorrido?

Winston tinha parado de chorar, embora as lágrimas ainda escorressem de seus olhos. Olhou para O'Brien.

— Eu não traí Julia — disse.

O'Brien o olhou pensativo.

— Não — ele disse —, não, isso é a mais pura verdade. Você não traiu Julia.

A reverência peculiar a O'Brien, que nada parecia capaz de destruir, inundou o coração de Winston de novo. Como é inteligente, ele pensou, como é inteligente! Nunca O'Brien deixou de entender algo que lhe fora dito. Qualquer outra pessoa na face da Terra lhe diria prontamente que ele tinha, sim, traído Julia. Pois o que é que eles não tinham conseguido arrancar dele sob tortura? Ele havia dito tudo que sabia sobre ela, seus hábitos, sua personalidade, sua vida pregressa. Havia confessado os detalhes mais vulgares, tudo que tinha acontecido em seus encontros, tudo que ele havia dito a ela e ela a ele, suas refeições vindas do mercado negro, seus falsificações, suas vagas conspirações contra o Partido, tudo. E mesmo assim, no sentido que ele atribuía à palavra, ele não a havia traído. Não tinha deixado de amá-la. Seus sentimentos por ela tinham permanecido os mesmos. O'Brien havia entendido o que ele quis dizer sem necessidade de explicação.

— Então, me diga, quando vão me matar?

— Pode demorar bastante — disse O'Brien. — Você é um caso difícil. Mas não perca as esperanças. Todos são curados mais cedo ou mais tarde. No final, nós mataremos você.

Capítulo 4

Winston se sentia muito melhor. Estava ficando mais gordo e mais forte a cada dia, se é que se podia falar em dias.

A luz branca e o zumbido eram os mesmos de sempre, mas a cela era um pouco mais confortável do que as outras em que ele tinha estado. Havia um travesseiro e um colchão na cama de tábua, e um banco para se sentar. Tinham dado banho nele e permitiam que ele se lavasse com certa frequência em uma bacia de alumínio. Até lhe forneceram água morna para isso. Tinham dado roupas de baixo novas e um macacão limpo. Tinham passado uma pomada que aliviava a dor em sua úlcera varicosa. Tinham arrancado os dentes remanescentes e lhe dado um par de dentaduras.

Devem ter transcorridos semanas ou meses. Agora era possível medir a passagem do tempo, se ele sentisse qualquer interesse nisso, já que estava sendo alimentado a intervalos regulares, pelo que parecia. Ele julgava que estava recebendo três refeições a cada vinte e quatro horas. Às vezes se pegava divagando se elas chegaram de dia ou de noite. A comida era surpreendentemente boa, com carne e cada três refeições. Uma vez, recebeu até um maço de cigarros. Ele não tinha fósforos, mas o guarda que nunca falava, o mesmo que trazia sua comida, lhe arranjava fogo. A primeira vez que tentou fumar, ficou enjoado, mas insistiu, e fez o maço durar um bom tempo, fumando meio cigarro depois de cada refeição.

Eles tinham dado a ele uma lousa branca e um toco de lápis preso a um dos cantos. No começo não usou. Mesmo quando estava acordado, ele ficava completamente entorpecido. Quase sempre ficava deitado sem nem se mexer entre uma refeição e outra, às vezes dormindo, às vezes despertando em meio a devaneios vagos, em que dava muito trabalho abrir os olhos. Fazia tempo que tinha se acostumado a dormir com uma luz forte no rosto. Parecia não fazer diferença, exceto pelos sonhos estarem mais coerentes. Sonhou muito esse tempo todo e foram todos sonhos felizes. Ele estava no Campo Dourado, ou estava sentado em meio a enormes ruínas, esplendorosas e banhadas pelo sol, com sua mãe, Julia, O'Brien — sem fazer nada, apenas sentados ao sol, falando de coisas harmoniosas. Os pensamentos que ele tinha quando estava acordado eram na maioria sobre seus sonhos. Ele parecia ter perdido o poder do empenho intelectual, agora que o estímulo da dor tinha sido removido. Ele não estava entediando, não tinha nenhum desejo por conversas ou outras distrações. Estar sozinho, não apanhar, não ser interrogado, ter o suficiente para comer e estar limpo era completamente satisfatório.

Aos poucos foi passando menos tempo dormindo, mas ainda não tinha impulso de sair da cama. Tudo que lhe importava era ficar deitado quieto e sentir a força voltar ao seu corpo. Ele apertava seu corpo aqui e ali tentando ter certeza de que não era uma ilusão que seus músculos estavam tomando forma novamente e sua pele ficando mais firme. Finalmente, ficou claro que ele estava ganhando peso; suas coxas agora eram definitivamente mais grossas que seus joelhos. Depois disso, apesar de relutante no começo, ele começou a se exercitar regularmente. Em pouco tempo conseguia caminhar três quilômetros, medindo por passos, e seus ombros encurvados estavam se endireitando. Ele tentou exercícios mais elaborados, e se sentia atônito e humilhado ao descobrir coisas que ele não conseguia fazer. Não conseguia caminhar mais rápido, não conseguia segurar o banquinho com os braços esticados, não conseguia ficar em um pé só sem cair. Ele ficava de cócoras e descobriu que, embora com dores agoniantes na coxa e na panturrilha, ele conseguia ficar em pé de novo. Ele se deitava de bruços e tentava levantar o peso do corpo com as mãos. Era em vão, ele não conseguia se erguer nem um centímetro. Mas depois de alguns dias — algumas refeições a mais — até esse feito foi realizado. Chegou um momento em que ele conseguia fazer isso seis vezes na sequência. Começou a ficar de fato orgulhoso de seu corpo e a nutrir uma crença ainda irregular de que seu rosto também estava voltando ao normal. Apenas quando teve a oportunidade de colocar a mão sobre sua cabeça careca foi que se lembrou do rosto marcado e envelhecido que tinha olhado de volta para ele no espelho.

Sua mente ficou mais ativa. Ele se sentava na cama de tábua com as costas na parede e a lousa sobre os joelhos, e se dedicava deliberadamente à tarefa de se reeducar.

Ele tinha se rendido, foi o acordo. Na realidade, agora ele entendia que estivera pronto para render-se bem antes de ter tomado a decisão. Do momento em que pisou no Ministério do Amor — e, sim, mesmo durante aqueles minutos em que ele e Julia estiveram impotentes enquanto a voz metálica da teletela os dizia o que fazer — ele tinha se dado conta da frivolidade, da superficialidade de sua tentativa de se colocar contra o Partido. Agora ele sabia que por sete anos a Polícia das Ideias o havia observado como um besouro sob uma lente de aumento. Não houve ato físico, palavra dita em voz alta, que eles não tenham notado, nenhuma corrente de pensamento que eles não tenham sido capazes de interpretar. Mesmo a mancha de poeira esbranquiçada na capa de seu diário eles tinham cuidadosamente recolocado no lugar. Eles haviam tocado trilhas sonoras para ele, mostrado fotografias. Algumas eram fotografias de Julia com ele. Sim, até... Ele não podia lutar mais contra o Partido. Além disso, o Partido estava certo. Devia estar. Como podia o cérebro imortal e coletivo se enganar? Por quais padrões externos podia se verificar seus julgamentos? A sanidade é estatística. Era meramente uma questão de aprender a pensar como eles pensavam. Se pelo menos...

Ele sentiu o lápis grosso e desajeitado em seus dedos. Começou a anotar os pensamentos que vinham a sua mente. Primeiro escreveu em letras maiúsculas grosseiras:

LIBERDADE É ESCRAVIDÃO

Então, logo após escreveu abaixo:

DOIS MAIS DOIS SÃO CINCO

Aí então foi uma espécie de teste. Sua mente, como que fugindo de algo, parecia incapaz de se concentrar. Ele sabia o que vinha depois, mas nesse momento não conseguiu lembrar. Quando de fato lembrou foi porque conscientemente raciocinou sobre o que deveria ser; a frase não veio por conta própria. Ele escreveu:

DEUS É PODER

Ele aceitou tudo. O passado era alterável. O passado nunca havia sido alterado. Oceânia estava em guerra com a Lestásia. Oceânia sempre esteve em guerra com a Lestásia. Jones, Aaronson e Rutherford eram culpados dos crimes pelos quais foram condenados. Ele nunca tinha visto a foto que refutava sua culpa. Ela nunca existira, ele a tinha inventado. Ele se lembrou de ter se recordado de coisas contraditórias, mas elas eram falsas lembranças, produtos do autoengano. Como tudo era fácil! Apenas se render e todo o resto ia atrás. Era como nadar contra uma corrente que varria você de volta não importando o quanto lutasse, então, de repente, decidir dar meia-volta e ir com a maré, em vez de lutar contra ela. Nada havia mudado exceto sua própria atitude: não importava como fosse, o que estava predestinado sempre acontecia. Ele nem sabia por que tinha se rebelado. Tudo era fácil, exceto...

Tudo podia ser verdade. As chamadas leis da natureza eram uma bobagem. A lei da gravidade era uma bobagem. "Se eu desejasse", O'Brien havia dito, "eu poderia flutuar sobre esse chão como bolha de sabão." Winston refletiu sobre isso. "Se ele acha que flutua sobre o chão e se simultaneamente eu acho que o vejo fazendo isso, então é porque está acontecendo." De repente, como um monte de destroços submergido que voltam à superfície da água, o pensamento irrompeu em sua mente: "Isso não acontece de verdade. Nós imaginamos. É alucinação". Ele abafou o pensamento instantaneamente. A falácia era óbvia. Pressupunha que em algum lugar, fora da pessoa, havia um mundo real onde coisas reais aconteciam. Mas como poderia existir um mundo assim? Que conhecimento temos de tudo a não ser por meio de nossas mentes? Tudo o que acontece está na mente. O que quer que aconteça em todas as mentes, acontece mesmo.

Ele não teve dificuldade em liquidar a falácia, e não havia perigo de sucumbir a ela. Compreendeu, entretanto, que ela não deveria nunca ter ocorrido a ele. A mente devia desenvolver um ponto cego sempre que um pensamento perigoso se apresentasse. O processo deveria ser automático, instintivo. Crimeparar, eles chamavam em novalíngua.

Ele começou a se exercitar em crimeparar. Propunha a si mesmo premissas, como "o Partido diz que a terra é plana", "o Partido diz que o gelo é mais pesado que a água". Então, treinava para não ver ou não entender os argumentos que as contradiziam. Não foi fácil. Eram necessários grandes poderes de raciocínio e improvisação. Os problemas de aritmética suscitados, por exemplo, pela declaração "dois mais dois são cinco" estavam além de seu alcance intelectual. Exigia uma espécie de atletismo por parte da mente, uma habilidade para em um dado momento fazer um uso delicado da lógica e, em seguida, passar por cima dos erros lógicos mais crassos. A burrice era tão necessária quanto a inteligência e igualmente difícil de obter.

Durante todo o tempo, com uma parte da mente ele ficava imaginando quando eles viriam matá-lo. "Tudo depende de você", O'Brien havia dito. Mas ele sabia que não havia ato consciente que pudesse antecipar isso. Podia ser dali a dez minutos ou dez anos. Eles podem mantê-lo em confinamento solitário por anos, podem mandá-lo para o campo de trabalho, podem soltá-lo por um tempo, como às vezes faziam. Era perfeitamente possível que todo o drama da sua prisão e seu interrogatório fosse encenado de novo. A única certeza era que a morte não vinha no momento esperado. A tradição — a tradição implícita, de alguma forma você sabia, embora nunca tivesse sido dita — era que eles atiravam pelas costas, sempre na nunca, sem avisar, enquanto você andava pelo corredor de uma cela para outra.

Um dia — embora "um dia" não fosse a expressão certa, porque era bem provável que tivesse sido no meio da noite, então, era melhor "uma vez" — ele teve um sonho estranho, mas agradável. Estava descendo o corredor, esperando pela bala. Ele sabia que viria a qualquer momento. Tudo estava arranjado, acertado, conciliado. Não havia mais dúvida, discussões, dores ou medo. Seu corpo estava saudável e forte. Ele caminhava facilmente, com um andar alegre e a sensação de estar sob a luz do Sol. Ele não estava mais nos corredores estreitos e brancos do Ministério do Amor, ele estava naquela enorme passagem ensolarada, um quilômetro de largura, que parecia que ele percorria sob o efeito de drogas. Ele estava no Campo Dourado, seguindo a trilha pelo velho pasto comido pelos coelhos. Podia sentir o gramado abundante sob seus pés e os raios solares suaves sobre seu rosto. No limite do campo estão os olmos, balançando levemente, e em algum lugar para trás havia um riacho onde os bordalos nadavam nas verdes piscinas sob o salgueiro.

De repente sentiu um choque de horror. O suor escorria por sua coluna. Ele se ouviu gritar alto:

— Julia! Julia! Julia, meu amor! Julia!

Por um momento tinha sentido uma esmagadora alucinação envolvendo a presença dela. Ela parecia não apenas estar com ele, mas dentro dele. Era como se ela tivesse se enfiado por baixo da pele dele. Naquele momento ele a havia amado muito mais do que quando eles estavam juntos e livres. E ali ele também soube que em algum lugar ela ainda estava viva e precisando de sua ajuda.

Ele se deitou de costas na cama e tentou se recompor. O que ele tinha feito? Quantos anos havia adicionado à sua servidão com aquele pequeno momento de fraqueza?

Em outro momento ouviu pisadas de botas do lado de fora. Eles não deixariam um surto como aquele ficar impune. Eles saberiam agora, se já não sabiam antes, que ele estava quebrando o acordo que tinha feito com eles. Ele obedecia ao Partido, mas ainda odiava o Partido. Nos tempos antigos, ele tinha escondido uma mente herética sob uma aparência de conformidade. Agora ele havia retrocedido um passo. Na mente ele havia se rendido, mas esperava que o seu âmago permanecesse inviolado. Sabia que estava errado, mas preferia estar errado. Eles entenderiam. O'Brien entenderia. Tudo foi confessado naquele único grito.

Ele teria de começar tudo de novo. Podia levar anos. Passou a mão sobre o rosto, tentando se familiarizar com o novo formato. Havia sulcos profundos nas bochechas, as maçãs do rosto pareciam pontudas, o nariz estava achatado. Além disso, desde que se vira no espelho, ele tinha ganhado dentes novinhos. Era difícil preservar a impenetrabilidade quando não se sabia como era seu rosto. De qualquer forma, mero controle dos traços não era suficiente. Pela primeira vez percebeu que, se você quer manter um segredo, tem de escondê-lo de si mesmo. Você deve saber o tempo todo que ele está lá, mas, até ser necessário, você nunca deve deixá-lo emergir para sua consciência em qualquer formato que pudesse ser nomeado. De agora em diante, ele não deve somente pensar certo, ele deve sentir certo, sonhar certo. E o tempo todo ele deve manter seu ódio trancado dentro dele como uma bola de matéria que era parte dele, mas ainda assim desconectada do resto dele, um tipo de cisto.

Um dia eles decidiriam matá-lo. Não dava para saber quando iria acontecer, mas poucos segundos antes era possível adivinhar. Era sempre por trás, andando por um corredor. Dez segundos bastariam. Naquela hora, o mundo dentro dele poderia se inverter. E então, de repente, sem falar uma palavra, sem uma marcação do seu passo, sem mudar uma linha no seu rosto, de repente a camuflagem iria abaixo e as energias do seu ódio explodiriam. O ódio o preencheria como uma chama enorme rugindo. E quase no mesmo instante explodiria a bala, tarde demais, ou cedo demais. Eles teriam explodido seu cérebro em pedaços antes que pudessem reivindicá-lo. O pensamento herético permaneceria impune, sem arrependimento, fora do alcance deles para sempre. Eles teriam explodido um buraco em sua própria perfeição. Morrer odiando-os, isso era liberdade.

Ele fechou os olhos. Era mais difícil do que aceitar uma disciplina mental. Era uma questão de se degradar, se mutilar. Ele tinha conseguido mergulhar na imundície da imundície. O que era a coisa mais horrível e repugnante de todas? Pensou no Grande Irmão. O rosto enorme (como o via constantemente nos pôsteres, pensava nele como tendo um metro de largura), com seu bigode grosso e preto e os olhos que o seguiam por toda parte, parecia flutuar em sua mente por vontade própria. Quais eram seus reais sentimentos pelo Grande Irmão?

Houve uma pisada forte de botas no corredor. A porta de ferro abriu com um tinido. O'Brien entrou na cela. Atrás dele estavam agentes com cara de cera e os guardas nos uniformes pretos.

— Levante-se — disse O'Brien. — Venha aqui.

Winston se pôs de pé diante dele. O'Brien tomou os ombros de Winston entre suas mãos fortes e olhou para ele com bastante atenção.

— Você pensou em me enganar — ele disse. — Isso foi burrice. Fique reto. Olhe na minha cara.

Ele parou e continuou em um tom mais gentil:

— Você está melhorando. Intelectualmente tem bem pouca coisa errada com você. Só emocionalmente você não consegue progredir. Diga-me, Winston, e lembre-se, sem mentiras, você sabe que sou sempre capaz de detectar uma mentira, diga-me, quais são seus verdadeiros sentimentos em relação ao Grande Irmão?

— Eu o odeio.

— Você o odeia. Bom. Então chegou a hora de dar o último passo. Você deve amar o Grande Irmão. Não basta obedecê-lo; você deve amá-lo.

Ele soltou Winston com um pequeno empurrão na direção dos guardas.

— Sala 101 — disse.

Capítulo 5

A cada estágio de sua prisão ele tinha tomado conhecimento, ou parecia saber, em qual parte do prédio sem janelas ele estava. Possivelmente havia pequenas diferenças na pressão atmosférica. As celas em que tinha apanhado dos guardas eram subterrâneas. A sala onde havia sido interrogado por O'Brien era em um andar mais alto, próximo do topo do edifício. Este lugar agora ficava a muitos metros abaixo do solo, tão profundo quanto se pudesse ir.

Era maior do que a maioria das celas em que ele estivera. Mas ele mal conseguia notar o entorno. Tudo que notava era que havia duas pequenas mesas bem na frente dele, cada uma coberta com um tecido verde. Uma estava a apenas um ou dois metros dele, a outra estava mais longe, perto da porta. Ele estava atado ereto a uma cadeira, tão apertado que não podia mexer nada, nem mesmo sua cabeça. Uma espécie de coxim segurava sua cabeça atrás, forçando-o a olhar reto para a frente.

Por um momento, esteve sozinho, depois a porta se abriu e O'Brien entrou.

— Uma vez você me perguntou — disse O'Brien — o que havia na Sala 101. Eu lhe disse que você já sabia a resposta. Todo mundo sabe. O que há na Sala 101 é a pior coisa que há no mundo.

A porta se abriu de novo. Um guarda entrou, carregando algo feito de arame, uma caixa ou um tipo de cesto. Ele colocou tudo sobre a mesa mais distante. Devido à posição de O'Brien, Winston não conseguia ver do que se tratava.

— A pior coisa que há no mundo — disse O'Brien — varia de pessoa para pessoa. Pode envolver ser enterrado vivo, ou morrer queimado ou por afogamento, ou ser empalado, ou cinquenta outros tipos de mortes. Em alguns casos, trata-se de algo bem trivial, não necessariamente fatal.

Ele tinha se mexido um pouco para um lado e assim Winston tinha uma visão melhor do que estava sobre a mesa. Era uma gaiola oval de arame com uma alça em cima para ser carregada. Fixada na frente dela havia algo que se parecia com uma máscara de esgrima, com o lado côncavo para fora. Embora estivesse três ou quatro metros longe dele, era possível ver que a gaiola era dividida no comprimento em dois compartimentos, e que havia algum tipo de animal em cada um. Eram ratos.

— No seu caso — disse O'Brien — a pior coisa que há no mundo são ratos.

Um tipo de terror premonitório, um medo que ele não tinha certeza exatamente do que, passou por Winston assim que ele deu uma primeira olhada na gaiola. Imediatamente, ele percebeu a função da máscara na frente da gaiola. Sentiu um nó nas tripas.

— Você não pode fazer isso! — gritou alto com uma voz rachada. — Você não conseguiria, não conseguiria! É impossível.

— Você se lembra — disse O'Brien — do momento de pânico que costumava ocorrer nos seus sonhos? Havia uma parede de escuridão na sua frente e um rugido em seus ouvidos. Havia algo terrível do outro lado da parede. Você sabia o que era, mas não ousava admitir. Eram os ratos que estavam do outro lado da parede.

— O'Brien! — disse Winston, fazendo um esforço para controlar sua voz. — Você sabe que isso não é necessário. O que você quer que eu faça?

O'Brien não deu uma resposta direta. Quando falou foi daquele jeito professoral que às vezes ele afetava. Olhou pensativamente ao longe, como se estivesse se dirigindo a um público em algum lugar além das costas de Winston.

— Por si só — ele disse — a dor nem sempre é suficiente. Há ocasiões em que uma pessoa vai suportar a dor, até o ponto de morrer. Mas para todo mundo há algo insuportável, algo que não pode ser contemplado. Não é uma questão de coragem ou covardia. Se você está caindo de certa altura, não é covardia tentar se segurar em uma corda. Se você acabou de emergir de águas profundas, não é covardia encher seus pulmões de ar. É o mesmo com os ratos. Para você, eles são insuportáveis. Eles representam um tipo de pressão que você não consegue tolerar, mesmo se desejasse. Você fará o que lhe pedirem.

— Mas o que é? O que é? Como posso fazer se não sei o que é?

O'Brien pegou a gaiola e colocou na mesa mais próxima. Ele a ajeitou cuidadosamente sobre o tecido. Winston podia ouvir o sangue zunindo em seus ouvidos. A sensação era de estar sentado em completa solidão. Ele estava no meio de uma vasta e vazia planície, um deserto plano encharcado em raios solares, fazendo os sons parecer que chegavam a ele de uma imensa distância. E a gaiola com ratos não estava mais do que dois metros longe dele. Eram ratos enormes. Estavam em uma fase em que o focinho vai ganhando aparência bruta e feroz e o pelo fica marrom, em vez de cinza.

— O rato — disse O'Brien, ainda se dirigindo a sua plateia invisível —, embora seja um roedor, é carnívoro. Você sabe disso. Por certo já ouviu falar das coisas que acontecem nos bairros pobres dessa cidade. Em algumas ruas, as mulheres não arriscam deixar seus bebês sozinhos na casa nem por cinco minutos. Por certo os ratos atacariam. Não precisariam de muito tempo para estraçalhar um bebê. Também atacam pessoas doentes ou moribundas. Demonstram uma inteligência impressionante para detectar quando um ser humano está indefeso.

Houve uma explosão de guinchos na gaiola. Pareciam atingir Winston de longe. Os ratos estavam brigando, tentando atacar um ao outro pela divisória. Ele ouviu também um gemido profundo de desespero. Isso também pareceu vir de fora dele.

O'Brien pegou a gaiola e, com isso, apertou algo nela. Ouviu-se um tique agudo. Winston fez um esforço frenético para se soltar da cadeira. Em vão. Cada parte dele, mesmo sua cabeça, era mantida imóvel. O'Brien trouxe a gaiola para mais perto. Estava a menos de um metro do rosto de Winston.

— Apertei o primeiro botão — disse O'Brien. — Acho que você entende a construção dessa gaiola. A máscara vai se encaixar na sua cabeça, não deixando escapatória. Quando eu apertar o outro botão, a porta da gaiola subirá. Essas criaturas famintas sairão em disparada, feito balas. Você já viu um rato pular no ar? Eles vão saltar direto para seu rosto e cavoucá-lo todo. Às vezes atacam os olhos primeiro. Às vezes cavam a bochecha e devoram a língua.

A gaiola ficava cada vez mais próxima e faltava pouco para grudar em seu rosto. Winston ouviu uma sucessão de guinchos estridentes que pareciam emanar de cima da sua cabeça. Mesmo assim, tentou lutar bravamente contra o pânico. Pensar, pensar, mesmo restando uma fração de segundo, pensar era a única esperança. De repente o odor pestilento e rançoso dos bichos atingiu suas narinas. Ele sentiu uma forte náusea e quase desmaiou. Tudo ficou preto. Por um instante, ficou louco, gritando como um animal. Mas voltou da escuridão tateando uma ideia. Havia apenas uma única maneira de se salvar. Ele tinha de interpor outro ser humano, o corpo de outro ser humano, entre si e os ratos.

A circunferência da máscara era grande o suficiente agora para impedir a visão de qualquer outra coisa. A porta de arame estava a dois palmos de seu rosto. Os ratos sabiam o que os aguardava. Um deles pulava sem parar; o outro, um velho escamoso vovozinho dos esgotos, estava em pé, com suas mãos cor-de-rosa segurando as barras e cheirando o ar com ferocidade. Winston podia ver os bigodes e os dentes amarelos. De novo o pânico negro tomou conta dele. Ficou cego, indefeso e irracional.

— Era uma punição comum na China Imperial — disse O'Brien, didático como sempre.

A máscara estava quase fechando no seu rosto. O arame roçava sua bochecha. E então, não, não era alívio, apenas esperança, um fragmento minúsculo de esperança. Tarde demais, talvez tarde demais. Mas repentinamente ele entendeu que no mundo todo havia apenas uma pessoa a quem ele poderia transferir essa punição, um corpo que ele podia posicionar entre si e os ratos. E assim acabou gritando freneticamente:

— Faça com Julia! Faça isso com Julia! Não eu! Julia! Não me importa o que fizer com ela. Pode rasgar o rosto dela, estraçalhá-la. Não eu! Julia! Não eu!

Ele estava caindo para trás, em enormes profundezas, longe dos ratos. Ainda estava atado à cadeira, mas tinha caído no chão, pelas paredes do edifício, pela terra, pelos oceanos, pela atmosfera, pelo espaço sideral, nos abismos entre as estrelas, sempre longe, longe, longe dos ratos. Ele estava anos-luz distante, mas O'Brien estava a seu lado. Ainda sentia o toque frio do arame nas suas bochechas. Mas, em meio à escuridão que o envolvia, ouviu um novo tique e soube que a porta da gaiola tinha se fechado e não aberto.

Capítulo 6

O Chestnut Tree estava sempre vazio. Um raio de sol incidia pela janela e caía sobre as mesas empoeiradas. Era a hora solitária das três da tarde. Uma música metálica vinha das teletelas.

Winston se sentou em seu canto de costume, olhando para um copo vazio. De vez em quando ele olhava para aquele rosto enorme que o encarava da parede oposta. "O Grande Irmão está observando você", dizia o pôster. Sem ser chamado, um garçom veio e encheu seu copo com gim Victory, pingando algumas gotas de outra garrafa por um canudinho na rolha. Era sacarina com aroma de cravo, especialidade do café.

Winston escutava a teletela. Naquela hora, só havia música, mas a qualquer momento poderiam transmitir algum boletim especial do Ministério da Paz. As notícias do front africano eram preocupantes ao extremo. O dia todo ele estava apreensivo com isso. Um exército eurasiano (a Oceânia estava em guerra com a Eurásia; a Oceânia sempre estivera em guerra com a Eurásia) estava se movendo em direção ao sul com velocidade assustadora. O boletim do meio do dia não tinha mencionado nenhuma área definida, mas era provável que a Bacia do Congo já tivesse se convertido em campo de batalha. Brazzaville e Leopoldville estavam em perigo. Não precisava olhar no mapa para entender o que significava. Não era simplesmente uma questão de perder a África Central; pela primeira vez na guerra toda, o território da Oceânia em si estava ameaçado.

Uma forte emoção, não medo exatamente, mas um tipo de excitação não identificada, acendeu-se nele, depois apagou-se de novo. Ele parou de pensar na guerra. Esses dias ele não conseguia fixar seu pensamento em um único assunto por mais do que alguns minutos. Pegou seu copo e bebeu em um gole só. Como sempre, o gim o fez estremecer e até ter ânsia de vômito. O negócio era horrível. O cravo e a sacarina, já nojentos o bastante em sua concepção, não conseguiam disfarçar o odor mundano de óleo. E o pior de tudo era que o cheiro do gim, que permanecia com ele noite e dia, estava inextricavelmente misturado em sua cabeça com o cheiro daqueles...

Ele nunca os nomeava, mesmo em seus pensamentos, e tanto quanto possível ele nunca os visualizava. Eram algo de que ele estava parcialmente consciente, rodeando seu rosto, um cheiro que grudava em suas narinas. Conforme o gim ia fazendo efeito, ele arrotava pelos lábios roxos. Tinha engordado desde que o soltaram e tinha voltado à sua cor antiga, na verdade, estava até mais corado. Seus traços haviam se adensado, a pele no nariz e nas maçãs do rosto tinham ganhado uma coloração avermelhada, até a careca estava bem rosada. Um garçom, de novo sem ser chamado, trouxe o tabuleiro de xadrez e a edição do dia do *The Times*, com a página aberta no problema de xadrez. Então, vendo que o copo de Winston estava vazio, ele trouxe a garrafa de gim e o encheu. Não havia necessidade de dar ordens. Eles conheciam seus hábitos. O tabuleiro de xadrez estava sempre esperando por ele, sua mesa de canto estava sempre reservada; mesmo quando o local estava cheio ele conseguia se sentar sozinho, já que ninguém desejava ser visto em sua companhia. Ele também não se preocupava em contar seus drinques. Em intervalos regulares eles levavam até ele uma tira de papel suja que diziam ser a conta, mas ele tinha a impressão de que sempre cobravam a menos. Não teria feito diferença se fosse o contrário. Hoje em dia ele sempre tinha dinheiro suficiente. Ele tinha até um emprego, uma mamata, mais bem pago do que seu antigo emprego.

A música da teletela parou e uma voz assumiu. Winston ergueu a cabeça para ouvir. Não era um boletim do front, no entanto. Era um breve e simples anúncio do Ministério da Fartura. No trimestre anterior, ao que parece, a cota de produção de cadarços do Décimo Plano Trienal havia sido superada em 98%.

Ele examinou o problema de xadrez e distribuiu as peças. Era um final intrincado, envolvendo dois cavalos. "O branco joga e dá um xeque-mate em dois movimentos." Winston olhou para o retrato do Grande Irmão. O branco sempre dá xeque-mate, pensou com uma abstração triste. Sempre, sem exceção, é assim que é combinado. Em nenhum problema de xadrez desde que o mundo é mundo o preto jamais ganhou. Não simbolizava o triunfo eterno invariável do Bem sobre o Mal? O enorme rosto o encarava de volta, cheio de um calmo poder. O branco sempre dá o xeque-mate.

A voz da teletela pausou e acrescentou em um tom diferente e muito mais grave:

— Avisamos para que aguardem um pronunciamento importante às três e meia. Três e meia! Essa notícia é da mais alta importância. Cuidado para não perder. Três e meia!

A música tilintante voltou.

O coração de Winston disparou. Era o boletim do front. O instinto lhe dizia que viriam más notícias. O dia todo, com pequenos impulsos de excitação, o pensamento de uma derrota esmagadora na África entrava e saía da sua cabeça. Parecia que ele via, de fato, o exército eurasiano amontoar-se na fronteira nunca cruzada e ir entrando pela extremidade da África, como uma fileira de formigas. Por que não tinha sido possível encurralá-los de alguma forma? O contorno da costa oeste africana estava vívido em sua mente. Ele pegou o cavalo branco e o moveu pelo tabuleiro. Aquele era o local apropriado. Mesmo enquanto ele via a horda de negros correndo para o sul, ele viu uma outra força, misteriosamente formada, repentinamente plantada na retaguarda deles, cortando sua comunicação por terra e mar. Ele sentia que, pelo simples fato de desejar, ele faria com que essa outra força existisse. Mas era preciso agir rápido. Se eles pudessem ter controle de toda a África, se eles tivessem campos aéreos e submarinos-base no Cabo, partiriam a Oceânia em dois pedaços. Poderia significar qualquer coisa: derrota, colapso, a nova divisão do mundo, a destruição do Partido! Respirou fundo. Uma mistura extraordinária de sentimentos — mas não era uma mistura, exatamente, estava mais para camadas sucessivas de sentimentos em que não se podia dizer qual camada era mais interna — lutava dentro dele.

O espasmo passou. Ele colocou o cavalo branco de volta no lugar, mas por um tempo não conseguiu se concentrar para analisar o problema de xadrez seriamente. Seus pensamentos se perderam de novo. Quase inconscientemente ele usou os dedos para escrever na poeira sobre a mesa:

$$2 + 2 = 5$$

"Eles não podem entrar na sua mente", ela havia dito. Mas eles podiam entrar na sua mente. "O que acontece com você aqui é para sempre", O'Brien havia dito. Essa fala era verdadeira. Havia coisas, seus próprios atos, dos quais você nunca podia se recuperar. Algo tinha sido morto no seu peito, queimado, cauterizado.

Ele a tinha visto, tinha até falado com ela. Não havia perigo nisso. Ele sabia como que por instinto que eles agora não tinham mais interesse no que ele fazia. Ele poderia ter combinado um segundo encontro se ambos quisessem. Na verdade, foi por acaso que se encontraram. Foi no parque, em um dia insignificante e gelado de março, quando a terra era como ferro e toda a grama parecia morta e não havia um botão de flor em qualquer lugar exceto alguns pés de açafrão que tinham florido apenas para serem despedaçados pelo vento. Ele andava apressado com as mãos congeladas e olhos úmidos quando a viu a menos de dez metros de distância. Surpreendeu-se em um primeiro momento pela maneira imprecisa com que ela havia mudado. Eles quase passaram um pelo outro sem um sinal. Então, ele se virou e a seguiu, não com muito ímpeto. Ele sabia que não havia perigo, ninguém teria interesse nele. Ela não falou. Ela andava inclinadamente sobre a grama como se tentasse se livrar dele, então resignou-se a tê-lo ao seu lado. Nessa hora eles estavam em meio a uma touceira de arbustos irregulares e desfolhados, inúteis tanto para esconderijo quanto para proteção contra o vento. Pararam. O frio era cortante. O vento assoviava pelos galhos e balançava os feios e eventuais pés de açafrão. Ele colocou seu braço em volta da cintura dela.

Não havia teletela, mas podia haver microfones escondidos. Além disso, eles podiam ser vistos. Não importava, nada importava. Eles poderiam ter se deitado no chão e feito aquilo, caso quisessem. A carne dele congelou de repulsa ao pensar nisso. Ela não respondeu ao toque do seu braço, nem tentou se desvencilhar. Ele sabia agora o que tinha mudado nela. Seu rosto estava mais amarelado e havia uma longa cicatriz, parcialmente escondida pelo cabelo, que atravessava sua testa e têmpora. Mas essa não era a mudança. Era que sua cintura tinha ficado mais larga e, de forma surpreendente, tinha endurecido. Ele se lembrou como uma vez, depois da explosão de um míssil, ele tinha ajudado a tirar um corpo de sob as ruínas e tinha ficado atônito não apenas pelo peso incrível, mas também por sua rigidez e estranheza ao manipulá-lo, o que o fazia parecer mais pedra do que carne. O corpo dela estava assim. Ele pensou até que a textura de sua pele seria bem diferente do que tinha um dia sido.

Ele não tentou beijá-la, e eles nem se falaram. Enquanto caminhavam de volta pela grama, ela olhou para ele diretamente pela primeira vez. Foi apenas um olhar momentâneo, cheio de desprezo e desgosto. Ele imaginava se seria um desgosto puramente pelo passado ou se era inspirado também pelo rosto inchado dele ou a água que o vento fazia seus olhos verter. Sentaram-se em duas cadeiras de ferro lado a lado, mas não muito perto um do outro. Ele viu que ela estava prestes a falar. Ela moveu seu sapato desajeitado uns poucos centímetros e deliberadamente esmagou um ramo. Seu pé parecia que tinha ficado mais largo.

— Eu traí você — ela disse categoricamente.

— Eu traí você — ele disse.

Ela deu outro rápido olhar de desprezo.

— Às vezes — ela disse — eles ameaçam você com alguma coisa, algo que você não pode enfrentar, algo em que você não consegue nem pensar. E então você diz: "Não faça isso comigo, faça com outra pessoa, faço isso para fulano de tal". E talvez você depois minta para você mesmo que foi só um truque e que você só disso aquilo para fazê-los parar e não queria mesmo que aquilo acontecesse. Mas não é verdade. Na hora que você fala é para valer. Você acha que não há outra maneira de se salvar e você se vê pronto para se salvar daquela maneira. Você quer que aconteça com a outra pessoa. Você não liga a mínima se a pessoa vai sofrer. Tudo que importa é você mesmo.

— Tudo o que importa é você mesmo — ele repetiu.

— E depois disso você não sente mais a mesma coisa pela pessoa.

— Não — ele concordou —, não sente o mesmo.

Parecia não haver mais o que dizer. O vento colava seus finos macacões sobre seus corpos. De uma hora para outra se tornou constrangedor ficarem sentados lá em silêncio. Além do mais, estava muito frio para ficar parado. Ela falou algo sobre pegar o metrô e se levantou para ir.

— Temos de nos encontrar de novo — ele disse.

— Sim — ela disse —, temos de nos encontrar de novo.

Ele seguiu hesitante a uma curta distância, meio passo atrás dela. Não se falaram de novo. Ela não exatamente tentou se desvencilhar dele, mas andou tão rápido que ele não conseguiu manter o mesmo passo dela. Ele tinha decidido acompanhá-la até a estação de metrô, mas de repente esse processo de seguir seu rastro no frio pareceu sem sentido e insuportável. Ele foi dominado por um desejo não tanto de se livrar de Julia, mas de voltar ao Café Chestnut Tree, que nunca pareceu tão atrativo quanto naquele momento. Ele teve uma visão nostálgica de sua mesa de canto, com o jornal e o tabuleiro de xadrez e o inesgotável gim. Acima de tudo, estaria quente lá dentro. No momento seguinte, não completamente por acidente, ele se permitiu se separar dela próximo a um pequeno grupo de pessoas. Ele fez uma tentativa de alcançá-la sem convicção, depois diminuiu o passo, se virou e seguiu na direção oposta. Após andar cinquenta metros ele olhou para trás. A rua não estava lotada, mas ele já não conseguia identificá-la. Ela podia ser qualquer uma entre uma dúzia de pessoas apressadas. Talvez seu corpo mais largo, enrijecido não fosse mais reconhecível por trás.

"Na hora que você fala", ela havia dito, "é para valer." Ele tinha falado para valer. Ele não disse da boca para fora, ele tinha de fato desejado. Ele tinha desejado que ela e não ele tivesse sido entregue aos...

Algo mudou na música que vinha da teletela. Uma nota quebrada e zombeteira, uma nota amarela, vinha de lá. E então — talvez não estivesse acontecendo, talvez fosse apenas uma lembrança se aproveitando da semelhança de um som — uma voz estava cantando:

Sob a vasta castanheira

Eu vendi você e você me vendeu

Lágrimas brotaram em seus olhos. Um garçom que estava passando notou seu copo vazio e voltou com a garrafa de gim.

Ele pegou seu copo e torceu o nariz para ele. O troço em vez de melhorar ficava mais horrível a cada gole que ele bebia. Mas tinha se tornado o elemento no qual ele se afogava. Era sua vida, sua morte e sua ressureição. Era no gim que ele mergulhava toda noite em estupor, e era o gim que o reanimava toda manhã. Quando ele acordava, raramente antes das onze, com olhos grudados e a boca amarga e as costas parecendo quebradas, seria impossível sair da posição horizontal se não fosse pela garrafa e a xícara que passavam a noite ao lado da cama. Durante várias horas do dia ele se sentava com o rosto sem expressão, a garrafa à mão, ouvindo a teletela. Das três da tarde até a hora de fechar, ele ficava no Chestnut Tree. Ninguém mais se importava com o que ele fazia, nenhum apito o despertaria, nenhuma teletela o perturbava. Ocasionalmente, talvez duas vezes por semana, ele ia a um escritório empoeirado e abandonado no Ministério da Verdade e realizava algum trabalho, ou o que era chamado de trabalho. Ele havia sido designado a um subcomitê de outro subcomitê que tinha se originado de um dos inúmeros comitês lidando com dificuldades menores que advinham da compilação da 11ª Edição do Dicionário de Novalíngua. Eles estavam incumbidos de produzir algo chamado Relatório Provisório, mas o que eles reportavam ele nunca chegou a descobrir. Tinha algo a ver com o fato de se as vírgulas deveriam ser colocadas dentro ou fora dos parênteses. Havia mais quatro pessoas no comitê, todas parecidas com ele. Havia dias em que eles se reuniam e logo em seguida se dispersavam de novo, francamente admitindo uns aos outros que não havia nada de fato para fazer. Mas havia dias em que eles se engajavam no trabalho avidamente, fazendo uma tremenda demonstração de registrar seus minutos e rascunhar longos memorandos que nunca eram finalizados, quando a discussão sobre o que eles estavam supostamente discutindo ficava extraordinariamente relativa e obscura, com sutis disputas sobre definições, enormes digressões, conflitos e até ameaças de apelar para autoridades superiores. Mas na sequência a vida parecia se esvair deles e eles se sentavam em torno da mesa se olhando com olhos inexistentes, como fantasmas que vão desaparecendo conforme o dia amanhece.

A teletela silenciou por um momento. Winston ergueu a cabeça de novo.

O boletim! Mas, não, estavam simplesmente trocando de música. Ele podia ver o mapa da África se fechasse os olhos. O movimento dos exércitos era um diagrama: uma seta negra rasgando verticalmente no sentido sul, e uma seta branca horizontal no sentido leste, cruzando a retaguarda da primeira. Como que por garantia ele olhou para o rosto imperturbável no pôster. Era possível que a segunda seta nem existisse?

Seu interesse se dispersou de novo. Bebeu outra golada de gim, pegou o cavalo branco e tentou um movimento. Xeque. Mas evidentemente não era o movimento certo, porque...

Sem ser chamada, uma lembrança chegou à sua mente. Ele viu um quarto iluminado por uma vela com uma cama enorme coberta por uma colcha branca e ele mesmo, um menino de 9 ou 10 anos, sentado no chão, balançando uma caixa de dados e gargalhando. Sua mãe estava sentada na sua frente e também ria.

Deve ter sido cerca de um mês antes de ela desaparecer. Era um momento de reconciliação, quando a fome persistente em sua barriga estava esquecida e sua antiga afeição por ela tinha sido temporariamente reanimada. Ele se lembrava bem do dia, um dia chuvoso, encharcado, com a água escorrendo pela janela e a iluminação interna tão fraca que não dava para ler. O tédio das duas crianças em um quarto escuro e apertado atingiu um nível insuportável. Winston estava birrento, choramingava, fazendo frustrados pedidos por comida, andava inquieto pelo quarto tirando tudo do lugar e chutando os lambris até os vizinhos baterem na parede, enquanto a criança menor gemia de tempos em tempos. No final, sua mãe disse: "Agora, se ficar bonzinho, eu compro um brinquedo para você. Um brinquedo lindo, você vai adorar". Então, ela saiu na chuva para ir a uma lojinha perto dali que ainda abria esporadicamente e voltou com uma cartela com um jogo de Serpentes e Escadas. Ele ainda podia se lembrar do cheiro da cartela úmida. A qualidade do jogo era muito ruim. A cartela estava rachada e os minúsculos dados de madeira eram tão mal cortados que mal paravam em pé. Winston olhou para o negócio emburrado e sem interesse. Mas então sua mãe acendeu um pedaço de vela e eles se sentaram no chão para brincar. Logo ele ficou muito animado e gritava, rindo conforme as peças subiam as escadas com esperança e desciam deslizando pelas cobras quase voltando ao ponto inicial. Eles jogaram oito vezes, cada um ganhando quatro. Sua irmãzinha, jovem demais para entender do que tratava o jogo, recostou-se no espaldar da cadeirinha, rindo porque os outros estavam rindo. Eles passaram a tarde inteira juntos, se divertindo, como no início da sua infância.

Ele espantou essa cena da cabeça. Era uma falsa lembrança. Ocasionalmente as falsas lembranças o perturbavam. Elas não importavam, contanto que se soubesse o que eram de fato. Algumas coisas haviam acontecido, outras não tinham acontecido. Ele voltou a atenção para o tabuleiro de xadrez e pegou o cavalo branco de novo. Quase no mesmo instante deixou o cavalo cair no tabuleiro com um barulho. Foi como se um alfinete o tivesse espetado.

Um toque de trompete agudo tinha penetrado o ar. Era o boletim! Vitória! Sempre que o toque de trompete precedia a notícia era sinal de vitória. Um som de furadeira elétrica percorreu o café. Até os garçons tinham parado e ficado alertas.

O trompete tinha desencadeado um volume enorme de barulho. Uma voz animada já estava tagarelando na teletela, mas, quando começou, foi abafada pelos bramidos de alegrias vindos de fora. A notícia tinha corrido as ruas como mágica. Ele conseguia entender o mínimo que estava sendo transmitido pela teletela para compreender que tudo tinha acontecido como ele previra: uma enorme esquadra marítima tinha secretamente se posicionado para um ataque-surpresa na retaguarda do inimigo, a seta branca cruzando a retaguarda da seta preta. Fragmentos de frases de triunfo sobressaíam em meio ao alvoroço: "Grande manobra estratégica... coordenação perfeita... rota completa... meio milhão de prisioneiros... desmoralização completa... controle de toda a África... a guerra próxima do fim... vitória... maior vitória na história da humanidade... vitória, vitória, vitória!"

Os pés de Winston faziam movimentos convulsivos sob a mesa. Ele não tinha saído do lugar, mas em sua mente ele estava correndo, correndo rápido, estava com a multidão lá fora, vibrando até ficar surdo. Ele olhou de novo para o retrato do Grande Irmão. O gigante que dominou o mundo! A rocha contra a qual as hordas asiáticas se colidiram em vão! Ele pensou em como dez minutos atrás — sim, apenas dez minutos — ainda havia certo equívoco no seu coração enquanto ele imaginava se as notícias seriam de vitória ou de derrota. Ah, foi mais do que um exército eurasiano que havia perecido! Muito tinha mudado nele desde aquele primeiro dia no Ministério do Amor, mas a mudança final, indispensável e reparadora nunca tinha ocorrido até esse momento.

A voz da teletela ainda estava despejando sua história de prisioneiros, espólio e carnificina, mas a gritaria do lado de fora tinha diminuído um pouco. Os garçons estavam retornando a seu trabalho. Um deles se aproximou com a garrafa de gim. Winston, imerso em um sonho agradável, não prestou atenção enquanto seu copo era enchido. Ele não estava mais correndo nem aplaudindo. Estava de volta ao Ministério do Amor, com tudo perdoado, sua alma branca como a neve. Ele estava no banco dos réus, confessando tudo, entregando todo mundo. Caminhava pelo corredor de azulejo branco com a sensação de andar sob o sol e ter uma guarda armada às suas costas. A bala tanto tempo esperada estava entrando em seu cérebro.

Winston encarou o enorme rosto. Foram necessários quarenta anos para aprender que tipo de sorriso estava escondido embaixo do bigode escuro. Ah, que equívoco cruel e desnecessário! Ah, que exílio teimoso e obstinado de um peito amoroso! Duas lágrimas cheirando a gim escorreram ladeando seu nariz. Mas estava tudo bem, estava tudo bem, a batalha terminara. Ele havia alcançado a vitória sobre si mesmo. Ele amava o Grande Irmão.

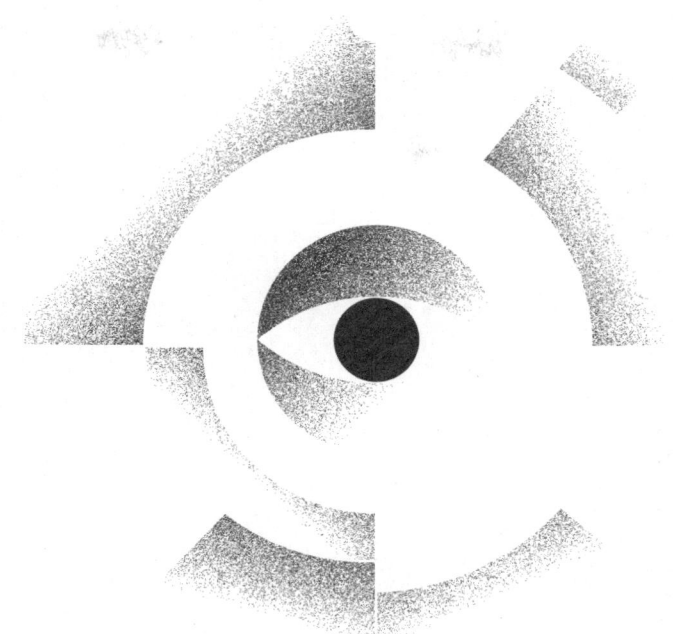

Apêndice

Os Princípios da Novalíngua

A novalíngua era a língua oficial da Oceânia e havia sido concebida para atender às necessidades ideológicas do Socing, ou Socialismo Inglês. No ano de 1984 ainda não havia ninguém que usasse novalíngua como seu único meio de comunicação, seja na fala, seja na escrita. Os principais artigos no *The Times* eram escritos nela, mas era um *tour de force* que só poderia ser conduzido por um especialista. Esperava-se que a novalíngua suplantasse finalmente a velhalíngua (ou inglês-padrão, como a chamamos) por volta do ano 2050. Enquanto isso, ela ganharia terreno regularmente, com todos os membros do Partido propensos a usar palavras e construções gramaticais em novalíngua cada vez mais em seus discursos diários. A versão em voga em 1984 e incorporada na nona e na décima edição do Dicionário de Novalíngua era provisória e continha muitos vocábulos supérfluos e formações arcaicas que seriam suprimidas mais tarde. Aqui nos preocupamos com a versão final e aperfeiçoada incorporada na décima primeira edição do Dicionário.

O propósito da novalíngua não era apenas proporcionar um meio de expressão para a visão de mundo e os hábitos mentais apropriados aos devotos do Socing, mas tornar todos os outros modos de pensamento impossíveis. A intenção era que, quando a novalíngua fosse adotada de uma vez por todas e a velhalíngua fosse esquecida, um pensamento herético — quer dizer, um pensamento que divergisse dos princípios do Socing — fosse literalmente impensável, pelo menos no que diz respeito a pensamentos dependerem de palavras. Seu vocabulário foi construído de forma a atribuir a expressão exata e muitas vezes sutil para cada sentido que um membro do Partido pudesse desejar expressar, enquanto excluía todos os outros sentidos e também possibilidades de chegar a eles por métodos indiretos. Isso foi feito parcialmente pela invenção de novas palavras, mas majoritariamente pela eliminação de palavras indesejadas e pela supressão de sentidos heréticos que tais palavras pudessem ainda apresentar, assim como todo sentido secundário possível. Para dar um único exemplo, a palavra "livre" ainda existia em novalíngua, mas ela só podia ser usada em frases como "Este cachorro está livre de pulgas" ou "Este campo está livre de ervas daninhas". Ela não podia ser usada em seu sentido antigo de "politicamente livre" ou "'intelectualmente livre" já que as liberdades política e intelectual não existiam mais nem como conceitos e tinham perdido, assim, a necessidade de serem nomeadas. Além da eliminação de palavras definitivamente heréticas, a redução do léxico era encarada como um fim em si, e nenhuma palavra que poderia ser dispensada teria permissão de sobreviver. A novalíngua foi concebida não para ampliar, mas para reduzir o escopo do pensamento, e esse propósito estava indiretamente apoiado na redução drástica da escolha de palavras.

A novalíngua foi fundada sobre a língua inglesa como a conhecemos agora, embora muitas frases em novalíngua, mesmo não contendo palavras recém-criadas, mal seriam inteligíveis para um falante de língua inglesa do nosso tempo. As palavras em novalíngua foram divididas em três classes diferentes, conhecidas como Vocabulário A, Vocabulário B (também chamado de palavras compostas) e Vocabulário C. Será mais simples discutir cada classe separadamente, mas as peculiaridades gramaticais da língua podem ser abordadas na seção dedicada ao Vocabulário A, já que as mesmas regras se aplicam a todas as três categorias.

Vocabulário A — O Vocabulário A consiste em palavras necessárias para as transações da vida diária, para ações como comer, beber, trabalhar, vestir-se, subir e descer escadas, conduzir veículos, cultivar, cozinhar e outras similares.

Ele foi composto quase totalmente por palavras que já possuíamos, tais como bater, correr, cachorro, árvore, açúcar, casa, campo. Mas em comparação com o vocabulário do inglês atual eram em número extremamente menor, enquanto os significados eram muito mais rigidamente definidos. Todas as ambiguidades e nuances de significado tinham sido extraídos delas. Desde que fosse possível, uma palavra em novalíngua pertencente a essa classe seria simplesmente um som *staccato* expressando um conceito claramente entendido. Seria quase impossível usar o Vocabulário A para fins literários ou para discussões políticas ou filosóficas. Foi concebido apenas para expressar pensamentos simples e racionais, geralmente envolvendo objetos concretos ou ações físicas.

A gramática da novalíngua tinha duas peculiaridades notáveis.[3] A primeira delas era uma intercambialidade quase completa de diferentes partes da fala. Qualquer palavra da língua (em princípio isso se aplicaria até a palavras bastante abstratas, como "se" ou "quando") poderia ser usada como verbo, substantivo, adjetivo ou advérbio. Entre o verbo e o substantivo, quando eles tinham a mesma raiz, não ocorria nenhuma variação, o que acabou gerando a eliminação de muitas formas arcaicas. A palavra "pensamento", por exemplo, não existia em novalíngua. Em seu lugar passa a ser usada "pensar", que servia tanto à função nominal quanto à função verbal. Nenhum princípio etimológico foi seguido aqui: em alguns casos se escolhe reter o substantivo e em outros o verbo. Mesmo quando um substantivo e um verbo de significado semelhante não possuíam relação etimológica, era frequente que um ou outro fosse suprimido. Não havia, por exemplo, palavra como "cortar", seu sentido era suficientemente expresso pelo substantivo-verbo "faca". Adjetivos eram formados pelo acréscimo do sufixo -ado ao substantivo-verbo, e advérbios pela a adição de -mente. Dessa forma, "velocidadeado" significava "rápido" e "velocidadementeº significava "rapidamente". Alguns dos adjetivos que usamos hoje, como bom, forte, grande, negro, suave, foram mantidos, mas tiveram seu número reduzido. Não havia

---

3 É importante ressaltar que George Orwell concebeu a novalíngua com base na língua inglesa e nas particularidades de sua gramática. Aqui adaptamos alguns trechos para fazer sentido em língua portuguesa. Algumas partes, se fossem simplesmente traduzidas, não fariam sentido para quem não conhece a gramática inglesa, e se explicássemos certos detalhes teríamos de descrever aspectos bastante intrincados da gramática, perdendo o propósito do texto.

muita necessidade deles, já que quase qualquer sentido adjetival poderia ser obtido pela adição de -ado a um substantivo-verbo. Nenhum dos hoje existentes advérbios foi mantido, exceto uns poucos terminados em -mente. A terminação em -mente era invariável. A palavra "bem", por exemplo, foi substituída por "bommente".

Além disso, qualquer palavra — a princípio isso pode ser aplicado a qualquer palavra na língua — poderia ser tornada negativa pela adição do prefixo in- ou im-, ou poderia ser intensificada pelo prefixo mais-, ou, para ainda mais ênfase, duplomais-. Assim, por exemplo, "infrio" significa "quente", enquanto "maisfrio" significa "muito frio" e "duplomaisfrio" significa "extremamente frio". Também era possível, assim como no inglês atual, modificar o significado de quase toda palavra com prefixos preposicionais como ante-, pós-, sobre-, sob- etc. Com esses métodos era possível promover uma enorme redução lexical. Por exemplo, com a palavra "bom" não havia necessidade da palavra "mau", já que o significado podia ser igualmente — na verdade, melhor — expresso por "imbom". Tudo o que se precisava, no caso de duas palavras que formavam um par natural de opostos, era decidir qual das duas eliminar. "Escuro", por exemplo, poderia ser substituída por "inclaro", ou "claro" por "inescuro", de acordo com a preferência.

A segunda característica diferenciadora da gramática da novalíngua era sua regularidade. Com algumas exceções, todas as flexões seguiam as mesmas regras. Assim, em todos os verbos o pretérito e o particípio passado seriam iguais. Todos os plurais seriam formados acrescentando -s. A comparação de adjetivos se daria invariavelmente pela adição de um sufixo.

As únicas classes de palavras que ainda poderiam ser flexionadas irregularmente eram os pronomes pessoais, os demonstrativos e os verbos auxiliares. Todos esses continuaram seguindo o uso antigo. Havia também certas irregularidades na formação de palavras advindas da necessidade por uma fala mais rápida e fácil. Uma palavra que fosse difícil de pronunciar, ou estivesse suscetível a ser incorretamente compreendida, era considerada *ipso facto* uma palavra ruim; ocasionalmente, portanto, em nome da eufonia, letras extras foram inseridas em uma palavra ou uma formação arcaica foi preservada. Mas essa necessidade estava majoritariamente em conexão com o Vocabulário B.

Por que uma importância tão grande foi atribuída à facilidade de pronúncia será esclarecida em breve.

Vocabulário B — O Vocabulário B era constituído de palavras que haviam sido claramente construídas por razões políticas, palavras que não apenas tinham uma implicação política, mas pretendiam impor uma atitude mental desejável sobre a pessoa que fizesse uso delas. Sem um entendimento completo dos princípios do Socing, seria difícil usá-las corretamente. Em alguns casos, elas podiam ser traduzidas para a velhalíngua, ou mesmo para palavras tomadas do Vocabulário A, mas isso normalmente demandava um longo processo de parafrasear e sempre gerava perdas de certas implicações. As palavras em B eram uma espécie de taquigrafia verbal, sempre agrupando uma gama completa de ideias em poucas sílabas, e ao mesmo tempo mais exatas e poderosas do que a linguagem comum.

Em todos os casos, as palavras B eram compostas. [Palavras compostas como fala-escreve, podiam ser encontradas no Vocabulário A, mas essas eram simples abreviações e não possuíam nenhum tom ideológico.] Elas consistiam em duas ou mais palavras, ou grupos de palavras, amalgamadas de uma forma facilmente pronunciável. Essa fusão resultante era sempre um substantivo-verbo e flexionado de acordo com as regras comuns. Por exemplo, a palavra "bompensar", que significa grosseiramente "ortodoxia", ou, se tomada como verbo, "pensar de uma maneira ortodoxa". Ela é flexionada recebendo sufixos ou prefixos para formar adjetivo, advérbio, passado, particípio passado, gerúndio etc.

A construção das palavras em B não teve base etimológica. As palavras das quais elas surgiram poderiam ser de qualquer classe gramatical e poderiam ser posicionadas em qualquer ordem e mutiladas de qualquer forma que facilitasse a pronúncia desde que indicasse sua derivação. Na palavra "crimepensar", por exemplo, "pensar" vem depois, enquanto em "pensarpoli" (Polícia das Ideias) vem primeiro, com a palavra "polícia" perdendo a última sílaba. Devido à grande dificuldade em garantir eufonia, formações irregulares eram mais comuns no Vocabulário B do que no Vocabulário A. Por exemplo, as formas de adjetivo de Miniver, Minipaz e Miniamor ficaram, respectivamente, miniverdadeiro, minipacífico e miniamoroso, simplesmente porque a pronúncia de -verdadeado, -pazado e -amorado poderia causar estranheza. A princípio, no entanto, todas as palavras em B poderiam ser flexionadas, e todas eram flexionadas exatamente da mesma forma.

Algumas das palavras em B possuíam sentidos muito sutis, pouco inteligíveis para alguém que não dominasse a língua como um todo. Considere, por exemplo, uma frase típica de um artigo no *Times* como "Velhopensadores inventresentir Socing". A interpretação mais curta que poderia se fazer dela em velhalíngua seria: "Aqueles cujas ideias foram formadas antes da revolução não conseguem ter uma compreensão emocional completa dos princípios do socialismo inglês". Mas essa não é uma tradução adequada. Para começar, a fim de compreender o sentido total da frase em novalíngua acima, seria necessário ter uma ideia muito clara do que é o Socing. Além disso, apenas uma pessoa com um embasamento profundo do Socing poderia apreciar a força cabal da palavra "ventresentir", que implica uma aceitação entusiasmada e cega difícil de imaginar hoje; ou da palavra "velhopensar", que foi indissociavelmente mesclada à ideia de maldade e decadência. Mas a função especial de certas palavras em novalíngua, entre as quais "velhopensar", não era muito expressar significados, mas destruí-los. Essas palavras, necessariamente em pouca quantidade, haviam tido seus significados estendidos até que elas contivessem uma vasta gama de palavras que seriam descartadas e esquecidas conforme seus significados fossem sendo cobertos de forma satisfatória por termos simples e mais abrangentes. A maior dificuldade dos compiladores do Dicionário de Novalíngua não era inventar novas palavras, mas, após inventá-las, se certificar do que elas significavam, quer dizer, quais conjuntos de palavras seriam anulados com sua existência.

Como já vimos no caso da palavra "livre", palavras que um dia carregaram um significado herético eram às vezes mantidas devido à conveniência, mas com a certeza de que os significados indesejáveis tivessem sido extraídos delas. Incontáveis palavras, tais como honra, justiça, moralidade, internacionalismo, democracia, ciência e religião tinham simplesmente deixado de existir. Uma manta de poucas palavras as cobre e, assim, as elimina. Todas as palavras que se agrupavam em torno de conceitos de liberdade e igualdade, por exemplo, ficaram contidas na única palavra "crimepensar", enquanto todas as palavras girando em torno dos conceitos de objetividade e racionalismo se restringiram à palavra "velhopensar". Uma precisão maior teria sido perigosa. O que se exigia de um membro do Partido era uma visão similar àquela do antigo hebreu que sabia, mesmo sem saber muito mais, que todas as outras nações que não a sua adoravam "falsos deuses". Ele não precisava saber que esses deuses eram chamados Baal, Osíris, Moloc, Astaroth etc. Provavelmente, quanto menos soubesse sobre eles, melhor para sua ortodoxia. Ele conhecia Jeová e seus mandamentos. Ele sabia, portanto, que todos os deuses com outros nomes ou outros atributos eram deuses falsos. Analogamente, um membro do Partido sabia o que constituía uma conduta correta e, em termos extremamente vagos e gerais, sabia quais tipos de desvios eram possíveis. Sua vida sexual, por exemplo, era totalmente regulada por duas palavras em novalíngua, "sexocrime" (imoralidade sexual) e "bomsexo" (castidade). "Sexocrime" cobria todos os desvios sexuais possíveis, como fornicação, adultério, homossexualidade e outras perversões e, além disso, relações sexuais normais praticadas por prazer. Não havia a necessidade de nomeá-los todos separadamente, já que eram igualmente culpáveis e, em princípio, todos puníveis com a morte. No Vocabulário C, que consistia em palavras científicas e técnicas, podia ser necessário dar nomes específicos a certas aberrações sexuais, mas o cidadão comum não tinha necessidade dessas palavras. Ele sabia o que significava "bomsexo", ou seja, relações normais entre marido e mulher com o único propósito de gerar filhos e sem prazer físico da parte da mulher. Tudo o mais era "sexocrime". Em novalíngua raramente era possível deixar fluir um pensamento herético para além da percepção de que ele era herético. Além desse ponto, as palavras necessárias eram não existentes.

Nenhuma palavra no Vocabulário B era ideologicamente neutra. Muitas eram eufemismos. Tais palavras, por exemplo, "campoalegria" (campo de trabalho forçado) ou Minipaz (Ministério da Paz, quer dizer, Ministério da Guerra), significavam quase o exato oposto do que o nome dizia. Algumas palavras, por outro lado, revelavam uma compreensão franca e pejorativa da real natureza da sociedade oceânica. Um exemplo era "suprirproleta", significando o entretenimento desprezível e as notícias espúrias que o Partido distribuía às massas. Outras palavras, novamente, eram ambivalentes, tendo uma conotação "boa" quando aplicadas ao Partido e "ruim" quando aplicadas ao inimigo. Além disso, havia um considerável número de palavras que à primeira vista pareciam ser meras abreviações e que obtinham seu tom ideológico não do sentido, mas de sua estrutura.

Até onde pudesse ser tramado, tudo que tinha ou poderia ter importância política de qualquer tipo era encaixado no Vocabulário B. O nome de cada organização ou grupo de pessoas, doutrina, país, instituição, prédio público era invariavelmente limitado a um formato familiar, ou seja, uma única palavra pronunciada facilmente com o menor número de sílabas que preservasse a derivação original. No Ministério da Verdade, por exemplo, o Departamento de Documentação, no qual Winston Smith trabalhava, era chamado Depdoc, o Departamento de Ficção era chamado de Depfic, o Departamento de Teleprogramas era chamado de Deptele, e assim por diante. Isso não foi feito somente com o intuito de poupar tempo. Mesmo nas décadas iniciais do século XX, palavras e frases transformadas haviam sido características marcantes da linguagem política, e uma tendência de abreviações desse tipo podia ser mais notada em países e organizações totalitaristas. Alguns exemplos são as palavras nazi, Gestapo, Comintern, Inprecorr, agitprop. No começo a prática havia sido adotada como se fosse instintiva, mas em novalíngua foi usada conscientemente. Percebeu-se que, ao abreviar um nome, seu significado ficava restringido e sutilmente alterado, pois assim se eliminava a maioria das associações que seriam atreladas a ele. As palavras Internacional Comunista, por exemplo, invoca uma imagem mista de camaradagem universal, bandeiras vermelhas, barricadas, Karl Marx e a Comuna de Paris. A palavra Comintern, por outro lado, sugere simplesmente uma organização integrada e uma doutrina bem definida. Refere-se a algo quase tão facilmente reconhecível e tão limitado em propósito quanto uma cadeira ou uma mesa. Comintern é uma palavra que pode ser pronunciada quase sem pensar, enquanto Internacional Comunista é uma expressão na qual obrigatoriamente se demora um pouco mais. Da mesma forma, as associações invocadas por uma palavra como Miniver são em menor número e mais controláveis do que as suscitadas por Ministério da Verdade. Isso responde não apenas pelo hábito de abreviar tudo o que for preciso, mas também pelo cuidado quase exagerado que foi tomado para tornar cada palavra pronunciável.

Em novalíngua, a eufonia ultrapassava toda consideração que não fosse de exatidão de significado. Regularidade de gramática sempre foi sacrificada por ela quando pareceu necessário. E com razão, já que o era requerido, acima de tudo por razões políticas, eram palavras encurtadas de significado inconfundível que pudesse ser pronunciada rapidamente e despertasse o mínimo de eco na cabeça do falante. As palavras do Vocabulário B até ganharam mais força pelo fato de que quase todas elas eram muito parecidas. Quase invariavelmente essas palavras — bompensar, Minipaz, suprirproleta, sexocrime, campoalegria, Socing, ventresentir, pensarpoli e inúmeras outras — eram de duas ou três sílabas, com a tonicidade distribuída igualmente entre a primeira e a última sílabas. Seu uso encorajava um estilo de falar meio tagarela, ao mesmo tempo *staccato* e monótono. E esse era justamente o objetivo. A intenção era criar discurso, e especialmente discurso sobre qualquer assunto não ideologicamente neutro, tanto quanto possível independente de consciência. Com vistas à vida diária era sem dúvida necessário, às vezes pelo menos, refletir sobre a fala, mas um membro do Partido convocado a fazer um julgamento político ou ético deveria ser capaz de disparar opiniões corretas tão automaticamente quanto uma metralhadora dispara balas. Seu treinamento o preparava para fazer isso, a língua lhe dava um instrumento quase infalível, e a textura das palavras, com seus sons ásperos e uma feiura um tanto quanto intencional, que estava em consonância com o espírito do Socing, amparava o processo por mais tempo.

O mesmo acontecia com o fato de se ter bem poucas palavras à escolha. Em relação ao nosso, o vocabulário da novalíngua era diminuto, e novas formas de reduzi-lo estavam constantemente sendo elaboradas. A novalíngua, de fato, diferia da maioria de todas as outras línguas no sentido de que seu vocabulário diminuía a cada ano. Cada redução era um ganho, já que, quanto menor a possibilidade de escolhas, menor a tentação de pensar. Por fim, esperava-se que fizesse a fala articular a partir da laringe sem envolver as regiões mais centrais do cérebro. Esse objetivo estava claro na palavra em novalíngua "patofala", que significa "grasnir como um pato". Como muitas outras palavras no Vocabulário B, "patofala" possuía um significado ambivalente. Contanto que as opiniões grasnidas fossem ortodoxas, não implicava em nada a não ser exaltação, e quando o *The Times* se referia a um dos oradores do Partido como um "patofalador duplomaisbom", estava na verdade fazendo um elogio cordial e valioso.

Vocabulário C — O Vocabulário C era complementar aos outros e consistia totalmente em termos técnicos e científicos. Eles lembram termos científicos em uso hoje, e foram construídos a partir das mesmas raízes, mas o cuidado usual foi tomado para defini-los rigidamente e esvaziá-los de sentidos indesejáveis. Seguiam as mesmas regras gramaticais das palavras nos outros dois grupos de vocabulários. Bem poucas palavras no Vocabulário C estavam em uso, fosse em falas do dia a dia fosse em discursos políticos. Qualquer trabalhador ou técnico científico poderia encontrar todas as palavras de que ele precisava na lista dedicada à sua especialidade, mas raramente ele tinha mais do que algumas noções das palavras que apareciam nas outras listas. Apenas poucas palavras eram comuns a todas as listas, e não havia vocabulário que expressasse a função de ciência como um hábito da mente, ou um método de pensamento, independentemente de suas ramificações. Não havia, de fato, nenhuma palavra para "ciência", nenhum significado que já não fosse coberto de maneira satisfatória pela palavra Socing.

Da consideração feita acima será possível ver que em novalíngua a expressão de opiniões inortodoxas, acima de um nível muito baixo, era quase impossível. Era possível, claro, proferir heresias de tipos muito rudes, uma espécie de blasfêmia. Teria sido possível, por exemplo, dizer "o Grande Irmão é imbom". Mas essa declaração, que para um ouvido ortodoxo transmite meramente um absurdo autoevidente, não poderia ter sido sustentada por um argumento fundamentado, porque as palavras necessárias não estavam disponíveis. Ideias contrárias ao Socing poderiam apenas ser nutridas em uma forma vaga sem palavras, e só poderiam ser nomeadas com termos muito genéricos que se aglomerariam e denunciariam grupos inteiros de heresias sem defini-las ao se fazer isso. Só se poderia, de fato, usar a novalíngua para fins inortodoxos ao traduzir ilegalmente algumas palavras para a velhalíngua. Por exemplo, "Todos os homens são iguais" era uma frase possível em novalíngua, mas somente no mesmo sentido em que "Todos os homens são ruivos" é possível em velhalíngua. Não continha um erro gramatical, mas expressava uma nítida inverdade, isto é, que todos os homens são de tamanho, peso e força iguais. O conceito de igualdade política não existia mais, e esse significado secundário tinha sido igualmente extraído da palavra "igual". Em 1984, quando a velhalíngua ainda era um meio de comunicação normal, existia teoricamente o perigo de, ao usar palavras em novalíngua, se lembrar de seus significados originais. Na prática, não era difícil para qualquer pessoa bem versada em duplopensar evitar fazer isso, mas dentro de duas gerações mesmo a possibilidade de um lapso como esse teria desaparecido. Uma pessoa crescendo com a novalíngua como sua única língua não saberia que "igual" já tivera o sentido secundário de "politicamente igual" ou que "livre" uma vez significou "intelectualmente livre", assim como, por exemplo, uma pessoa que nunca tivesse ouvido falar de xadrez não saberia o significado secundário atrelados às palavras "rainha" e "torre". Haveria muitos crimes e erros que estariam além de seus poderes para cometê-los, simplesmente porque eles não tinham nomes e eram, portanto, inimagináveis. E dava para prever que, com o passar do tempo, as características diferenciadoras da novalíngua se tornariam mais e mais pronunciadas — o número de palavras crescendo cada vez menos, significados cada vez mais rígidos e a oportunidade de fazer uso inapropriado delas sempre diminuindo.

Quando a velhalíngua tivesse sido de uma vez por todas suplantada, a última ligação com o passado teria sido rompida. A história já teria sido reescrita, mas fragmentos da literatura do passado sobreviveriam aqui e ali, censuradas de maneira deficiente, e mesmo que alguém retivesse o conhecimento da velhalíngua, seria impossível ler esses trechos. No futuro tais fragmentos, mesmo que por acaso sobrevivessem, seriam ininteligíveis e intraduzíveis. Seria impossível traduzir qualquer passagem de velhalíngua para novalíngua ao menos que se referisse a algum processo técnico ou alguma ação rotineira muito simples, ou tivesse já uma tendência ortodoxa (bompensada, seria a expressão em novalíngua). Na prática, isso significava que nenhum livro escrito aproximadamente antes de 1960 poderia ser traduzido por completo. Literatura pré-revolucionária somente poderia estar sujeita à tradução ideológica, isto é, alteração tanto de sentido quanto de língua. Tomemos como exemplo a conhecida passagem da Declaração de Independência:[4]

Consideramos estas verdades como evidentes por si mesmas, que todos os homens são criados iguais, que são dotados pelo Criador de

---

4 Declaração de Independência dos Estados Unidos da América, criada em 1776, pronunciando as chamadas Trezes Colônias independentes da Grã-Bretanha.

> *certos direitos inalienáveis, que entre esses estão a vida, a liberdade e a busca da felicidade. Que para assegurar esses direitos, governos são instituídos entre os homens, derivando seus justos poderes do consentimento dos governados. Que sempre que uma forma de governo vier a destruir esses fins, é direito do povo alterá-la ou aboli-la e instituir um novo governo...*

Teria sido impossível vertê-la para novalíngua de forma a manter o sentido original. O mais próximo que alguém poderia chegar de fazer isso seria mastigar toda a passagem e convertê-la na palavra "crimepensar". Uma tradução completa só poderia ser ideológica, da qual as palavras de Jefferson[5] seriam transformadas em um panegírico sobre um governo absoluto.

Uma grande quantidade de literatura do passado já estava, de fato, sendo transformada nesse sentido. Considerações de prestígio tornavam desejável preservar a memória de certas figuras históricas, ao mesmo tempo em que se tentava alinhar suas conquistas com a filosofia do Socing. Vários escritores, tais como Shakespeare, Milton, Swift, Byron, Dickens e alguns outros estavam, portanto, em processo de tradução, quando a tarefa estivesse completa, seus escritos originais, com tudo o mais que sobreviveu da literatura do passado, seria destruído. Essas traduções constituíam um trabalho lento e difícil, e não se esperava que estivessem prontas antes da primeira ou segunda década do século XXI. Havia também uma grande quantidade de literatura meramente utilitária — manuais técnicos indispensáveis e outros do gênero — que tinha de ser tratada da mesma maneira. Foi sobretudo de forma a permitir tempo para o trabalho preliminar de tradução que a adoção definitiva da novalíngua havia sido fixada somente para o ano de 2050.

---

5 Thomas Jefferson, principal autor da Declaração de Independência dos Estados Unidos. Foi o terceiro presidente do país, entre 1801 e 1809.

Impressão e Acabamento
Gráfica Oceano

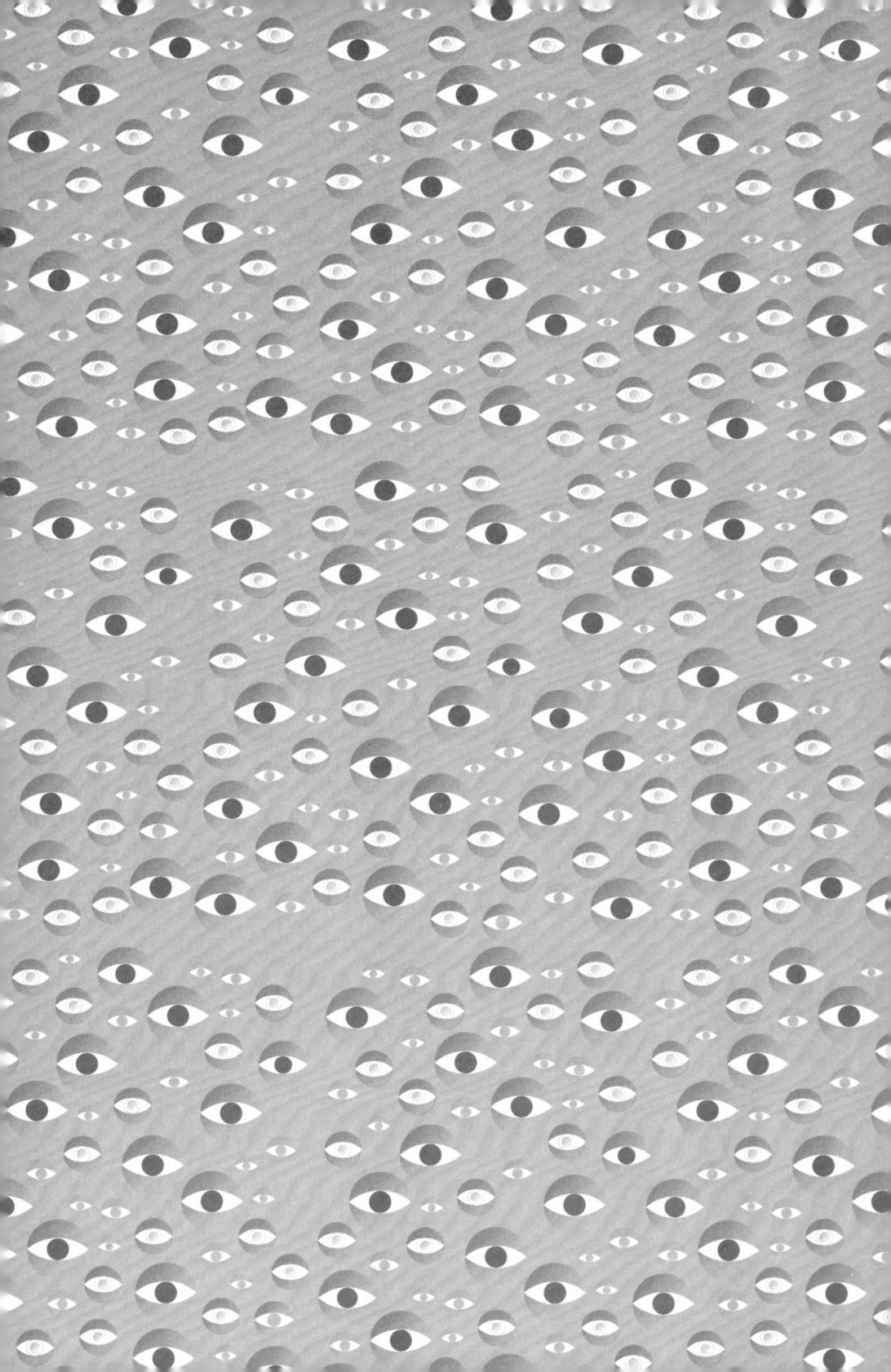